講談社文庫

Killers(上)

堂場瞬一

講談社

目次

Killers 上

第一条
人を殺す明確なただ一つの理由は、悪を排除するためである。

捜査Ⅰ

渋谷《しぶや》川の存在を知っている人がどれだけいるだろう、と河東怜司《かわとうれいじ》は訝《いぶか》った。東京生まれ東京育ちの自分でさえ、この街を担当する警察《サツ》回りになるまでは知らなかったぐらいだ。実際今は、「幻の川」なのだが。

明治通りと直角に交わる細い橋の上に立って、渋谷駅方面を凝視する。渋谷川自体は、両岸をコンクリートで固められてしまい、川というより細い水路のようにしか見えず、川底には申し訳程度に水が流れているだけだ。両岸には古びたビルが建ち並び、そこだけが昭和のままになっている。時代の先端をいく街・渋谷にあって、明確に過去を感じさせる一帯……ビルの外壁は申し合わせたように汚れたグレー。エアコンの室外機がずらりと並んでおり、夏場はそのせいで水温さえ上がってしまうのではないかと思えた。傾いて、川の上に少しせり出しているように見える建物さえある。見る者がいないはずの川に向かって、看板を出している建物があるのが不思議だった。「酒蔵」「サロン」等々……看板の書体も昭和っぽく、今が二〇一四年だということを忘れそうになる。

渋谷川はこの少し先で暗渠《あんきょ》になり、地上から姿を消す。隠された東京の過去のように。

十一月の夕暮れは早い。街は赤く染まり始めており、一日の仕事を終えて街に出て来た人たちで、通りは混み合っていた。普段は、周囲のことなど気にもせずに行き過ぎてしまう人たちが、今日に限っては橋の上で一度は足を止める。それはそうだろう、と河東は一人納得した。これだけの騒ぎであれば——。

川沿いにある一軒の古いアパートが、殺人事件の現場だ。警察の規制線のせいで近づけないが、橋の上からカメラの望遠レンズを使って覗《のぞ》きこんだ限り、今にも崩れ落ちそうな古い建物である。いや、実際に取り壊しが決まっているのだ。渋谷中央署で一報を受けて確かめたところでは、既《すで》に無人になっている、ということだった。

河東は煙草《たばこ》を一本引き抜き、火を点《つ》けた。ゆっくり煙を肺に入れて気持ちを落ち着け、取材の手順を考える。記事そのものは、警視庁クラブの捜査一課担当記者が書くだろう。自分に任されるのは現場の雑感だ。それも社会面ではなく、都内版で小さく掲載される、チンケな記事。最近、殺人事件の扱いはどんどん小さくなっている。

東日《とうにち》新聞社会部の警察回りの仕事は、河東にとっては期待外れのものだった。静岡《しずおか》支局からこの春本社に上がってきた時には、毎日事件取材に追われて忙《せわ》しない日々を送るのだろう、と想像していたが、実際にはそんなことはなかった。そもそも、東京だからといってそんなに頻繁に事件が起きるわけではないし、大きな事件になると警視庁クラブの連中が現場を仕切り、記事を書いてしまう。河東は、周辺の雑感取材などの雑用ぐらいしか与えてもらえなかった。事件取材が好きなのに、やりたいことができずにストレスが溜まる日々が続いている。

今回も、特に面白い取材にはなりそうにないな、と河東は既に諦《あきら》めかけていた。料理次第では味わいのある記事になりそうなのだが……取り壊しが決まっている無人のアパートで見つかったのは、身元不明の高齢者の遺体。警察では、服装などからホームレスではないかと判断している。この手の空き家にホームレスが入りこんで、勝手に生活しているという話は、河東も聞いていた。日本では空き家は増える一方なのに、家がない人もいるわけで、河東の感覚ではミスマッチの極みだ。渋谷駅の近く、時代に取り残されたような一角で起きた現代的な殺人事件……悪くはない。書き方によっては。

しかし、そういう事情を除いて表面だけを見れば、無名のホームレスの死である。殺しではあっても、ニュースバリューは低い。身元が分かって、実は著名人だった……という逆転劇がないとも限らないが、その可能性はゼロに近いだろう。

少し冷たい風が吹いてきて、河東は思わずコートのボタンを留めた。いつも持ち歩いているデジタル一眼レフのカメラを構え、ファインダーを覗きこむ。ぐっと拡大すると、川に面した一階の窓が開いているのが分かった。鑑識課員たちが、ブルーシートで窓を覆《おお》い始める。こんなところを隠しても仕方あるまいと思ったが、川を挟んでわずか数メートル先に建ち並ぶ向かいのビルの窓からは、現場が丸見えになってしまうのだろう。

「何だかな……」河東は思わずつぶやいていた。その声を聞きつけたのか、通行人の若い女性が、首を捻《ひね》って河東の顔をまじまじと見る。河東は一つ咳払《せきばら》いをして、自分の靴を見つめた。

しばらくそのままうつむいていたが、やがて首筋に熱のようなものを感じた。慌てて右手で首の後ろを押さえたが、虫に刺された感じでもない。何だ……嫌な感じがして、周囲を見回す。誰かに見られている。突き刺すような視線を投げてくる人間がいる——はずなのに、それらしき人はいなかった。ピリピリし過ぎているな、と自分でも思う。そんなに焦ることはない。大した事件にはならないはずだから。

現場付近で聞き込みをしてみたものの、手がかりになりそうな情報は耳に入らなかった。それはそうだ……付近は小さな会社が入ったビルと、飲食店ばかり。アパートはぽつんと取り残されたような存在で、知らない人間も多かった。

唯一、近くで居酒屋を経営する七十五歳の男性、宇津井《うつい》が、現場のアパートについて教えてくれた。

「うちが店を始めた頃だから……四十年前かね。その時にはもう、あのアパートはあったよ」

「とすると、少なくとも築四十年以上にはなるわけですね」河東はメモ帳を広げたが、あまりにも当たり前のことを言ってしまった、と少しばかり恥じる。

「木造アパートが、よく四十年も持ったよね。東日本大震災で崩れなかったんだから、案外頑丈《がんじょう》なのかな」だみ声の宇津井は、変なところに感心している。

「確かにそうですね。今はもう、完全に無人だったんですよね？」

「昔は、独り者が住むようなアパートだったんだけど、ここ一、二年ぐらいは誰も見かけてないですねえ」

「取り壊しが決まったのはいつなんですか？」

「それは分からないけど」宇津井が首を傾《かし》げる。「この辺も、再開発になるんですよ。知らない？」

「ああ、ちょっと聞いたことがあります」東京の都市開発の取材は、基本的に都内版編集部の担当で、警察回りの河東は記事で読むぐらいのことしか知らない。そのニュースも耳に入っていなかった。しかし、無知を馬鹿にされたくないので、適当に話を合わせる。

「二〇一七年に完成するのかな？　渋谷駅から並木橋《なみきばし》辺りにかけて、渋谷川周辺を再開発するんですよ。うちの店が入ってるビルも、撤去が決まってね」宇津井が苦笑する。「遊歩道を広げて、都心のオアシスにするって話だけど、何だかねえ。こんなどぶ川、本当に綺麗《きれい》になるんだろうか」

「とにかくそれで、アパートも取り壊し、ということですか」

「そうなんじゃないかねえ。オーナーのことは知らないから、はっきりしたことは言えないけど、今さら建て直すってわけにもいかないだろうし」

この再開発計画についても、記事に盛りこもうか……事件の本筋には関係ないが、現場がどういう場所なのかを読者に伝える背景説明にはなる。

もっとも今の渋谷は、この付近に限らず、どこもかしこも再開発中である。二〇二〇年の東京オリンピックまでには、まったく新しい街に生まれ変わる予定だ。現在は、古い建物が取り壊されている最中で、街全体が廃墟《はいきょ》のような有様である。河東は東京生まれとはいっても、渋谷中央署を根城にする三方面の警察回りになる前は、渋谷とは縁が薄かった。若者の多い賑《にぎ》やかな街ということは分かっていたのだが、実際に毎日をこの街で過ごすようになっても、華やかな気持ちにはならない。自分も年を取り、若々しい雰囲気には馴《な》染《じ》めなくなってきたということか……。

現場の喧騒《けんそう》から離れ——次第に野次馬が多くなってきた——明治通りを渡って、六本木《ろっぽんぎ》通りとの交差点に建つ渋谷中央署に戻る。記者室で原稿に取りかかる前に、副署長席に立ち寄って、立ったまま記者たちの応対をしている関口《せきぐち》の声に耳を傾けた。

「——そう、被害者の身元は分かった」

河東は反射的にメモ帳を広げた。関口が記者たちの顔をぐるりと見回して続ける。

「被害者は長野保《ながのたもつ》、七十四歳と見られる。ただしまだ完全な確認は取れていないから、注意して。所持していた古い保険証と免許証の名前が長野保だった、というだけだからね。

とっくに期限は切れているんだけど、身分証明書のつもりで持っていたのかもしれない……保険証の方には、現在のものらしい住所が別途書いてある」淀《よど》みない口調。関口は普段から饒舌《じょうぜつ》な男で、記者の受けは悪くない。

「その住所はどこですか？」顔を見たこともない他紙の記者が訊《たず》ねる。

「渋谷区渋谷一丁目なんだが……」関口の言葉が停まる。「申し訳ないんだが、今はまだ記事にしないでくれるかな？　保険証にそこの住所が書いてあるというだけなんだから」

「あのアパートに住んでいたんじゃないんですか」

「オーナーの話だと、住人はもう全員退去させていたそうだ。とにかく、はっきりしたことはまだ分からない」

関口はちょっと勇み足で喋ってしまったのだな、と河東は推測した。書くな、と念押ししているが、この情報だけでも記事が書けないわけではない。「——被害者は七十四歳の男性名義の保険証を持っていた。警察で身元の確認を急いでいる」という内容なら、少なくとも嘘にはならないのだ。もっとも本社のデスクは、身元が完全に特定された時点で書けばいい、と判断するかもしれない。最近は、殺人事件だからといって、焦って書き飛ばすようなこともないのだ。それにしても、一応報告しておくべき情報ではある。

他の記者が散るのを待って、河東は関口に突っこんだ。この副署長とは、半年以上のつき合いになるが、未だに気安く話せる仲にはなっていない。関口はよく喋るくせに、肝心なことは話さない感じなのだ。前任の静岡支局ではこんなことはなかったのだが……地方の警官と警視庁の警官の違いだろうか。

「被害者は、保険証と免許証だけ持っていたんですか」

「そういうことだね」

「古いものなんですよね」

「古い、古い」関口がうなずいた。「どっちも昭和のものだから。とうに失効しているよ」

「現金は？」

「財布は持っていた。ただし、所持金はごくわずかだったらしい……詳細な金額については、まだ報告が上がってきていないが」

「本人の確認には、そんなに時間はかかりませんよね」河東は念押しした。

「そうしないといけないけどね、警察としては」関口がようやく腰を下ろした。「とにかくもうちょっと待ってくれないか。長野保という名前は出さないでくれよ」

素人《しろうと》じゃないんだから、上手くやりますよ——そんな台詞《セリフ》が喉元まで上がってきたが、河東は言葉を呑みこんだ。つまらない捨て台詞を吐いたら、それこそ素人である。

「ところで、遺体の状況なんですが……胸を刺されている、という話でしたよね？　死因はそれなんですか」

「解剖しないと、詳しいことは何ともね」関口が自分の胸を拳で叩いた。

「他に傷は？」

「顔が、ね」関口が顔をしかめる。「顔もかなり傷つけられていた。家族が見ても、確認できないかもしれない」

「殴られて、ですか？」

関口が沈黙する。それで河東は、刃物傷では、と想像した。疑問をぶつけてみたが、関口は「ノーコメント」を通した。どうやら相当ひどい刃物傷らしい……こういう場合は、顔見知りの犯行の線を第一に考えるべきだ。

記者室へは行かず、一度署の外へ出る。他紙の記者が知らない情報を自分が摑《つか》んでいるとは思えなかったが、狭い記者室では話がし辛い。明治通りに出て、ざわめきの中、携帯電話を耳に強く押し当てて本社のデスクと話し始める。

「身元は？」デスクの三宅《みやけ》が真っ先に確認する。

「『長野保』名義の保険証と免許証が見つかっているそうですけど、まだ確認は取れていません」

「それだけじゃあ、しょうがないな」やはり三宅は、この情報を無理に記事にねじこむつもりはないようだった。「身元は確認待ちにしよう……住所は分かってるんだよな？」

「ええ。保険証に書いてあったそうです」

「だったら、そっちへ回って確認してくれないか」

「分かりました」確かに、警察の発表を待つより、自分で取材した方が早い。「警視庁クラブへの連絡、どうしましょうか」

「直接報告してくれ。その住所は遠いのか？」

「いや、渋谷中央署から歩いて行ける距離ですね」

「だったら、そこへ行くまでの間に、電話しておいてくれ。今日はこっちも忙しくてね……」

「何かあったんですか」

「大したネタはないんだけど、細々とな。とにかくお前は、その殺しの取材に専念してくれ」

「分かりました」

結局記者室へは寄らず、そのまま長野保の住所に向かって歩き出した。宮益坂《みやます》の北側だな……と頭の中に地図を描く。三方面の警察回りが担当するのは渋谷、目黒《めぐろ》、世田谷《せたがや》の三区で、河東は主要駅の近くの地図は完全に頭に入れていた。渋谷一丁目は、かつては「美竹町《みたけちょう》」と呼ばれていた地区で、今でもその名前を冠した通りやビル、公園がある。

それにしても、渋谷というのは案外不便な街だ……ＪＲの駅と渋谷中央署は、直線距離で百メートルほどしか離れていないのだが、歩道橋を使って大きく迂回《うかい》しなければならないので、実際には歩いて五分ほどもかかる。再開発では、駅周辺のビルがデッキで結ばれるようだが、それで少しはアクセスがよくなるのだろうか。もちろんその頃、河東は警察回りを外れているだろうが。

歩道橋を渡り、明治通り沿いにヒカリエの前を歩いて宮益坂に出て……というのが、渋谷中央署から渋谷一丁目まで行く時の普通のルートだが、河東はヒカリエの中を突っ切っていくことにした。ビル内のエスカレーターやエレベーターを使えば、面倒な坂道をパスできる。
歩道橋の階段を上がりながら、河東は警視庁クラブに電話を入れた。

「はい」

無愛想な声で電話に出たのは、サブキャップの阿部《あべ》だった。不機嫌そうな口調はいつものことで、別に怒っているわけではない。河東は現場の状況を伝え、本人の確認のために自宅と思われる住所へ向かっている、と報告した。

「分かった。確認できたら、すぐに連絡してくれ」

阿部は今にも電話を切ってしまいそうな感じだったので、河東は慌てて質問を継いだ。

「どういう事件なんですかね、これ」

「俺に聞かれても、何とも言えないな」

「ホームレスが殺される事件なんて、最近はあまり聞きませんよね」

「本当にホームレスなら、な」

含みのある言い方。阿部は本部に座っているだけで、何か新しい情報を摑んだのか？現場よりも本部にいる方が、正確な情報が入ってきたりするものだが……いつの間にか現場の記者が取り残されてしまうのは、何度も経験していた。

「……違うんですか？」恐る恐る訊ねる。

「ホームレスが保険証を持ってるものかね」

「それは……」

「期限は切れてないのか？」

「切れてます。だいぶ前――昭和の頃ですね」

「なるほどね」関心なさそうに阿部が言った。「だったら確かに、ホームレスかもしれない……とにかくお前は、身元の確認を急いでくれ」

結局その情報も、本部詰めの記者が先に入手してしまうかもしれないが。下っ端とはこういうものだと分かっていても、情けない気分が解消されるわけではなかった。

「どうだい、刑事さんよ」

いつもの皮肉っぽい言い方に、生沢薫《いくざわかおる》は顔を歪《ゆが》めた。しかし、こういう時に言い返さないだけの経験や我慢強さは身に付けている。反発すると、向こうはかえって面白がるだけなのだ。警視庁捜査一課では、女性刑事はまだ珍しい存在だから、どれだけ突いたら爆発するか、試しているだけだろう。ここで激怒して怒鳴り散らしでもしたら、「やっぱり女は……」と陰で言われるのがオチである。そうなったら、自分の後に続く後輩たちに迷惑がかかるのだから、ここはひたすら無視だ。

そんなことより、問題は目の前の死体だ。顔はずたずたに切り裂かれているので人相ははっきりしないものの、額にははっきりと十字の傷が残っている。身元はまず間違いない。長野保――免許証や保険証でも確認できているし、何より最大の特徴がそれを裏づける。

右腕は、前腕の途中から先がない。

薫は、祖父が残した手帳を思い浮かべた。古い手帳――高校生の時に祖母が亡くなり、住む人がいなくなった家を処分した時に見つけたものだ。「最後の手帳」だったことは、すぐに分かった。祖父はメモを書きつける時に、いちいち日付を記入する癖があったようで、最後のページは、殺されたまさにその日に書かれたものだった。当人にしか分からないような略語の多い手帳を読むのは、未解読の古代文字に挑戦するようなものだったが、内容が分かるにつれ、薫の心には恐怖と好奇心が植えつけられた。連続殺人犯。片腕の男。普通なら絶対に知ることができない捜査の秘密――それまで薫は、警察の仕事などにまったく興味がなかった。家族が、祖父の死についてほとんど話してくれなかったせいもある。父や祖母にすれば、話したくないことだったのだろうが……いかに職務とはいえ、誰かに殺されるというのは、納得できる最期ではない。

しかし薫は違った。祖父と直《じか》に触れ合った記憶がまったくないから、事件をある程度客観的に見られた。端的に言って、「面白い」事件だった。祖父の仇《かたき》ということもあったが、自分がこの事件の謎を解けたら――と考え始め、大学に入った頃にはもう、将来は警察官になろうと決めていた。実際に警察官になってみると、日々の仕事に追われて、自由に過去の事件を調べる暇などなかったが。

それにしても、長年警察が捜し続けてきた男が、こんなところで死んでいるとは。しかし他の刑事たちは、さほど衝撃を受けていないようだった。何しろ事件が起きたのは、はるか昔である。個人的な思い入れがある薫以外の刑事にとっては、もはやどうでもいいことかもしれない。

「昔の連続殺人と一緒ですよ」薫は指摘した。

「ああ、これか？」先ほど薫をからかった緒方直《おがたすなお》が、自分の額を指す。

「それと、この犠牲者……連続殺人事件の犯人かもしれません」

「何だと！」

緒方が摑みかからんばかりの勢いで言った。薫は両足を踏ん張り、彼の顔を正面から睨《にら》みつけて、低い声で続けた。

「私の祖父が、連続殺人犯らしき人間に殺されたのは知ってますか？」

「……ああ。警視庁でそれを知らない人間はいないだろう」

「その頃祖父は、長野保という片腕の男を追っていたんです。その男には、右腕がありませんでした」

「マジかよ」緒方が目を見開く。「そんな話、初耳だぞ」

祖父が残した手帳には、色は薄れたものの、赤い字で「右手がない」と書きつけられ、それが「長野保」という名前と「＝」で結ばれていた。この人物は、祖父が殺された前後には重要参考人として名前が挙がっていたらしいが、結局追跡しきれなかったようだ。

気を取り直して、できるだけ淡々と感想を述べた。

「メモが気になりますね」

「そうだな」緒方があっさり同意した。「しかしこれ、メモと言うべきかどうかかね」畳の上にしゃがみこみ、緒方がその「メモ」を拾い上げた。夕方の陽光が差しこみ、端正な顔をオレンジ色に染める。

「……ですね」薫も認めざるを得なかった。

長野保と見られる遺体は、六畳間の真ん中で倒れていた。古畳が血を吸いこみ、すっかり変色している。夏場だったら、ひどい臭いが漂っているはずだが、今は晩秋である。もっとも、このアパートは既に取り壊しが決まっていて無人だから、住人が苦情を言い立てることはない。今日の午後早く、大家が取り壊しの準備で部屋の確認に来ていなければ、遺体はしばらく発見されなかったかもしれない。

遺体は、体の左側を下に、顔が――顔と言えればだが――窓の方を向いて横たわっていた。右側面には目立った傷がない。心臓を刃物で一突きされて失血死したのは間違いないようだった。顔はほとんど原形をとどめていない。縦に二本、さらにバツ印をつけるように斜めに刃物傷が走り、醜《みにく》くめくれ上がって、頬骨の一部が覗いているほどだ。元の顔がどんな感じだったかは、ほとんど分からない。免許証に貼られた若い頃の写真と似ているかどうかさえ、判断できなかった。いずれにせよ、強烈な恨みを感じさせる犯行である。

そして、右腕がない。

問題のメモは、遺体の脇に落ちていた。メモというか、メモ帳。掌《てのひら》に収まるほどのサイズで、ひどく古びている。一見しただけでは、いつ頃の物か分からない。

開いてみると、鉛筆でびっしりと書きこみがしてある。ひどい悪筆で、パソコンのフォントを見慣れた薫にすれば、判読しにくいことこの上ない。それは緒方も同じようだった。いつも先輩風を吹かせるものの、実は自分より三歳年上なだけの三十二歳なのだ。

「殺し、は読めるな」

緒方が一ページ目を開いたまま立ち上がった。確かに……最初の一行は赤鉛筆で書かれているので、非常に目立って読みやすい。ただ、悪筆な上に字のかすれもあり、他の字までは判読できなかった。

緒方がぱらぱらとページをめくっていくうちに、薫は全てのページの共通点に気づいた。

「これ、条文みたいなものじゃないですか？」

「条文？」緒方がメモ帳から顔を上げる。

「どのページも、最初の一行は赤い字で短く書いてありますよね？　その下は、その解釈とかじゃないでしょうか」

「何かを書き写したものかね」

「……どうでしょう」にわかに自信がなくなった。短く、一行か二行でまとめられた赤字は、薫たちにも馴染みの深い刑法や刑訴法の条文のように見える。ふと、こういうノートを自分も取っていた、と思い出した。巡査部長の試験を受ける時に、ノートの一番上に刑法の条文を書き、その下には暗記の助けになるように、具体的な適用事例などを書き連ねた。この被害者も、何かを暗記しようとしていたのだろうか。例えば、若い頃に司法試験でも受けようとしていて、このメモ帳はその準備のためだったとか。

ちょっと想像が飛躍し過ぎ、と薫は自分を戒《いまし》めた。悪い癖だと分かっているのだが、捜査に参加した時には、つい先読みをしたくなってしまう。先読みや想像は、客観性を妨《さまた》げるものなのに。

「内容を解読してから判断したいな」

そう言って、緒方がメモ帳を閉じる。証拠品用のビニール袋にしまうのを、薫はつい目で追ってしまった。何だか気になる……自分の手でしっかり中身を精査したいと思った。

「何だ」緒方がじろりと薫を見る。

「いや、何でもないです」

「こいつが気になるのは分かるけど」緒方がビニール袋を掲げた。「捜査には順番があるからな。まずは現場をきちんと整理して、システマティックにやらないと」

「でも、そのメモ帳が何かポイントになるような気がするんですよね」薫はつい反論してしまった。

「具体的に、何が?」緒方がすかさず突っこんできた。「残念ながら俺もお前も、メモ帳の字が解読できない。内容が分からない以上、具体的に何がポイントなのかは分からないだろうが。単なる勘っていうのは駄目だぞ。お前の勘なんか、まだまだ当てにならないんだからな」

だったらあなたの勘は当てになるのか、と薫は内心鼻を鳴らした。自分とさほどキャリアが変わらない人間にそんなことを言われても、むかつくだけだ。

「とにかく、優先事項は身元の確認だ」緒方が言った。

「保険証と免許証だけを持ってるのは、何だか変な感じですよね」

「一種の身分証明書のつもりだったんじゃないか？　おかげでこっちは、何とか身元が割り出せそうなんだから、ありがたい話じゃないか……いずれにせよ、保険証に書いてある住所に行けば、何か分かるだろう。お前、この辺りのことはよく知ってるよな？」

「そうですね」

元々渋谷生まれの渋谷育ち。警察学校から卒配《そつはい》で着任したのも渋谷中央署だ。しかも最初の交番が、この保険証の住所を管内に持つ美竹交番だった。街の様子を思い浮かべようとして、記憶が混乱してしまう。外勤警官時代は、民家——数は少なかった——の一軒一軒、行き止まりの細い街路の一本ずつまで頭に入っていたのだが、渋谷は今、大きく変わりつつある。おそらく、馴染んでいたあの辺りもずいぶん変化してしまっただろう。交番にいたのは、もう何年も前……その後所轄の刑事課に引き上げられ、巡査部長の試験に合格して本部の捜査一課に着任してから半年以上が経っている。

「じゃあ、道案内を頼む」

「……分かりました」所轄の若手じゃないんだから、という内心の文句をまた呑みこむ。

今日は言いたいことが全然言えず、口に出せなかった文句でお腹一杯という感じだった。

祖父の仇であろう長野が死んでいたという事実に、心が揺れている。こんな形で事件の全容が明らかになるのか？　自分の力ではなく、偶然によって？　どうにも釈然《しやくぜん》としない。

もう一度、遺体を見下ろして手を合わせる。

ホームレスと判断した理由は、発見場所が空き家のアパートということに加え、その身なりからだった。古びた薄手のコートに、すっかり膝の抜けたコットンパンツ。擦り切れて穴が空きかけたスニーカーは、元は白かグレーだったのだろうが、すっかり黒ずんでいる。耳が隠れるほど伸びた髪は半ば白、半ば黒で、長く洗髪もしていないのか、ごわごわで所々が塊《かたまり》になっている。中途半端に伸びた白い髭が顔の下半分を覆っているので、仮に顔が傷つけられていなくても、若い頃の写真とはだいぶイメージが違うだろう。刺されて失血死したのだから、苦しそうな最後の表情が残っていてもおかしくないのだが、それさえも分からない……既に死後硬直は解け始めているのだろう。この季節なら、死後三日ぐらいは経過していることになる。

「本当にホームレスなんですかね」薫は、誰にともなく言った。

「この格好からすると、そうなんじゃないのか？」既に玄関の方へ向かいかけていた緒方が、振り向いて答える。

「これぐらいの汚い格好をしているおじいちゃん、いないこともないですよね」靴に空いた穴がポイントかもしれないと思いながら薫は言った。普通の人——家や家族を持っている人は、靴に穴が空けば修理に出すか買い替える。その意味ではやはりホームレスの可能性が高いが、期限が切れているとはいえ、保険証や免許証を持っていた事実が引っかかっている。

「全ては、身元を確認してからだよ。だから、とりあえず——」緒方の言葉は、鳴り出した携帯電話の呼び出し音に遮《さえぎ》られた。近くにいた鑑識課員にメモ帳が入ったビニール袋を渡し、電話に出る。「はい、緒方です。ああ、どうも……ええ、免許の件ですね。ない？　間違いないですか？　はい、そうですね……」

「長野保」という名前で検索をかけてもらっていたのだ。昔——それこそ五十年ほど前に取得された免許は、とうに失効している。道理で、見たことのない種類の免許証だった。手がかりになるとも思えないが、だからといって絶望すべきような状況でもない。捜査は始まったばかりなのだ。

薫はもう一度、遺体を見た。

ただのホームレス——そうではないかもしれないが——殺し。身寄りもないような被害者だとしたら、気合いも入らない。

だが薫は、この事件は他の殺しとは違う、気を入れて捜査しないといけない、と肚《はら》を決めていた。もしかしたら被害者は、稀代《きたい》の連続殺人犯かもしれないのだ。そんな男が、どうしてこんな場所で殺されたのだろう。祖父の仇ということも考えたが、何よりも刑事としての好奇心が強く刺激されていた。

第一部　十字の男　１９６１

第二条

1

殺しは美しいものではない。美醜《びしゅう》によって評価されるべきではない。必要があるから殺すのだ。殺しに芸術性を求めたり、己の虚栄心を満足させるのは、間違った行為であり、単なる犯罪である。正しい殺しには、必ず社会的な意味がなければならない。

「何なんだ、これは」生沢宗太郎《そうたろう》は思わず顔をしかめた。

先日の台風で渋谷川の護岸が崩れ、左岸側に建ついくつかの民家は、今にも倒れそうになっている。川にはコンクリート片などが崩れ落ちて惨状を呈しており、爆撃の跡といった有様だ。そこに最後の悲惨な一点をつけ加えているのが、死体である。

警視庁捜査一課の若手刑事である生沢は、仕方なくゴム長靴を履《は》いた。渋谷川は、「川」ではなく「どぶ」という感じで、水深は浅い。長靴なら十分流れに入って行けるだろうが、それでも濡れるかもしれない。生沢は服が汚れるのが大嫌いだった。未だ捜査一課の主力である戦中派の先輩たちからは、「捜査の時に格好つける奴がいるか」と叱咤《しった》されるのだが……その辺は、決定的に考え方と経験が違うのだと思う。先輩たちは、泥沼になった戦争と事件現場をよく比較する。泥濘《でいねい》の満州《まんしゅう》で戦った先輩は、よく当時の様子を話してくれるのだが、確かにそれに比べれば、こんな現場は天国のようなものだろう。凍りつきそうになった泥の中に転がる仲間の遺体……いや、まだ生きていたかもしれないのに、見捨てて敗走せざるを得なかった悔しさは、頭では理解できる。そこがどれだけ悪臭に満ちた不衛生な現場だったかも……彼らからすれば、渋谷川に転がる遺体など、可愛いものだろう。

だが、終戦時にはまだ十三歳で、山梨《やまなし》県に疎開していた生沢にとっては、この現場も十分うんざりするものだった。

東京オリンピックを三年後に控え、東京は変わりつつある。特に渋谷は、主会場の予定地に近いので、本番では「玄関」の一つになるはずだ。おそらくオリンピック前には、完全に化粧直しを終えて新しい街が登場するだろう。それを想像すると、胸が躍った。そんな中、渋谷川の流域には、まだ薄汚れた終戦直後の雰囲気が濃厚に残っている。不潔で猥《わい》雑《ざつ》な雰囲気を、バイタリティが覆い隠しているような……そういうものが戦後復興の象徴であることは生沢にも理解できたが、とにかくこういう現場は生理的に駄目なのだ。何よりもまず、悪臭でやられてしまう。川沿いに建ち並ぶ家や店舗では、ゴミや汚水を勝手に投棄しているのでは、と生沢は想像した。

しかし、仕事は仕事だ。

崩れ落ちていない斜面を見つけて危なっかしく川面まで降り、何とか流れに足を踏み入れた。九月だというのに、台風一過で朝から気温がぐんぐん上がっている。ゴム長靴の中で汗が不快に伝うのを、生沢ははっきりと感じた。川の水も生温く、足を冷やしてはくれない。しかも大小のコンクリート片が川に落ちこんでいて、歩くのも難儀するほどだった。先を行く先輩刑事が何かに蹴つまずいたのか、尻から水に落ちて悪態を吐く。洗濯してもズボンについた汚れと臭いは落ちないだろうな、と生沢は同情した。自分は気をつけないと……服を汚したら、家で待っている妻に申し訳ない。先日、ようやく洗濯機を買ったのだが、汚水で汚れたズボンを洗わせるのは気が進まなかった。

生沢は慎重に川の中を歩き、死体に近づいた。所々で流れは思ったよりも強く、足を取られそうになったが……ようやく死体を間近に見られるようになった時には、もうひと仕事終えた感じになり、額に汗が浮いていた。ワイシャツの襟元に指を突っこみ、少しだけネクタイを緩める。それでわずかだが、風を感じられるようになった。

生沢は立ったまま、遺体に向かって手を合わせた。

老人……おそらく七十歳ぐらいだろう。戦争で散々苦労した世代だ。それが、こんな風に無惨に殺されて川に放り捨てられるとは。生沢は一瞬、顔が赤くなるほどの怒りを覚えた。

遺体は、明らかに上から放り投げられていた。崩れて重なったコンクリート片の上で、頭を下側にして横たわっている。不安定な斜面の上で、辛うじてバランスを取っている感じで、頭は水面に触れて、残り少ない頭髪が川の流れにさらさらと揺れていた。

額に十字の傷。

それを真っ先に確認して、生沢は焦った。同じ傷を負った被害者は、これで三人目なのだ。犯人はふざけているのか、何か意味があるのか……それすら分からないが、間違いないのは同一犯による犯行ということだ。額の傷の他にも、被害者が六十代から七十代の老人、ということが共通している。

生沢は死体の上で屈《かが》みこみ、眼鏡をかけ直した。十字の傷は、一辺が五センチほどと小さい。額のちょうど中央に刻まれているが、ナイフなどの鋭利な刃物を使ったわけではないようだ。傷口は粗く、醜い。おそらく太い釘《くぎ》の先などで力任せに引っかいたのだろう。その状態も、先の二つの遺体と同じだった。

「どうせなら、鉤《かぎ》十字にでもすればいいのにな」

ぽつりと言ったのは、先輩刑事の長谷《はせ》だった。自分と同じ「戦後派」なのだが、やけに皮肉っぽいところがある。いつも左足を引きずっているのは、戦争による傷跡ではなく、疎開先の栃木《とちぎ》で、柿の木から落ちて負った古傷のせいである。東京から山梨へ疎開した生沢は、ずいぶんいじめられた記憶があるのだが、同じような境遇だった長谷はガキ大将だったと聞いている。どこへ行っても強い人間はいるものだ。

「それ、趣味が悪い冗談ですよ」生沢は思わず忠告した。

「悪いことは、何でもナチスのせいにすればいいんだよ」

「そんなの、古い話じゃないですか」

「未だに逃げ回っているナチスの残党がいるそうだぞ。アルゼンチン辺りに逃げこんでいるらしい」

「そういう連中が日本に来てるとは思えませんが」

生沢は腰を伸ばし、眼鏡をかけ直した。長谷が不思議そうな顔で生沢を見る。

「お前、冗談が通じないタイプなんだな」

「現場ですから」

言って、生沢は長谷から離れた。どうもこの先輩は、刑事の仕事を舐《な》めている節《ふし》がある。あまり深くつき合わないように気をつけないと、と自分に言い聞かせ、場所を変えて死体をもう一度確認してみた。

被害者の服装は、茶色いズボンに白い開襟シャツという、ごく普通の夏服だった。右足だけ靴を履いていたが、上を見上げると、左の靴もすぐに見つかった。コンクリート片で埋まった斜面の途中に引っかかっている。落とされた時に自然に脱げたのだろう、と生沢は推測した。

それにしても、危なっかしい……川沿いに建つ家が今にも崩れ落ちてくるのでは、という想像に生沢は苛《さいな》まれた。いや、あながち想像とは言えまい。護岸が崩れ落ちたところでは、家の基礎部分がむき出しになっている。細い木製の柱を何本も使って基礎にしてあるのだが、そんなもので二階建ての家を支えられるとは思えなかった。それぞれの民家は、ほとんど隙間《すきま》なく建てられており、互いにつっかい棒になって何とか無事を保っているようだったが、一つ崩れたら将棋倒しに全部が崩壊するかもしれない。

いったいどこから遺体を落としたのだろう。生沢は、首が痛くなるまで上を見上げた。あそこだ、とすぐに見当がつく。家々は密接して建ち並んでいるが、わずかに隙間が空いている箇所があるのだ。その下にあるがれきの山が少し崩れ、途中に靴が引っかかっている。遺体を引きずるか抱えるかしてあそこまで運び、突き落としたのは間違いない。

「犯人は何を考えているのかね」

苛《いら》ついた声が耳に飛びこんできて、生沢は思わずそちらを向いた。ベテランの係長、中《なか》条《じょう》が、渋い表情で立っている。唇の端《はし》で煙草が揺れているが、当然火は点けていない。この男は一日に煙草を二箱は灰にするのだが、吸ってはいけない時と場所は当然、心得ている。何しろ満州事変が起きた頃には、既に警視庁に奉職していたのだ。現場一筋で数十年。

「どう……ですかね」慎重になって、生沢は言葉を濁《にご》した。大ベテランの前だと、下手なことは言えない。

「これはおかしいよ。三件とも全部手口が同じだ」

「三件……同じ犯人だと思いますか」この連続殺人は、今年──一九六一年の十大事件に間違いなく選ばれるだろう。

「これがな」中条が自分の額を指差した。「この件は、まだ記者連中には話していない。つまり、世間に知られていないんだ。真似しようがないだろうが」

生沢は無言でうなずいた。今のところ、額の十字は「犯人しか知り得ない事実」である。中条の指摘する通り、真似する人間がいるとは思えない。

「遺体を隠そうとしないのも同じですね」

「ほう？」

「先日の、笹塚《ささづか》の一件もそうでした」

中条が黙ってうなずく。この先輩は教師のようなタイプかもしれない、と生沢は思った。生徒に自由に意見を述べさせ、後から注釈を加えるような。

「あれも確かに、犯人は遺体を現場に放置したままだったな」

「そうですよね。路上で刺して、その場に遺体を放置して逃走――頭に血が昇って犯行に及ぶ場合、そんな感じになることが多いと思います」

「だったら、三件とも通り魔だと思うか？」

「いや……犯人は、ある程度は準備してるんじゃないでしょうか」

準備という言葉が正しいかどうかは分からないが、激情に駆られて、突然人を襲ったのでないことだけははっきりしている。喧嘩《けんか》の果てにとか、通り魔とか……考えられない。額に十字の刻印――凶器の刃物とは別の物を使ってつけられた――があるのがその証拠だ。しかしまるで、自分の犯行を強調するような傷を残したのは何故だろう。警察への挑戦なのか？

やはり、犯人の狙いが分からない。少なくとも、生沢がこれまで出会ったことのない犯罪者なのは間違いなかった。連続殺人であるというだけでもぞっとするのに、さらに嫌な予感が背骨をかけ上がってくる。人間は誰でも、自分の知らない世界に直面した時、畏怖の念を覚えるものだ。ましてや自分たちが勝負すべき相手は殺人犯である。

「しかし、ここは臭いねえ」中条が突然ぽつりと言った。

「ああ、はい……」

「何でこんなに臭いのかね？　いったい何を流すとこうなるんだ？」

「工場排水かもしれませんね」生沢は自分の足下に視線をやった。虹色をした油膜《ゆまく》が、ゆっくりと流れていく。不自然な泡の塊も……ゴム長靴は自分の足を守ってくれるだろうかと考え、ぞっとする。

「ま、いずれ全部蓋《ふた》をしちまうらしいが」

「そうなんですか？」

「オリンピックの時に、外人さんに汚いものは見せられないってことだろう」中条が川に唾を吐いた。「いったい、どこを向いてオリンピックをやるのかね」

「あれは、海外に対する宣伝みたいなものでしょう？」

「日本は、戦争から二十年もしないうちに立ち直りましたってか？　そんなこと、わざわざ外国に向かって宣伝しなくてもいいじゃないか。だいたい、そんなに自慢できる国じゃないぞ、日本は」中条がちらりと遺体を見た。「こんなひどい殺しがあるんだからな。情けない限りだよ」

「……はい」

「さっさと犯人を捕まえないと、上が煩《うるさ》くなるぞ。何しろ、この三ヵ月で三つ目の遺体だ」

「そうですね」

「しかも、だ」中条が太く長い指を生沢に突きつける。「犯人は間違いなく渋谷にいる」

「ああ……そうですね」三件の事件は、現場がいずれも渋谷区内なのだ。

「いつまでも犯人に自由に歩き回ってもらったら困るんだよ。とにかく、さっさと炙《あぶ》り出すんだ。渋谷はそんなに広い街じゃない。必ず、犯人の手がかりがあるはずだ」


しかし中条の自信たっぷりの言葉には、裏づけはなかった。渋谷は、実際には「広い」のだ。人口は三十万人程度、しかし昼間には、勤め人が大量に流れこんで賑わう。夜は夜で、食品街や百軒店《ひゃっけんだな》で酒を呑む人が多く、人の動きは非常に流動的なのだ。

まずは目撃者探し。現場は住宅密集地で、同時に間口の狭い小さな呑み屋も建ち並ぶ地域なので、それほど難しいとは思えなかったが、予想外に手間取った。

とにかく、目撃情報がない。死体が遺棄された時間帯によっては仕方ないかもしれない、と生沢は諦めかけた。終電が行ってしまった後には、さすがに街は静まり返るのだ。渋谷は、山手線の主要駅の中でも賑やかな繁華街なのだが、さすがに一晩中眠らないわけではない。

遺体を川へ捨てた場所だけは、早々と確定できた。生沢が想像した通り、二軒の家の間にあるわずかな隙間……左側の家の壁から、血痕《けっこん》が見つかったのだ。血液型も遺体と一致。普段、両家の人間はこの細い隙間を使っていないので、犯人が遺体を抱えて通ったのは間違いないと見られた。

「しかし……無理がありますね」わずかな隙間に身を押しこみながら、生沢は言った。幅は五十センチほど。細身の生沢なら無理なく通れるが、遺体を運ぶとなると話は別だ。遺体は小柄——身長百六十二センチ、体重五十四キロ——だったが、それでも抱えて運ぶのは大変だろう。しかし地面に引きずったような痕《あと》がないので、犯人が背負ったか、抱き上げて運んだのは間違いない。

ところが、鑑識は別の結論を導き出した。土の上に残ったわずかな痕……これを「一輪の手押し車のもの」と断定したのだ。

「手押し車？」生沢は首を傾げた。

「ネコだよ、ネコ」中条が両手を前に押し出すようにした。「工事現場なんかで、荷物を載せるやつがあるだろう。あれのでかいやつなら、被害者の遺体も十分運べる。今はあちこちで工事をしてるから、どこにでもあるしな」

「それ、幅五十センチ以下なんですかね」

「それは分からんが、ゴミを捨てるような感じだったかもしれんな」中条が顎《あご》を撫《な》でる。

「ネコに乗せて、川に向かってどぼん、だ。それなら一人でもできる」

「でも、それだったらこの近くで殺したことになりますよね」

「そうなんだろうな。まさか、どこかからネコに乗せて遺体を運んできたわけじゃないだろうし」中条が顔をしかめた。「ところが、殺しの痕跡はどこにもないときてる。どうしたものかね、生沢？」

ベテランに「どうしたものか」と言われても、自分のような新米に答えられるわけがない。生沢は家と家の隙間から通りに出て、建ち並ぶ家を眺め渡した。川沿いに並ぶ家の前には、舗装《ほそう》もされていない細い道路が走っている。ようやく人のすれ違いができる程度の幅しかなく、ということは、どんな時間であっても、誰かが襲われれば悲鳴が聞こえるはずだ。しかし誰一人、何も聞いていない……最近は、隣に誰が住んでいるかも知らないようなことがあるというのだが、それにしてもこの辺は、そういう都会化からは少しだけ取り残された場所である。

鑑識の連中が、道路を這《は》うように調査を進めている。どうせなら自分もそれに加わりたい、と生沢は思った。足を棒にして話を聴いても、何も出てこないのだから、砂粒のような証拠を探して地面に這いつくばる方が、まだ仕事をしている気分になるだろう。

「さ、聞き込み再開だ」生沢の不満を読み取ったように、中条が言った。「まず、左側の家だな」

「……分かりました」

この家の住人には、既に所轄の人間が話を聴いている。中条にすれば、それは「前置き」ないし「露払《つゆはら》い」に過ぎないのだろう。捜査の主役は、自分たち捜査一課、という誇りがあるはずだ。それが時に、生沢には重石《おもし》に感じられる。生沢は気取《けど》られないように溜息をつき、眼鏡をかけ直した。無性に煙草が吸いたくなったが、現場付近では自重しないと……一つ深呼吸して、ドアに手をかける。

「あの……もうさっき、お巡りさんには話したんですけど」応対してくれた女性が、迷惑そうに言った。年の頃は四十歳ぐらい。長い髪は後ろで一本に縛っていたが、それがきつ過ぎるのか、目が吊り上がって見えた。半袖のブラウスにスカート、腰にはエプロンという格好である。

「聞き逃しがあるかもしれないので、もう一度お願いします」生沢は頭を下げた。

「まあ、いいけど……」

ドアを開け放したまま、女性が言った。まだ昼前なのに何となく眠そうで、瞼《まぶた》が腫れている。夜の商売をしている人ではないか、と生沢は想像した。所轄の刑事から聞いた情報を頭の中で転がし、「宮井《みやい》キクさんですね？」と確認する。

「そうだけど」

「お一人でお住まいですか？」

「それとこれと、何の関係があるわけ？」キクが喧嘩腰で言った。よほど機嫌が悪いようだ。

「単なる確認ですよ」生沢は手帳を広げた。

「……主人は仕事です」

「お子さんは？」普通の主婦だ、と生沢は判断した。

「学校ですよ、二人とも」

「昼間はお一人なんですね？」

「そうです」キクが盛大に溜息をつく。物分かりの悪い刑事に当たった、とでも思っているのかもしれない。

「昨夜ですが、誰かの悲鳴を聞きませんでしたか？　あるいは誰かを見たとか」

「分かりませんね」

「分からないんですか？　見てないんですか」生沢は突っこんだ。何度も同じ話を聴かれて迷惑なのは分かるが、これは殺人事件の捜査なのだ。しっかり自覚してもらわないと困る。

「見てませんよ」キクが訂正した。

「こういうところで何かあったら、分かりそうなものですけどねえ」それまで黙っていた中条が面倒臭そうに言った。「家は建てこんでるし、前の道路は狭いし」

「でも、見てないものは見てないんです」キクの態度が強硬になった。目がいっそう吊り上がって見える。

「おたくの壁に、遺体がぶつかったかもしれないんですよ」

「やだ」今度はキクの顔が真っ青になった。「ぶつかったって、どういうことですか」

「ちょっと見てもらえますか」

生沢に促され、キクが突っかけを履いて外に出た。隣の家との狭い隙間に案内すると、またも顔を蒼褪《あおざ》めさせる。

「ちょっと見えにくいですけど」生沢は隙間に体を押しこみ、かなり無理してしゃがみこんで壁を指差した。「地面から五十センチぐらいのここのところに、血痕が残ってます」

「本当に？」

「間違いありません。犯人が遺体を運ぶ時に、ここにぶつかったと思うんですけど、何か物音、聞こえませんでしたか？」

「いえ、私は……」

「お、お帰りかい？」

突然、中条が嬉しそうな声を上げた。彼の方を見ると、小学生の女の子が不安気な表情を浮かべて立っている。額には汗が滲《にじ》み、ランドセルの肩ベルトを両手で握り締めていた。十歳ぐらいだろうか……まだ子どもが小さい生沢には、年齢の見当がつかなかった。そういえば今日は土曜日で、学校も昼までで終わるはずだ。

「ちょっと、子どもに変な話をするのはやめて下さいよ」キクが子どもと中条の間に割って入った。

「いやいや、お母さんが一緒なら、別に問題ないでしょう」

中条が腰を屈め、女の子と顔の高さを合わせる。そうされても女の子の方は安心できるはずもなく、顔は引《ひ》き攣《つ》っていた。

「お嬢ちゃん、名前は？」

「……美智子《みちこ》」

「お、美智子妃殿下から名前を貰《もら》ったのかな？」

「中条さん、それ、時期が合いませんから」生沢は指摘した。「ミッチーブーム」はわずか二年ほど前のことだ。あの年に生まれた子どもには、妃殿下の名前を貰った女の子がたくさんいたはずだが。

「おっと、これは失礼」中条が腰を少し伸ばした。腰痛持ちなので、長く同じ姿勢を保っていると辛いのだ。「それで美智子ちゃん、ちょっと聞きたいんだけどね……昨夜か今朝か、何か変な物音を聞かなかったか？」

「物音……」美智子が顔を歪める。利発そうな子だが、言葉は出てこない。やはり緊張しているのだろう。

「ほら、普段聞き慣れない音とかさ」

「あ、あの……」美智子が声を上げたが、すぐに自信なげに口を閉ざしてしまう。

「何かな？　何でもいいから聞かせてくれると嬉しいんだけど」中条が食い下がる。顔には優し気な笑みが浮かんでいたが、引かないという決意が透《す》けて見えた。

「どん、って」

「どんっていう音？」

美智子が無言でうなずく。中条がまた膝を折って、顔の高さを合わせた。

「大きな音だった？」

「そんなに大きくない……です」美智子はまだ自信なげだった。

「何かがぶつかるみたいな音？」

「そうです」

「どの辺から聞こえたのかな？」

「あの、お手洗いの近くで……」

中条がいきなり立ち上がったので、美智子が慌てて一歩引いた。

「奥さん、お手洗いはどこですか？」

「あ、それは……」キクが、戸惑いながら血痕が残っていた辺りの壁を指差した。それから美智子に向かい、「あんた、何で早く言わないの」と叱責《しっせき》した。

「だって、聞かれなかったから。いつも、余計なことは言うなって言ってるじゃない」美智子が口を尖《とが》らせる。

「それとこれとは別でしょう！」

「まあまあ、奥さん」生沢は思わず割って入った。「遺体が見つかったのは朝の八時過ぎですよ。その頃、美智子ちゃんはもう、学校へ行っていたんじゃないですか」

「そうですけど……もう、この子は、はっきり言わないから」

「責めないで下さい」生沢は美智子を庇《かば》った。「小学生なんですから、何が怪しいとか、分からなくて当然ですよ」

「奥さん、ちょっとお手洗いをお借りしますよ」

中条は既に玄関の方へ向かって歩き始めていた。キクが、「はい、あの……」と言いながら慌てて後を追う。取り残された格好になった美智子が、不安そうに生沢を見た。

「美智子ちゃん、その音を聞いたの、何時頃だったかな」生沢は訊ねた。

「四時か……五時です」美智子が途中からはっきりと言い切った。

「間違いない？　何で五時だって分かったのかな」

「お手洗いの横に時計があって……いつもそんな時間に起きないから」

「なるほどね」

いきなり小さな窓が開き、中条が顔を出した。

「よし、生沢、実験だ」

「はい？」

「阿呆、分からないのか？　何かぶつかった時に中で聞こえるかどうか、実験するんだ。段々強く蹴ってみろ」

「あ、はい。分かりました」

窓が閉まると同時に、生沢は狭い空間に体を押しこんだ。最初は爪先を軽くぶつける感じにしてみた。かつん、と軽い音がするだけで、何とも心もとない。美智子の方を向いて、「こんな感じだった？」と訊ねる。美智子が首を傾げて、「もっと大きな音だったと思います……」

「分かった」生沢は少し力をこめて再度壁を蹴った。どすん、という鈍い音が響く。このまま力を入れ続けたら、そのうち壁に穴が空くかもしれない。実際二度目の蹴りでは、壁がたわむのがはっきりと感じられた。

いきなり窓が開く。

「今ので十分聞こえたぞ！」すぐ近くに顔があるにもかかわらず、中条が怒鳴った。「どれぐらいの勢いで蹴った？」

「大した力じゃないです」五段階で二、ぐらいだっただろうか。

「だったら、ネコがぶつかれば間違いなく聞こえるな。時間は――」

「午前五時です」美智子が同じ答えを続けるのを避けるために、生沢は素早く答えた。

「よし、分かった。だったら、それが死体遺棄の時刻だ」

突然、美智子が泣き出した。「死体遺棄」の意味を分かっているかどうかはともかく、語感が持つ恐ろしさに打たれたのだろう。申し訳ないことをした……しかしどうやって慰《なぐさ》めていいのか分からず、生沢はその場に立ち尽くすだけだった。

2

被害者の身元はすぐに割れた。寺田《てらだ》光三郎《こうざぶろう》、七十二歳。住所は、現場からもほど近い渋谷区鉢山町《はちやまちょう》……崩れそうな一軒家で、一人暮らしをしていた。妻は既に亡くなり、長男夫婦は大阪に住んでいる。他に次男がいたが、レイテ島で戦死していた。

「最近、少しぼけてきて、近所をうろついていたらしい」夕方行われた最初の捜査会議で、捜査一課長の牧内《まきうち》が告げた。「それと参考までに、前科《マエ》のある人間だ」

その言葉で、刑事たちの間にざわつきが広がった。牧内が、「静かにしろ！」と一喝して話を続ける。

「十年前……昭和二十六年に、窃盗《せっとう》容疑で逮捕されている。この時は実刑判決を受けたが、常習だったらしい。捜査三課が目をつけていたが、逮捕できたのは一回だけだった。近所では、今もやっているんじゃないかと噂があったようだ」

七十二歳でまだ泥棒を生業《なりわい》にしている……そんなことがあるのだろうか、と生沢は訝った。

「ぼけた振りをしてうろついて、戸締りの甘そうな家を物色していた、という噂もある。年寄りがふらふらしていても、誰も怪しいと思わないからな。まったく、三課がもう少ししっかりしていれば、殺されることもなかっただろうに」

牧内の言葉は結果論だ、と生沢は皮肉に考えた。身を守るために逮捕する——寺田がどういう経緯で殺されたか分からないのだから、逮捕されていれば死ななかったという保証はない。

「長男は、大阪に引っ越してくるように何回か進言していたようだ。確証はないが、環境が変われば悪さをしないとでも思ったのかもしれない。しかし本人は、ずっと拒否していたそうだ。真意は分からん……長男夫婦とは連絡が取れて、既にこっちに向かっている」

とはいえ、長男夫婦に直接事情を聴くのは、何時間も先になるだろう。新幹線が開通すれば、東京と大阪を四時間で結ぶそうだが、今はまだそんなわけにはいかない。特急「こだま」で六時間半近くかかるのではないだろうか。それだけ長い時間、不安を抱えたまま電車に揺られるのは地獄だろう、と生沢は長男夫婦に同情した。

「近所とは、時々問題を起こしていたようだな」牧内が続ける。「ぼけているのが演技か本当かは分からないが、人の家の新聞や牛乳を勝手に持っていったりして、文句を言われていたのは確かだ。ただし、警察に駆けこむほどではない……当たり前だな。そんなことでいちいち通報されても、構っていられない。いずれにせよ、近所づき合いもほとんどなかったようで、殺すまでの恨みを持つような人間はいなかったと考えていい」

やはり通り魔のようなものだろうか。生沢は額の汗をハンカチで拭《ぬぐ》いながら、目の前で広げた渋谷区の地図を凝視した。指を使って、被害者の家と死体遺棄現場の間の距離を測る。直線距離にして五百メートル、実際には入り組んだ道を歩くので、七百メートルほどあるだろうか。

「長谷、被害者宅近所の聞き込みについて報告しろ」

牧内が指示して、どっかと腰を下ろした。ハンカチを大きく広げ、大袈裟《おおげさ》に顔を拭う と、扇子《せんす》で顔を扇《あお》ぎ始める。生沢もシャツが汗で濡れるのを感じた。渋谷中央署の会議室は三階にあり、窓を開けていても記者たちに聞かれる心配はないので全開になっているのだが、とにかく今日は風がない。午後までの暑さがまだ居座っている感じで、刑事たちで埋まった会議室の中は、蒸し風呂のようだった。扇風機が何台か持ちこまれていたが、それで何とかなるものでもない。

長谷が立ち上がり、報告を始める。少し緊張しているのは、背中を見ても分かった。

「被害者は、毎朝七時と午後八時に、家を出て散歩する習慣があったそうです。この習慣は、以前からずっと続いているもので、最近も変わっていません。この頃は、話しかけても返事が返ってこないことも珍しくなかったようです」

「朝七時はともかく、午後八時の散歩は遅くないか？」

「犬を飼っていたんです」牧内の突っこみに、長谷が慌てて答える。右手をポケットに入れてハンカチを取り出し、額を拭った。「毎日二回の散歩が習慣だったそうです。朝も夜も、飯を食った後、という感じでした」

「犬の散歩、ねえ……」牧内が顎を撫で、身を乗り出した。「その犬はどうしたんだ？」

「いません」長谷が即座に言った。

「行方不明か？」と牧内。

「はい。なので、散歩の途中で襲われ、犬も一緒に行方不明になっているのではないかと思われます」

「だったら犬も捜さないとな」

牧内が真顔で言ったので、一瞬会議室の空気が凍りついた。冗談なのか本気なのか、生沢にも判断できない。この一課長は、真面目な会議の最中に、突然笑えない冗談を言ったりするのだ。

「犬も殺されているかもしれないな」

続いた台詞で、冗談ではなかったのだと生沢は悟った。確かに……犬を散歩している最中に襲われれば、犬は逃げるかもしれない。その後どうするか——飼い犬なら、家に帰って来るのではないだろうか。それがいないというなら、殺されていてもおかしくない。飼い主と犬を一緒に殺すというのは、いったいどんな犯人なのだ？

「昨夜はどうしてたんだ？」牧内が質問を続けた。

「夜の散歩に出たのは確認できています。近所の人が何人か、目撃していました。昨夜は、きちんと話もできたそうです」長谷が答える。

「八時頃か？」牧内がわざとらしく左腕を持ち上げて時計を見た。「台風はどうなってたかな」

牧内の横に座った渋谷中央署刑事課長の田澤《たざわ》が、「もう関東地方は抜けてましたよ」とすぐに答えた。確かに……風と雨が一番強かったのは、勤め人の帰宅時間である午後六時頃だ。生沢も電車が止まるのを見越して、しばらく本部で時間を潰していたのだから間違いない。

しかし、台風が既に通過していたとしても、それから二時間ぐらいで風雨が弱まるわけではない。実際昨夜は、吹き返しの風が強くなって、結局午後九時ぐらいまでは鉄道ダイヤも乱れていたはずだ。そんな中、七十二歳の老人が犬を連れて散歩に出るのは、どうにも不自然である。牧内もその点を突いてきた。

「散歩するのにいい天気じゃなかったと思うが」

「確かにそうです」長谷は認めた。「近所の人も、危ないと思って声をかけていたそうです。まだ風が強かったですから……でも被害者は、『昨日も連れていけなかったから』と言って出かけていったそうです」

「犬のことをそんなに気にするのも妙だが……」理解できないとでも言うように、牧内が首を横に振る。「その後、家に帰った様子はないんだな?」

「今日の朝刊がそのまま残っていました。近所の人たちも姿を見かけていません」

「となると、犯行は昨夜のうちか……出歩いている人も少なかっただろうから、犯人にとってはやりやすい夜だっただろうな」

しかし、犯行現場はどこだ？　生沢は、寺田の自宅——夕方、一度見ていた——や死体遺棄現場付近の様子を思い浮かべた。基本的に住宅街で、目立たずに人を襲えるような場所はない。ひったくりぐらいなら犯人も大胆になるかもしれないが、ことは殺しである。目立たない犯行現場——それも屋内が必要になるのではないか。

前の二件の殺しでも、それが問題になっていた。いずれも、殺害現場がまだ特定できていないのである。それ故、犯人は自家用車の持ち主ではないか、という推理もあった。今、全国の自家用乗用車保有台数は五十万台前後だろうか。他に遺体を運ぶ手段としては、トラックなどもある……それらすべてをチェックするのは、まず不可能だ。日々車の数は増え続けており、車のある家を一軒ずつ回って調べるなど、とても無理だろう。

「死体を遺棄した犯人と殺人犯は同一人物だと考えるのが、論理的に合っている」牧内がゆっくりと立ち上がった。「まずは、現場の聞き込みを強化。今夜から明日の明け方にかけて、現場の定時通行捜査を行う。それまでに少し休んでおいてくれ。以上だ」

牧内が閉会を宣言した。夜中からまた仕事か……今日は渋谷中央署に泊まりこみになる。まだ幼い息子の顔を見られないのは辛いが——自分でもこんな子煩悩《こぼんのう》な親になるとは思わなかった——一度家に帰る余裕はなさそうだ。それこそ、自家用車でもなければ……しかし同僚にも、車を持っている人間はほとんどいない。勤め人にとって、マイカーは夢のまた夢なのだ。トヨペットのクラウンなど、いったい誰が買うのだろう。自分の手が届く車といえば、この六月に発売されたばかりのパブリカぐらいである。それだって四十万円もするわけで、給料二年分ぐらいを出すつもりでいないと手が届かない。もっとずっと小さいスバル３６０でも、値段はそれほど変わらない。あの車だと、子どもがもう一人生まれたら使えないだろうし……馬鹿馬鹿しい。生沢は首を横に振って、マイカーの夢を捨てた。東京に住んでいる限り、自分の車など必要ないではないか。どこかへ出かけるなら、電車に乗ればいい。

「おい、軽く何か食べに行くか」

中条が生沢の肩を軽く叩いた。弾《はじ》かれたように生沢は立ち上がる。それを見て、中条が目を見開いた。

「どうした、何を慌ててるんだ」

「いや……何でもありません」

「ちょいと辛いカレーでも食って、気合いを入れよう」

「ええ」カレーは好物だ。

「少し歩くけど、『ムルギー』へでも行こうか。時間はある」

「あ、いいですね」生沢は頬が緩むのを感じた。何度か行ったことがある店で、独特な味わいのカレーは気に入っている。

夜になっても、渋谷の街は依然として賑わっている。国鉄の駅構内を抜けて、道玄坂《どうげん》へ。少し坂を上がって右側へ入ると、ごちゃごちゃとした一角が姿を現した。目当てのカレー屋「ムルギー」はここにある。昭和元年からこの地にある名曲喫茶の「ライオン」に比べれば、戦後生まれの「ムルギー」はまだ新しい店と言えるだろう。それでもこの地でもう十年近く営業していて、今やすっかり名店になっている。

時間が遅いせいか、ほとんど客はいなかった。二人ともカレーを頼み、無言で食事に取りかかる。山のように三角形に盛りつけられたライスのふもとに、カレーの「海」が広がる……こんな盛りつけ方のカレーを、生沢は他に知らない。独特の香ばしさがあり、スプーンを操る手が停まらない。五分ほどで食べ終えてしまい、生沢は満足の吐息を漏らした。

「早いな」まだ半分ほどしか食べていない中条が文句を漏らした。

「すみません。腹が減ってたもので」

中条は普段、「刑事は早飯が一番だ」と言っているのだが……自分から誘っておきながら、あまり食が進まない様子だった。

「体調でも悪いんですか？」

「いや、ちょっと胃がな……」中条が顔をしかめ、胃の辺りを摩《さす》った。「大したことはないんだが、食べるとしくしく痛むんだ」

「胃潰瘍《いかいよう》じゃないんですか？」

「冗談じゃない」憤然とした口調で言って、中条がスプーンを置いた。「縁起でもないこと、言うな。胃潰瘍となったら手術だろうが。考えただけでぞっとする」

「すみません」生沢は素直に頭を下げた。先輩の体調に気を遣っているだけなのだが。

結局中条は、カレーを三分の一ほど残してしまった。自分の一言で食欲をなくしたのなら申し訳ない、と生沢は反省する。カレーではなく、胃に優しいうどんか蕎麦《そば》にすればよかったのかもしれない。

「ちょっと、被害者の家に行ってみるか」

「今からですか？」生沢は思わず腕時計を見た。既に午後九時。聞き込みをするのに遅過ぎる時間ではないが、特捜本部の方針からはみ出してまでやるべきとも思えない。

「俺は見てないいんだ。ちょっと雰囲気だけでも味わっておきたい」

「分かりました。ご案内します」

「ああ、頼む」

店を出て歩き始めても、中条は口数が少なかった。渋谷駅の方へ戻りながら、次第に心配になってくる。寺田光三郎の家がある鉢山町までは結構な距離があるのだ。そこまで無事に歩いていけるかどうか……。

「きついなら、戻って休みませんか」

「大きなお世話だ」中条がぶっきら棒に言った。「胃が落ち着けば自然に治る」

「医者へ行った方が……」

「お前とそういう話をしてると、痛みが悪化するんだよ」

「すみません」

結局生沢は黙るしかなかった。しかし、中条の歩くスピードが落ちないので、大したことはないだろうと自分を安心させる。

三十分近く歩いて鉢山町に着いた時には、生沢は全身汗だらけになっていた。先ほど食べたカレーのせいもあるだろう。冷えたビールが恋しくなってきたが、殺人事件が起きたその夜に酒を吞むわけにもいかない。吞んではいけないという決まりがあるわけではないのだが、個人的にそういうルールにしていた。時には、吞まずにはいられないほど悲惨な事件にぶち当たることもあるのだが。

寺田光三郎の家は古い平屋で、戦前からの建物のように見えた。この辺りは空襲の被害を受けなかったのだろうか、と最初に見た時に生沢は想像した。渋谷区内は、実に八割近くが空襲で焼かれていたはずだが。

寺田の家には当然灯《あか》りは点いておらず、静まりかえっている。玄関脇の犬小屋も空だった。首輪をつなぐチェーンが、犬小屋の前でとぐろを巻いている。中条はズボンのポケットに両手を突っこんだまま、左右の足に順番に体重を移して体を揺らしていた。しかし視線は、ずっと寺田の家を凝視したままである。何か見つけたのか、と訊ねようとした瞬間、突然踵《きびす》を返して歩き始めた。

「中条さん――」

「もういい」

振り返りもせずに、中条は言った。生沢は慌てて追いつき、彼の横に並ぶ。中条の言葉を待ったが、何も言おうとしなかったので、こちらから問いかけた。

「あの……何か分かりましたか?」

「分かりはしないが、とにかく感じないんだ」

「感じない？」

「お前、そういうことはないか？」中条がちらりと生沢の顔を見て、逆に訊ねた。「現場や関係者の家を見て、何かピンとくることが。第六感のようなものだ」

「自分は、そういうのは……」生沢は言葉を濁した。中条は、霊感のようなものを信じているのだろうか。

「長いこと刑事をやっていれば、何となく雰囲気が分かるようになるもんだよ。勘を馬鹿にするのは勝手だが、意外と当たるんだぞ」

「馬鹿にはしてませんけど……それで、何も感じないというのは、何なんですか」

「とにかく、事件の臭いがしないんだ」立ち止まり、中条が振り返った。寺田の家からは既に二十メートルほど離れており、家は闇の中に沈んでいる。「被害者が普段から何か問題を起こして、事件に巻きこまれてもおかしくない状態になることもある。そういう家は、どこか危ない気配を発しているものなんだよ。そういうの、感じたことはないか？」

「いや……ないです」

「まだまだ経験が足りないな」中条が鼻を鳴らした。

「でも、気配がないというのは、どういうことなんでしょうか」

「やっぱり通り魔、かな」どこか自信なげに中条が言った。「たまたま散歩していて襲われ、殺された」

「でも、散歩していたのは、比較的早い時間ですよね。いくら何でも、午後八時や九時に、渋谷で人を襲って殺すのは無理があるんじゃないでしょうか。人通り、多いですよ」

「だったら被害者は、しばらくどこかに監禁されていたとか」

「拉致《らち》したんですかね……」そこで再び、自家用車の話が頭の中で蘇《よみがえ》る。「車でもないと、拉致するのは難しいと思いますが。車の持ち主を当たっていくのは相当大変ですよ」

「実際には不可能、だろうな」先ほど生沢が達したのと同じ結論を、中条が口にする。

「どうもこの事件は妙だ」

「他の二件ともよく似てますよね」

「ああ……これのこととかな」中条が額に触れた。三人の被害者全員の額に記された十字。犯人はいったい、何を狙っているのだろう。警察に対して、何らかの主張をしようとしているのか。だとしたら、明らかに愉快犯である。それも、相当ねじれた……まともな精神状態とは思えない。

「連続殺人なのは間違いないですよね」生沢は念押しした。

「そうだな。被害者は全員老人……そして遺体は、特に隠されずに捨てられていた」

歩きながら、生沢はうなずいた。最初の二件の事件捜査にはかかわっていないが、ずっと注意して見てきたので、基本的な情報は頭に入っている。

最初の事件の被害者は、永沢徳郎《ながさわとくろう》、六十九歳。二番目の事件の被害者は相沢市蔵《あいざわいちぞう》、七十五歳。被害者が三人とも渋谷区在住ということも共通している。だが、それ以上の共通点はなかった。それぞれが知り合いなら、また状況も変わってくるだろうが、これまでの調べでは、三人には互いに面識がない。被害者の共通点があるような、ないような……三件目に至って、連続殺人ということだけは確実になっていたが、そもそも日本ではこの手の事件が少ない。ましてや生沢は経験も浅く、今日の事件の第一報を受けてから、ずっと緊張しっ放しだった。

「とにかく、目撃者を捜していくしかないだろうな。ブツは……それこそ、今回の事件で使われた手押し車でも見つかればいいんだが」

中条の言葉は、どこか自信なげにふらついていた。ベテランの彼がこんな風に不安気なので、生沢もさらに自信を失う。自分が捜査の全てに責任を負うわけではないが、どうにも嫌な予感が消えなかった。

「一課長が、上から発破《はっぱ》をかけられたらしい」中条がぽつりと言った。

「どういうことですか?」

「オリンピックだよ、オリンピック」中条が忌々《いまいま》しげに言った。「かような重大事件を解決できなければ、オリンピック開催都市の警察として沽券《こけん》にかかわる。可及的《かきゅう》速《すみ》やかな解決を望む、ということだ」

「そんな……」

「まだ三年も先の話なのになあ」中条が皮肉っぽく零《こぼ》した。「これは治安の問題だ、というわけさ。未解決事件があったら、来日する選手や外国要人が不安がるだろう、ということだ」

「気を回し過ぎじゃないですか。だいたい、未解決事件なんて、いくらでもあるでしょう」

生沢は、二年前に荒川区《あらかわ》で起きた通り魔殺人事件や、杉並区《すぎなみ》のスチュワーデス殺害事件を即座に思い浮かべた。後者は、何度か事情聴取を受けていたベルギー人神父が突然出国したために、実質的に捜査が行き詰まってしまったという事情があるから、単純な未解決事件とは言えないのだが。

「お前も、嫌なことを言うね」

ちらりと中条の顔を見ると、彼は苦虫を噛み潰したような表情を浮かべていた。「すみません」と反射的に謝ったが、それでも胸に芽生えた嫌な予感は消えない。まだ刑事として数年の経験しかないが、事件が袋小路にはまりこむ原因を、生沢は既に知っていた。多くは、証拠が少な過ぎる場合と多過ぎる場合である。前者はもちろんのこと、後者が捜査に悪影響を及ぼすこともままあるのだ。発生直後、取り敢えず使えそうな手がかりが多過ぎて、気が抜けてしまう……例えば、現場に残された多くの物証。「これだけブツがあればすぐに解決する」と気が緩み、目撃者捜しなどの基本捜査が疎《おろそ》かになる。今回の三つの事件は、今のところ前者だろう。いずれの現場でも、物証は何も見つかっていない。今回、手押し車のタイヤ痕が確認できたのは、初めてのしっかりした物証と言っていい。

「まあ、まだ初日だ」中条が気合いを入れ直すように言った。「この段階では、先入観なしで捜査を進めるのが肝心だぞ」

「分かりました」地味だが大事な教訓だな、と生沢は肝に銘じた。意地悪なのか、それが教育方針なのか、何も言わずに黙って見ていろ、という先輩刑事もいるが、この係長はしっかりと言葉を送ってくれる。それだけでもありがたい話ではないか。今は戦前・戦中の暗黒時代ではないのだ。十三歳で終戦を迎えた生沢は、言葉の大事さを子ども心に強く感じた。敗戦で教師たちの教えが一日で百八十度変わり、何が本当なのか、分からなくなっていた頃……後で考えたのは、教師たちは本音を隠して言葉を操っていただけ、ということだ。間違った戦争とは、絶対に言えなかったわけで……当時は、「教師不信」の空気が教室にはっきり流れたのを覚えているが、今ではどうでもいいことだと思っている。彼らも犠牲者なのだ。正しい情報を与えられず、ただ政府の方針に従って生徒たちを教育した。そして自分たちは、その言葉を真に受けた。

言葉は人を——いや、社会全体を大きく動かす力を持っている。

一つだけはっきりしているのは、今の自分たちには好きなことを自由に主張する権利があるし、その権利は絶対に守らなければならない、ということだ——一介の刑事が考えることではないかもしれないが、それが民主主義というものだろう。

3

新車のパブリカは、なかなか調子がよかった。小さな車だが、自分一人で運転する分にはまったく問題ない。助手席や後部座席に誰かを乗せたいと思うことも、その機会もなかった。この車は、自分一人の物なのだ。

車は、自由をくれた。この車がなかったら、今も鬱々《うつうつ》とした気分を抱えたまま、毎日を送っていたかもしれない。

自宅に戻り、適当に車を停める。庭が広いので、もう一台の車――こちらはもっと大きなクラウンだ――があっても楽に停められるのだ。家の窓は暗い……既に十二時近く、家族は寝ついているだろう。毎日決まった時間に寝て、決まった時間に起きる――退屈な生活だ。

長野保は、懐中電灯を使って車内を検《あらた》めた。余計なものは……ない。犬の毛一本も残っていないのは間違いなかった。この車が捜査の対象になるとは思えないが、念には念を入れないと。つまらないことで足がつくのは馬鹿馬鹿しい。長野は、警察とやり合うつもりなどなかった。というより、どうせ自分には手が出せないと、連中を見下している。それでも、用心を怠《おこた》ってはいけない。

よし、これで問題なし。狭い車内で体を折り曲げるようにしていたので――長野は背が高い――外へ出ると関節がぎくしゃくするようだった。思い切り伸びをして体を解《ほぐ》し、車のキーをズボンのポケットに落としこんで玄関に向かう。

いつの間にか、声は消えていた。「排除せよ」「大掃除だ」と命じる声……長野は三回とも、頭に入りこんできた声に押されるように動いた。ことを終えると、声が聞こえなくなるのも同じである。あの声は、いったい何なのか。

それにしても、そろそろこの家を出ることも考えなくてはいけない。家族は邪魔だ。自分の壮大な目的のためには、一人になる必要がある。それに、この家自体が気に食わない。この街も。自宅のある穏田《おんでん》は、国鉄原宿《はらじゅく》駅に近い一画なのだが、夜ともなると静まり返って、不気味なほど人の気配がなくなる。時々、蝙蝠《こうもり》が飛んでいるのを見ることもあり、「本当にここは東京なのか」と驚かされる。そういう田舎臭い雰囲気の割に、政治家や軍人が昔から多く住んでいるせいか、何となく気取った感じもあった。渋谷の中の最低の一画。ビルをたくさん建てて、こんな景色は一変させて欲しい。無機質な都会が一番だ。

気取り——長野はそれが一番嫌いだった。自分の父親もそうだ。長野の父、保次郎《やすじろう》は衆議員議員である。肩書だけでも偉そうだし、そもそも態度がでかい。そして自分に接する態度は、明らかに父親のそれではなかった。一線を引き、まともに目を合わせて言葉を交わそうとはしない。何を考えているか、長野にはさっぱり分からなかった。

金儲けと利権について、常に考えていることだけは間違いないが。

玄関に立った瞬間、ドアが開く。一瞬どきりとしたが、玄関の薄明りの中に前田昭二《まえだしようじ》の姿を見つけて、すぐに鼓動は落ち着いた。名前の通り、昭和二年生まれのこの男は、今年三十四歳になる。父親の秘書——というより、住みこみの書生とでも言った方がいいだろうか。のっぺりとした長い顔は間抜けに見えるのだが、実際には東大の卒業生である。つまり、長野にとっても大学の先輩だ。もっとも、学生時代は戦中戦後の混乱期だったので、ろくに大学に行っていなかった、とも聞いている。

「遅かったですね」丁寧な言葉だが、不信感が滲み出ていた。

「ああ、ちょっと」長野は思わず視線を逸《そ》らした。前田は自分のお目つけ役も任じていて、いちいち行動に口を出してくる。鬱陶しいのは確かだが、最近はそのお節介ぶりをからかうことに、かすかな楽しみも見出していた。どうせ父親に言われてやっているだけであり、彼をからかうのは父親を馬鹿にするのと同義である。

「夜の運転は危ないですよ」

「知ってますか？　車にはヘッドライトってやつがついているんですよ」

「多少は遊びもいいでしょうけど、そろそろ勉強の方も頑張ってもらわないと」

「そういうのは上手くやりますよ……大したことじゃないんだから」

長野は、前田の横をすり抜けるようにして玄関に入った。途端に黴臭《かびくさ》さが鼻につき、軽い吐き気を覚える。この家は戦後に建てられたもので、まだそれほど古くはないのだが、何故か古い家に特有の臭いがいつも漂っている。

玄関に座りこみ、靴紐《くつひも》を解く。茶色い革靴の右の爪先に小さな染みがついているのを見て、長野は思わず舌打ちした。クソ、十分注意してやったつもりなのに、失敗したか。

血。

この靴は処分しないと。また金がかかるが、理想のために懐《ふところ》が多少痛むぐらい、仕方がないことだ。

「今日もそうですけど……昨夜はどこへ行ってたんですか」前田が追及してきた。軽い調子だが、言葉に棘《とげ》がある。

「ああ、ちょっと友だちと」

「大丈夫なんですか？　このところずっと、夜は外出してるじゃないですか」

「勉強ですよ。一人より何人かでやった方が、効率がいい。議論も大事ですから」やっと靴が脱げた。改めて見ると、血痕は一円玉ほどの大きさである。洗えば落ちるのか、あるいは捨ててしまった方がいいのか、にわかには判断できなかった。取り敢えず、下駄箱にしまう。

家の中には、むっとするような熱気が籠《こも》っていた。これも、この家が嫌いな理由の一つだ。風通しが悪く、いつも空気が淀んでいる。夏は特にひどい。うちの親子関係そのものだな……と皮肉に考えた。

廊下の奥の部屋から、灯りが漏れているのに気づく。父親の書斎兼応接室だ。よく記者たちがたむろしているのだが、こんな時間にまで家にいるのだろうか。

「誰か、客でも？」前田に訊ねる。

「先生と明憲《あきのり》さんがお話しされているんだと思いますが」

「兄貴が？」妙な感じもする。長野よりも七歳年上の兄・明憲は、弁護士事務所を開業して独立している。既に家を出て、滅多《めった》に帰って来ないのに、こんな時間に何の用だろう。

嫌な予感がして、早々自室に引き上げることにした。階段に足をかけた瞬間、書斎から父の怒声――大声ではないが、怒りは感じられた――が聞こえてきて、思わず足を停める。

「そんなふざけた話があるか！」

兄が、それに対して何か言ったようだ。ただしこの兄は、いつも弁護士らしからぬ小声で話すので、内容までは聞き取れない。すぐに父親の声が続く。

「どうするつもりなんだ？　何か考えがあるのか」

問題でも起きたのだろうか、と訝しむ。それにしても、父と兄が「問題」について話し合っているのが意外だった。普段、ほとんど話もしないのに。

長野は振り返り、前田に「どうかしたんですか」と訊ねる。

「さあ」

短く答える前田の口調は素っ気ない。それで長野は、不信感をさらに募らせた。

「お前はそれでいいと思ってるんだな？」父親が念押しする声。兄が「はい」と短く答える声だけは聞こえた。

「だったら、お前に任せる」

それで話し合いは終わりになったようだった。書斎のドアが開き、兄が出て来る。長野を見て驚いたような表情を浮かべたが、すぐに無表情に戻った。昔から、喜怒哀楽が表に出ない人で、友人たちからは「仏像」と呼ばれていたのを長野は知っている。

「ちょっと話せるか」

兄からの申し出に、長野は内心仰天《ぎょうてん》した。ここ数年は、兄弟の間で会話などほとんどなかったのだが……しかし断る理由もなく、長野は「いいよ」と言ってしまった。父と何の話をしていたかにも興味があるし。

兄は、かつて自分が使っていた部屋に長野を誘った。荷物はすっかり運び出され、畳がむき出しになっている。この部屋に入ったことはほとんどないが、窓辺に近い部分の畳に、四つの小さな窪《くぼ》みがあるのにすぐ気づいた。机を置いていた跡。そう……兄は東大へ入るために必死で勉強していた。それこそ身を削るような入れこみ方で、受験前には痩《や》せこけて頬から肉が削げていたほどである。まあ、努力だけの人だからな、と長野は馬鹿にしていた。その数年後、長野自身はさほど苦労することもなく、東大に合格した。受験勉強など、所詮《しょせん》は要領である。それよりもっと大事で難しいことはいくらでもある。

兄はまず、窓を開けた。外にいると蒸し暑く感じられたのだが、室内に入ってくる風を体に受けると、かすかに秋の涼しさを感じる。だが兄は、すぐに窓を閉めてしまった。せっかくいい空気が入っているのに……とむっとしたが、いちいち文句を言うほどのことではない、と自分に言い聞かせる。

兄が部屋の真ん中に座る。長野は少し距離を置いて、彼の正面で胡坐《あぐら》をかいた。兄がハンカチを取り出し、しきりに額の汗を拭う。腕時計で確かめると、そろそろ日付が変わる時刻。なのに、きちんと背広を着てネクタイも締めている姿は、どこか滑稽《こっけい》だった。

「最近、どうだ」

「どうって」

「夜遊びが過ぎるんじゃないか」

「まあ……大学は暇だからね」

兄が目を見開く。自分には理解できない世界だとでも言いたげに、溜息をついた。

「将来のことを考えたら、遊んでる暇はないはずだぞ」

「将来、ねえ」長野は人差し指で顎を撫で、白けた気分を味わった。まともな仕事、まともな家庭、父親の跡を継いで社会的に尊敬を集めること……この男の頭には、その程度のことしか入っていないのだろう。

「お前、将来はどうするか、考えているのか」

「いや、まだだね」

「もう二十一なんだぞ。来年は四年生だろうが」

「何とかなるよ」

「司法試験を受ける気はないか？」

「ない」長野は即座に言い切った。「もう、試験勉強は面倒臭いよ」

「そうか……だったら、普通に就職するのか？」

「まだ何も考えていない。その時になったら考えるよ。東大を出て、仕事に苦労することもないだろう」

「前に、大学に残って研究したいって言ってなかったか？」

「ああ」思い出した。一時は、それが自分にとって最適な道ではないかと確信していたのだ。現在の教授たちを見ていると、いかに暇かが分かる。適当に講義をして、後は自分の研究のために時間を使う——そして自分が目指していることのためには、自由な時間が何より大事なのだ。ただし、金の面で不安定なのが気にかかる。大学に残って研究生活を続けても、給料で食べていけるようになるまでには、長い時間がかかるだろう。「それも一つの選択肢だね。悪くはない」

「それなら、また勉強しないと」

「そういうことは、ちゃんと考えるよ」兄は、こんなことを父親と相談していたのか？ふらふらしている次男坊の将来を心配して、親子で語り合っていた？　何となく、違うような気がしている。この二人は、そもそも自分のことなどずっと無視していたではないか。まるで存在しないように……無視される理由が、長野には分からなかった。兄より勉強はできたし、高校時代までは遊び回ることもなく——今も決して遊んでいるわけではない——本が友だちだった。しかし何故か、父も兄も自分を敬遠していた。

「時間はあっと言う間に過ぎるぞ」

「だろうね……それより兄貴、さっきオヤジと何の話をしてたんだ？　俺の将来について相談してたわけじゃないだろう」長野はずばり切りこんだ。

「ああ、跡継ぎ話で……」

「選挙の話か」

「今すぐじゃないけどな。オヤジはまだ六十だ」

「もう六十、だろう」長野は即座に訂正した。気に食わない、社会的に存在意義のないクソジジイと言っていい年齢だ。

「政治家は年を取らないんだよ。その辺の六十歳と比べてみろ。はるかに元気だろうが」

「人の生き血を啜《すす》ってるようなものだからね」

「そういう言い方はやめろ」兄が顔を歪めた。

「へえ、おかしいね。兄貴はいつの間に、オヤジとそんなに仲良くなったんだ？」

「仲良くはない。だけど、親の悪口は控えろよ」

「ま、いいけど」長野は肩をすくめた。兄は本当のことを言っていない感じがする……何かを隠している証拠に、耳が赤くなっていた。昔からそうだ。いつも無表情なのに、嘘をつくと必ず耳が赤くなる。こんな風にすぐに内心がばれてしまうようで、弁護士の仕事がきちんとできているのだろうか。「俺には関係ない話だしな。兄貴、どうするんだよ。選挙に出るのか？」

「今はそのつもりはない」

「今は、ね……将来的にはあるんだ」いつの間にか父親に洗脳されたのだろうか、と長野は訝った。

「そうするにしても、まだ先の話だ。五年か、十年か……」

「弁護士は辞めてもいいんだ？」

「まだ考えてない」

「兄貴もはっきりしないな」長野は皮肉を飛ばした。「人のことは言えないんじゃないか」

「俺の人生だけじゃない。長野家にとって、重大な問題だから」

「代議士の家になんか、生まれるもんじゃないね」長野は頭の後ろで手を組んだ。「いろいろなことに縛られて、何にも自由にできない」

「しょうがないだろう。だいたい家の問題は、どこにでもあるんだから」

「それは戦前の話だぜ」長野は指摘した。「家制度は、昭和二十二年の民法改正で消滅してるんだ」

「それは法律の上だけの話だ。俺が言ってるのは、この家を守って、続けていくことだよ」

「兄貴は、そういうのに興味がないのかと思ってたけどな」長野は白けた調子で言った。

「だから家を出て行ったんじゃないのかよ」

「いろいろあるんだ。自分で家庭を持つと、考えるようになる」

「家庭、ねえ」さらに白けた気分になってしまう。家庭を顧《かえり》みず、外に女を作ったのは父親ではないか。それが家族の捻《ね》じれた関係を作ったのは間違いないのだが、本人は反省している素振りも見せない。まさに、戦前の人間の思考方法、やり方だ。

そういうのは、全て排除していかなくてはならない。過去を体現するものは消さなくてはならない。

「それで兄貴、本気で政治家になるつもりなのか」

「まだ何も決めていない」兄の顔は暗かった。

「兄貴が政治家っていうのも、ちょっと想像できないな」

からかってみると、またすぐに顔が赤くなった。昔から口下手で、人前に出るのが苦手だった兄。大勢の前で話すのが大好きな父親とは、正反対の性格だと言っていいだろう。しかし結局、父親の圧力には勝てないわけか……所詮、その程度の人間である。兄もまた、古い因習に囚《とら》われているのだ。

長野は立ち上がり、窓を開けた。兄が何故か「よせ」と鋭く言ったが、構わず全開にして秋の夜風を浴びる。間もなくここの空気には、工事の匂いが混じるはずだ。土埃《つちぼこり》が舞い、鉄とコンクリートの新しい街ができあがる。その日が来るのが楽しみでならない。

東京は戦争で一度滅びた。

しかし、その滅び方は中途半端だったのかもしれない。疎開していた長野は、幼かったせいもあり、東京を何度も襲った空襲を直接は知らなかったが、終戦後に戻って来た時に、惨状は目の当たりにしている。ただ……燃え残りはあり、廃墟の中で早くも人々が生活を立て直し始めていたのも、子どもながらにしっかりと見た。そして、中途半端だと思った。

敗戦で全てが変わっていてもおかしくなかったのに、まだ戦中の、あるいは戦前を引きずった空気が流れていたのを覚えている。アメリカも中途半端なことをしたものだ。どうせなら完全な焼け野原にすれば、ゼロから再スタートできたのに。

東京は未だに、過去とつながっている。

長野は思いきりよく窓を閉めた。ぴしゃり、という音で東京の過去も封印したつもりだったが、一度芽生えた嫌な思いは簡単には消えない。

「ま、とにかく、夜遊びはほどほどにしろよ」

「分かってるよ」いちいち反論するのも面倒臭く、長野はあっさりと返事をした。

「そうしないと……」兄が立ち上がる。「俺は家を守るために、やるべきことをやらなくちゃいけなくなる」

「何だよ、それ」長野は笑いながら訊ねた。

「お前が知る必要はない」

「そういう言い方は気に食わないな」

「俺はもっと気に食わないんだ」

引っ込み思案な兄の強硬な言葉に、長野は驚いた。子どもの頃からほとんど兄弟喧嘩をしなかったのは、いつも兄が一歩引いていたからである。

「気に食わないなら、どうするんだよ」とりあえず挑発してみた。だいたいこれで、兄はいつも引いてしまう。

「そんなこと、今言えるわけがない」

おや、と長野は目を細めた。こんな風に言い返してくるのは珍しい。もっとも、実際に何かできるとは思えなかった。勉強はそこそこできるのだが、男としての能力には疑問符がついているから。弟の自分に対してさえ、強いことが言えないのである。弁護士になったからと言って、子どもの頃からの性癖が改まったとは思えない。

「じゃあ、言わなくてもいい」長野は兄の脇をすり抜け、部屋を出た。腕時計を見る。この部屋に入ってから、十五分三十秒。こんなに長く兄と話したのは、生まれて初めてだったかもしれない。振り返らず、そのまま自室に向かう。兄は追いかけてこないだろう、という確信があった。

予想通りだった。口だけの男だ。弁護士とは、そもそもそういうものかもしれないが。

4

「何か、臭わない？」

「そうかな」助手席に座る宇都宮洋子《うつのみやようこ》の言葉に、長野はどきりとした。彼女はそんなに鼻が利くのか？　それとも、本当に異臭を嗅ぎつけたのか？　ずいぶん前のことなのに……深く突っこんで聞くわけにもいかず、「窓、開けようか」と言うしかできなかった。

洋子が助手席の窓を細く開けたので、合わせて長野は運転席側の窓を下まで巻き下ろす。途端に、ひんやりした風が吹きこんできて身震いした。十一月に入って、冬のように気温が低い日が続いている。時速五十キロで走る車に吹きこむ風は、体感温度としては真冬のそれだった。

「今日はどうするの?」

「いや、決めてない」面倒な女だ……いや、そもそも女というのは誰でもこんなに面倒なのだろうか。

洋子との出会いは、大学の同級生たちが開いたダンスパーティだった。そういうのは馬鹿馬鹿しいと思っていたのだが、つき合いの悪い変人扱いされるのも本意ではなく、仕方なく顔を出した時に知り合ったのである。

最初から、洋子の方が積極的だった。踊りながら体を触ってきたり、腕を絡めたり……酒もずいぶん強いようで、遠慮なくビールやウイスキーを呑む姿には度肝を抜かれた。長野が考える女性の基準からすると、少し図々《ずうずう》し過ぎる。しかし洋子は、平気で奔放《ほんぽう》に振る舞っていた。

別に、相手にしなければいいだけの話なのだ。大学が違うのだし、次に会う約束をしなければそれで終わる。だが、出会ってから三ヵ月、何となくつき合いは続いていた。嫌な感じがするのと同時に、好奇心も抱いていたからだ。洋子は長野にとって初めての女であり、まずは体の隅々《すみずみ》まで味わい尽くしてもいいだろう、と思っていた。将来のことなど何も考えていない。

今日は行く当てのないドライブだった。横浜にでも行ってみるか……所々、まだ道路の悪いところもあるので、長距離のドライブは避けたかったし、この車に他人を乗せるのは気が進まなかったが、洋子が「どうしても」と強引に言ってきたのだ。まだ自家用車は珍しいし、車を持っている男とドライブできるのが誇らしかったのかもしれない。誰かに見せるわけでもないだろうに。

洋子が窓を閉める。長野も風の冷たさに耐えきれなくなり、窓を巻き上げた。途端に、室内には静けさが戻ってくる。ちらりと横を見ると、洋子は鼻をひくつかせていた。形のいい、高い鼻は日本人離れしている。まあ……連れて歩いて友人たちに見せびらかすにはいいのかもしれない。ただ、自分がそんなことをしたいのかどうかが分からなかった。友人も恋人も、基本的には自分にとって意味のない存在だから。

「まだ臭うわね」

「そうかな」

「誰か、乗せた？　他の女の人とか」

「いや、乗せてない」

「そう……」

溶けた言葉の先が気になる。三ヵ月つき合って、洋子がやけに嫉妬《しっと》深いことは分かっていた。ダンスパーティなどで長野が他の女と話していると、嫌そうな表情を浮かべ、露骨に割って入ってくる。女とはそういうものかもしれないが、それにしても彼女は少ししつこ過ぎる。

それに、気が早い。

「ねえ、この前の話だけど」

「何だっけ」長野は恍《とぼ》けた。もちろん、彼女が言いたいことは分かっている。

「うちの両親と会う話。考えてくれた？」

「それは、まだ早いんじゃないかな」会うようになってから——寝るようになってから少しして、洋子は早くもそんな話を持ち出してきたのだった。長野にすれば、寝耳に水である。結婚など考えたこともなく、しかも洋子に対して、それほど強い思い入れもない。今のところは、都合がいい時に抱ける女、というだけである。

「でも、両親も乗り気なんだけど」

「まあ……そのうちに考えるよ」こうやって言葉を濁していくしかない。本音では面倒臭く、さっさと放り出してしまいたいのだが、都合よくいつでも抱ける女も、今の自分には必要なのだ。

「いつもそうやって誤魔化《ごまか》すんだから」洋子がすねて甘えた声を出した。

「誤魔化してるわけじゃないよ。まだ早いと思うんだ。将来のことなんか、簡単には考えられない」

「子どもができても？」

「え？」

長野は、喉が詰まるような感覚を味わった。まさか……いや、これればかりは何とも言えない。もしも本当だったら、自分には足かせがはまることになる。それも、逃れることができない足かせが。家族などいらないのだ。自分には、やるべきことがある。秘めた使命がある。

「冗談よ」洋子が声を上げて笑った。「びっくりした？」

「いや」実際には、心臓が飛び出しそうだった。とんでもない女だ……こいつとはつき合っていけない、と初めて確信する。早々に何とかしよう。

「あなたが、あんまりはっきりしないから。子どもでもできたら、真剣に考えてくれるかな、と思って」

「子どもは嫌いなんだ」長野はハンドルをきつく握りしめた。「大嫌いなんだ」

「そうなんだ」洋子が鼻を鳴らす。「でも、誰だっていつかは親になるでしょう？　それは避けて通れないわよ」

長野は無言を貫いた。この女に本音を話すつもりはない。自分は絶対に、家族を持たない。この血は、自分の代で断ち切らねばならないのだ。

「何で黙ってるの？」

「あ」わざとらしいかと思いながら、長野は高い声を上げた。

「びっくりさせないでよ」

横を見ると、洋子は大きく目を見開いていた。本当に驚いたらしい。

「申し訳ない。ちょっと用事を思い出した」

「用事って？　今日は講義もないんでしょう？」

「いや、教授に呼ばれていたんだ」左腕を持ち上げて腕時計を見る——見る振りをした。

「すっかり忘れてたよ」

「今から間に合うの？」

「ぎりぎり」

車は今、蒲田《かまた》辺りを走っている。引き返して一時間……はかからないだろう。もちろん、大学へ行くつもりはなかったが。

「しょうがないわね。大学は大事だしね」

妙に物分かりがいい。どうも洋子は、「東大生の彼女」という自分の立場に酔っている節がある。今回は、それを利用させてもらうことにした。

「どこかまで送るけど」

「いいわよ、この近くの駅で。時間、ないんでしょう？」

「まあね」

蒲田駅が近いだろう。彼女がこれからどこへ行くか知らないが、国鉄の駅からなら、どこへ出るにも不便はしないはずだ。

「蒲田駅でいいかな」

「いいわよ」一瞬言葉を切り、洋子が低い声で告げた。「でも、車の臭い、本当に何とかした方がいいわよ。ちゃんと掃除してる？」

「してるけどどね」嫌な予感が這い上がってくる。ずっとこの車を使っている自分は慣れてしまったのだろう。だがたまに乗るだけの洋子は敏感に気づいた。

　この車は、処分しなければならないかもしれない。

　あるいは、洋子も。今日、彼女と会ってから三十七分が経っていたが、そんな短い時間でも何度も不快にさせられた。セックスの快感か、煩わされない自由さか——今の長野には、自由の方がよほど大事だ。

5

　河東その子は、ずっと後ろめたさを抱えて生きてきた。政治家の妾《めかけ》という立場……子どもは認知してもらえたが、今では会う機会もめっきり減っている。毎月貰う手当だけが頼りの生活で、かつかつの暮らしだった。もう少し手当を貰えればとも思うが、何となく疎遠になってしまったせいで、そういう相談もできない。

　いっそ、あの男とは完全に切れた方がいいのでは、と考えることがある。景気のいい世の中なのだ、選《え》り好みしなければ、仕事がないわけではあるまい。ただこれまで、汗水垂らして働いた経験がないのが不安のタネだ。水商売で何年か……働いていた銀座のクラブで長野に見初《みそ》められ、以来彼の妾として生きてきただけである。今さら夜の商売には戻れないし、かといって他の仕事を探すのも、現実味がない。家出同然で出てきた群馬《ぐんま》の実家にも、当然頼れない。

息子と二人で暮らす目黒のこの家だけが、自分の人生の全てと言えた。次第に世界が狭くなり、毎日息苦しさばかりを感じている。

あの人は冷たい……だが、次男の保はまったく別の性格だった。それが不思議でならないが、父親に対する反発ではないか、とその子は想像している。そうでなければ、自分の息子――保にとっては異母兄弟だ――の家庭教師を引き受けたりはしないだろう。十歳の男の子に家庭教師が必要とも思えないが、東大生に勉強を教えてもらえるのは、贅沢《ぜいたく》な話だ。

「ひと休みしませんか?」

その子は、盆にお茶とたい焼きを載せて、息子の部屋に入って行った。窓辺に向いて置かれた机に覆い被さるようにしていた長野が、ゆっくりとこちらを振り向く。

「今ちょうど、算数が……それにまだ、始めてから四十一分しか経ってませんよ」

「たい焼きですよ。好きでしょう?」その子は自然に笑みが浮かんでくるのを感じた。近所の店で売っている一個十五円のこのたい焼きは、長野の大好物だ。家に来る度に、いつも必ず二つ食べていく。

「たい焼きには勝てないな」

その子がたい焼きとお茶を机に置くと、長野がさっそく一個手にして頬張った。

「頭を使った後は、甘いものがいいんですよね」

「小学生の算数だと、頭を使ったことにならないでしょう」

「いや、これがすべての基本ですから」

ちらりと机を見ると、ノートが広げてある。どうやら分数の計算をやっているらしい。息子は学校の成績がいい——長野の家庭教師のおかげだ。将来のことを考えると、胸が詰まるような思いを抱くことがある。長野はよく、「大学へ行ける成績ですね」と言ってくれるが、お金のことを考えると、とても実現できるとは思えない。高校も出してやれるかどうか……。

「相変わらず美味《うま》いですね、このたい焼き」

「僕のも食べる？」息子の育男《いくお》が、手にしたばかりのたい焼きを長野に向かって差し出した。

「いいよ、食べなよ」長野が苦笑しながら答える。「一生懸命勉強したんだから、食べていいんだ」

「分数の計算、難しいね……」育男が溜息をつく。

「最初はね。すぐ慣れるよ」

自分は勉強に縁がない生活を送ってきたが、長野の教え方が上手いのは、その子にも分かる。余計なことだと思いながら、つい言ってしまった。

「長野さん、学校の先生にでもなればいいのに」

「向かないと思いますよ」長野があっさり否定した。

「でも、教えるのお上手でしょう」

「一人を相手にするのと、教室で大勢に教えるのは違いますよ」長野が苦笑しながら言った。「その気もありませんし」

「そうですか……」

長野が無言で目配せする。何か話があるのだな、とその子にはすぐに分かった。この人を信頼できるのは、自分を人間扱いしてくれるからだ。不思議な関係ではある。父の妾。普通なら、家庭を壊す、忌《い》み嫌われる存在だろう。しかし友人とは言わないが、顔見知りと話をするように、ごく自然に会話が成立している。

その子は、子ども部屋の隣にある六畳間に下がった。長野もそちらの部屋に入って、ふすまを閉める。ちゃぶ台の前で胡坐をかくと、食べかけのたい焼きをまだ持っていたことに気づいて照れ笑いを浮かべ、急いで食べ切った。

「何か、お話でも?」

「オヤジが、兄貴に家督相続をする話をしているようです」まだたい焼きが口に残っていて、長野の発音は不明瞭だった。

「明憲さん、政治家を継がれるんですか?」

「そんな甘いものじゃないと思うんですけどね」長野が首を傾げる。「政治家の息子だから、必ず政治家になれるわけでもないでしょう。選挙があるんだから」

「その対策は、お父様がしっかりやられるのでは?」

「そう簡単にはいかないと思いますよ」長野が肩をすくめる。「まあ、私には関係ない話ですけど……一つ、心配なことがあるんです」

「ええ」嫌な予感がした。

「あと五年か十年か分からないけど、オヤジはいつかは引退します」

「そうですね」

「そうなったら、いつまでその子さんを援助するか、分からないでしょう」

「それは……」その通りだ。妾の契約など存在しない。あくまで「好意」でお金を貰っているだけなのだから、いつ打ち切られるか分かったものではない。

「将来の目途は、どうなんですか」長野がずばりと切りこんできた。

「苦しいですね」その子も素直に認める。長野の前では、何故か嘘がつけない。見栄《みえ》も張れない。「貯えもあまりないですし」

「育男くんは、大学に行かせてやりたいですよね。そのためには、金を何とかしないと」

「そんな、大学なんて考えてもいませんよ」その子は慌てて言った。「何とか高校だけ出せれば……それで十分です」

「勉強ができるんだから、大学へは行くべきです。金のことは、何とかしましょうよ。私も考えますから」

「でも、そこまで心配してもらうのは申し訳ないです」その子は伏し目がちに言った。

「だいたいオヤジも、あなたと結婚すべきなんです。母が亡くなって、だいぶ経つんですから」

「だいぶ」は、実際には五年だ。妻が亡くなったという話を聞いた時、その子は一瞬だけ、自分が後添えになれるのではないかと期待してしまった。しかし実際には、何故かその頃を境に、会う機会が減っている。何を考えているのか、聞いても答えてくれるような人でもなく……次男である長野が頻繁にここを訪れるようになったのもその頃からだ。その理由も分からないし、聞こうと思ったこともない。微妙な関係が壊れるのも怖いのだ。

「それは、今さら……」その子は言葉を濁した。

「まあ、あんなジイサンと結婚っていっても、困りますよね」長野が皮肉っぽく言った。

「自分の父親を、そんな風に言ったらいけませんよ」その子はすかさずたしなめた。時に長野は、悪口が度を過ぎることがある。

「その子さんは、甘いなあ。もっと厳しくやって、金も搾《しぼ》り取ってやればいいのに」

「そんなこと、できませんよ」

「どうしてですか」長野の目つきが急に真剣になった。

「どうしてって……」その子は答えに窮《きゅう》した。そもそもこの人は、どういうつもりでこんなことを聞いているのだろう。純粋な正義感から？

違う。

長野は、自分たち親子には親切に接してくれる。育男に勉強を教えてくれることもそうだし、時には食べ物を持って来ることさえあった。「お中元でもらったから」とか「家に来た記者の土産だ」とか……一度、見たこともない大きな牛肉の塊《かたまり》を持って来たこともある。「たまたま手に入った」と言っていたが、あれは本当だろうか。わざわざ買って持って来てくれたのかもしれない。

　思いやりのある、面倒見のいい人――しかし、何か闇《やみ》を抱えている。

　ふとした時に見せる険しい表情。何の前触れもなしに急に黙りこみ、他人を寄せつけない雰囲気を発することがある。そういう時には、無邪気な育男でさえ話しかけられなくなってしまうのだった。

　闇の原因は分からない。強権的な父親の存在、兄との不仲、母親の死――家庭を巡る様々な問題が、彼の心に暗い影を投げかけているのは間違いないだろう。しかし、それだけだろうか……もしかしたら、幼い頃に何か不幸でもあったのかもしれない。

　聞いてみたい、と思ったこともある。しかし思うだけで、いざ口に出そうとすると躊躇《ためら》ってしまうのだった。まるで心を覆う硬い殻《から》があり、他人を絶対その中には入れないような……本音を人に明かしたことは、あるのだろうか。

「とにかく、金はもっと分捕っておいた方がいいですよ」長野がアドバイスした。

「でも……そういう話は言いにくいですよ」

「何だったら、僕が言ってもいい。オヤジと直接交渉しますよ」

「あなたに、そんなことは頼めません」

「よく考えてみて下さい」

　その子はうなずいたが、言葉は発しなかった。長野が自分のことを本気で心配してくれているのは分かったが、だからと言って自ら行動は起こせない。とにかく受け身の人生だったし、これからも同じだろう……。

長野が帰った後も、育男はずっと勉強を続けていた。小学校の成績は抜群で、先生の受けもいい。もちろん、妾の子だという負い目はあるのだが、少なくともそれが理由で苛《いじ》められることはなかった。周囲には事情を明かしていないのだが……父親は、育男が生まれた直後に事故で亡くなったことになっている。本人にも詳しい事情は話していないが、この話は嘘だと薄々感づいているだろう。子どもにしては勘が鋭いのだ。いずれは本当のことを話さなければならない。

「育男、ご飯だけど……」

子ども部屋のふすまを開けると、育男はまだ机にかじりついていた。すっかり暗くなっているのに、部屋の灯りも点けず、窓から入ってくる乏しい灯りだけを頼りに鉛筆を動かしている。

「育男」

もう一度声をかけると、育男がようやく振り向いた。目を細めているのは、機嫌が悪いからではなく、最近急に目が悪くなってきたからだ。これだと、近々眼鏡をかけることになるだろう。

「あ、今行く」

「暗くしてると、また目が悪くなるわよ」

「うん」

育男が立ち上がり、ノートを閉じた。両手を突き上げ、爪先だって伸びをした。子どもの癖に、既に肩凝りを実感しているようである。

ちゃぶ台を囲んで、二人きりの夕食。いつも通りだが、今日は何だか侘《わび》しい。育男の好物の卵焼きとジャガイモの煮物を出したのだが、その子の方は食欲がなかった。いつも通り旺盛《おうせい》な食欲を発揮していた育男が、ふと箸を停めてその子の顔を見た。

「どうしたの？」

「長野さん、今日、変な臭いがした」

「そう？」その子はまったく気がつかなかった。「どんな臭い？」

「分からないけど……嗅いだことがない臭いだった」

「そうかしら」

「うん……よく分からないけど」

子どもの方が鼻が利くのだろうかと訝ったが、その子は少したしなめておくことにした。

「そんなこと、長野さんの前で言っちゃ駄目よ」

「どうして？」

「たまたまお風呂に入ってなかっただけかもしれないでしょう」

「そうかなあ。長野さん、お風呂好きだよね」

それは間違いない……長野は育男を誘って銭湯に行くこともあるのだが、そういう時も常に長風呂で、育男がのぼせてしまったことも一度や二度ではなかった。

「でも、とにかく本人に言ったら失礼だからね。体臭のこととか、見た目のこととか、本人に直接言うのは、お行儀が悪いことなのよ」

「はい」素直に言って、育男が食事を再開した。もう気にしてもいない様子で、勢いよく食べている。

この子の将来か……その子はにわかに不安を感じ始めていた。政治家を引退――どういう事情があるのだろう。単純に年齢の問題ならともかく、何か病気を患《わずら》っているとか。急にあの人が死んだら、お金が入らなくなる。そうなったら、これから自分たち母子は、どう生きていけばいいのか。長野は援助してくれる気があるのかもしれないが、なにぶんまだ学生である。いくら東大生だからと言って、学生の身分でそんなに稼げるわけもないし。

自分も、働くことを真剣に考えなければならないかもしれない。

予想もできない将来のことを考えると、どうしても箸を動かす手が止まってしまうのだった。

6

靴がない。

本当にないのか？　長野は慌てて、下駄箱の前にしゃがみこんだ。やはりない……何度見ても、血痕が付着したあの茶色い革靴は見当たらなかった。クソ、誰かが持ち出したのか？　まさか、警察が密かにこの家を調べていたとか……それはあり得ないだろう。仮にもここは政治家の家なのだ。警察が入ったら当然大騒ぎになる。

「どうかしましたか、保さん」

声をかけられ、慌てて立ち上がる。前田が、不思議そうな表情を浮かべて立っていた。

「いや、別に……」

「何か探し物でも？」

「そういうわけじゃありません」

いったい誰が、と疑念が渦巻く。この男か？　だとしたら何のために？　前田の顔を凝視したが、彼はきょとんとした表情を浮かべたままだった。

「探し物なら手伝いますよ」

「いや、大丈夫です」

「そうですか？」

「大丈夫です」長野は少しだけ口調を強めた。前田は、普段は控え目で前に出てこない男だが、時々妙にしつこくなる。

「それより、先生がお呼びですよ」

「オヤジが？」

「ええ」

「何の話ですか」

「それは、直接お聞きになって下さい。私は何も聞いていませんので」

無言でうなずき、鼻からゆっくり空気を吸った。それで少しだけ鼓動が落ち着く。靴はどこかへ紛《まぎ》れてしまったのかもしれない——そんなはずはないのだが、今はそう思いこむことにした。

書斎へ赴《おもむ》き、ドアをノックする。入る時は必ずノックするように——子どもの頃から叩きこまれた習慣に縛られていることを呪う。一度ぐらい黙ってドアを開け、父親を怒らせてやろうかと思うのだが、いざドアの前に立つと自然にノックしてしまうのだ。

「入れ」

偉そうに命じる声には虫唾《むしず》が走る。このまま無視して自室に戻ってしまおうかと思ったが、それだと結論を先延ばしにするだけだ。腕時計をちらりと見てから黙ってドアを開け、軽く一礼する。

この書斎を「書斎」と呼ぶことはできないと思う。三方ある壁の二面は書棚で埋まっているのだが、そこにある本を、父はほとんど開いたことがないはずだ。単なる飾り。実際は本を読む必要もないのだと思う。いろいろと嫌なところの多い男なのだが、記憶力がいいことだけは認めざるを得ない。政党内で聞いたこと、省庁の役人から説明を受けたことを、一発で覚えてしまうというのだ——出入りの新聞記者が言っていたから、間違いないだろう。

「長野さんの前では下手なことは言えない。いつまでも覚えていて、こっちが忘れた頃に皮肉を言われるから」

その記者は、そんな風にこぼしていた。

父は、椅子の上で胡坐をかいていた。いつもこうだ——わざと下品さを装っている節がある。その方が豪快に見えると思っているのか、あるいは気さくな男を演じているのか。和服の裾《すそ》が解け、太腿《ふともも》が覗いている。煙草の煙が部屋を汚していたので、長野は一瞬目を細めた。煙草でわざわざ自分の体を痛めつけるのは馬鹿馬鹿しい。無用な悪習だ。

「座れ」

言われて、長野は近くの椅子を引いてきて浅く腰かけた。足元の、ざらざらとした絨毯《じゅうたん》の感触が気に食わない。和室なのに、絨毯を敷いて机を入れ、わざわざ洋風にしてあるのだ。続きの応接室も同じである。政党関係者や記者たちを迎える部屋も畳敷きだったが、大きなソファを二つも置いていた。

「何か言うことはないか」

いきなり謎解きのような問いかけ——父は時々、こういうことをする。こちらが答えられないと、怒るのではなく面白そうな表情を浮かべる。人が窮しているのを見て喜ぶ——一種のサディズムだと長野は判断していた。

「特にありません」

「最近、夜遊びが過ぎるようだな」

またこの話か、と長野は白けた。確かに、毎晩遅くまで出歩き、時には朝まで帰らないこともある……獲物を探して歩くには、夜が一番いいのだ。

「大学にはきちんと行っていますよ」

「そういうことを言っているんじゃない」

「よく分かりませんが」

長野はできるだけ平静を装って言った。父の太った顔が紅潮し、唇の脇が引き攣る。怒りが爆発する前兆なのは分かっていたが、今日は引くつもりはなかった。

「お前は、うちの名前を何だと思ってるんだ」

「何とも……父さんにとっては大事な名前でしょうが」

「当たり前だ。俺がここまでどれだけ頑張ってきたか、お前も知ってるだろう」

「いろいろ、大変だったでしょうね」

主に金の面で。

父は戦前、満州で怪しい商売をしていたらしい。その頃のことを絶対に語ろうとしないのは、非合法な商売だったからだ、と長野は確信している。当時、既に政界ともつながりができていたようだ。日中戦線が激化するといち早く現地を見限って引き上げ、終戦までは東京を離れて空襲から逃れていた。終戦時、長野は五歳。疎開先から東京へ戻って来た時には、もうこの家が建っていたのだが、今考えるとそれ自体が謎である。物資不足の折、焼け野原になった東京に家を新築するのは、不可能とは言わないが相当難しかったはずである。おそらく、戦前に培《つちか》ったコネを利用したのだろう。ただし、わざわざ確かめる気にはなれなかった。どうせクソみたいな話に決まっている。聞くだけで耳が腐るだろう。

その後父は政界に進出し、一九四九年の初当選から現在まで、連続六回当選。政界が再編される中を上手く泳ぎ切り、現在は党幹事長の要職にある。年齢的にも、「次の次の総理」とも噂されている——そういう話を、長野は家に集まる新聞記者たちから聞かされていた。

だが、「次の次」はないかもしれない。本人は最近、それほど遠くない将来の引退をほのめかしているし。

「辞めるんですか」長野は思い切って切り出した。

「いつかは辞める」ぶっきらぼうな口調で父が答える。

「それで、議席を兄貴に譲《ゆず》るんですか」

「もちろんだ」

「それはいつなんですか?」

「決めていない」

父は今、六十歳。サラリーマンならとうに定年を迎えている年齢だ。しかし健康面にも問題はなく、気力は充実しているように見える。周りも当然将来を期待しており、だからこそこの家には、党の若手議員や新聞記者たちが集まって来るのだろう。今夜のように静かな夜の方が珍しかった。

「私には関係ない話だと思いますが」

「お前もこの家の人間なんだ」

冗談じゃない。こんな家に何の意味があるのか。俺が一番忌み嫌う、現状維持がモットーの政治家の家。金さえあれば、さっさと出ていきたい。本当は、車になど手を出すべきではなかったのかもしれない。そんな金があるなら、一人暮らしをするために使うべきだったのではないか。

「とにかく、夜遊びはいい加減にしておけ」

「分かりました」長野は腰を浮かしかけ、ふと気づいた。結局、先日兄に言われたのと同じ説教ではないか。何故、こんな短い間に兄と父から同じ話を聞かされなければならない? 意味が分からず父を凝視すると、握り締めて腿に置いた手が小刻みに震えているのが分かった。どういうことだ? あの父親が——傲慢《ごうまん》で高飛車で、常に人を馬鹿にしている男が何かに怯《おび》えている。

「お前は、この家のことをどう考えているんだ」

家について、同じような質問――答えは決まっている、クソの塊だ。しかし長野は、敢えて口には出さなかった。

「今の立場は、俺が一人で築いた。しかし、できてしまった以上、後の代に引き渡すのが義務だ。せっかくの議席を、他の党に奪われるわけにもいかんしな」

「そういう話はよく分かりません」

要するに、陣取り合戦のようなものだ。そんなことに精力を注ぎ、必死になっている人間がいるのは、長野に言わせれば滑稽の極みだった。人間には、もっと大事な仕事、やるべきことがある。

浄化。

「とにかく、うちの名前を汚すな」

「意味がよく分かりませんが」

「はっきり言って欲しいのか」

そこで初めて、長野はこの会談の意味を悟った。あの靴……誰かが気づいたのだ。父か、それとも兄か。二人は、自分が何をやっているか知っていて、止めようとしている。

となると、この辺が潮時だ。家を出るしかない。

誰にも止めることはできない。永遠に突っ走り続けて、自分の教えを残すことが、人生の全てだ。

「俺に言わせるな」

「言っていただいても結構ですが」

言えるのか？　長野は敢えて父を挑発した。父の顔の引き攣りが激しくなり、痙攣《けいれん》しているようにも見える。父は、自ら思い切り頬に平手打ちを食らわせ、その引き攣りを停めた。何ともまあ、乱暴な人だ。以前、顔見知りの記者から、父は「戦前、満州で馬賊《ばぞく》だったらしい」と聞かされたことがあるが、それも本当ではないかと思えてくる。だいたい、知恵を使ったり人情に訴えたりするよりも、脅しと金で人を動かそうとするタイプなのだ。

「自分でも分かってるだろう。夜遊びはもうやめるんだ」

「ちゃんと言っていただかないと分かりません」長野はさらに父を挑発した。

どうだ、本当に言えるのか？　自分の息子を「人殺し」と名指しで非難できるのか？　それを俺が認めたら、あんたはどうする。ただ「やめろ」と言い続けるだけなのか、それとも警察に突き出すのか——警察沙汰にはできまい。そんなことをしたら、父が何より気にする「家の評判」が地に落ちるからだ。

「自分で言え」

「俺は何も言いませんよ」

「自分で、言え」父が繰り返す。

「無駄なやり取りはやめませんか？」

「無駄？」父の目が細く、皺《しわ》のようになった。「誰に向かって物を言ってるんだ」

長野はゆっくりと首を振って立ち上がった。この父親——阿呆な俗物と話しても、得るものは何もない。所詮、古い世代の人間なのだ。父だけではない。兄も……自分以外には誰もいない。

「話すことは何もないです」

「何だと？」父がさらに目を細め、繰り返す。「お前は、何様のつもりなんだ」

「何様かは自分でも分かりませんが、好きに生きます。今はもう、時代が違うんですよ」

「だったらお前は、今はどういう時代だと思ってるんだ？」

「自由な時代です」

振り向き、さっさと書斎を出て行く。煙草の臭いと父の怒りから逃れられてほっとした。腕時計を見ると、会話が続いたのは十一分……父とこれほど長く話すのは久しぶりだった。いや、初めてかもしれない。

この家にはもういられないだろうと覚悟する。そもそも、覚悟が遅過ぎたのだ。ここにいても、今の自分には何の利点もない。さっさと家を出て自由になること——今はそれ以外に考えられなかった。いや、一つだけ考えていることはある。

今夜、絶対に四つ目の遺体を転がそう。頭の中に響く声も、そう告げていた。今夜のお前にはそうする権利がある、と。お前だけに課せられた使命を果たせ、と。

長野は家を出て、穏田川にかかる参道橋《さんどうばし》にさしかかった。川沿いには崩れ落ちそうな木造の民家が建ち並び、川の悪臭が鼻を不快に刺激する。このどぶ川も、たぶんオリンピックを機に埋め立てられるか、暗渠化するだろう。いいことだ。臭い物には蓋をしてしまえ。

手すりに両腕を預け、暗い川面を覗きこむ。家々から漏れ出る灯りが水面にかすかに反射し、蛍《ほたる》が飛び交っているようだった。視線を上げると、少し先に穏田橋がかすかに見える。中学校の授業で聞いたことがあるのだが、今長野が立っている参道橋は、昭和十三年に架け替えられた。つまり、空襲の被害を受けていないわけだ――旧世代の遺物。

長野は当てもなく歩き続けた。原宿駅前まで出て、明治通りを渋谷に向かって歩いて行く。午後十時、既に街は暗くなっており、人通りはほとんどない。少し冷たい夜風にぞくりとしたが、むしろ心地好さの方が強かった。本格的な冬が始まる前の、短いが快適な季節はまだ終わっていない。

渋谷駅までは、普通に歩いて十五分ほどだが、家を出て十二分で着いた。知らぬ間に早足になっていたのだ。獲物を探す時には、いつでもこうなる。慎重に周囲を見回しながら、しかしスピードは緩めず……一種のパトロールだな、と思う。

宮益坂方面から、国鉄のガード下を通り、駅の西口へ。さすがにこの辺りになると、自宅のある穏田辺りとは違って、光が溢れている。それは主に、行き交う車のヘッドライトによるものだった。アーケードになっている道玄坂をだらだらと上がり、百軒店に入る。

この時間も、まだ酔客で街は埋まっていた。石畳の道をゆっくりと歩きながら、両脇を埋め尽くす店を眺めていく。酒は……いらない。何度か呑んだことがあるのだが、頭の芯《しん》が痺《しび》れるような酔い心地は、自分には無用なものだと分かっている。いつも頭ははっきりさせておく。考えに考え抜き、そして体を鍛える。自分の行為は、常に自分の肉体にかかっているのだ。

名曲喫茶「ライオン」……この店は昭和のはじめからあると聞いている。音楽が聴きたいわけではなかったので、店の前を素通りした。この通りには、看板が氾濫している。「ニュースター」「あじろ」「不老亭」――名前を見ただけでは、どんな店なのか想像もつかない。

「ライオン」の看板がかかった電柱の脇で足を止めた。左側にある店から、老人が一人出て来た。体に合わない背広姿で、ハンチングを被っている。千鳥足まではいかないが、かなり怪しい足取りだ。こんな時間に、ジイさん一人で酒か……まさに浪費である。

長野はふいに、この老人の後をつけてみる気になった。標的と定めたわけではないが……気晴らしの意味もある。

標的を調べるには時間がかかるものだ。常に頭の中の声、それに衝動的に急《せ》かされているのだが、すぐに昇華できない。もしも仲間――弟子というべきか――がいれば、今より上手くできるかもしれないが、今のところは一人の戦いである。この行為を分け合うに相応《ふさわ》しい人間は、まだ見つからない。自分と同じ気持ちを抱いている人間は、必ずどこかにいると信じているのだが。

老人はふらふらと道玄坂に出て、渋谷駅の方へ下っていった。しかしそのまま駅へは行かず、井《い》の頭線《かしら》の階段下にある駅前食品街へ出て、中華料理店に入った。おいおい……足下がおぼつかないほど呑んだ上に、ラーメンかよ。鯨飲馬食《げいいんばしょく》は無駄の極みである。こういう人間は、本当に社会のクズだ。

すなわち、殺してもいい存在。

のれんの下に置かれた看板を見る。焼飯が百円、中華そばは四十円。ズボンのポケットに手を突っこんで、じゃらじゃら言う硬貨を引っ張り出した。百二十円……外で待っていてもいいが、酔漢にからまれても困る。それに今夜は、父親のせいで夕食も抜いてしまった。少し腹を膨《ふく》らませておいてもいいだろう。

暖簾《のれん》をくぐって店に入ると、中はほぼ満員だった。老人は、L字型のカウンターの短い方、その一番端に腰かけている。頬杖をつき、ぼんやりと煙草を吹かしていた。傍《かたわ》らにはビールの大瓶。まだ呑むつもりかと、長野は呆れた。一人分だけ空いた席があったので、すかさずそこに腰を下ろす。ちょうど老人の様子が観察できる場所だった。中華そばを注文し、出来上がりを待つ振りをしながら、ちらちらと老人の方を見やる。相当酔いがひどいのか、早くも隣の中年男性に絡み始めていた。言葉は途切れ途切れにしか聞こえないが、「しっかりしろ」とか言っているようである。いったい何をしっかりしろと言うのか……絡まれている中年男性だって、戦争に行っていたかもしれない。そこで苦労して、ようやく生き残って、戦後は会社一筋で日本の礎《いしずえ》を作ってきたかもしれないではないか。この老人がどれほど偉い人間か分からないが、今苦労している世代に文句を言うのは筋違いである――いや、さほど偉いはずがない。背広をよく見れば一目瞭然《りょうぜん》だ。すっかりくたびれているのに長く着続けているのが――もしかしたら一張羅《いっちょうら》かもしれない――証拠だし、サイズが合っていないのは、ちゃんと採寸して作ったものではないからだろう。安い吊るしの服をずっと着続けるような人間に、他人を説教する資格はない。

中華そばが運ばれてきた後も、老人はそれには目もくれずに、中年男性に絡み続けた。ビールを勧め、断られると耳元で大声でがなりたて、煙草の煙を吹きかける。危険な雰囲気を感じて、長野は気が気でなかった。当然、老人に対する怒りも覚えたが、店内で大喧嘩でも始まったら困る。騒ぎに自分が巻きこまれるわけにはいかないのだ。

結局、中年男性はいくら絡まれてもほとんど老人を相手にせず、早々に店を出て行った。老人が、うつむいたまま何かぶつぶつと文句を言う。ほどなく煙草を灰皿に押しつけるようにして立ち上がった。ズボンのポケットに手を突っこみ、小銭をカウンターに叩きつけるように置くと、店を出て行った。先ほどの中年男性を追うつもりだろうか……気になって、長野も中華そばを半分ほど残して店を出た。ひどく塩辛くて、とても全部は食べられそうにない代物だったから、むしろありがたかったが。これを全部飲み干したら、体にも悪い。

老人は、店に十三分しかいなかった。

食品街は、人のすれ違いも難しいほど細い道の両脇に広がっている。どうしてこんなにみすぼらしいのか、と頭を捻らざるを得ないほどの、木造のボロ家ばかりだった。こんなところはさっさと叩き壊して更地にし、より美しい、現代的な商店街にした方がいい。

先に店を出ていた老人は、電柱に手をついてうつむいていた。吐くつもりかよ……同じように予期したのか、他の酔客も老人を避けるように迂回して歩いて行く。ふいにしゃきんと背筋を伸ばした老人は、誰に言うともなく、「何か文句があるのか！」と怒鳴った。おそらく、先ほど中年の客に絡んでいたのも、理由があってのことではないだろう。とにかく、世の中の何もかもが気に食わないに違いない。しかし自殺するほどの勇気もないから、毎夜酒を呑んで憂さを晴らしているのではないだろうか。こういう迷惑な老人は、どこの酒場にも一人や二人はいる。

長野は老人に近づき、丁寧に「こんばんは」と言って頭を下げた。

「何だっ」やけに歯切れのいい口調で言って、老人が長野を睨む。

「何か、お困りのことはないですか」

「何も困っていない」

酔っぱらってはいるのだが、背筋はきちんと伸びていて、言葉の歯切れはいい。軍人上がり、それも将官クラスだったのかもしれない、と長野は想像した。こういう人はいる……戦後、価値観が百八十度転換し、自分がどういう人間なのか分からなくなってしまった人が。自分がやってきたことを、いきなり全面否定されて、しかも反論の機会も与えられないとなれば、酒に逃げるしかないのだろう。

「お前、何者だ」

「今、そこのラーメン屋にいたんです。何かご不満の様子でしたから、私でよければ話し相手になりますよ」

「話し相手？　俺を馬鹿にしているのか？」

「とんでもない」長野は笑みを浮かべてみせた。「気になっただけです」

「巨人は何で優勝したんだ？」

突然言われ、長野は混乱した。何でここでプロ野球の話が出てくる？　野球に興味がない長野にとっては、乗りにくい話題だった。

「巨人が勝つのは気に食わない。周りも皆、巨人ばかり応援しやがって……何が面白いんだ」

いわゆる「アンチ巨人」というやつか。強いチームには、応援する人と同じぐらい、嫌う人もついてくる。強い相手をこき下ろすことで、日頃の憂さを晴らしているのだろう。どこか他のチームのファンで、優勝をさらわれたから怒り心頭に発しているのかもしれない。そんな事には何の意味もないのに。

「お前、どこのファンだ」老人が長野を睨みながら訊ねた。

「特にどこのファンでもないですよ」

「じゃあ、俺の気持ちは分からないだろう。俺は川上《かわかみ》が大嫌いなんだ」

馬鹿らしい話だがつき合おう。ゆっくり相手の心に入りこんで、油断させないと。しかし早く殺したい……気は急く。

「そういうことが不満なら、話はいくらでも聞きますよ」

「物好きな男だな」老人が鼻を鳴らした。

「どこかへ呑みに行きますか？」

「俺は金はないぞ」

「ご心配なく」ポケットの小銭は乏しいが、財布の中にはちゃんと金が入っている。できれば手をつけたくない金だが、こういう時にこそ使うべきだ。「じゃあ……」

老人を促して歩き出そうとした瞬間、誰かに肩を摑まれた。クソ、邪魔するつもりか？振り返った瞬間、長野の目に入ったのは、無表情な前田の顔だった。

「前田……さん」思わず、小声で言ってしまう。

前田はうなずくだけで何も言わず、長野の肩を放しもしなかった。自分の方が体も大きく、普段から鍛えてもいるのだが、前田の手は意外に力強く、振り解《ほど》こうとすれば面倒なことになるのは明らかだった。

「帰りましょうか」

前田がさらりと言った。反論しようと思ったが、言葉が出てこない。うっすらと感じていた通りに監視されていた、という事実だけが頭を占領していた。ここは、無理はできない。前田が知ったことは父に筒抜けになるはずで、そうなったら、ますます動きにくくなるだろう。黙って、指示に従うしかない。

長野が踵を返すと、前田が手の力を抜いた。涼しい夜なのに、背中に汗をかいているのを意識した。

「おい、酒はどうした」

老人が声をかけてきたが、無視して駅の方へ歩き始める。前田はぴたりと横に並び、護衛するようについてくる。

「何もしませんよ」

長野は苦笑したが、前田は何も言わなかった。誰かに聞かれるのを恐れているのかもしれない。実際、周囲は酔っ払いだらけで、少し大きな声で話をしたら、筒抜けになってしまうだろう。

二人はしばらく、無言で歩き続けた。駅前の広場に出ると、車が待っている。父が仕事用に使っているクラウン……ということは、運転手の森永《もりなが》も一緒だろう。あの男は無口で何を考えているか分からず、それが少しだけ怖い。

しかし、森永はいなかった。前田は、助手席のドアを開けて長野を車に入れると、運転席に座って自らハンドルを握った。

「前田さん、運転なんかするんですか」

「必要があれば」

久しぶりに聞いた前田の声は、妙に強張っていた。何故緊張している？　ただ俺を尾行して監視していただけだろう。しかし前田の緊張した態度は、今夜はこれだけで終わらないという予感を長野に植えつけた。

前田は車を出した。長野は急に、居心地が悪くなった。前田は饒舌なわけではないが、このように黙りこむことは滅多にないのだ。見ると、顔は異様に強張り、こめかみが汗で濡れている。そんな陽気ではないのに、これは異常だ。長野は窓を少し開けて、外気を導き入れた。ひんやりとした風が入ってきて、思わず身震いする。しかし前田は、依然として暑さを感じているようだった——あるいは異様な緊張感を。父に仕えて十数年になるこの男は、滅多なことでは感情を露《あらわ》にしない。

笑っているのを見たのは、数回ではないだろうか。その男が、秋に汗をかくほど緊張している。

嫌な感じだ。

「忠告しましたよね」

唐突に前田が言った。長野は、あくまで惚けることにした。

「忠告って」

「夜遊びが過ぎる、と」

「ラーメンを食べただけですよ」塩辛さの記憶が急に舌に蘇る。あのラーメンはひどかった……化学調味料の入れ過ぎではないだろうか。あるいは、醬油をふんだんに入れるのがサービスだと、店主が勘違いしているのか。水が飲みたかった。

「その件じゃありません」

「だったら……」相槌を打った後、長野は黙りこんだ。ふいに、消えた靴のことを思い出す。だが、自分からその件を話題に出すことはできなかった。

追いこまれてはいけない。自分は闇にいて、死ぬべき人間を討つだけだ。それを続けるためには、絶対に第三者に証拠をつかまれてはいけない。

「夜遊びが過ぎると、周りの人も不安になるものです」

「だから俺を監視してたんですか」

「それは何とも言えませんが」

前田が一瞬言葉を切った。ちらりと横を見ると、左手をハンドルから離して、口に押し当てている。まるで苦しみを体の中に閉じこめようとしているようだった。重い責任――前田には背負い切れない仕事を押しつけられたのではないか？　その「仕事」の内容を想像して、長野はぞっとした。攻める立場としては自分は強いと思う。しかし守る立場としてはどうか。確実な防御壁を作らなかっただけに、不安が先走る。

「私は、家のことを心配しているだけです」

「あの家がそんなに大事なんですか」

「もちろんです。長野家は守っていかなければなりません」

「何のために」それが分からない。世襲で政治家を続けなくてはならないことも。そんなことをして、いったい誰が得をするのだ？　日本が新しくなるのか？

「当然のことですから、説明しようがありませんね」

「冗談じゃない」長野は少しだけ声を荒らげた。「いったい、前田さんは何がしたいんですか？　俺をどうするつもりなんですか」

「夜遊びが過ぎると、目立つものです」

「……どういう意味ですか」

「どんなに頭が良くても、あなたも、後ろには目がついていないんですよ」

「まさか、今までの……」言いかけ、長野ははっと口をつぐんだ。これでは、自ら犯行を告白するも同然である。絶対に言ってはいけない。何を聞かれても認めてはいけない。唾を呑むと、喉にかすかな痛みを感じた。

「あなたは、長野家の名誉を汚してしまうかもしれない――いや、既に汚していますね」

「それは望むところですよ」長野は白けた気分で言った。この件については、一切譲る気はない。クソオヤジの思いなど、知ったことか。ろくなことをしていない父親が自分に残した悪い血を、後に残してはいけない。

「今ならまだ、何とかなるかもしれない」

「何とかって……俺を殺すつもりですか」

「そんなことはしません。先生の身に危険が及ぶようなことは、絶対にしません」

「前田さんが俺を殺してどこかに埋めれば、オヤジは潔白なままでしょう。前田さんなら、オヤジのためにそれぐらいのことはするんじゃないですか」

「しません」前田の口調は依然として硬い。

「じゃあ、俺をどうするつもりですか」

その瞬間、いきなり口を塞《ふさ》がれた。何だ？　状況が分からず、長野は両腕を振り回した。右手が前田の肩に当たり、車がふらつく。前田は慌ててハンドルに取りつき、何とか真っ直ぐ走らせた。クソ、こんなところで……長野はさらに腕を振り回し、もう一度前田を殴りつけようとした。だがその時にはもう、視界が急に狭くなっており、意識が朦朧《もうろう》とし始めていた。何をした？　そうか、誰かが後ろのシートに隠れていて……睡眠薬か何か……誰……。

7

気づいた時、俺は死んだのだ、と長野は思った。目を開けたつもりなのに、視界にはぼんやりと白い色が入るだけで、今どこにいるかも分からない。寝ている？　寝ているのだとすぐに確信した。背中全体に何かが当たっている。多分、ベッドか何かに寝かされているのだ。ということは、視界に入るのは天井のみ。それなら、真っ白にしか見えなくてもおかしくない。どこなのだ、ここは？

左手を持ち上げる——重い。上から何かに押さえつけられているようだ。ほどなく、布団の中に入っているだけだと気づく。体がだるいせいか、腕を持ち上げるだけでも難儀するのだった。

ようやく腕を引き抜き、中指の先で右、左と順番に目を擦《こす》る。ぼやけていた視界がはっきりし、天井にはめこまれたパネルの溝までが見えるようになった。左の掌《てのひら》を握って開いてを繰り返し、もう一度布団に突っこむ。今度は右手。

右手？

手を握ってみようとしたが、感覚がおかしい。頭では「握った」と思っていても、掌や指に感触が伝わらないのだ。動いている気配がない。

ちょっと待て。俺の手はどうしたんだ？　布団に入っている右腕を引き抜けば、どうなったかはすぐに分かる。だが今、それを確認するのが怖かった。折れた？　違う。そういう痛みを感じないのだ。何と言うか……腕の神経が切れてしまうとこうなるのだろうか。だが、そんな事故に遭った記憶はない。やはり車の中で、睡眠薬でも嗅がされたのか？それで、体の感覚が戻っていない？

誰かが俺を拉致したのか……「誰か」は身内だ。ふざけるな、と声に出さずに毒づく。たぶん、運転手の森永が、後部座席に隠れていたのだろう。あの男と前田がグルになって……当然、父が知らないわけがない。家族揃って、俺を陥《おとしい》れようとしたに違いない。

本当に、クソみたいな家族だ。

同時に、かすかな満足感を覚える。俺は、あいつらを怖がらせた。脅威になったのだ。だからこそ俺を排除して……いや、拉致してどうしようというのだ？　そもそもここはどこなのだろう。おそらく、それほど広くない部屋。ベッドがあって、かすかに消毒薬の臭いがする。病院？　そうかもしれない。まさか、ロボトミー手術でもされたんじゃないだろうな。脳の一部を切除するこの手術のことを、長野は医学部にいる友人から聞いたことがある。人道的にも問題がある手術で、術後には著しい意欲減退、認知の鈍化などの症状が表れる。まさに人の尊厳を奪う行為だ。いや、違うな……今の自分は激しい怒りを感じている。脳の一部を切除された人間が、こんな怒りを感じることはないだろう。

それでも、念のためだ……頭を手術となったら、頭髪を剃《そ》っているに違いない。右手を布団から引き抜き、恐る恐る頭に持っていこうとした瞬間、長野は無意識のうちに悲鳴を上げていた。

右手がない。

暴れてベッドから抜け出そうとしたが、病室に飛びこんで来た白衣の男によって、ベッドに縛りつけられてしまった。太いベルトのようなものを使っており、いくら体を揺らしても、びくとも動かない。叫んで助けを呼ぼうとしたが、今度はむき出しの肩に注射を射たれ、すぐに意識が朦朧としてしまった。

次に目覚めた時には、ベッドを取り囲まれていた。すぐに目についたのが前田。怒りが頭の中で膨れ上がったが、まだ意識が朦朧としているので声が出ない。クソ野郎、全部お前が仕組んだのか？　人の手を切り落としておいて、何でそんな平気な顔をしている？父親の命令なら何でもやるのか。

「気分はどうですか」

最初に声を発したのは、白衣の男だった。この男は……医者。それも自分が知っている医者だ。かかりつけの、本多《ほんだ》医院の二代目。名前は——確か、本多孝《たかし》だったな……子どもの頃によく世話になったのは、父親の方だ。確か数年前に亡くなり、息子が跡を継いでいた。まだ三十歳ぐらいで、顔色がよくない。医者が蒼白い顔をしていたらおかしいですよ——そう言おうとしたが、やはり声は出なかった。まさか、喉も潰されたのか？　何とか声を……空気を絞《しぼ》り出すようにして声を出そうとしたが、ひゅうひゅうという頼りない音が聞こえるだけで、声にならない。

「今は喋らない方がいいですよ」本多が忠告した。「体力は温存しておいた方がいい」

どういう意味だ？　長野は、自分の右側に立つ本多医師に、必死で視線を送った。本多はどこか不安そうな表情で、目を合わせようとしない。

「後は心配いりませんから。傷はすぐによくなります。綺麗に処置しました」

何の話だ？　一瞬頭が混乱したが、次の瞬間には、一気に血の気が引くのを感じる。こいつ、俺の手を切り落としたのか？　それが医者のやることか？　だが……もしも父の一言があったら、そうせざるを得ないだろう。父はこの病院の創立にも手を貸してきたはずだ。一種のスポンサーであり、気の弱そうな二代目は、当然父には頭が上がらないのだろう。

これは明らかに傷害罪だ。「十年以下の懲役又は三十万円以下の罰金若《も》しくは科料」。法学部の人間だから、罰則もすらすらと出てくる。だが、受けるべき罰はそれだけなのか？　俺は右手を失った。もちろん、体の一部が欠損している人間は、今までも周りにいた。戦場から戻って来た人には、手足の一部を失った人も珍しくなかった。そういう人たちの人生は変わってしまっただろう。本来できることができず、毎日不自由さを嚙み締めながら、必死に生きていくしかない——自分もそうなるのか？　俺の将来を、この医師は奪ったのだ。もう使命は果たせないのか？

「あ……」

何とか声が出た。それを聞きつけた本多医師が、ぴくりと体を震わせる。しかしまだはっきりした言葉にはならず、罵声《ばせい》を浴びせることはできなかった。

「こういうことになったのは、まことに申し訳ないと思います」

前田の声が聞こえてきて、長野は頭に一気に血が昇るのを感じた。それこそ、皮膚を破って血液が吹き出してしまいそうな……目の前の光景が赤く染まる。本当に出血したのかもしれない、と心配になってきた。

前田が顔の脇まで歩み出て、長野を見下ろした。傲慢でもなく、悲しむでもなく、ただこの現状を淡々と観察して把握しようとしている感じ。人を、判子を押すべき書類のように見ている。

「あなたは、やってはいけないことをやった。それを止める手段が、我々にはなかったんですよ」

いや、父も兄もやめさせようとはした。「夜遊びは控えろ」。それがどんな意味を持っていたかは、今でははっきりと分かる。家族はいつの間にか、俺が夜中に何をしていたか、気づいていたのだ。

「忠告してもあなたは聞かず、また同じことを繰り返そうとした。私たちは、どうしてもそれを止めなければならなかったのです。手荒なことをしたのは、許して下さい」前田が頭を下げたが、誠意の欠片《かけら》も感じられなかった。

「あなたがこれまで何をしてきたかは、よく分かっています。しかしもう、何もできない。あなたがやってきたことは、両手だからこそ可能だったはずです」

クソ……こいつら、俺が人を殺す現場を見ていたのか？　確かに、片腕で人を刺し殺すのは難しい。いや、実質的には不可能だろう。筋力をつけ、反射神経を鍛えていても、人一人を制圧するのは大変なのだ——たとえ両手があっても。

「とにかくこれで、あなたは今後は何もできない。私たち——先生も、あなたを生かすためにはこれしかないという判断だったんですよ。この件が警察に漏れて逮捕されれば、あなたは間違いなく死刑になる。法学部の優秀な学生である保さんなら、そんなことは簡単に分かりますよね。先生は、身内から犯罪者を出すわけにはいかないんです。長野家をこれからも続けていくためには、あなたにあんな行為をやめてもらうしかなかった。これは、そのための……私刑《リンチ》なんですよ。警察が罰する代わりに我々がやった。それだけのことです」

馬鹿野郎、何が「それだけ」だ。右手をなくして、殺人ではなく日常生活でもどれだけ不自由になるか、想像もできないのか。長野は叫ぼうとしたが、やはり「あ」という間抜けな音しか出てこないのだった。悔し紛れに体を揺すってみたが、ベッドががたがたと音をたてるだけで、まったく縛《いまし》めが緩む気配はない。これじゃ、どうしようもない……諦めて力を抜くと、初めて右手に痛みを感じた。経験したことのない痛み。右手を輪切りにされたわけで、普段痛みを感じることがないはずの場所に痛みが走っている。しかも、何故かむず痒《がゆ》さまで感じるのだ。掻《か》こうとしても、そこには何もない——そう考えると、頭の中をかき回されるような焦りを感じる。

前田が、淡々とした調子で続ける。

「これであなたは、二度と悪さができなくなった。我々も恥をかかずにすむ。もちろん、あなたが警察に駆けこめば別ですよ？　腕を切り落とされた原因は、自分の犯罪にある——そんなことが言えますか？　正直に話せば、あなたは自分がやったことを警察に打ち明けなければならなくなる。もっともあなたが何を言っても、私たちは否定しますけどね。ここには誰も、喋る人間はいない」

前田、森永、本多……この三人が実行犯ということか。こいつら、殺してやる。俺の右手を奪ったらどうなるか、いつか思い知らせてやる。その時は、想像もできない残酷な手を使ってやろう。

「喋れば破滅する。しかし喋らなければ、あなたは生きていけます。我々も、これ以上あなたを傷つけるつもりはない。面倒もみましょう……ただし、家は出ていってもらいます。あなたのような人と、一緒に生活することはできない」

「……差し金か」

やっと声が出た。しかし、前半部は聞き取れなかったようで、前田が不快に顔を歪めて聞き直す。

「何ですか？」

「オヤジの差し金か？」

「先生が、こんなことを指示するわけがないでしょう。我々が考えて、了承してもらっただけです。先生は、大変悲しんでおられました」

「……嘘つけ」長野は吐き捨てた。「あのオヤジが悲しむわけがない。俺の存在が邪魔だっただけだろう？」

「それを想像するのは、保さん、あなたの自由です。しかしあなたは、先生の立場を危うくした。その事実を忘れて欲しくはないですね。その罰、という意味もあるんですよ」

「……ふざけるな」

「ふざけていません。こちらは真面目です」前田の口調には、次第に遠慮がなくなっていた。「とにかくあの家には、もうあなたの居場所はありません。覚悟しておいて下さい。私たちは、あなたが生きていけるだけの準備はします。それを受け入れるかどうかは、あなたの自由です。拒否して野垂《のた》れ死ぬのも勝手。警察に駆けこんでも構いません。しかしいずれにせよ、長野家とは今後関係ないということで、よろしくお願いします」

一礼して、前田が病室を出て行った。本多も後に続く。

「待て！」長野は怒鳴ったが、二人が言うことを聞くわけもない。一度も立ち止まることなく、二人の姿は消えた。

一人になり、長野は取り敢えず暴れるのをやめた。体の自由を奪っているベルトは相当頑丈なもので、どれだけ暴れても、まったく緩みそうもない。だったら、ここで脱出を試みるのは無意味だ。少しでも体力を温存し、次の動きに備えないと。

幸い、腹は減っていない。喉も渇いていなかった。意識は急速に鮮明になりつつあり、しっかり考えることができそうだった。首を伸ばすようにして病室の中を見回し、壁の時計をようやく確認できた。六時……午前なのか午後なのか、今が何日なのかは分からない。左に首を回すと、カーテンのかかっている窓が視界に入る。分厚いカーテンは、外光を完全に遮断しており、ここにも正確な時間を知るヒントはなかった。

仕方ない。枕に頭を押しつけ、天井を見上げた。右腕に宿る痛み、それに不快な痒みはそのままだが、何とか気力で我慢する。なくなってしまったものは仕方がない。この件は後で必ず落とし前をつけるとして、問題はこれからどうするかだ。父は、自分に金を押しつけてくるだろう。面倒を見るつもりはなくとも、一生食うに困らないぐらいの額を……

しかし、「一生分」としてどれだけ必要かなど、誰にも分からないはずだ。今はインフレで、日々物価が上がりつつある。今年の百万円は、来年には十万円分ぐらい目減りしてしまうかもしれない。

家を放り出され、無様に死ねということか……そんなことは許さない。

俺は諦めない。右手がなくても、腐った年寄りを殺し続けて街を綺麗にするという人生の目標——信念を曲げる必要はないのだ。方法はいくらでもある。

長野は、密かに心の中で描き始めていた「十ヵ条」の第三条を変更した。問題は目的。手段など関係ないではないか。主義を曲げるのは少しだけ嫌だったが、これは非常事態なのだ。こういう時には、臨機応変にやっていい。そしていつか、父親を殺してやろう。

8

第三条

殺し方にこだわってはいけない。

三宅《みやけ》坂から渋谷に向かう通りは、「青山通り」が正式名称になった。オリンピックの前に拡幅《かくふく》工事が行われ、今や片側三車線の堂々たる道路である。その周辺、南青山五丁目の交差点付近を起点にぶらぶらと歩くのが、ここのところの長野保の日課だった。身を潜めている骨董《こっとう》通りのアパートから青山五丁目の交差点に出て、青山通りを渋谷駅に向かって降りて行く。数年前に完成した駅の地下街で人ごみに紛れ、店を冷やかし、その後で駅の西口にあるセンター街に出る。ここはごちゃごちゃとした狭い通りで、アイビールックに身を包んだ若者たちが、揃いも揃って同じような笑みを浮かべて闊歩《かっぽ》している。混雑の中、匿名《とくめい》でいられるのが、長野にとっては何よりもありがたかった。目立たないことは全てに優先する。そのために、いつも——真夏でも長袖を着るようにした。右袖だけがぶらぶらと揺れ、時には風に吹かれる感触が煩わしく感じられたが……冬場など、セーターの袖を縛ってしまおうか、と考えることもある。

自分には片腕がない。この事実には、未だに慣れなかった。

あれから三年。左手一本で食事をし、簡単な家事ぐらいはどうにかこなしていた。だが、今も時々襲ってくる痒みや痛みに対しては、対処方法がない。そこにない物を、どうすればいいのか。いつかこの状態に本当に慣れることがあるのかどうか、まったく分からなかった。

東京オリンピックもやっと終わったが、街のざわつきはまだ収まっていない。東京全体が微熱を持ち、足元がふわふわしている感じだった。あちこちでまだ工事が行われ、日々景色が変わる。長野の愛する都会への変身——しかし、完成形は見えない。長野は、永続する変化をも愛していた。オリンピックはほとんど見なかった。小さなテレビは持っているのだが、そんなもので時間を潰すのはもったいないと思っていたから。オリンピックで東京が変わるのはいい。大歓迎だ。そうあるべきだ。完全とは言わないが、東京は新しい街に生まれ変わったと言っていいだろう。だが、そのきっかけになった出来事——オリンピックにはまったく興味がない。

それも、片手をなくしたせいかもしれない。三年前までの長野は、必死で体を鍛えていた。毎日四、五キロは走り、自室に置いたダンベルで腕や胸筋、背筋に負荷をかける。一人暮らしのアパートにもダンベルは持ってきていたのだが、今では触れることもなく、部屋の隅で転がっているだけだった。錆《さび》が浮いて目障《めざわ》りだが、捨てる気にもなれない。ましてや、走ることはまったくなくなった。右腕が肘と手首のほぼ中間で切り落とされたせいで、体のバランスが崩れた感じがするのだ。歩くだけでも慎重に、ゆっくりにしなければならないのに、走るなどもってのほかである。

それ故かもしれない、他人がやるスポーツを見るのも嫌いになったのは。

十一月になり、街を冷たい風が吹く日が多くなった。今は、暑い季節よりも秋が、それよりも冬が好きだ。上衣のポケットに右手を突っこんでいれば、片手がないようには見えない。だいたい、渋谷を歩いているような人は、他人に興味を持たないのだ。田舎者ばかり。自分が大好きで、自分をいかに格好良く見せるかだけを考えている。

寒さが気になり、地下街に潜《もぐ》る。各地下鉄の改札に直結する地下街はT字型で、間口一間ほどの細々とした店が軒を連ねている。センター街と違って、ここには若い連中が入りこんで来るわけでもなく、通り過ぎる人たちはほとんどが地下鉄の利用者だ。これでよく商売になると思うが……長野も、ここで何か買い物をすることは滅多にない。夏は暑さから、冬は寒さから逃れるための場所に過ぎないのだ。

三十分も店を冷やかしていると、さすがに飽きてくる。そうだ、今日は本屋に行かなければならなかったのだ。新しい辞書――今では仕事の友だ――が必要だった。高校時代から使っている辞書は使い勝手はよかったがもうぼろぼろで、破れてしまったページもある。英和辞典と和英辞典、両方を買い替えよう。今は、少しいい辞書を買うぐらいの余裕はあるのだ。

地上へ上がると、ハチ公前に出る。駅に背を向けたハチ公像の正面には、噴水。冬も近いというのに、水が高々と吹き上がり、それが寒さに拍車をかけている。しかし、これがいかにも渋谷らしい光景だというように、ハチ公像や噴水を背景に写真を撮っている人が何人もいる。その様子を遠目で見て、馬鹿にしたような表情を浮かべる連中も……東京は大いなる田舎であり、ハチ公像前に集まっている若者たちのほとんどが、東京以外の出身だろう。田舎者が田舎者を馬鹿にする――違いといえば、おそらく東京に住んでいる歳月の長さだけなのに。そういう自分も、田舎者たちを見下している。

誰もが誰かを軽蔑《けいべつ》する街、それが東京だ。

駅前の交差点を渡り、明治通り沿いにある大きな書店に入る。ビル一棟が全て書店というこの店は、数年前に開店したばかりで、長野もよく利用していた。時間をかけて辞書を選び、支払いを終えてからまた街に出る。相変わらず人出は多かった。

どうしてこんな風にまともな生活をしているのだろう、と不思議に思う。家を出てからしばらく、長野はぼんやりとした日々を送ってきた。実家が用意したアパートに一人住み、何をすることもなく、ただ一日一日が過ぎるのに耐えていた。

そんな生活が一年半も続いた初夏のある日、突然、大学時代の友人が訪ねて来た。彼は卒業して大手の建設会社に就職したばかりだったが、「翻訳をやってみないか」と持ちかけてくれたのだ。「出版社に知り合いがいるから、紹介できる」と。

長野にすれば、意外な誘いだった。仕事をしなくても、当面困らない程度の金はある。だから焦って働く必要などなかったのだが、何故かその提案には心を惹《ひ》かれた。自分で金を稼ぐ——それは、実家からの完全な独立につながるのではないだろうか。

「事故で大学を辞めてから、心配していたんだ」

どこかお人好しな友人は、心底心配そうに言ったものである。そう、長野は表向き、事故に遭って大学を退学したことになっている。右手がなくては、満足に勉強はできない。社会に適応するのも面倒だ。しかし翻訳の仕事なら、家にいてもできる。左手で字を書くのに慣れれば……自分で時間を調整できるから、仕事もしやすいだろう。すらすらと話すスーツ姿の友人の態度に、長野は新鮮な違和感を覚えた。自分は、人生と社会から降りてしまった。しかしこいつは、社会人として着実に仕事をしている。それが羨《うらや》ましいわけではなかったが、不思議な感じではあった。ただレールに乗って、これから数十年を生きていくだけの友人。レールを見つけることすらできない自分。そういう状況に劣等感を覚えることはなかったが、目標を見失って空しい気持ちを感じることも多い。

とにかく、金の魅力に勝てなかったのも事実だ。翻訳の仕事では、一攫千金《いっかく》で大金を手に入れられるわけではない。しかし、あるに越したことはないのだ。金さえあれば何でもできる。ずっと中断していた自分の使命を果たすにも、金は必要だ。

実際に始めてみると、この仕事はあつらえてあったかのように長野に合っていた。好きな時間に好きなだけ原書を読み、日本語に直していく。直訳ではなく、できるだけ分かりやすい日本語に……その作業は一種の創作であり、破れかけていた虚栄心《きょえいしん》をある程度は補修してくれた。

多くのジャンルに手を出した。実用書から研究書、さらには小説にまで。ほとんど読んだこともなかった小説を上手く訳せたのは、意外だった。

それから二年で、訳した本は既に七冊になる。最近は、他の出版社からも仕事が入るようになって、次第に時間の余裕がなくなってきた。どうも、翻訳者というのは、まだ絶対的に数が少ないようである。

仕事は常に、夕方から真夜中にかけて行う。下書き用の鉛筆を置くのは、だいたい夜中の三時頃。そのまま夜の街に彷徨《さまよ》い出ることも少なくない。街の様子を肌で感じるためだ。そう、三年前には「度が過ぎる」と非難された夜遊びを再開していた。ただし、まだ実際には何もしていない。観察と偵察だけである。右腕がないと、どうしてもできないことが多いのだ。

相変わらず、あまり睡眠を取る必要はなかった。明け方部屋に戻り、二時間か三時間ほど寝て、朝は普通に目覚める。その後は翻訳の下調べをしたり、渋谷の街で長い散歩をしたりして、夕暮れを待つ。そういう生活のリズムが、すっかり身についていた。

しかし時には、そのリズムを崩すことがある。今日がそうだった。重い辞書をぶら提げて——片手しかないので困るのはこういう時だ——河東その子の家に向かう。今も時々、そう、月に一回ぐらいは顔を出すようにしていた。翻訳の仕事を始めて金が入るようになってからは、いつも土産物を買っていくし、時には現金を差し入れることもある。その子は金を受け取るのをいつも激しく拒絶するのだが、長野は毎回、必ず押しつけてきた。どうしてそんなことをするのかは、自分でも分からない。父は依然として、毎月細々と援助をしているようで、最低限の生活はできている。

もしかしたら、正気を保つためかもしれない、と思う。あそこには、不安定ながら家庭の味があり、その子や育男と話す時には、間違いなく安心感を覚えるのだ。二人には助けてもらっているのだから、少しでも楽な暮らしができるように、援助したくなる。

中学生になった育男は急に背が伸び、今は長野と変わらないほどになっていた。少し口調が生意気になっていたが、中学生ならそれも当然だろう、と長野はむしろ微笑ましく思っていた。成績は相変わらず良く、このままなら希望通りの高校、そして大学へ進めそうだ。その子は相変わらず、学費の心配をしていたが……もっとしっかり話しておくべきかもしれない、と長野は薄々考えている。「家計」への援助ではなく、育男に対する「学費」援助をしたい。それなら一種の奨学金のようなものであり、もしも後ろめたさがあるなら、後で返してもらう約束をしてもいい。実際に返してもらうかどうかは別だ。

今日はその話をしようと決めて、その子の家を訪れた。既に日は暮れかけ、街を吹き抜ける風は一層冷たくなっている。そしてその子の家の周辺は騒がしくなっていた。元々静かな住宅街なのだが、マンションが建つことが決まって、オリンピック前から区画整理工事が始まっていて、まだ続いていた。その子の家は立ち退かなくても済んだが、四階建てだというそのマンションが建てば、日当りが悪くなりそうだった。となると、近い将来、新しい家を見つける必要があるかもしれないわけで、引っ越し費用についても頭の片隅に入れておかねばならない。

その子の家の前は細い路地で、車も入ってこない。角を曲がってその路地に入ると、側転をしている育男に気づいた。長野のことは目に入らない様子で、勢いをつけて一回転……着地が上手くない。膝が崩れてしまい、アスファルトの上に思い切り尻餅《しりもち》をついてしまった。小さな悲鳴。その場で座りこんだまま、荒い呼吸を整えようと深呼吸し始めた。

長野はにやにや笑いながら育男に近づいた。ようやく長野に気づき、育男が苦笑しながら立ち上がる。学生服の黒いズボンに白い開襟シャツという格好で、白くなった尻を思い切り両手で叩いた。

「ウルトラCにはまだまだだな」

「そんなんじゃないけど」育男が照れ笑いを浮かべる。

「オリンピックをテレビで見て、影響されたんだろう」

「まあ……見てたけど」照れ臭そうに育男が言った。

「そういうのは、小学生までだよ。中学生には幼稚《ようち》だ」

育男が顔をしかめ、両手を叩き合わせた。悪戯《いたずら》がばれた小学生のような表情。最近はどんどん生意気になって、長野に議論を吹っかけることもあったが、基本的にはまだ子どもだ。今年の春、中学校に上がったばかりだから仕方ないかもしれないが。

長野も、体操日本男子チームがオリンピックで披露した難易度C以上の技が「ウルトラC」と呼ばれて一種の流行語になっていることくらいは知っている。路地で、子どもたちが体操の技の真似事をしているのにもよく出くわすぐらいだ。それ以上に、バレーボールが大ブームになっていた。中学校などでは、校庭にコートを作り、そこで練習している。泥まみれになりながらの「回転レシーブ」――これも流行語だ。

何だ、俺も結構オリンピックの流行に毒されているじゃないか、と長野は苦笑した。スポーツには興味がないと言っても、どうしてもニュースは耳に入ってくる。まあ、元々新しい物が好きで、旧弊《きゅうへい》は打破しなくてはならないと思っていたから、もっと積極的に流行に飛びついてもいいのだが……今はどうしてもそんな気になれない。自分は、都市の成長に取り残されて停滞しているようだった。ようやく生計を立てられるようになったばかりで、自分の使命を再開するのはもう少し先になるだろう。

育男の目が、長野が抱えた紙袋を捉えた。土産を期待したのか、顔がぱっと明るくなる。

「これは俺の辞書だぞ」長野は紙袋を顔の高さに掲げてみせた。「しかも、上級者向けだ」

「何だ」育男が露骨にがっかりした表情を浮かべる。

「そのうち、いい辞書を買ってやるよ。中学生向けじゃなくて、高校生や大学生が使うようなやつを」

育男の表情がくるくると変わり、目が輝き始める。それを見て、長野は胸の奥が温かくなるのを感じた。育男は、中学生になって英語を始めたのだが、成績抜群だった。中学校のレベルでは、もう満足できないようである。将来は、何か英語を使った仕事をしたいとも言い始めていた。自分のような翻訳の仕事ではなく、話す方で何とかしたいらしい。となると通訳か、あるいは世界を股にかける商社マンか。

「ずいぶん汚れたな」長野は改めて育男の格好を見た。白いシャツは、埃と汗で所々が茶色に染まっている。「お母さんに怒られるぞ」

「まずいね」

「まずいよ。だから、ウルトラCの真似事はやめた方がいいな」

「分かった」育男が素直にうなずく。玄関に入ろうとして何故か躊躇い、ちらちらと長野を見る。

「どうした？」こういう態度を取る時は「おねだり」だと分かっている。その子は厳しく戒めていたが、長野は育男に対しては甘い。特に「勉強に必要なもの」と言われると、無条件で与えてしまう。

「録勉って知ってる？」

「何だ、それ」

「ラジオを録音して、それで勉強するやつ」

「ああ……テープレコーダーを使うんだよな？」話の先行きが見えてきて、長野はわずかに顔をしかめた。

「すごくいいらしいんだ。ラジオだと、高校生向けの講座もやってるし」

テープレコーダーね……確か少し前に、新聞の広告で見た記憶があった。何故覚えていたかというと、その値段の高さ故である。大卒の初任給以上、二万円近くもしたのだ。これはいくら何でも高過ぎる。勉強に夢中になるのはいいことで、多少の援助は惜しまないつもりだが、それにも限度はある……しかし、翻訳の仕事をもう一本引き受ければ、何とかなるかもしれない。つくづく甘いなと思いながら、長野は頭の中で金勘定を始めていた。

その子は、既に夕食を用意してくれていた。普段は、食事など一番どうでもいいことで、ただ腹が塞がればいいと思っている。この家で食べる食事が、唯一まともなものと言ってよかった。

今日は何と、すき焼きだ。鼻腔をくすぐる甘い香りを楽しみながら、長野はすぐに「大丈夫だろうか」と心配してしまった。生活費にも困るような毎日のはずで、すき焼きは贅沢過ぎないだろうか。しかし、それを直接確認するのは失礼である。ちゃぶ台の前に座りながら、長野は遠回しに訊ねた。

「今日はずいぶん贅沢ですね」

「あの、仕事がね」その子の声は弾んでいた。

「仕事、始めたんですか？」長野は思わず目を見開いた。以前からその子は、「自分でも仕事がしたいが、当てがない」と悩みを打ち明けていたのだ。それはそうだろう……その子の仕事の経験といえば、水商売だけである。まだ手間がかかる中学生を抱えて、夜の仕事に出るのは無理だろう。長野としても、そこまでして欲しくはなかった。

「ちょっとお手伝いをしているだけだけど……井の頭線の渋谷駅の近くに『白樺《しらかば》』っていう喫茶店ができたの、ご存じ？」

「ああ、名曲喫茶でしょう？」

「そこで、昼間、仕事をさせてもらえることになったの」

「そうなんですか？」どういう伝《つて》だろう。その子は基本的に、「夫のいない専業主婦」のような生活を送っている。家事に勤しみ、外出するのは買い物や育男の学校の行事がある時だけ。自分の楽しみのために表に出るようなことはほとんどなかったはずだ。休みの日ぐらいは繁華街へ連れ出すべきだろうか、と長野は何度も悩んだ。結局一度もそうしなかったのは、誰かに見られるのを恐れたからである。特に家族に……息子が父親の妾と一緒に繁華街をぶらつく――知った人が見れば、誤解を招きやすい状況である。

「育男の同級生のご両親が始めたお店なんです。そこで、昼間だけでも働かないかって誘ってもらったのよ」

「大丈夫なんですか」という質問を、長野は呑みこんだ。それはあまりにも失礼だろう。うなずき、先を促す。

「よく知っている人だし、人手が足りないっていうから。今時、若い人は喫茶店なんかでは働きたくないのかもしれないわね」

「皆、贅沢ですからね」

「保さんみたいに、特別な仕事ができる人ばかりじゃないのに」

「僕は、家で引きこもって、こつこつやっているだけですよ」自嘲気味に、長野は言った。「あまり、人にお勧めできることじゃないですね」

「そんなこともないでしょう」

「いやいや……」苦笑しながら、長野は椀に卵を割り入れた。いつの間にか、片手で卵も割れるようになった。すき焼きは実に久しぶりだ……最近、ろくなものを食べていなかったから、胃がびっくりしてしまうかもしれない。

しかし、食べ始めると箸が停まらない。鍋が空っぽになるまで、さほど時間はかからなかった。飯も茶碗に二杯食べ、さらに最後に鍋に入れたうどんもすっかり平らげてしまった。ふと、我ながら大したものだと思ってしまう。元々利き腕でない左手一本で箸を操りながら、普通の人と同じ速さで食べられるのだから……そろそろ使命を再開することもできるかもしれない。

食事の後に葡萄《ぶどう》を食べながら、長野の頭の中はそのことで一杯だった。不浄な存在を排除する……東京の未来のために。崇高な目的に興奮すると同時に、別種の暗い興奮も芽生えている。肉を切り裂き、心臓を抉《えぐ》る感触。自分の手の中で、人の命が消える感覚。「こいつは死んだ」と確実に分かる瞬間があるのだ。

これまで三回、その感触を味わってきた。十分とは言えない。ついに、使命のために再び動く時がきたのだ。声が聞こえる。「今がその時だ」「休暇は終わりだ」。

9

こいつはどうにも納得がいかない。生沢宗太郎は勝手知ったる現場で、苦い気分を噛み締めていた。三年前の渋谷区内での連続殺人……その三件目の現場。あの事件で、目撃者はついに一人も出なかった。「物音を聞いた」という小学生の証言だけでは、犯人の影にも辿《たど》りつけなかった。

生沢は巡査部長の試験に合格し、捜査一課から渋谷中央署に異動したばかりだった。この異動は、生沢本人が望んだものである。先輩の中条は「せっかく花の捜査一課に来たのに、わざわざ所轄に戻る必要はない」と引き止めてくれた……ありがたい話ではあったが、生沢は、解決の糸口が見えない連続殺人の捜査に集中したかった。東京は忙しない街であり、事件も多い。三年前――三件目の事件の捜査には、二ヵ月しか関われなかった。

別の殺人事件の特捜本部に投入され、渋谷を離れることになったのである。その後も日々発生する事件の捜査に忙殺された……すぐに解決した事件もあったし、まだ未解決の事件もあるが、生沢の頭にずっと引っかかっていたのは、渋谷区内で起きたこの連続殺人である。残虐に殺された被害者の無念も感じていたし、犯人が警察に挑戦していると確信していたせいもあった。額につけられた十字――あれは間違いなく、俺たちを挑発している。「この意味が分かるか」と無言であざ笑うかのように……そういうふざけた真似は絶対に許さない。

それ故、この事件の捜査に集中するために、異動を希望したのだ。捜査一課の刑事は、都内各地の事件捜査に投入されるが、所轄ならば自分のところの事件だけに専念できる。渋谷中央署には未だに特捜本部が残っており、所轄の刑事たちが地道に捜査を進めている。自分もその仲間に入って、一気に片をつけてやるつもりだった。

だが、条件がよくない。

現場の様子は、三年前と様変わりしていた。渋谷川沿いに建ち並んでいた木造の民家は多くが姿を消し、ビルに建て替わっている。東京オリンピックを機に、渋谷の街は一気に姿を変えたのだ。目撃者の少女――美智子の家はまだ残っていたが、他の多くの家族は引っ越してしまった。三年前の記憶を思い出してもらうために聞き込みをしようにも、現場に人がいない。いずれ、引っ越し先まで訪ねていかないといけないだろうな、と生沢は覚悟していた。

「こんにちは」急に声をかけられ、生沢はびくりと肩を震わせて振り返った。見ると、セーラー服姿の美智子が立っている。今年から中学生なのだ。背はそれほど高くないが、顔立ちはすっかり娘らしくなった。歩く度に、頭の両脇に垂れたお下げの髪が勢いよく跳ねる。

「ああ、どうも」生沢は意識して軽い口調で、右手を上げて挨拶した。所轄に移ってきてから、美智子とは何回か会っている。最初は思い出してもらえず、露骨に警戒されたのだが、最近はそれも薄れてきていた。美智子は元々利発な子で、正義感も強い。未だ事件の恐怖に苛まれることもあるそうだが、それでも謎解きをしたがっているように見えた。生沢は適当に相手をしているのだが……中学生の思いこみで捜査ができるわけでもない。それに、思いこみから変な情報を流されても困るのだ。ただ、ぎすぎすした日々の中で、この娘と話すのが気休めだったことも事実である。

「何か手がかりはあったんですか」

「いや、そう簡単にはいかないよ」生沢は眼鏡をかけ直した。

「『七人の刑事』だったら、とっくに犯人は見つかってるでしょう」

「テレビドラマと一緒にされたら困るな」生沢は苦笑した。「あれは、時間内で終わるために話を作ってるんだから」

「そっか」美智子が気軽な調子で言って笑みを浮かべた。「でも、変な事件ですよね。何で私以外に目撃者がいなかったんだろう」

この娘も「目撃」していたわけではないと思ったが、生沢はうなずくだけにして話を先に進めさせた。

「もしかしたら聞き間違いか、勘違いじゃないかって思ったこともあるんです。でも、絶対間違いないいんですよ」

「それに関しては、疑ってるわけじゃないよ」生沢は言った。「手押し車があそこを通って、壁にぶつかったのは確かなんだから。車輪の跡もあるし、壁に傷もついてた。それに、血痕も」

その手押し車に入れこみ過ぎたせいで、捜査の方向性が狂ってしまったのかもしれないと、生沢は悔いている。手押し車の購入者を洗え——それが、上層部が決めた最初の方針だった。しかし、日本全国で手押し車が何台使われていたことか。オリンピック前ということもあって東京だけでも大変な数だろう。車輪の痕からいくつかの製品に絞りこまれたのだが、そこから先、捜査は難渋を極め、停滞した。むしろ目撃者捜しや、近所の不審者の洗い出しに力を注ぐべきだったと思う。当時の生沢は駆け出しの刑事で、上の方針に異を唱えることなど不可能だったが、あれから三年が経っている。もう自分も新人ではなく中堅だ。改めて、捜査の方向を変えるよう、進言してみるつもりである。

「不思議ですよねえ」美智子が腕組みをし、首を傾げた。そうすると、いっぱしの女のような感じになる。「私が音を聞いたぐらいだから、他に聞いていた人がいてもおかしくないと思うけど」

「とはいえ、普通の人は、寝てる時間だからね」

「でも、灯りが点いている家もあったんですよ」

生沢はうなずいた。その話は、最初の段階から聞いている。それに基づいて、周辺の家の聞き込みを行ったのだが、有益な証言はまったく出てこなかった。嘘をついている、あるいは証言を拒否している人がいるとも思えず、目撃者探しはそこで行き詰まってしまった。

――と考えると苛立ちがさらに募る。ここはかつては、住宅密集地だった。そんな場所で行われた凶悪犯罪で、まともな手がかり一つ出てこないとは……自分の間抜けさが際立つようで、生沢は頭を掻きむしりたくなった。同時に、無限の闇に相対したような不安が湧き上がってくる。何としてもこの事件を解決したいと思って、わざわざ渋谷中央署に異動してきたのに、まだ手がかりが何も摑めない。大見得を切った――少なくとも生沢本人はそう思っていた――のに事件を解決できなかったら、もう本部の捜査一課には戻れないかもしれない。もしかしたら人生の選択を誤ったか、と急に不安になる夜もしばしばだった。

「生沢さん、怖い顔してる。それじゃ、子どもさんにも嫌われるよ」

「ああ、悪い、悪い」生沢は慌てて眼鏡を外し、両手で顔を擦った。元々人相が悪いと言われていたのだが、最近角刈りにして、さらに悪相になったと評判が悪い。特に小さな子どもには、怖がられてしまうこともよくある。美智子は、そういうのはまったく気にならないようだが。

「そう言えば、もうすぐ引っ越しだったね」渋谷川沿いの再開発は依然として続いている。木造住宅はほとんど姿を消し、ビルが増えた。悪臭を放っていた川の大部分には蓋がされ、暗渠になっている。「引っ越し先、どこだっけ？」

「目黒。学校も変わるみたい」

「それは大変だ」

「でも、そんなに遠くへ行くわけじゃないから」美智子が肩をすくめる。ひどく大人っぽい仕草で、幼い顔立ちと合っていない。「私はもう、ここにいなくなるから別に怖くもないけど、生沢さんは犯人が捕まらないと嫌でしょう」

「嫌っていうか……絶対に捕まえるけどな」苦笑しながら生沢は答えた。大人びた中学生と話していると、こんな風にやりこめられるものかと驚く。自分が子どもの頃は、こんなことはなかった。大人と平等に話すなど、まったく考えられなかったのだ。これが戦後教育というものだろうか——自分も義務教育を受けるようになったのは終戦後だが、こんなに気安く喋らなかったと思う。

「犯人を捕まえたら、話を聞かせてくれる？」

「それは、話せる範囲でね」

「捜査の秘密があるから？」

「そうだよ」生沢はまた苦笑せざるを得なかった。「だから言えないこともあるけど、君は関係者だからね」

「よろしくお願いします」美智子がぺこりと頭を下げ、家に入って行った。

それを見送って、生沢は少し下流に移動し、橋から渋谷川を眺めた。相変わらずのどぶ川。この辺は暗渠化されていないので、やはり悪臭が鼻をつく。橋の手すりに両腕を預け、三年前に遺体が遺棄されていた場所をじっと見詰めた。そこから何かイメージを膨らまそうと……いきなりくしゃみが出た。それも三連発。急に悪寒《おかん》を感じて、背広の上から自分の体を抱きしめる。オリンピックが終わって、そろそろコートが必要な季節になってきたが、生沢はコートが嫌いだった。長いコートを着ていると、何だか動きが制限される感じがする。それ故、冬場も分厚い下着を着こみ、なるべくコートは着ないようにしているのだが、今日は油断した。

背中を丸め、渋谷中央署に向かって歩き出す。またくしゃみ。これは、本格的に風邪をひいたかもしれない。生沢は自分でも笑ってしまうほど、病気に敏感だった。子どもの頃、「結核ではないか」と疑いを持たれ、しばらくびくびくしていたのが遠因だと分かっている。大人になってからも、病気に対する恐怖は薄れることがなく、少しでも体調が悪くなるとすぐに医者に駆けこむ。それを見て先輩の刑事たちは笑い、「刑事たるもの、頑健であることは最低条件」などと馬鹿にするのだが、ちょっとした風邪でもいち早く治療して仕事への影響を最小限に食い止めているのだから、自分の対処法は間違っていないはずだ。

今日も結局、原宿駅と渋谷駅の中間辺りにある本多医院を訪ねた。病院では大袈裟なので……生沢は渋谷中央署に異動してきてから既に二度、この個人経営の医院で診察と治療を受けていて、馴染みになっている。

午後の時間、本多医師は往診に出ていた。仕方ない、急ぎの用事もないし少し待つか……待合室のベンチに腰かけ、先月の「文藝春秋《ぶんげいしゅんじゅう》」を手にした。顔見知りの看護婦が待合室に出て来たので、「先生はいつ頃戻りますか」と訊ねる。

「三、四十分だと思いますよ」まだ若い——恐らく二十代前半の看護婦が、愛想良く答える。

「この時間、いつも往診なんですか」

「いえ、今日は特別に頼まれて」

「本多先生を呼びつけるほど偉い人がいるんだ、この辺には」

冗談を飛ばしたつもりが、看護婦が微妙な表情を浮かべたので、自分の指摘が当たったことを悟った。

「何だ、本当に偉い人のところに行ってるんですか」

政治家だろうか……警察官は、所轄で勤務している時には、管内にいる有名人の住所をまず頭に叩きこむ。何か問題が起きた時に、すぐに駆けつけるためだ。何だか金持ちや有名人に媚びているようだが、それが長年の習慣でもある。この近くにいる偉い人というと——。

「ああ、分かった。長野さんでしょう。長野保次郎さん」与党の大物代議士だ。金の問題で何かと噂のある人物ではあるが、権力者なのは間違いない。現在は党政調会長で、「次の総理」とも言われている。跡を継ぐと言われている長男は弁護士――すらすらとデータ、それに噂話が出てきて、我ながら驚く。噂話は頭に入りやすいのだろうか。

「いや、それは……」看護婦が言い淀む。

「ああ、言えないですよね。患者さんの情報を漏らしちゃいけないよね」ましてや相手は大物政治家である。健康でいるのが当たり前、ちょっとした病気でも、政局に大きな影響が出る――自分のような一介の刑事には関係ない話だが。

待つ間、「文藝春秋」を読んで時間を潰したのだが、くしゃみだけではなく、次第に頭痛もひどくなってきた。具合の悪い人も、病院に来ると自然によくなってしまったりするものだが、生沢の場合は逆に悪化することが多い。安心できるはずなのに、どんな診断が下されるかと心配になるばかりなのだ。

「お待たせしました、生沢さん」

ようやく呼ばれて、立ち上がる。かすかに目眩《めまい》がしたので額に触れてみると、間違いなく熱い。季節の変わり目はこれだから、と苦笑しながら診察室に入った。

自分と同年代の本多は、白衣を着終えたところだった。本当に帰って来たばかりらしい。息を切らしていたので、「ゆっくりやりましょう」と言いかけたが、言葉を呑みこむ。医者にそんなことを言うのはさすがに失礼に当たるだろう。

「どうしました？」座るなり、本多が訊ねる。

「風邪っぽいんですが……」

「このところ、多いんですよ。急に寒くなりましたからね」

通り一遍の診察が続いた。熱を測り、喉の奥を見られ……熱は三十七度二分あった。平熱が三十六度もない生沢にすれば、高熱とまではいかないが、やや危ない感じである。

「風邪ですね」

本多があっさりと結論を出し、生沢は少しだけ気が楽になった。風邪なら、すぐに治せる。熱い風呂と鍋焼きうどんで汗を流し、布団を被って寝ていれば一日で治る。しかし、病院が出してくれる薬は、もらっていくことにした。

「長野先生のところに往診だったんですか？」

少し安心したので、先ほど疑問に思ったことをぶつける。本多がぴくりと眉を動かし、生沢をちらりと見た。

「そういうことは言えないんですけどね」

「いやいや、管内の重要人物については、常に動静を摑んでいたいんです。それも警察の仕事ですからねえ」

「大したことはありませんよ。風邪です、風邪。流行《はや》ってるって言ったでしょう？」

嘘だ、と生沢は見抜いた。それまでと違う早口、そわそわした態度……もちろん、長野が重大な病気を患っていても、すぐに生沢の仕事が増えるわけではない。ただ、もしも政治家が死んだりすると、警備の手伝いをしなければならなくなるかもしれない。弔問客《ちょうもん》が多いし、報道陣もさばかなければならないから、まずは人の整理をする仕事が生じるのだ。事務所の人間だけでは対応しきれないだろう。

「長野先生は要人ですからね。風邪でも気をつけないと」

「それは、生沢さんも同じですよ。気をつければ、風邪は防げるんですから。外から帰ったらうがい、手洗いは徹底して下さい」

「はいはい」子どもへの忠告か、と思いながら生沢は言った。何というか……本多は医者としてまだ頼りない。先代の跡を継いで数年経つそうだが、まだまだ地域の人たちに信頼される医者とは言えない感じだ。

もっとも、自分もまだ「頼りがいのある刑事」にはなっていないだろうが。連続殺人事件で何の手がかりも得られず、ただ時間だけが過ぎていく。人を評価している暇があったら捜査だな、と自分に言い聞かせた。

風邪と診断されただけで、かなり楽になった。こういうのは、精神的な影響も大きいのだ。念のために待合室で水を貰い、昼の分の薬をすぐに呑んでしまう。粉薬の苦さに辟易《へきえき》したが、その分よく効く気がした。

病院を出ると、ひんやりした風に背中を叩かれる。こういう日はおでんがいいんだが……と考えながら歩き出す。足はいつの間にか、原宿駅方面に向かっていた。長野の自宅は、本多医院からもほど近い穏田。そういう情報も頭に残ってはいた。見たからどうにかなるものでもないのだが、何となく見ておかねばならない気がしていた。もっとも、そんなことをしている場合ではない、と文句を言うもう一人の自分がいる。政治家の病状を探る暇があったら、殺人事件の捜査をしろ——しかし、一度芽生えた好奇心を押し潰すのは難しい。

これは単なる気晴らしだ、と自分に言い聞かせて、大股で歩き始める。必死に歩いて少し汗をかけば、風邪の治りも早いかもしれないし。

医院から穏田の長野家にかけては、道が狭く、小さな家がごちゃごちゃと建ち並んで、下町の風情が強くなる。その中で、長野家はさすがに群を抜いて大きな建物だった。門の奥に車回しが見える。庭は鬱蒼とした木立に包まれ、家の様子ははっきりとは見えなかった。人気《ひとけ》はなく静か……病状が悪化して、関係者が慌てて出入りしている様子もない。やはり本多の言う通りただの風邪なのだろう、と生沢は思った。

怪しまれない程度にゆっくりと歩き、門から中を覗きこむ。車は二台か……さすがに政治家は贅沢だ。クラウンと、もう一台はパブリカ。一家に二台の車は、普通の家庭では考えられないが、クラウンの方は一種の公用車だろう。それこそ、長野が国会へ行く時に使うとか。パブリカは、いわゆる「国民車」として、ここ数年、目にする機会が増えた。もちろん、トヨタに限らず、今は各メーカーが競い合うように新しい車を発売しているのだが……数年前に比べても車の数は圧倒的に増え、広くなった青山通りも車で埋まって渋滞しがちである。普段仕事で車を使う生沢からすれば、わざわざマイカーを買う人の神経が理解できない。車の運転は、結構疲れるものなのだ……未だに舗装が悪く、車が底づきしてしまうような場所もあるし。

「失礼ですが、何か」

後ろから声をかけられ、また一気に熱が上がった感じがした。慌てて振り向くと、自分より少し年長の男が、怪訝そうな表情を浮かべて立っている。

「こちらの家に何か用事でも？」

「あなたは？」生沢は逆に訊ねた。

「そちらから名乗るのが筋だと思いますが」

男が正論をぶった。何となく気に食わないが、ここで言い合いをしても仕方がない。警察手帳を示し、「パトロール中だ」と言うと、男は特になんの感慨も見せずにうなずいた。

「長野の秘書の前田と申します」

「どうも」生沢は無愛想に返事をした。この男は、本能的に気に食わない。「先生はお元気ですか」

「もちろんですよ」

病気だとは言わないだろうな、と生沢は考えた。大物政治家は、本当に病気だったら、必死に事実を隠すのではないだろうか。

「結構ですね。政治家に、健康が一番ですよね」

「それは、誰でも同じではないでしょうか」硬い口調を崩さず、前田が言った。

「仰《おっしゃ》る通りですね」生沢はうなずいた。他に答えようもない……だが、何かが気に食わなかった。前田と名乗る秘書の慇懃《いんぎん》無礼な態度のせいか、あるいは、彼が嘘をついていることか。

それを言うなら、多分本多医師も嘘をついている。長野は本当に風邪なのか？　彼の目が泳いだ瞬間を思い出すと、まったく信じられなくなってくるのだった。

10

第四条
信頼できる仲間を集めなければならない。その見極めを誤った時には、事情を知った相手は殺さなければならない。

「おい、渋谷の殺し屋って知ってるか？」

知っている。自分がそうなのだから。

長野保は思わずスプーンを動かす手を停めた。百軒店にある喫茶店で、遅い昼食にカレーを食べていると、カウンターですぐ近くに陣取った大学生らしき二人連れの会話が、突然耳に入ってきたのだ。

「何だよ、それ」

「田舎出身の奴は知らないか」

「馬鹿にするのか？」

「そうじゃなくて、お前が高校生の頃の話だからだよ」

長野は、二人連れをちらりと見た。最初に「殺し屋」の話を持ち出した方は、ひょろりと痩せて眼鏡をかけた男。もう一人、「田舎者」と呼ばれた方は小柄で小太りな男で、頬にニキビの跡が目立った。二人とも、長野と同じカレーライスを食べている。

「三人、殺されてさ」

「本当かね」

「本当だよ。俺は高校生だったけど、怖かったな。二ヵ月か三ヵ月ぐらいの間に、立て続けだったんだぜ。恐しくて夜とか、しばらく出歩けなかったよ」

「今は夜遊びしてるじゃないか」

「いや、だって、今はもう何もないから……でも、噂があるんだよ」

痩せた男が声を潜めた。それでも、カウンターで隣り合わせの長野にはよく聞こえてくる。

「噂って？」小太りの方は、本気で怖がっているようだった。晩秋の怪談。

「また出てくるって。しばらく旅に出ていたらしいんだ。でもまた、渋谷に舞い戻って来る……」

「何だよ、それ」小太りの方が、怒ったような声を上げた。それで恐怖を押し潰そうとしているようだった。

「しばらく渋谷を離れていただけで、三年経って戻って来るっていう話なんだ」

「警察は何してるんだよ」

「それは知らないけどさ」痩せた男が、スプーンを皿に置いた。自分で話していて、食欲をなくしてしまったようだった。「心配いらないとは思うけどね。殺されたのはジイサンばかりなんだ」

「なんでまた」

「よく分からないけど、曰《いわ》くつきのジイサンばかりが殺されてるんだ。泥棒とか、婦女暴行犯とかさ……正義の味方を気取って、悪い年寄りばかりを殺して回ってるんじゃないかって言われてる」

「訳が分からない」小太りの男が首を横に振った。

「十字の男とも言われてるらしい」

「十字？　何で？」

「いや、それは分からないんだけど」

これは面妖な、と長野は一人首を捻った。「十字の男」――それは極めて正しい表現である。自分の足跡として、確かに殺した相手の額に十字の傷をつけた。だが、世間はそれを知らないはずだ。被害者の額に傷がついていた話は、どの新聞も報じていなかった。警察はこの事実を隠していたのだろう。だとしたらどうして、この若者は「十字」という言葉を口にしたのか。単に噂が独り歩きしているのか、警察の人間が漏らしたのか……だとすると、危険だ。自分につながる可能性がないとは言えない。

しかし——残ったカレーを口に運びながら、長野は頬が緩んでくるのを感じた。

俺が噂になっている。人々の心に恐怖を植えつけたから？　だが二人の話を聞いていると、そんな感じではない。二人が感じているのは「恐怖」ではなく「畏怖」ではないか。己の力が及ばない存在を恐れ、もしかしたら崇《あが》める——それは長野が望んでいたことでもあった。自分の理念が正しいと受け入れられ、同調者が集まる。自分……いや、自分「たち」が目指すのは新しい世界だ。ゴミを処分し、この東京を美しい街に変える。

再度、時は来たのだ。

今こそ立ち上がるべきである。右腕を失った衝撃と暗い思いは、もう忘れるべきなのだ。

声が聞こえる。お前は神だ。それが地上に降りてきて戦っている。神が人に負けるはずがない。

長野は夜の長い散歩を再開していた。新たな武器も手に入れた。殺しは目的ではなく手段である。浄化——そのためには、殺し方にこだわる必要はないのだ。いや、絶対にこだわってはいけない。スタイルに縛られて失敗したら、本末転倒である。ただ、死体の額に十字を刻むのだけは、間違いなくやり遂げなければならない。自分の行為の証《あかし》であると同時に、捜査を攪乱《かくらん》する意味もあった。警察は、十字の意味を見出そうと必死になり、本筋から外れていくだろう。

三年前に比べ、渋谷の街は様変わりしている。古い建物は次々に取り壊され、新しいビルに建て替わった。渋谷川と穏田川が暗渠になったせいで、いつも街に流れていた泥臭い臭いは明らかに薄れている。さらに埃っぽさもなくなっていた。以前は未舗装の場所もあったので、車が巻き起こす土煙が風に乗って広い範囲を覆っていたのだが、今はどこも綺麗に舗装されているのだ。ただし、排気ガスの臭いは相変わらず凄《すさ》まじい。かつては感じなかった目や喉の痛みに苦しめられることもしばしばだった。ただしそれは、昼間の話だ。夜になって車が少なくなると、静かで綺麗な空気が戻ってくる。

人も変わった。

「みゆき族」と呼ばれる連中が銀座に溢れだしたのは、今年の春頃だっただろうか。細身で短いパンツや、足をむき出しにしたバミューダショーツという格好で、銀座のみゆき通りを闊歩する連中が、まとめてこう呼ばれていた。長野が高校生から大学生の頃は、アイビールックの全盛期だったのだが、それをより崩した感じだろうか。

「みゆき族」は風紀的に問題があるということで、九月に警察が一斉補導を行い、銀座からは姿を消した。ただ、その一部は新宿や渋谷に流れてきたようである。街で時折見かけることがあるが、あれもなかなかいいものだと思う。若々しさが、街に彩《いろど》りを与えてくれる。だいたい日本人は、黒や灰色の服ばかり着るので、街全体がくすんで見えてしまう。

右手をなくす前の長野は、服装には気を遣っていた。がっしりした長身なので何でも似合っていたのは間違いなく、大学に入って初めて仕立てたスーツがことのほかお気に入りだった。かなり背伸びした感じだが、その格好で大学へ行ったこともある。一方で、使命のためには動きやすさ最優先の服装にしていた。あの時……三年前は黒いTシャツに、黒い作業ズボン。色が濃いものなら、少しぐらい汚れても目立たなかったし、何より頑丈なのが良かった。そういう機能性の高さが、むしろ独特のスタイルにつながる、とも信じていた。

今は……冬が近づきつつある。作業ズボンは三年前と同じだが、上は黒いタートルネックのセーターに、丈の短いコートといういでたちだった。本当はコートも邪魔なぐらいだが、さすがに寒さには勝てない。

繁華街から繁華街へ……渋谷駅周辺の風景を劇的に変えたのは、首都高速道路だろう。玉川《たまがわ》通りの上を走る首都高速三号線は、渋谷区内の一部が十月に開通したばかりだが、そのせいで空が二分されたようになった。何とも未来的で、これが数年後には東名高速につながり、日本の道路地図を完全に変えるだろう。それを考えると、胸が高鳴る。同時に、自分はもう車を運転できないのだと意識すると、家族に対する憎しみがいや増した。そう……車は使命のために絶対必要な道具だったが、同時に長野を日常から解き放ってくれる乗り物でもあった。スピードを体で支配しているような感覚は、他の物では絶対に味わえない。

もちろんそれは、殺しの快感には絶対敵《かな》わないのだが。

肉を刺し、抉る手触り。相手の命が零れ落ち、それが自分の体に入ってくるような感触。力が満ち溢れ、目の前がぱっと明るくなって、酸素が濃くなるような感じさえある。それはそうだ。人は使命のために生きなければならない。使命を果たした時こそ、人生の新たな一ページが開けるのだ。

午前一時。終電が行ってしまい、街も静かになり始めている。長野は、井の頭線の改札近くにある繁華街をゆっくりと歩いていた。例によって右手は、ポケットに入れたまま。長身を隠すように、少し背中を丸めて、周囲を見回しながら一定の歩調を保つ。誰も自分を見ようとしない。片手がないことが分かれば、大きな目印になって目立ってしまうのだが、ポケットが肉体的な欠落を隠し、完全に匿名の存在でいられた。

焼き鳥の香りが空気に満ち、食欲をそそられる。しかし酒を呑まない長野は、この手の店に入る気になれなかった。酒抜きで、焼き鳥だけを食べるわけにもいくまい。妙なところで律儀だな、と我知らず苦笑してしまう。

歩く、歩く……いくら歩いても疲れないのが不思議だ。今はいわば下調べ、日々変わる街の様子を頭に叩きこむのが主な狙いだ。目を瞑《つむ》っても走り抜け、いざという時には逃げられるようにする。もちろん、標的を探す意味もある。自分は自由だと感じていた。家族が監視している気配はない。

それにしても、この一角は……長野は思わず鼻に皺を寄せた。オリンピックによる再開発に取り残され、終戦直後の闇市の雰囲気を濃厚に漂わせている。もちろん、闇市にもそれなりに意味はあった。焼け野原でも、何とか物を売って人を喜ばせようという、商売人たちのバイタリティの表れである。しかしそれは、あくまで「仮」の姿であるべきだ。とにかく必要なものを手軽に提供する役目を終えたら、早く新しい、清潔な街に生まれ変わらなければならない。こんな不潔な感じは……靴底に、嫌な感触があった。立ち止まり、恐る恐る足を持ち上げると、粉々になった煙草の吸殻がくっついている。まあ、人のゲロを踏まなかっただけましなのだが、どうしてこんな風に街を汚すのか、理解できない。自分が住む街を誇らしく思わないのか。愛していれば、絶対にこんなことはしないはずなのに。煙草の投げ捨てをするような人間には、厳罰を与えるべきだ。

立ち止まったまま、周囲を見回す。路地で煙草を吸っている人間は……いる。赤ら顔のサラリーマンが三人、揃って煙草をふかしながら、大声で笑っていた。下品なこと極まりない。もっときびきびしろ。国際都市に相応しい人間になれ。こんな連中が大手を振って歩いているようでは、東京という街は駄目になる。

だが、いちいち相手にしてはいられない。今大事なのは、間違いのないターゲットを探すことだ。そして速やかに使命を果たし、額に十字の傷を残す。

繁華街から繁華街へ。一定の歩調で歩くのは、長野にとって標的を探す行為であると同時にパトロールでもある。妙な奴がいないか目を凝らし、街が汚れないようにする。実際、酔っ払い同士の無様な喧嘩を目の当たりにすると、公衆電話を探して警察に通報することさえあった。

警察は利用すべきだ。

自分は距離を置いておくにしても、街の治安を守るのに、連中の力を利用しない手はない。

左腕をコートのポケットから抜き、腕時計を見る。午前二時になっていた。繁華街からもすっかり人が消え、街は眠りにつきつつある。どうも今夜は、上手くいきそうにない。しかし焦ってはいけないと自分に言い聞かせた。まだまだ準備しなくてはいけないものもあるし、仮に上手くターゲットを見つけても、すぐに使命を果たせるわけではない。

しかし……頭の中に響く声が、焦りを呼ぶ。「どうして愚図愚図《ぐずぐず》している？」「今すぐ殺せ」。頭を振り、声を追い出した。物事には、タイミングがある。

宇田川《うだがわ》町から渋谷駅の方へ下りて行き、今日の探索を終えることにした。あとは家まで、だらだらと歩いて帰る。冬が間近いのに、かなり必死に歩いたせいか、少し汗ばんでいた。こういう感覚は実に懐かしい……三年前は、大事な使命のために体を鍛えていた。自宅の回りを走りに走って汗を流し、体を絞るのはきつかったが、やるべきことがあったからこそ、耐えられたのだ。

冷たく埃っぽい風が街を吹き抜ける。いつの間にか背中が丸まっていた。ふいに、右手に痒みを感じる。またか……ないはずの右手が痒い。「幻肢痛《げんしつう》」と言われているそうだが、どういうタイミングで襲ってくるのか、自分でも分からなかった。右腕をコートのポケットから引き抜くと、余った袖がだらりと垂れ、長野は未だに慣れない喪失感を味わう。これに慣れたらいけない、とも思う。失われた手は、家族に対する憎悪の証なのだ。いつか、あの家を完全に殲滅《せんめつ》させる——もう一つの使命のために、この幻肢痛も利用すべきかもしれない。

ふと、人の声を聞いた。人通りもない道路を歩いているので、聞き違いかと思ったが、すぐにそれが悲鳴だと気づく。いや、悲鳴ですらない。空気が抜けるような音——聞き慣れた音だと確信した。命が漏れ出る時、人はこういう音を立てる。

できるだけ急ぎ足で、声がした方へ向かう。気をつけろ……間違いなくすぐそこで、事件が起きているのだ。気づかれると厄介《やっかい》なことになる。自分の足音が邪魔だった。現場が見えない限り、音を頼りにして、何が起きているか把握しなくてはいけないのに、靴音が気になって仕方がない。しかしほどなく長野は、音がしたであろう路地の入り口に立った。

電柱の陰に身を隠し、路地をそっと覗きこむ。

今まさに、一人の男が息絶えようとしていた。大柄な若者が、小柄な中年男の胸ぐらを左手で摑んで動きを抑えている。右手は、腹のところにあった。パンチをくれた直後に、威力を確かめるような感じで停まっている。しかし殴ったのでないことは、長野にはすぐに分かった。

血。

距離は十五メートルほどもある。しかし長野は、間違いなく血の臭いを嗅いだ。人を刺せば、必ず出血する。その臭いは強烈で、長野は海で鼻から思い切り海水を吸いこんだ直後のような感触を抱いたものだ。鼻血を出した時のような、潮の臭い。今嗅いでいるのは、まさに馴染んだその臭いだった。

大男は、慌てる様子もなかった。右手を一度、後ろに引くと、乏しい街灯の灯りを受けて、きらりと光る物が見えた。刃物。それも相当刃渡りが長い。包丁か何かだろうか、と長野は訝った。だとしたら、この男はまだ準備が甘い。包丁は、持ち歩きには適していないのだ。刃が折り畳めるナイフが最適である。そういうナイフを、長野は何本も用意していた。使命を果たす度に捨て、常に新しい物を補充しておく。何かジンクス的なものがあるわけではなく、人の体を刺せば、刃物にも「後遺症」が残るからだ。刃こぼれすれば切れ味が悪くなるし、下手をするともろくなって折れてしまうこともある。しかも刃物の一部が体内に残れば、むざむざ警察に証拠を与えることになる。

大男は深々と刃物を突き刺した。刺された男の方は、胸ぐらを摑まれているせいで辛うじて立っているだけのようで、膝が折れ曲がっていた。大男が左腕に力をこめ、男を引っ張り上げる。左腕一本なのに、体が宙に浮くような勢いだった。ナイフを引き、もう一度

——今度は首に切りつける。吹き出す血……しかし大男は、巧みに顔を背けて自分に血がかからないようにした。

慣れている。

初めてではないな、と長野は想像した。

そこから、時間はゆっくりと流れた。大男が手を放すと、相手が地面に崩れ落ちる。長野は素早く腕時計を見た。最初に見てから四十秒——当然、その前から大男は行為に及んでいたわけだが、かかった時間は一分ほどだろう。優秀だ。もちろん、心臓を一突きして殺せれば一番効率がいいのだが、確実を期して何度も刺したにしては短時間で済んでいる。訓練次第では、もっと手際よくやれるようになるだろう。

大男は転がった相手を一瞥《いちべつ》し、刃物をコートの内側に隠してボタンを留めると、さっさと歩き出した。長野が隠れているのと反対側に向かって、すぐに闇に消えてしまう。

長野は倒れた男に近づき、素早く様子を確認した。道路に仰向けに倒れ、既に事切れているのは明らかだった。薄い灰色のコートを着ていたのだが、腹——胃の辺りがどす黒く汚れている。首から吹き出した血は既に止まっており、そこを切りつける必要はなかったのが分かる。刃物は先に心臓を貫き、首を切られた時には、もう死んでいただろう。刺し傷が何ヵ所あるかは分からないが、おそらく最初の一突きで致命傷を負わせたはずだ。首を切りつけたのは、あくまで「念のため」か……ある意味、プロの仕業である。

遠くから見ると中年だったが、殺された男は、六十絡みに見えた。薄くなった髪はほぼ白い。苦悶《くもん》の表情が浮かんだ顔には皺が寄り、首の傷から吹き出た血が、顎までを赤く染めていた。傍らには、男の持ち物らしい手提げのバッグ。革製の、結構高価そうなものだった。これを無視したということは、殺人者は金目当てで襲ったわけではない。

やるじゃないか。

自分以外に、こんなに手慣れたやり方で人を殺す人間がいるとは。もしかしたら……と考えると胸が高鳴る。犠牲者は、老人と言っていい人物だ。自分と同じように、社会の老廃物を排除しようとした？　だとしたら、今の殺人者にも「十字の男」を名乗る権利があるのではないか。

膝を折って犠牲者を見ていた長野は、急いで体を起こし、周囲を見回した。路地には冷たい風が吹き抜けるだけで、人気はない。少し離れたところにある煙草屋の店先に赤電話があるのが見えたが、警察に通報する訳にはいかなかった。自分の存在を、警察に知られてはいけない。それに今は、他にやるべきことがある。

殺人者が消えた方へ向かって、急いで歩き出す。路地の先はT字路になっており、そこで長野は一度立ち止まった。相手はできるだけ早く現場を去ろうとしたはずだが、気をつけないと。その辺りに潜んでいて、鉢合わせしたら、どう考えても長野の方が不利である。体は万全ではない——万能感を味わえた三年前とは違うのだ。

左へ向かう道路——渋谷駅の方だ——をゆっくりと歩いて行く後ろ姿が目に入る。背中いた。

をぴしりと伸ばし、「堂々」と言っていい歩きぶりだった。己の所業に自信を抱き、一仕事終えた誇りすら感じられる。後ろを気にする様子はなく、歩調も一定で立ち止まる気配はなかった。長野は安心して、少し距離を空けたまま尾行を続けた。

十五分ほども歩いただろうか。男は東急《とうきゅう》ビルの建設が進む渋谷駅の西口を通り過ぎ、玉川通りを渡って桜丘《さくらがおか》町に入った。この辺も静かな住宅地で、家々の灯りはほとんど消えている。乏しい街灯の灯りだけを頼りに、長野は男の背中を追い続けた。ほどなく男は、一軒のアパートの前で足を止めた。そこで初めて振り返る。気づいた長野はすぐに顔を伏せたので、男と目は合わなかった。そのまま少しだけ歩調を緩めて、必要以上に近づかないよう、気をつける。

男はすぐにまた歩き出し、一階の部屋の前に立った。コートのポケットから鍵を取り出すと、さっさとドアを開けて部屋に入る。すぐに、ドアの脇にある窓に灯りが灯った。一〇一号室。それだけ確認してから、長野はアパートの前を通り過ぎた。アパート全体が見渡せる場所まで行くと、電柱の陰に身を隠して、一〇一号室の様子を見守り始める。他の部屋は全部灯りが消えているのに、ドア横の窓は、なかなか暗くならなかった。男はどれだけ返り血を浴びているだろう、と考える。心臓を一突きしたとすれば、コートが血で染まっていてもおかしくない。本当は風呂に入りたいのでは、と長野は想像した。本物の殺人者でなければ……長野自身は、使命を果たした後では、風呂に入るのも手を洗うのさえも嫌だった。いつまでも感触を残しておきたかったから。

腕時計と窓を交互に見ながら、ひたすら時間が過ぎるのを待つ。どこか遠くで、パトカーのサイレンが聞こえ始めた。そういえばこの辺りは、渋谷中央署からも近いのだ、と気づく。誰かが遺体を発見して、警察に通報したのだろうか。

当然刑事たちは、三年前の連続殺人を思い出すだろう。刃物で突き刺す手口は、自分のそれとそっくりなのだ。だがすぐに、「関係ない」と判断を下すはずである。

額に十字の傷がないから。

三十分ほど待っていたが、まだ灯りが消える気配はなかった。痺れを切らした長野は、足音をたてないように気をつけながら、ドアに接近した。窓の下にしゃがみこむようにして、中の物音に耳を澄ます。盛んに水が流れる音がした。それがずっと終わらない……もしかしたら、流しに水を出しっ放しにして、体を洗っているのだろうか。この寒さの中、冷たい水で体を洗うのは拷問《ごうもん》のようなはずなのに。

五分ほどして、水道の栓が閉まる「きゅっ」という音がかすかに聞こえた。それからさらに五分後、頭の上で灯りが消える。暗闇の中、長野は五分待ってドアのところに移動した。耳を押しつけ、中の様子を窺《うかが》う。物音一つしなかった。殺人者は、安らかな眠りに落ちたらしい。

午前二時五十分。

ゆっくりと立ち上がり、膝を二度、三度と屈伸する。それから郵便受けを確認した。一〇一号室、滝井《たきい》康雄《やすお》。郵便受けの中は空で、この男が何者か推測できる材料は何もない。

さて、どうするか……待ちだ、と即座に決めた。この男には興味がある。一日をどのように始めるのか、普段は何をしているのか、調べてみたかった。しかし、今から家に戻っていては、出遅れるかもしれない。何時から動き出すかは分からないが、とりあえず朝までは待ってみよう。

アパートの前で、一瞬だけ見た滝井の顔を思い出す。年の頃、二十代の半ばぐらい——自分と同年代だろうか。ごつごつとした顔立ちで、目が細い。それ故か険しい表情に見えたのだが、人を殺した直後だったからかもしれない。ずっと追いかけていた背中は、コートを着ていても分かる逆三角形の体形で、東京オリンピックでもてはやされた体操選手のようだった。もちろん、そんなはずはないが……しかし真剣に運動をやっている人間か、肉体労働者だろうとは想像される。あの身のこなしは、日がな一日デスクに向かって仕事をしている人間のそれではない。

待つ。待つことには慣れている。自分は三年間、我慢した。それに比べれば、朝までの数時間など一瞬のようなものである。

午前七時ちょうど、一〇一号室のドアが開き、歯ブラシをくわえた滝井が部屋から出て来た。少し伸びた髪には寝癖がつき、いかにも寝不足な感じで目が開いていない。震えがくるほど冷えこんでいるのに、上は下着一枚という格好だった。そうすると、筋骨隆々《きんこつりゅうりゅう》の肩や太い腕が嫌でも目立つ。滝井は郵便受けから新聞を引き抜くと、広げながら家に入って行った。どこか不満そうな表情だったのは、昨夜の犯行が記事になっていないからだろうか、と長野は想像した。しかし、午前二時に起きた事件が、朝刊に載るわけがない。新聞には締め切りというものがあるのだ。それを意識するようになったのは、長野も、自分の事件で記事を心待ちにしていたからである。夜中に起こした事件は朝刊には載らず、夕刊で初めて報じられた。それで、新聞の朝刊締め切りは午前一時か二時ぐらい、と分かったのである。

しかし、午前三時近くまで起きていて、七時に起き出すのは辛いだろう……自分はそういうことは一度も感じなかったが。殺人で超人的な気分を味わった後は、眠りなど必要なかった。

七時四十五分、滝井が再び部屋から出て来た。薄い緑色の作業着に、紺色のズボン……やはり、どこかの工場で働いているのだろうか。それはともかく、驚いたのは、赤ん坊を抱いた若い女性が見送っていたことである。結婚していたのか——長野は思わず唾を呑んだ。崇高な使命を果たすためには、家族は邪魔になる。いざという時に子どもの存在が頭に浮かんだら、手が鈍るのではないだろうか。そもそも家族を持つことと、世の中から邪魔者を取り除くことは、まったく相反する行為である。前者は新しい生命を生み、後者は人を減らす。

——少なくとも自分はそう考えていた。だから洋子とも、あくまで体だけの関係だったのだ。単に、射精の欲求を満たすだけ。肌を合わせる温かさや、事後の和む会話を求めていたわけではなかった。そういえば、あの女はどうしただろう……家を出て以来、一度も会っていない。まあ、当然別の男を摑まえて、今頃は上手くやっているだろう。自分にとってはどうでもいい過去だ。

滝井が子どもと妻に手を振り、踵を返して歩き始める。欠伸《あくび》を嚙み殺し、昨夜の堂々とした態度が嘘のように、弱々しく背中を丸めていた。日常——これから数時間、どこかの工場で金のために働くのを馬鹿らしく思っているのだろう。

滝井の通勤時間は短かった。山手線の線路沿いに十分ほど歩いて、渋谷と恵比寿の中間地点辺りにある、小さな印刷所に入って行く。しかし五分ほどすると早くも出てきて、煙草に火を点けた。ペンキ缶を切った灰皿に、忙しなく灰を落としながら、周囲をちらちらと窺う。尾行に気づかれたのかと長野は心配したが、そういうわけではなさそうだった。煙草を吸うことに後ろめたさでもあるのかもしれない。

急いで煙草を灰にすると、滝井はまた印刷所の中に消えた。

何者なのかは簡単に調べられる。世の中が、急に自分を中心に回り出したようにも感じていた。

この印刷所は、長野が訳した本を刷っているのだ。

11

出版業界には、出張校正というものがある。印刷を始めるぎりぎりの時間に印刷所へ出向き、最終的に校正を行うのだ。赤字を入れ終えたゲラは、印刷所の職人たちが引っ摑むように持っていって直しを入れる。

十二月最初の月曜日、長野は滝井が勤める「渋谷印刷所」にいた。翻訳した探偵小説が校了寸前で、年末が近いこともあり、出張校正とあいなったのだ。いや、わざとこうなるように、作業を遅らせていたのだが……長野は常にきちんと締め切りを守っていたので、自分の責任で出張校正をしたことなど一度もない。あの若者と自然に接触するためには、こういう手を使う必要があった。

二時間ほどで作業を終えた時には、既に昼を過ぎていた。同行していた編集者の高木《たかぎ》は、既にエネルギーが切れた様子でげっそりしていたが、長野は別のことが気になり、空腹も忘れていた。

滝井とは、どういう男なのだろう?

それを知る最初の機会は、校正を終えた直後に訪れた。赤字の直しを入れたゲラを、滝井が持ってきてくれたのである。急いでいるようで、申し訳なさそうに、すぐに確認してくれと言ってきた。

長野はゲラを作業台に置き、さっと目を通しながら、ちらりと滝井を見た。側で見ると、記憶にあったよりもずっと大きな男である。百八十センチほどはありそうで、自分よりもかなり背が高い。やはりがっしりした体格で、力仕事では頼りになりそうだった。

人を殺す時にも。

長野はすぐに「問題なし」の指示を出して、一息ついた。高木が「飯に行きましょうよ」と情けない声を出す。長野は、滝井を誘えないだろうかと、策を練った。何の考えも浮かばないうちに、滝井が腰にぶら下げたタオルで手を拭きながら、印刷機が置かれた作業場から出て来る。左耳に煙草を一本、乗せていた。

「ええと、さっきはどうも。あなたは……」長野は滝井に遠慮がちに声をかけた。

「滝井です」何だか元気がなかった。

「一緒に飯でも行きませんか？　ちょうど一段落ついたところだし」

「ああ……そうですね」あまり気乗りしない様子だった。こういう場所で働いていても、出版関係者と食事する機会などないのだろう。

「こちらの高木さんが、奢《おご》ってくれますよ」

「え？」いきなり話を振られて、高木が目を見開いた。

「それぐらい、経費で落ちるでしょう」

「まあ、いいですけど……」高木が渋い表情を浮かべる。

「じゃあ、行きましょう」

「はあ」滝井もまだ戸惑っている様子だった。

「いいから、いいから。お昼の時間を潰してまで仕事をしたんだから、ちゃんと食事はしないとね」

結局三人は、近くの中華料理屋に入った。恵比寿から渋谷にかけては、安い中華料理店やラーメン屋が多い。長野は初めての店だったが、滝井が勧めてくれた。餃子《ギョーザ》が絶品です、と。

確かに餃子は美味かった。焦げ目のつき方も完璧だし、嚙み切ると肉汁が溢れて、顎が汚れそうになるほどである。どうしてこんなに上手く肉汁を閉じこめられるか分からなかったが、とにかく美味い。長野が生涯に食べた餃子の中でも、五本の指に入る味だった。何故今までこの店に気づかなかったのだろう、と不思議に思う。自分は、渋谷のことなら隅から隅まで知っているはずなのに……いや、この街は日々生まれ変わっているのだとすぐに思い直す。昨日まであった店が今日は消え、明日には新しい店になっている——それは大袈裟かもしれないが、それぐらいの勢いで街の新陳代謝《しんちんたいしゃ》が盛んなのだ。それこそが、この街の魅力だと思う。古い物を跡形もなく消し去り、常に新しい顔につけ替える。それにしても昔は、食べるのは単なる栄養補給だったのに……変化しているのは自分も同じだ。

「金王《こんのう》神社の方には、美味いちゃんぽんを食べさせる店があるんですよ」滝井が遠慮がちに言った。

「ちゃんぽん？」聞き慣れぬ料理の名だった。酒をごちゃごちゃに呑む「ちゃんぽん」なら聞いたことがあるが。

「ああ、あそこなら、俺も行ったことがあるよ」高木が話に割って入った。「皿うどんも美味いよね」

この編集者は、食べることに命をかけている。それ故、まだ三十歳にもならないのに腹は出っ張り、動きも鈍くなっていた。豚のような男だ、と長野は常々思っていた……が、今は滝井との話を継ぐためにも、会話に加わらなくてはいけない。

「ちゃんぽんっていうのは、どういう食べ物なんですか」横に座る高木ではなく、前に座る滝井に向かって訊ねる。

「長崎の、うどんというかラーメンというか……タンメンみたいに具がたくさん乗ってて」

「で、スープが醬油味じゃない。豚骨っていうんですか？　豚の骨の出汁が出ていて、結構濃厚なんですよ」高木が話を引き取った。

「しつこそうだな」長野は思わず顔をしかめた。使命のために、体に悪そうなものは一切食べない——実家にいた頃から意識していたことだ。

「でも、野菜がたくさん入ってるんで、栄養的にはいいんじゃないですか」と滝井。「昼は外食なんで、ちゃんと栄養を考えて食べないと、嫁が煩いんですよ」

「ああ、あなた、結婚してるんですか」既に知っていることだが、長野は適当に話を合わせた。

「ガキが生まれたばかりで……」

「男の子？　それとも女の子ですか」

「男です。可愛いんだけど、子どもが生まれてから、嫁が煩くなりましてね。煙草をやめろ、酒は呑むなって、締めつけられてばかりですよ」

それが、滝井が殺しに走るきっかけだったのだろうか。だとしたら、この男は自分と一緒に使命は果たせない。心がけがそもそも違うのだ。ストレス解消のために人殺しをするのではない。

「家族が多くなると、大変でしょうね」

「そうですねえ……」

滝井が、ちらりと長野を見た。顔ではなく、腕を。視線の動きでそれと分かる。長野は知らんぷりをした。存在しない腕を人が気にするのは、とうに慣れている。

「長野さんは、結婚はしてないんですか」滝井が訊ねた。

「ああ、これじゃあねえ」長野は、少しぶら下がったセーターの袖を振った。「なかなか難しいですよ。片手がないと、普通の人ができることもできなくてね」

「……失礼ですけど、それ、どうしたんですか」遠慮がちに滝井が質問を続ける。

「車の事故でね。自分で運転していて事故に遭ったんで、誰にも文句が言えないんですよ」

「ああ、そうなんですね……」滝井が目を伏せ、ラーメンを箸で持ち上げた。勢い良く啜ったのは、早くこの話題を忘れたいと思っているからかもしれない。つい聞いてしまったのだろうが、軽く転がせる話題でないのは間違いないのだ。

「まあ、手が一本なくても、長野さんは仕事が速いけど」呑気《のんき》な調子で高木が言った。

「今日みたいに出張校正になることなんか、滅多にないんですよ」

「出張校正は忙しないから、あまりやりたくないですね」長野は高木に話を合わせた。「できれば、もっと余裕を持ちたいですよ」

「それは、皆さん、お互いにねえ」高木が相変わらずの呑気な調子で言った。

長野は、依然として滝井がちらちらと自分の右腕を見ているのに気づいていた。どうしても目が離せないといった感じで、話題にし続けたいと思っているのは明らかだった。こちらとしても話したい。話して、どんな反応を示すか確認したい。だが、高木がいる前では駄目だ。この男は自分の使命には関係ないのだから。

高木が最後に食べ終えた。テーブルに料理が並び始めてから、七分十五秒しか経っていない。勤め人の昼飯は忙しないものだと改めて思う。編集者と一緒だと、長野もつい慌ただしく食事を終えることになる。

長野は、爪楊枝を使っている滝井に声をかけた。

「ずいぶんいい体してるけど、何か運動でもやってたんですか？」

「いや、特には……印刷会社で働いてると、自然にこうなりますよ。毎日重い物を上げ下げしてるんで」

長野は無言でうなずいた。いわば実戦で鍛えられた筋肉ということか。こういう男は強い。そういえば、鼻が少し曲がって見えるのだが……思わず訊ねてしまった。

「ボクシングでもやってたんですか？」自分の鼻を触ってみせる。

「ああ」滝井が苦笑しながら首を横に振った。「昔、ちょっと……俺もいろいろありまして。悪い時期もあったんで」

「あなた、何歳？」

「二十五です」

自分より一歳年上なのか、と長野は少し驚いた。あの印刷所でどれぐらい働いているのかは分からないが、社会の荒波に揉まれ、刺々しい空気を吸い続けてきたのだろう。年齢よりも老けて見える顔に、そういう苦労が滲み出ていた。

「小説とか、読みますか」

「いや……」滝井が苦笑した。「そんな暇、ないですよ。仕事で字ばっかり見てるんで、そうじゃない時ぐらいは……それに、家に帰れば赤ん坊が煩くてね」

「夜泣きですか」

「しょうがないんで、夜中に一人で散歩したりしてます。最近、寝不足で困ってますよ」

それで人を殺しているのか。なるほど、これは上手い隠れ蓑《みの》かもしれない。妻には「煩くて眠れないからちょっと出て来る」と言い残し、密かに刃物を持ち出して夜の街に彷徨い出す。獲物を見つけたら、短い時間で殺し、さっさと家に帰る——彼はこれまで、何度夜の散歩をしたのだろう。ぞくり、とする感触を長野は味わった。この男にはやはり、俺と同じ血が流れている。

12

「パプリカ?」生沢宗太郎は首を傾げた。傾げざるを得なかった理由は二つある。何故今になってそれが分かったのか。もう一つは、多少うんざりした気持ちを反映していた。パプリカは、まさに「国民車」といった感じで、街を走る車の何割かがこの小型車なのは間違いない。ナンバーも分かっていない状況で、持ち主を捜し出すのは困難だ。というより、不可能と言っていいだろう。

「そう、パプリカです」渋谷中央署の若手刑事、住友平治《すみともへいじ》が、チャーハンを呑みこんでから言った。昼飯時でざわつく、署の近くの中華料理屋。他の客に聞かれていい話ではなく、住友は声を抑えていた。

「お前、そういう話は飯を食う前にしろよ。安心して食事もできないじゃないか」

「すみません」

住友がすばやく頭を下げたが、反省している様子はない。もちろん生沢も、叱責したわけではないのだが……自分より十歳ほど若いこの刑事は、妙に要領がいいというか、人の本音を見抜くのが得意なところがある。こちらが発した台詞が冗談なのか本気なのかぐらい、簡単に分かってしまうようだ。

「食べ終わってからにしよう」

「分かりました」

言うなり、住友がレンゲを口に運ぶスピードを急に上げる。彼にしても、早く話したい重要な情報なのだと生沢は判断した。それはそうだろう。生沢もさっさと食事を終えることにした。ただ、熱いタンメンは、どれだけ頑張っても、食べる時間を短縮できない……眼鏡も曇るし、食べにくいことこの上ない。

住友がさっさと食べ終え、生沢はその数分後に丼を空にした。食べている間は外していた眼鏡をかけ、財布から金を抜いてテーブルに置くと、すぐに立ち上がる。昼食時で店が混み合っているせいもあり、長居はしづらい。

二人は早々に店を出て、署に向かって歩き始めた。できるだけゆっくりと歩くように心がける。

「だいたいお前、その情報、どこで引っかけてきたんだ」生沢は切り出した。

「引っ越し者リストを当たっていたんですが」

「引っかかったのか？」生沢は思わず目を見開いた。

引っ越し者リストは、三年前に第三の現場付近に住んでいた人たちの名簿である。再開発が進み、二年ほど前から引っ越しが相次いだのだが、今後も事情聴取する必要が出てくることを予想して、引っ越し先を追跡して一覧表にしたものだ。

「順番に連絡を取っていったんです。電話を持っている家には電話して、そうでない家には、暇を見つけて通って」

「よくそんな暇があったな」住友は現在も特捜本部の一員で、仕事に縛られている。周辺の聞き込みや、手押し車の追跡調査など、地味で実りの少ない仕事に時間を取られ、自分の時間などほとんどないはずだ。

「そこは、まあ、何とか……」住友が言葉を濁す。

「まさか、休みの日にまで仕事してたんじゃないだろうな」

「こういう件では、休みなんてないんじゃないですか」真顔で住友が言った。「三人も殺されてるんですよ？　何とかしないと」

生沢は言葉を失っていた。自分に、ここまで必死な気持ちがあっただろうか。もう一度事件に取り組みたいと、自ら希望して渋谷中央署に赴任してきたのに、未だに結果を出せていない。それよりも、三年前にはまだ交番勤務で、この事件の捜査には直接かかわっていなかった住友の方が、よほど真剣に取り組んでいる。顔から火が出る想いだった。

生沢は爪楊枝を捨てて煙草をくわえ、火を点けようとして思いとどまった。近くにある神社に向けて顎をしゃくり、「あそこで話そう」と誘う。

境内《けいだい》に入って、二人は陽射しが降り注ぐ一角に移動した。十二月になって冷えこむ日々が続いているが、風に吹かれず、陽の当たる場所なら寒さは我慢できる。

「証言したのは？」

「日野彰《ひのあきら》さんです」

生沢は頭の中で、素早く名簿をひっくり返した。名前は覚えているが、引っ越し先は……残念ながら記憶にはない。

「日野さんか。今、どこに住んでるんだ？」

「浅草《あさくさ》です」

「ずいぶん遠くへ行ったんだな」

「いや、でも、渋谷から銀座線で一本じゃないですか」

「ああ、そうか」

不思議なものだと思う。生沢は子どもの頃から、東京で電車や地下鉄に乗っていた。路線など、身に沁《し》みて分かっているはずなのに、今でも混乱することがある。一方住友は、山梨県出身だ。高卒で東京に出て来て初めて地下鉄に乗った人間の方が、自分より路線に詳しいとは。

「日野さんは酒屋だったな。そういう商売の人が全然違う街に引っ越すのは、大変だっただろう」

「そうですね。お客さんをゼロから開拓しないといけませんから……でも、奥さんの実家が、向こうの方なんだそうです」

「じゃあ、その伝を使って、店を新しく始めたわけか」

「そういうことみたいですよ」住友が煙草をくわえる。が、境内で吸うのはまずいと思ったのか、唇の端で揺らすだけだった。

「で？　パプリカの話はどういうことなんだ」

「日野さんが見た、ということです」いとも簡単に住友が言った。

「当時、そういう話は出てなかったと思うぞ」

「三年前、日野さんはもう引っ越しの準備をしてたんですよ。あの辺の再開発が決まっていて、いち早く店を畳《たた》む必要があったらしく……商売してますから、普通の家が引っ越すのとは訳が違います」

「じゃあ、俺たちが悪いわけだ」クソ、相手がどれほど忙しかろうが、しっかり摑まえて話を聴くのは刑事の基本だ。

「当時の事情は、自分は知りませんけど……とにかく日野さんは、警察ときちんと話をしたことはない、と仰ってました」

「分かった。お前は電話で聴いたんだな？」

「ええ、酒屋さんですから、電話はありますからね」

「これから出かけよう。直接話を聴きたい。いい手がかりになるかもしれないぞ」

「今からですか？」住友が腕時計を睨んだ。「午後、手押し車の関係で、メーカーに話を聴きにいかないといけないんですが」

「誰かに代わってもらえ」生沢はぴしりと言った。「こっちの方が、手がかりになりそうだ。どうせなら、確実に手柄を立てられる方がいいだろう？」

「確かに」住友がにやりと笑う。「仰る通りです」

「だったら迷うことはないな。さっさと行こう」

「分かりました……でも生沢先輩、えらく急いでますね」

当たり前だ。いわば、後輩に先を越されたようなものだ。しかしここで、自分が直接会って話を聴けば、もっといい手がかりが出てくるかもしれない。その機会を逃すつもりはなかった。これはあくまで、俺の事件なのだから。


浅草は、生沢には縁の薄い街だった。仕事でもほとんど来たことがないし、浅草寺に参ったり、三社祭《さんじやまつり》やほおずき市を楽しんだこともない。下町っぽいごちゃごちゃした雰囲気が、あまり好きではないのだ。

しかし浅草は、「下町」と言い切るのは難しい街だ。東武《とうぶ》線の駅を兼ねる松屋デパートが、堂々と街を睥睨《へいげい》している。仁丹塔《じんたんとう》も戦前からの浅草のシンボルで、全体には戦前に都内随一と言われた繁華街の雰囲気が未だ濃厚に残っていた。派手やかで、かつ親しみやすい——こぢんまりとした下町の感じからは程遠い。

日野は、汚れた濃紺の前かけ姿で、頭には野球帽を被っていた。五十絡みの男で、やけに血色がいい。仕事中、しかも真っ昼間なのに、既に一杯きこしめしているのかもしれない、と生沢は思った。まあ、仕事に支障が出なければ問題ないのだが……と思いながら、店の前に停まっているダイハツ・ミゼットが気にかかる。配達用なのだろうが、飲酒運転は厳禁だ。ちょっとでも酒の気配がしたら釘を刺しておこう、と決めた。

この場の応対を、取り敢えず住友に任せる。

「午前中お電話した、渋谷中央署の住友ですが」

「ああ……どうも、どうも」商売人らしく、日野は愛想がよかった。「ちょっと待って下さいね、今配達から戻ったばかりで」

住友がうなずいたのを見て、日野はミゼットの荷台から、空のビール瓶が入ったケースを下ろし始めた。あの量からすると、夜の商売へ下ろしたものだろう。結構いい実入りになるはずで、商売は順調な様子だった。

やっとケースを下ろし終えた日野が、帽子を脱いで、袖で額の汗を拭いながら近づいて来た。

「すみません、お待たせしちゃって」

だみ声は、長い間煙草を吸っている人に特有のものだ。予想通り、日野が煙草を引き抜いてさっと火を点ける。店の前に置いた木製のベンチを指差し、「座りませんか」と二人を誘う。しかし、三人が並んで座るには、少しばかり小さかった。住友が生沢に向かってうなずきかけ、ベンチに向けて手をさし出す。先輩が座って下さい、か……仕方ない。後輩のお手並み拝見といこうとも思っていたのだが、ここはやはり自分でやりたい。

日野がベンチに腰をおろすのを待って、生沢は少し離れた位置に腰かけた。日野はゆっくりと煙草をふかし、傍らに置いた灰皿を引き寄せた——と言っても、ペンキ缶の上部を切り取っただけのものだ。生沢も煙草が欲しかったが、我慢することにする。互いに煙草を吸っていると、リラックスし過ぎて話がだれてしまうことが多い。

「うちの住友にお話しされた、パプリカのことなんですけど」

「ああ、その件は、申し訳なかったです」日野がいきなり頭を下げる。「気になってたんですよ。でもあの頃、うちはちょうど引っ越しでばたばたしていて……話すきっかけがなくて、時間が経ってしまったんです」

うなずきながら、生沢は心の中で「この野郎」と罵《ののし》っていた。引っ越した後でも、近くの交番や警察署に足を運ぶのが、どれほどの手間だというのか。市民の義務として、捜査には積極的に協力して欲しい。実際、この情報は三年遅れでやってきたのだ。もしも事件発生当時、日野が情報を提供してくれていたら、捜査には大きな動きがあったかもしれない。

そう、時間の流れは犯人に有利に、警察には不利に働く。例えば、仮にパプリカが事件に関係した——犯人が乗っていたとか——車だったとしても、犯人は発覚を恐れて処分してしまったかもしれない。転売されたのならともかく、スクラップになっていたら、もう証拠としては役に立たない。

まあ、とにかく聴いてみることだ、と自分を納得させる。何も聴かないうちからろくでもないことを考えると、情報提供してくれる人の方にも内心の考えが伝わってしまう。

「分かります。何となくタイミングが取れないようなことはありますよね」柔らかくいこう、と生沢は決めた。そうでなくても、普段から強面《こわもて》に見られることが多いのだし。「そのパプリカですが、いつどこで見たんですか？」

「夜の十一時頃だったと思うんですけど……一度布団に入ったんだけど、あの日は何だか寝つけなくて、ちょいと寝酒をね」日野が、口元に杯を持っていく真似をした。「その時に、台所の窓から、うちの前に車が停まっているのが見えたんですよ、あ、うちの店、どこにあったかは分かりますよね」

生沢はうなずいた――「番号二」の家。似たような小さい木造住宅や店舗が並んでいたので、橋に近い方から順に番号を振っていったのだ。日野の店は、橋から少しだけ引っこんだ場所にあった。隣は文房具店……そこも、とうに店を閉めている。

「車はどこに停まっていたんですか」生沢は質問を続けた。

「あの橋のたもとですよ。場所、分かりますよね？　普段、車が停まるような場所じゃないから、ちょっと気になりましてね」

生沢はまたも無言でうなずいた。あの辺りはとにかく道路が狭く、車同士のすれ違いが難しいから、ドライバーにすれば敬遠したい場所のはずだ。楽に走れるのは、日野のミゼットのような小型車だけである。

「エンジンはかかっていた？」

「それはちょっと……分かりませんけど」

「車種はパプリカ、色はどうですか？」

「白だったと思うけど、パプリカなんて、ほとんど白ですよね」申し訳なさそうに日野が言った。「とにかく、目立つ色ではなかったです」

たまに、赤や緑など強烈な色のパプリカを見ることもあるのだが、基本的には日野が言う通り、白やグレーが圧倒的に多い。

「ナンバーはどうですか？」

「それは、見てないんですよ」

最大の手がかりは摑めなかった。心の中に強い風が吹き、ろうそくの炎が一瞬で消えたように生沢は感じた。ナンバーが分からなければ、運転手を割り出すのは実質的に不可能である。

「あ、でも……運転している人は見えました」

「誰ですか？」生沢は体を斜めに倒すようにして、日野に近づいた。「知っている人ですか」

「ええ、まあ……」

「何か、問題でも？」

「いや、その、何と言うか、問題を起こすような人とは思えないんですよね」

「個人的な知り合いですか？」それなら話は早い。生沢はさらに強く、日野に迫った。

「あの、渋谷が地元の長野先生、いるでしょ？」

「代議士の？」

　その瞬間、生沢の頭の中にある画像が浮かび上がった。少し前に、長野の家でちらりと見たパブリカ……あれも白だった。おいおい、まさか、こんなところでつながるのか？　あの代議士が、何か事件に関係している？　そう考えると、前田という秘書の妙に素っ気ない態度がやけに気になってきた。あれは、何かを隠すためだったのではないだろうか。しかし、長野はかなりの高齢だ。それに代議士、しかも与党の政調会長が連続殺人の犯人とは……いくら何でも、それはあり得ない。馬鹿な想像をするな、と生沢は自分を戒めた。

「息子さんがいるんですよ」

「そうなんですか？　息子さんの車だったんですか？」

「息子さんの名義かどうかは分かりませんけど、とにかく息子さんが乗っていました」

「息子さんは何人いるんですか？」

「二人ですけど、次男の方です」

「その人は何者ですか？」

　それまでぺらぺら話していた日野が、急に黙った。何か都合の悪い話なのかと思ったが、入れこんで、こちらの体が接近し過ぎていたのだと気づく。咳払いして、上半身を立てた。息を凝らしていた日野が、ふっと吐息を漏らす。

「今にどうか知りませんけど、当時は大学生でしたよ。東大で……天才、と言われてましたね。それこそ東大開闢《かいびゃく》以来、とか。お兄さんも東大で、そっちはもう卒業して、弁護士をしてました」

代議士の息子だから頭がいいというわけでもないだろうが、二人とも東大か——生沢は思わず溜息を漏らした。息子の護《まもる》は今、六歳。来年は小学生だ。大人しくて手間がかからないのはいいのだが、逆に言えば覇気がない。頭がいい、とも言えなかった。やはり、親の方でちゃんと学習環境を整えてやらねばならないのだろうか。家庭教師をつけたりするとか……刑事の給料ではとても無理な話だ。

「当時、東大生ですか。今はどうしているんですかね？」

「それは、ちょっと分かりません」日野が首を傾げた。「こっちの方へ引っ越してくると、さすがにそういう噂は聞きませんしねえ」

生沢はうなずいた。その辺りについては、地元へ戻って裏が取れるだろう。まだ疑いがあるわけではないが、何かのヒントにはなるかもしれない。

「分かりました。大変参考になりました」生沢は手帳を閉じた。書き留めるほど難しい内容はなく、ページは白いままだった。

「犯人、何でまだ捕まらないんですかねえ」

「警察もサボっているわけではないですよ」

「いや、そういう意味では……」日野が慌てて言った。

「頑張っていますので。犯人は必ず捕まえます」宣言して立ち上がり、生沢はさっと頭を下げた。久しぶりの新しい情報である。後で住友には酒でも奢ってやろう、と決めた。

長野代議士本人は、面会要請を拒絶した。理由は「病気」。先日の本多医師の往診を思い出す——風邪ではなく、実はかなり重大な病気なのではないか、と生沢は想像した。

「政治家って、よく仮病を使いませんか」家に通され、長野の代理で前田が来るのを待つ間、住友が囁《ささや》いた。

「確かに、そういう話はよく聞くな」応じながら、生沢は微妙な苛立ちを何とか押し潰していた。長野に「逃げられた」感覚が強いのだ。それに対して、強引に押し切れない自分の弱さにも苛立つ。ただ、今のところは積極的に取り調べをする理由も見当たらない。

「お待たせしました」ふすまが開き、前田が姿を現した。外は十二月の風が吹く寒さなのに、額に汗を浮かべている。前田は二人の前のソファに座ると、ハンカチで額を拭った。先日会った時にはじっくりと顔を拝む理由がなかったが、今日は話し始める前に、素早く彼の印象を頭に叩きこんだ。広い額は理知的な印象を与えるが、目つきがあまりよくない。冷たい悪さを感じさせるのだ。政治家の秘書というのは、皆こういう感じなのだろうか。

「先日、お会いしましたね」生沢は切り出した。

「そうでした。今日はパトロールではないんですね」

口調に皮肉な響きを感じ取る。いなそうとするか、正面から対決しようとするか——その見極めが重要だ、と生沢は腹をくくった。

「刑事としての本来の仕事です」

「それで、どういったご用件で……」前田が少しだけ前屈みになる。

「こちら、息子さんが二人、いらっしゃいますね」

「ええ」

「ご長男は弁護士とか」それは既に調べがついていた。

「そうですね。今はもう、家を出ていますが」

「もう一人――次男の方は？　家にいらっしゃらないんじゃないですか」

「ええ」前田の声から愛想が抜けた。

「学生さんですか？」

「いや、今は違います」

微妙な言い方だ。話さないわけではないが、できれば話したくない――そんな本音が透けて見える。

「どういうことでしょうか。学生なら学生、そうでないならそうでない、と言えると思いますが」

「失礼ですが、これは何の捜査なんですか？　長野家が何か事件に関係するようなことはあり得ませんが」

「内容は言えませんが、参考までにお伺いしているだけです」

これで納得してくれるだろうかと訝りながら、生沢は言った。前田が無言になる。応接室にしばらく沈黙が流れたが、ほどなく前田が口を開いた。愛想の良さが、少しだけ戻ってきている。

「警察は、秘密が多いんでしょうね」

「仰る通りです。捜査の秘密というやつで……ご協力いただけるとありがたいんですが」

「できる限りでお話しします」

最初の山は越えたようだ、と生沢はそっと息を吐いた。

「実は、次男の方に伺いたいことがありまして……参考までに、ということですが」

「ええ」

「しかし今、こちらにはいないと聞いたものですから。どこで会えますかね」

「連絡は取れません」

「どういうことですか」

「私どもも、連絡が取れないんです」

生沢はすっと眉を上げた。これは尋常ではない。説明を求めて前田の顔を凝視する。答えがないので、結局「どういうことですか」と訊ねざるを得なかった。

「まことに申しあげにくいことで、この話が表に出ると非常に困るのですが……長野家の体面にかかわることですので」

体面か、と生沢は思った。微妙な表現である。犯罪ではないが、世間体としては思わしくない――そういう状況が頭に浮かんだ。

「その件については、ご心配なく」生沢は前田にうなずきかけた。「私も、こちらの住友も、口は堅いですから。だいたい、警察官は、絶対に秘密を漏らしません。そんなことをしたら、捜査ができませんからね」

「そうですか」前田が吐息を漏らした。なおも躊躇っている様子だったが、やがて口を開いた。「実は、お恥ずかしい話なんですよ」

「ええ」

「次男の保さんは勘当《かんどう》されまして」

「勘当？　どういうことですか」生沢は身を乗り出した。

「素行不良というんですか？　大学に入ってから生活が荒れ始めて、手に負えない状況に……先生が何度も注意したんですが、まったく言うことをきかなかったんです。それで、仕方なく」

「今時、勘当なんてあまり聞きませんが」生沢は反論した。

「それほどひどい状況だった、と考えていただけますか。こちらとしては、それこそ警察沙汰にならないうちに何とかしないといけなかった、ということです。家の面子《メンツ》の問題もありますし」

「そうですか」実際には警察沙汰にはなっていないはずだ。ここへ来る前に資料を当たってみたのだが、警察の網に「長野保」の名前は引っかかっていなかった。

「先生にしても苦渋の決断だったのですが、後々のこと——議席の引き継ぎのこともありまして、保さんを家に置いておくわけにはいかない、という結論になったんです」

「でも、期待の星だったんじゃないですか」住友が話に割って入った。「東大生なんて、すごいじゃないですか」

「ええ、まあ、それは……高校までは勉強一筋でしたからね。大学に入って、その反動がきたのかもしれません。ちょうど、安保騒動にも巻きこまれてしまって。父親が与党の代議士なのに、これはまずいですよね」

なるほど、と生沢は合点がいった。六〇年安保騒動では、学生が積極的に——いや、中心になって動いた。あれで学生としての本分を踏み外し、大学から零れ落ちてしまった学生も大勢いたと聞いている。実にもったいない話だ。親に学費を出させておきながら、学業と関係ないことで大学を辞めてしまうとは。

「熱心な活動家だったんですか？　全学連にも参加していたとか？」住友がさらに突っこんだ。

「その辺は、私も詳しくは知らないんですが、ほとんど講義にも出ずに、デモや集会にばかり顔を出していたようですね。でも、安保闘争が終わったら、急にそこからも離れてしまって、酒に逃げるようになって」

その手の話は、当時はいくらでもあったようだ。六〇年安保反対運動の成否に関しては、現在でも諸説ある。結局安保阻止の目標を実現できなかったとして「負け」を主張する者、時の内閣を退陣に追いこんだのだから「勝ち」だと言い張る者。前者の中には、学生運動に失望して、完全に離れてしまった者も珍しくないという。長野も、そういう一人だったのだろうか。

「結局、大学にも行かなくなって、酒と車と……それに女性ですかね。そういうことにばかり夢中になって。長野先生とすれば、忌々しい限りだったんです」

「本当にそれだけですか？」生沢は静かに訊ねた。

「はい？」前田が目を細める。

「代議士の息子さんとして、政治意識が高かっただけじゃないんですか？　その後のお遊びは、活動が終わった虚無感で……という感じではないんでしょうか」

「それと、先生に対する反発もあったかもしれません。青年期にはよくあることですよね」説明しながら前田がうなずく。「でも、それが度を越してしまっては、やはり見て見ぬ振りはできませんから」

「そんなにひどかったんですか？　いずれ目が覚めて、やはりお父上と同じ道を歩むことになったとか……」

「残念ながら、その道は当面は閉ざされていたんです」前田がゆっくりと首を横に振る。

「ご長男が跡を継ぐことは既定路線になっていて、既に親子間で話し合いも行われていました。譲り渡せる議席は一つしかありませんからね。保さんが政治の世界に入るのは、極めて難しかったと思います」

「それで目標を失ったとか」

「いや、保さんは、特に政治の世界を目指していたわけでもないんですけどね。反体制派の活動をしていたんですから、現在の政治には興味がないでしょう。むしろ、倒すべき対象ではないですかね」

「父上も敵ですか？」

「そうかもしれませんが、全て想像の域を出ません。そういう話をしたことはありませんからね」

「そうですか……それで、勘当した後にはどうなったんですか」

「ある程度まとまった金は渡してあります。ただ、お互いに一切関知しないということになりました。実際、家を出てから、一度も連絡はありません」前田が淡々と説明する。

「どこにいるかも分からないんですか」

「分かりません。東京にいるのか、どこか地方に引っ越したのか……」

「勘当というのは、そこまで厳しいものなんですか？」

「それはそうでしょう」前田がうなずく。「家を守るためには、仕方のないことです」

「ところで、家にあるパブリカなんですが……あれは、保さんが使っていたものではないんですか」

「ええ、以前には乗っていましたよ」

「大学生で車を乗り回して……豪勢な話ですね」

皮肉を吐いて、生沢は前田の反応を待ったが、彼は何も言わなかった。が、ほどなく小声で、打ち明けるように言った。

「正直に言えば、先生も少し甘やかし過ぎたのかもしれません」

「そうなんですか？」

「秘書の私が言うべきことではないかもしれませんが、保さんは優秀でしたから。秀才どころか、本物の天才と言うべきですかね。学校の勉強だけで英語もぺらぺらになりましたし、大変なものでした」

完全に過去形なのだな、と生沢は失望した。連絡が取れないのは本当かもしれない。手切れ金を渡した後は、生きようが死のうが知ったことではない、ということか。この家を守るのが、それほど大事とは思えないが……別に、明治時代から続く政治家一族というわけではないのだ。当主の長野本人にしてから、「次の総理」と言われているものの、戦時中は満州でかなり胡散《うさん》臭い商売に手を染めていた、という噂がある。

「申し訳ありませんが、お役にたてそうにないですね」前田が話を締めにかかった。「本当に、今どこにいるかは分からないんです。もしかしたら、もう亡くなっているかもしれない……プライドが高い人ですから、勘当された事実に耐えられなかったとも考えられます」

「それでも、気にならないんですか」

「どうでしょう」前田が肩をすくめた。「先生が口にしない以上、私からどうこう言うことではないですし。基本的に家族の問題ですから、秘書の私は口を出せません」

「そうですか」生沢はすっと息を吸った。家の恥とも言えることをはっきり話してくれたものの、あまり役にたつとは思えない。無駄足だったか、と悔いる。

三日後、たまたま長野家の前を通りかかった生沢は、パブリカが消えているのに気づいた。

13

第五条
絶対に警察に見つかってはいけない。見つからないためには、必要な時以外は闇から出てはいけない。

いきなり声をかけられたらびっくりするだろう、と長野保は思った。実際、滝井は大きな体をびくりと震わせ、顔をひきつらせた。声をかけたのが長野だとすぐには分からなかったようで、警戒心を露骨に浮かべた表情は、なかなか穏やかにならなかった。すっかり忘れているのだろうか、名乗らないと駄目かと思った瞬間、ようやく滝井の表情が緩む。

「長野先生じゃないですか」

「先生はよして下さい」長野は苦笑を浮かべて見せた。「夜中の散歩ですか？」

「ええ。今日も子どもの夜泣きがひどくて」滝井が両手で顔を擦った。

「大変ですねえ」わざとらしく左腕を持ち上げ、腕時計を覗く。「もう、夜中の二時半だ。睡眠時間が削られて、昼間は眠いでしょう」

「どうせ家にいても眠れませんから、同じことですよ……先生は、どうしたんですか」

先生はよしてくれ、ともう一度言おうとしたが、言葉を呑みこむ。自分は実際、この男の「先生」になろうとしているのだ。あるいは導師。

「私は普段から、昼夜逆転の生活なんですよ。褒められた話じゃないけど、原稿を書くのは夜中の方がいいんです。だから、普通の人の感覚だと、今が午後二時ぐらいかな」

「体に悪いですよねえ」

「お互い様で」

声をかけるタイミングは難しかった。長野は、自宅からずっと滝井を尾行してきたのだが、人気のあるところでは話ができない。結局五分ほど山手線の線路沿いに歩いたところで、声をかける決心がついた。さすがにこの時間では、人通りはまったくない。しかも、頭の上を山手線が走ることもないので、静かだった。十二月の冷気が身に沁み、厚手のコートもあまり役に立たない。

滝井はリラックスした様子だった。ズボンのポケットに両手を突っこみ、体を左右に小さく揺らしている。上衣は、丈の短い茶色のジャンパー。腹の辺りが不自然に膨らんでいるように見えるのは、何か忍ばせているからだろうか——刃渡りの長い包丁とか。

「そうそう、これ、読んでみませんか」

長野は、右肩に提げたショルダーバッグから、原稿の束を取り出した。左腕を伸ばして差し出したが、滝井は困惑の表情を浮かべるだけで、手を出そうとはしない。

「何なんですか」

「あなた、小説は読まないって言ってましたよね」

「ええ。仕事以外で活字は見たくないですからね」

「小説以外の本は？　これは小説じゃないんですけど」

「じゃあ——」

「宗教書、みたいな感じかな？　個人的な趣味で訳しているんだけど、出版できるかどうかは分からない」

「それじゃ、やるだけ無駄じゃないですか」

「いや、だから趣味なんでね」長野はさらに腕を伸ばして、滝井に原稿を突きつけた。「面白いですよ。いろいろ考えさせられることがある」

滝井が渋々腕を伸ばし、原稿の束を受け取った。さほど分厚くはない。冒頭部分を訳しただけで、原稿用紙で五十枚ほどだ。その気になれば、三十分もあれば読めるだろう。滝井は視線を原稿に落とした。この暗闇の中では字が判読できるわけもないが、一応の礼儀なのだろう。

「どういう本なんですか」

「人殺しの本」

「え？」滝井が原稿から顔を上げた。

「アメリカ人の連続殺人犯が著者なんだ。人を十二人殺して、終身刑の判決を受けて今も服役中。その男が、自分の犯行をまとめて手記の形で発表したんですよ。それがアメリカで本になって……ほとんど売れてないみたいだけどね」

「先生は、どうしてそんな本に興味を持ってるんですか？　アメリカで売れなかったっていうことは、日本でも売れないでしょう」

「そうかもね」長野はうなずいた。「でも、本は売れる売れないが全てじゃないから。読んで内容に影響を受けたら、それは自分にとって大事な本になるんです」

「はあ」納得いかない様子だった。「でも、人殺しの話なんて……」

「そういう本から学べることもあるんですよ」

「そうなんですか？」

「例えば、人の殺し方とか」

滝井が黙りこむ。長野は彼の顔を真っ直ぐ見詰めた。喉仏が軽く上下し、瞬《まばた》きもせずに長野を見返してくる。意味が分からない……という感じではない。長野の真意を無言で探っているようだった。そう言えば、アメリカの小説で、同性愛者同士が偶然出会って、互いに探りを入れる様子を描いた場面があった。言葉の端々、態度から、相手が自分と同種の人間かどうか、見抜こうとする。今の自分たちも同じようなものだろう。もっとも長野は、滝井の性癖を知っている。あとは、向こうがこちらの本当の姿に気づくかどうか。

　滝井は無言を貫いていた。

「ま、読んでみて下さいよ」長野はさらりと言った。あまりしつこく言って追い詰めても、よい結果は生まない。例えば、この前の事件を持ち出したら……滝井は、長野を黙らせようとするかもしれない。そうなったら、今の自分に勝ち目はないだろう。体格も劣るし、何より右手がないのが痛い。

　殺し方にこだわってはいけない——殺人者に、様式美などなくていいのだ。例えば常に刺し殺すとか、首を絞めるとか、同じ方法にこだわる必要はない。だいたい、同じ手口を繰り返したら、警察に見抜かれる可能性が高くなる。長野は最近、拳銃を手に入れられないかと真剣に考えていた。人を撃ち殺しても、直に自分の手を使うような快感は得られないだろうが……自分は快感を求めているわけではないのだ。あくまで街を浄化するため。己の快感のために人殺しを重ねるようになったら、本末転倒だ。

「だけど……どうしましょう。これ、大事なものなんですよね？　お返しするのは……」

「じゃあ、宿題にしましょうか。一週間後に取りに行きますから、それまでに読んでおいて下さいよ」

「え？　でも、それじゃ申し訳ないですよ」

「私も近くに住んでますから。同じ渋谷なんで……あなたの印刷所には、歩いて行けるぐらいの距離なんです。散歩ついでに伺いますよ」

「はあ」

「じゃあ、一週間後に。またお会いしましょう」長野は帽子を左手で押さえ、軽く一礼した。腕時計を確認すると、この面会は二十三分に及んでいた。予想以上に長かった——悪くはない。話が上手く転がっていた証拠なのだから。

滝井は読むだろうか。読んだら何かを感じるだろうか——俺が感じたように。


約束の一週間後、長野は滝井の勤務先にふらりと足を運んだ。ちょうど昼の休憩時間で、滝井は印刷所の前にあるベンチに腰かけて煙草を吸っていた。原稿は持っていない……いや、それは当たり前だ。何時に来ると約束したわけではないのだから。

長野が前に立つと、滝井がすっと顔を上げた。傍らの灰皿に短くなった煙草を放りこみ、座ったまま素早く頭を下げる。

「どうでした」

「読みましたよ」言って、滝井が立ち上がる。首を捻って印刷所の中をちらりと覗きこみ、「ちょっと歩きませんか」と誘ってきた。

長野はうなずき、先に歩き出した。すぐに、滝井が後をついて来る。二人は、山手線の線路沿いに歩き出した。頻繁に通過する電車の騒音には悩まされるが、内密の話をするには、こういう場所の方がいい。ほどなく滝井は、線路沿いにある細長い緑地に足を踏み入れ、煙草に火を点けた。いかにも、仕事休みで一服している風情《ふぜい》。両手はインクの染みで汚れている。たぶんあの染みは、いくら洗っても落ちないのだろう。俺の手も同じだ、と長野は思った。目に見えない赤いインク——血で汚されている。それは殺人者としての誇りであった。

「読みました」改めて滝井が打ち明けた。

「どうでした」

「ああいうとんでもない人、本当にいるんですね。アメリカだからかな」

「いや、国は関係ないでしょう。日本にもいると思いますよ」

「……人を殺すことに快感を覚える人間が？」滝井が声を潜めた。

「人間は、どんなことで快感を感じるか、分かりませんからね」足元を蟻《あり》が這っているのに気づき、長野は躊躇わずに踏み潰した。「こういうことで快感を感じる人がいても、不思議ではないと思う。でも、快感のためにではなく、人を殺す人間もいるはずです」

「こんな事件、全然知りませんでしたよ」

「もう、十五年以上も前ですからね。当時は、日本の新聞でもほとんど報じられなかったんじゃないかな」連続殺人の始まりは、昭和二十一年。当時の新聞は二ページぐらいしかなかったはずで、外国で起きた事件など、ほとんど無視されていただろう。長野も、新聞で読んだ記憶にない。この本に出会って初めて、事件の全容を知ったのだ。「だいたい普通の人は知りもしないし、興味も持たないでしょう」

「先生はどうして、こんな本に興味を持ったんですか」

「大学生の時……大学にいた時に、神田《かんだ》でたまたま原書で手に入れたんですよ。もう五年ぐらい前かな」

「そんな本も、日本に入ってくるんですね」滝井が首を傾げる。

「物好きな本屋がいたんでしょうね。とにかく、本が私を呼んだんです。表紙に惹きつけられましてね……読んだら、さらに衝撃を受けました」

「どうしてですか」

「どうしてだと思います？」挑発するように長野は訊ね返した。

「それは……」滝井が口を濁した。

滝井は気づいたのだ、と長野は自信を持った。それでひどく興奮し、耳が熱くなってくるのを感じる。この本『Age of Murder』――長野は『殺人狂時代』と付けた――は、小説ではない。一人の連続殺人犯が、どうして自分は人を殺したいと思ったのか、どのように何人もの人を葬《ほうむ》ってきたのかを、延々と、そして淡々と書いた自叙伝である。殺人場面の描写は詳細を極め、決して楽しく読めるものではない。アメリカでは、多くの人が途中でページを閉じただろう。日本で出版できるとも思えない。それ故、これは自分一人のための本だと考えることにした。ゴールドマンが、海の向こうにいる同類に向けて書いた本。

しかし今、中身を教えるべき人間ができた――滝井。

「大変な人間がいたものですね」長野は口調を変えずに言った。「アメリカは広い、ということでしょうか。本当に、いろいろな人間がいるんですね」

テッド・ゴールドマン。第二次大戦の復員兵である。太平洋戦線で戦い、二十四歳で終戦を迎えた後に、故郷のシカゴに戻って来た。大学に復学し、普通の生活に戻ろうとしたようだが、戦争で彼は変わってしまっていた。

ゴールドマンは書く。

「太平洋戦線で日本人と戦ったことが私の運命を変えた。人の命は軽く、動物と変わらない。日本人だろうが、アメリカ人だろうが、人はあっけなく死ぬのだ」と戦争の想い出を綴る。さらに「自分のすぐ横で手榴弾が炸裂《さくれつ》し、同郷の仲のいい友人が死んだ。彼の腸は散らばって肉片になり、もう一人は頭を吹き飛ばされ、顔の上半分がなくなっていた」

それを見て、彼はどう感じたのか。

「その時私は、何も感じなかった。敢えて言えば、人は死ねば単なる肉になる、と現実的に理解したぐらいである。だが一つだけ、戸惑いの感情を意識した。手榴弾で切り刻まれた二人の遺体を見て、私は激しく勃起《ぼっき》したのだ。それを意識した直後には、射精してしまった。それまでにないほど大量の射精でズボンが濡れたが、幸い現場では雨が降っていたので、誰にもばれなかった」

「絶対におかしいですよね、この人」

滝井が恐怖に顔を引き攣らせたが、それが演技だということは長野には分かっている。

お前はどうなんだ？　あの時、射精してしまっていたんじゃないか？

「アメリカでは時々、こういう連続殺人者が出るんですね。いや、日本でも」

「ああ」滝井の顔が暗くなった。「小平《こだいら》事件とか」

長野は素早くうなずいた。戦争末期から敗戦直後の混乱期にかけて、女性が次々に誘い出され、殺された事件。犯人は死刑になった。判決では、七件の殺人が認定されている。長野はまだ子どもだったし、当時の新聞では扱いも小さかっただろうから、当時の記憶はない。しかし日本犯罪史に残る凶悪事件なので、その後も度々、情報に触れる機会はあった。

ゴールドマンの事件は、小平事件とほぼ同じ時期に起きている。復員後の一九四六年から四八年にかけて、ゴールドマンは十二人を手にかけた。ただし小平事件の被害者が全員女性だったのに対し、ゴールドマンが殺したのは男ばかりだった。それも、六十歳以上の高齢者に限られている。

「私は、戦場で戦った。怪我を負い、勲章《くんしょう》をもらったのは、生涯の誇りである。肉体には自信があり、同じように戦った仲間よりも頑健なのは間違いない。そんな私から見て、老人どもは蛆虫《うじむし》のような存在だった。社会に寄生し、何の役にも立たずに、資源を食いつぶすだけ。戦争に勝ち、これから世界のリーダーになろうとしているアメリカにとって、邪魔な存在でしかない。私はアメリカのために戦った。戦時中も、戦後も」

ゴールドマンはそう書き綴っている。歪んだ愛国心の持ち主なのか、と長野は推測していた。若々しい国、アメリカ……しかし戦争に勝ったことで傲慢になり、今も世界各地の紛争に首を突っこんでは、人殺しを続けている。朝鮮戦争がいい例だ。ベトナムでも同じ愚かな行為を繰り返そうとしている。


「たった三年で十二人を殺すのって、大変なことですよね」

「シカゴだから、できたのかもしれない」

「そうなんですか？」

「あそこは、荒れた街だそうだから」かつてアル・カポネが跋扈《ばっこ》した街でもある。そこに住む人は、暴力に対する抵抗感が少ないのではないか、と長野は想像していた。

「とにかく、まともな人じゃないでしょう」吐き捨てるように滝井が言った。

「そうかな」

長野は反論した。言い返そうとしたのか、滝井が口を開きかけたが、山手線がちょうど通り過ぎるところだったので、口を閉ざしてしまう。電車の風圧が、滝井の豊かな髪を揺らした。

「あなたは、私のことをどう思いますか」

「どうって……」滝井が答えに詰まる。

「私は異常だろうか」

「先生は、立派な翻訳者……先生じゃないですか」

「立派かどうかは分からないが……とにかく、普通に生活はしていますね」

右腕を上げる。コートの袖口がだらりと垂れさがった。それを見て、滝井が息を吞むのが分かる。

「この腕、どうしたんだと思う?」長野は丁寧な口調をかなぐり捨てた。

「交通事故と仰ってましたよね」

「あれは嘘だ」

「嘘?」滝井がちらりと舌を出し、唇を舐めた。

「見てみるか?」

長野は腕を突き出した。滝井が目を見開き、唇をきつく嚙み締める。唇からはすっかり色が抜け、白い線のようになった。この手は……椅子の足のようなものだ、と長野はいつも思う。綺麗に処理され、傷跡という感じではない。元々、そこには手などなかったかのようだった。

「綺麗だろう」

「ええ……」

「交通事故の怪我だったら、もっと汚い傷が残る」

「そう、ですね」辛うじて答えながら、滝井の視線はずっと長野の腕に注がれていた。

「切り落とされたんだ」

無言で、滝井がさらに大きく目を見開く。あまりにも見開き過ぎて、眼球が飛び出してしまいそうだった。

「誰がそんなことをやったんですか」訊ねる滝井の声はしわがれている。

「親」

「まさか……嘘でしょう」

「嘘じゃない。親にしてみれば、どうしても私の腕を切り落とさざるを得なかった——悪さをさせないために」

「悪さっていうのは……」

「私は、悪さではないと思っている」滝井の疑問に直接は答えず、長野は説明を続けた。「私にとっては、極めて正当な——正義の行為だった。しかしそれを親は許せなかった。それが世間一般の人の常識だったんだろうが、世間の常識が私の常識と同じとは限らない」

滝井の指先で、いつの間にか煙草が燃え尽きそうになっていた。指摘すると、慌てて足元に落とし、靴底で踏みにじる。

「三年前、渋谷で三人の年寄りが殺された事件、覚えてるか？」

「ええ」

「あれをやったのは私だ」

また山手線が通過する。ちらりと腕時計を見ると、先ほどの電車通過から三分十五秒が経っている。激しい音に、長野の声はかき消された。きちんと聞こえただろうか、言い直すのは馬鹿らしいと思ったが、依然として目を見開いている滝井の顔を見て、きちんと聞こえたのだと判断する。

話は、これだけでは終わらないんだぞ、と長野は心の中で滝井に呼びかけた。今度は、お前が抱えた闇について話し合う番だ。さあ、しっかり、全部喋ってくれ。


自分の家に他人を入れたのは初めてだった。部屋に入った滝井が、立ったまま、疑わしげに部屋を見回す。

「何にもないんですね」

「必要ないからね」長野は肩をすくめ、机についた。椅子がぎしりと音をたてる。実家から持ってきたこの椅子は、ずいぶん長く——確か中学生の時から使っている。買い替えてもいいのだが、壊れるまでは使うつもりだった。無駄遣いは必要ない。

「本ばかりじゃないですか」

滝井が、本棚に歩み寄った。確かに本ばかりだ。そしてその重みで本棚は畳に沈みこんでいる。どかしたら、くっきり跡がついているだろう。

「仕事の本もあるし、自分用の本もある」

滝井が上から順番に視線を落としていった。だが、印刷所に勤めながらも、本人は本にあまり興味がないのは確かなようで、すぐに本棚の前を離れてしまう。長野は、座るよう促した。滝井が部屋の真ん中で胡坐をかくのを見届けると、自分も椅子から離れ、彼の正面に座った。深夜、一時三十四分。滝井はやけに緊張し、額に汗が滲んでいた。外は木枯《こが》らしが吹く夜なのだが。

「何人殺した」

長野は前置き抜きで突っこんだ。滝井の喉仏が大きく上下する。かろうじて「一人だけです」と答えを絞り出す。

「本当に？」

「こんなことで嘘ついてどうするんですか」

見立て違いだったか、と長野は思った。明らかに殺し慣れていると思っていたのに、あれが初めてだったとは。

「私は三人殺した」先ほどの話を繰り返した。

「三年前の事件……」滝井の声が宙に溶ける。

「家族は、それに気づいたんだろうな」靴が消えたと分かった時点で、何とかしておくべきだったと思う。もちろんそれ以前に、尾行で気づかれていたのだが、靴を始末しなかったのは失敗だった。わずかな量の血痕――あれで自分は追い詰められた。警察にはばれなかったが、家族にはすっかり見透かされていたわけだ。長野はまた右腕を上げて見せた。「それでこの始末だ。片腕がなければ人は殺せない――とんでもない話だ。法の処分を受けた方が、よほどましだと思わないか？　泥棒をした者は手を切断されるというのは、確か昔の中東の法律にあったんじゃないかな。だけどここは、二十世紀の日本だよ？　あり得ない」

話しているうちに、次第に激してくるのを感じた。あの親――兄、そして前田は絶対に許せない。許さない。深呼吸して、何とか気持ちを落ち着かせる。

「まあ、私のことはこれぐらいでいい。今は、あなたの話を聞きたい。本当は、何人殺した？」

「……この前の一人だけです」

「二週間ぐらい前か」

長野は立ち上がり、机に載せておいた切り抜きを摑んだ。畳の上に置いたが、滝井は見ようともしない。夕刊の記事は、「渋谷で無職男性刺殺」と事件を伝えていた。他にネタがなかった日なのか、社会面のトップである。「胸と首に深い刺し傷」……まさに、長野が目撃した事件そのままだった。

「どうして知っているんですか？」

「たまたま見てしまったんだ。この男は、知り合いではない？」

「違います」

「どうやって狙ったんですか」

「あの辺でうろうろしていて、通りかかった人間に目をつけただけで」

「それで殺した、と。刃物は？」

「ナイフ」

「つまり、事前に用意していたんだね」

「まあ……そういうことで」滝井が両手で顔を擦った。額の汗はさらにひどくなっている。

「殺した後、すぐに自宅へ戻ったでしょう。刃物はどうしたんですか」

「まだ家に置いてありますよ。自分の机に隠しました」

「すぐに処分しなさい」長野は命じた。「つまらないところから、足がつく可能性もある」

「でも、気に入っているナイフなんです。高かったし」

「刺し心地はよかったですか」

　瞬時躊躇った後、滝井がうなずいた。「感覚が……なかったです。それがよかったけど」と続けた。

「相当鋭い刃物なんですね」

「ええ、元々……それを自分で磨《みが》きましたから」

だから愛着があるのか、と長野は納得した。だがやはり、これは危険である。武器や手口に執着してはいけない——それはごく初期に、長野が決めた原則だった。大事なのは手段ではなく結果なのだから。

「とにかく、すぐに処分すべきだ。あなたに捕まって欲しくない」

「先生が警察に言えば終わりですよ」

「まさか」長野は声を上げて笑った。「あなたは、私の事件も知っている。お互いに手を縛り合ったようなものでしょう。それに私は、仲間を売るようなことはしませんよ」

「仲間……」滝井が表情を歪める。

「同志と言ってもいいけど」本当は先生と生徒だ。この男はまだアマチュアである。教えねばならないことはいくらでもあるのだ。最も大事なのは「精神」で、これが一番難しい。教わるのではなく感じて欲しかった。「同志を警察に売るようなことはしない」

安心したのか、滝井が大きく息を吐く。それを機に長野はまた立ち上がり、冷蔵庫からバヤリースオレンヂを取って来た。普段はこんな甘ったるい物は飲まないのだが、滝井に対するサービスで用意しておいたのだ。栓を抜いて、滝井の前に置く。

「酒でも呑みたいですけどね」

「私は呑まない。あなたもやめた方がいい」

「しかし……」

「刺した時、酔ってましたか？」

「いや、呑んでません」

「だから、刺した感触がよく分かったのでは？　酔っ払っていたら、それは味わえませんよ。どんな感触でした？」

「包丁で肉を切る時、ありますよね」滝井が手刀にした右手をすっと手前に引く真似をした。「あの時、抵抗あるじゃないですか。包丁が鈍っていたら、何度も押したり引いたりして」

「分かりますよ」

「そんな感じじゃなかったんです。すっと入って、ほとんど抵抗もなかった……変な話ですけど、抵抗がないという感触がありました」

「骨に当たらなかったんでしょうね」

「ああ……そうかもしれません」

「胸を狙うのはいいことです。標的が大きいから、やり損じがない」長野は自分の分のバヤリースを一口飲んだ。ひんやりした甘酸っぱい液体が胃に流れ落ち、爽快《そうかい》な気分になる。「ただ、気をつけないと、あばら骨に触れてしまうことがある。そうすると、刃こぼれしたりするんですよ。そうなったら、その後が上手くいかない」

「ええ」真剣な表情で滝井がうなずく。尊敬する教師の教えを聞く真面目な生徒の風情だ。

「それで、刺した時、どんな感触でした？」

「手ごたえがないのが、逆に気持ちよかったんです。人間なんて、所詮肉の塊だって分かった」

「それは、あなたが上手くやったからですよ。相手が暴れたら、そういう具合にはいかない」

「分かります」

「あなたには、才能がありますね」長野はうなずいた。「体格も立派だ。きちんと鍛えて精進すれば、やりたいことがいつでも自由にやれるようになりますよ。いつでも人を殺せる——素晴らしいことじゃないですか」

「はい」滝井が素直に返事をする。表情は真剣で、目が輝いていた。

「煙草と酒をやめましょう。これは、スポーツと一緒なんです。いざという時に息切れしたり、酔っ払っていて判断能力が鈍ったりしたら、失敗しますよ。我々は、絶対に失敗してはいけないんです。だから、どうですか？　今日から禁酒禁煙で」

「……分かりました」少し悔しそうに滝井が言った。

「酒と煙草をやめれば、小遣いも浮くでしょう。その分を、別のことに使えばいい。例えば、いいナイフを使い捨てするんです。人を殺すためには、手間と金を惜しんではいけません」

どうしてこんなに言葉が溢れ出てくるのか——この三年間、長野は他人との接触を避け、最低限のことしか話さず生きてきた。人と話すことと言えば、それこそ翻訳の仕事関係ぐらいである。この部屋の近所に住む人たちは、自分のことなど何も知らないだろう。右手のない不気味な男――しかし、無害。そう見られていると考えると、こちらも人目が気になり、どうしても伏し目がちに街を歩くことになる。そうすると誰からも声をかけられなくなり――という循環に陥った。

だが心の底では、誰かに自分の想いを伝えたいと思っていたのだ。だからこそ、今、こうやって整然と言葉が出てくる。ひそかにつけていた手帳のおかげで頭の中が整理されていたせいもあるし、折に触れ読み続け、本格的に訳し始めた『Age of Murder』に触発されて、四六時中殺しのことを考えていたせいもあるだろう。

ようやく、自分の想いと考えを伝える相手が見つかった。

どうして黙る必要がある？　それに滝井は、スポンジのようなものなのだ。こちらが言ったことを、水のように吸収してしまうだろう。理想の生徒を前に、長野は言葉を止めることができなかった。

二人の会話は、二時間十三分にも及んだ。

14

河東その子は、上機嫌の長野を見送った。路地の先に背中が消えるまで……その後で首を捻る。あんなに機嫌のいい長野を見るのは、いつ以来だろう。

「母さん、電話だけど」

玄関から顔を出した育男が呼びかける。何だかふらふらの様子だった。長野の教え方には熱が入り、今日は三時間ぶっ続けで机から離れなかったのだ。

「誰?」

「あの人」育男の顔が歪む。長野を前にした時とはまったく違う、露骨に不快そうな表情だった。

「はい」育男の顔を見ただけで、誰からの電話か分かる。話したくない相手ではあったが、無視するわけにもいかない。働き始めたとは言っても、未だにお金は必要なのだ。

玄関で立ったまま、受話器を耳に当てる。いつまで経っても気に食わない相手の声が耳に飛びこんできた。

「これから時間をいただけますか」丁寧な口調の奥に、こちらを蔑む本音が透けて見える。

「はい。ご用件は……」

「会った時にお話しします。では、三十分後に伺いますから」

その子の返事を待たずに、電話はあっさりと切れた。相変わらず、自分勝手な都合ばかり……怒りが膨れ上がったが、それを相手にぶつけるわけにはいかない。

前田はきっちり三十分後にやって来た。寒い中をずっと歩いて来たのだろうか、顔が赤い。家に入ってコートを脱ぐと、座る前から切り出した。

「あの男とは今も繋がっているんですか」

その子は言葉に詰まった。あの男――保。それは事実なのだが、認めたくない。前田は、長野を監視しているのだろうか。あるいは長野ではなく私を？　どちらにしても、気分のいい話ではない。むっとして、お茶を出さないことにした。育男を自分の部屋に押しこめ、ちゃぶ台を前に向き合う。

「ご用件はなんでしょうか」

「保さんに会いたいんですが」

嫌な言い方だ……その子は唇を噛み締め、前田の顔を凝視した。この男は、何というか……昔なら、城代家老《じょうだいがろう》という感じだろう。政治家の秘書といっても、仕事のことだけではなく、長野家の生活一切を取り仕切っている。この男がいなかったら、長野家は成立しないかもしれない。

「どうなんですか」前田がしつこく聞いてきた。「今でも会ってるんでしょう」

「いろいろと、よくしてもらっていますよ」

「あなた、彼と肉体関係でもあるんじゃないでしょうね」

「失礼なこと、言わないで下さい」耳が熱くなるのを感じたが、その子は何とか怒りを抑えて低い声で抗議した。

「そうですか？」前田が疑わし気に言った。「あなたと彼は、そんなに年齢が離れているわけではない。年下の愛人であっても、私は驚きませんね」

「何が言いたいんですか」

「申し上げた通りです。彼と連絡を取りたいんですよ」

「居場所を知らないんですか」

「残念ながら」前田が肩をすくめる。「今のところ彼は、我々のレーダーから完全に消えている。これは、先生にとっても精神衛生上、よいことですがね」

「そうですか。体にもいいんですか？」

体調を崩している話は、しばらく前に聞いていた。今ではほとんど会うこともなく、向こうから一方的に金が送られてくるだけの関係だが、気にならないわけがない。

「その件については、ご心配いただく必要はありません。そもそも私は、先生に何度も忠告したんです。あなたに援助をする必要はないと。先生も、最近はその気になっています。金をどぶに捨てるようなものですから」

「あなたの口からそんな言葉を聞いても信用できませんね。先生から直接聞いたのでない限り……」

その子は反論したが、前田の冷たい視線に気づいて、口を閉ざしてしまう。以前から前田はこうだった。自分が支える代議士の愛人――秘書として、その子の存在は邪魔以外の何物でもないだろう、と思う。その子自身は日陰の存在として、育男を育てることだけに傾注してきたのだが、前田が醜聞を恐れるのは当然である。これぐらい用心深くないと、政治家の秘書など務まらないはずだ。

「まあ、今日はこの件でお伺いしたわけではないので」前田がネクタイを締め直した。

「彼のことですか……」

「そうです。連絡を取る必要が生じましてね」

「今日、ここへ来たのも知っているんでしょう」

「来たんですか？」

前田が身を乗り出したのを見て、その子は失敗を悟った。余計な情報を与えてしまった——その子にとっても育男にとっても、長野は大事な存在なのだ。いわば、自分たちを社会につなぎとめてくれる人。それに腹違いとはいえ、育男とは兄弟でもある。ずっと自分たちを気にかけてくれた恩は忘れられないし、腕をなくして家を出てからは、逆に自分たちが気を遣ってきたつもりだ。互いに面倒を見合う、いい関係だと言っていいだろう。世間の常識からすれば、確かに奇妙かもしれないが……。

「連絡先、知っているんでしょう？」前田がさらに迫ってくる。

「あなたは、どうして知らないんですか」その子は、できるだけ皮肉っぽく聞こえるように言った。「監視するぐらい、簡単でしょう」

「こちらにも、そんな余裕はありませんでね。最初はこっちで家を紹介したのに、いつの間にか引っ越してしまった」

前田が煙草を引き抜いた。素早く火を点け、灰皿を探す。無視してやりたかったが、畳に灰を落とされても困る。その子に立ち上がり、台所から灰皿を取ってきた。これを使うような来客は今は滅多にいないけれど。

「早急に、彼に会わなくてはいけないんですよ」

「また辛い目に遭わせるつもりですか」

「辛い目？」前田の視線が急に鋭くなる。「何が辛い目なんですか。我々の方が、よほど辛い目に遭っている」

「家を追い出されたのは、あの人の方ですよ。どんな問題があったんですか。勘当なんて、尋常なことではないでしょう」

「尋常ではないことがあった、というだけの話です。あなたが知る必要はない」

「私は部外者だからですか？」その子は低い声で訊ねた。

「はっきり言えば、そういうことです。これは長野家の問題ですから、あなたには関係ない。知る必要もない」

前田が、背広の内ポケットから封筒を取り出した。畳に置くと、すっとその子の方へ押し出す。銀行の封筒だとすぐに分かった。

「何ですか」中身は簡単に想像がつく。「人を馬鹿にしているんですか？」

「まさか」前田が急に、明るい笑みを浮かべた。「情報には、金を払う価値があるんですよ。我々にとって、彼の居所は重要な情報なんです。教えていただければ、こちらを差し上げます。ボーナスとして、少なくない金額ですよ」

お金は……いつでも喉から手が出るほど欲しい。自分でもアルバイトをして、少しは金に余裕ができたが、節約第一の生活は疲れるものだ。慣れているつもりでも、ふと惨めになることがある。封筒の厚みからすると、確かにそれなりの額のようだ。

「実は、彼に頼みたい仕事があるんです」

「仕事？　翻訳ですか？」

「翻訳？」前田が目を見開いた。「彼はそんなことをしているんですか」

しまった、とその子は思わず目を伏せた。またやってしまった。前田は本当に、彼を追い出して以来、接触を断っているようだ。こちらから秘密を明かしてしまうとは、何と愚かなことをしたものか……しかし、言ってしまった以上、否定はできない。きちんと説明すれば、前田も考えを変えて彼を受け入れるかもしれない。

「そうです。あなたたちに知られないように、ペンネームを使っていますけどね」

「どんなペンネームを？」

「それを教えるつもりはありません」

「まあ、結構です」

前田がネクタイを神経質に撫でつける。何か具合が悪いのだろうか、とその子は訝った。ごく普通の、縞模様のネクタイだが……。

「本当に翻訳の仕事をしているなら、出版社に問い合わせれば分かりますから。こちらにも、伝はありますのでね」

「仕事を頼むって、どういうことですか」その子は訊ねた。翻訳の仕事の件をまったく知らなかったのだから、そういうことではないと判断する。

「それは、あなたが知る必要のないことです。長野家の問題なので」

「教えてくれれば、保さんの連絡先をお教えしてもいいですよ。手間が省けるでしょう」

「私と取り引きするつもりですか？」

「銀座の女を舐めてもらったら困ります」そんなのは、ずいぶん昔の話だが……前田は、銀座の女がどれほど情報を大事にするか、知らないだろう。酔うと、人は平気で秘密を漏らす。相手が銀座の女だとすればなおさらだ。所詮女には、仕事の大事な秘密など理解できない、とでも思っているのだろう。だが銀座の女たちは、その情報をしっかり覚えこんで意味を調べ、使うべき時には使う。呑みこんでおくべきだと判断したら、誰にも話さない。今は……使うべきだと思った。前田の真意が分かれば、いち早く長野に忠告できるかもしれない。

自分は、保に対して「女」としての気持ちを抱いているのか？　違う、と即座に否定した。年齢が十歳離れていることは関係ない。むしろ、自分たちに同情し、何かと援助してくれた人として、純粋に恩義を感じている。

「何があったんですか？　保さんでしか解決できないことなんですか？」その子はさらに突っこんだ。

「非常に難しい問題でね……煩いハエが、長野家の周りを飛び回っているんですよ」

「ハエ？」

「トップ屋ですよ、トップ屋」前田が顔を歪めて吐き捨てた。

「何ですか、それ」

「週刊誌に適当な記事を書いている連中。金のためなら、下品な記事も平気で書くんですよ」

「そういう人たちが……」

「正確には『そういう人』ですけどね。個人。そいつが、何かと煩く攻撃をしかけてくるんです」

「先生が、何か問題でも……」

「とんでもない。我々にとっては何の問題もないですよ。ただ、トップ屋は、そうは考えないんだろうな。あるいは、世間も」

政治絡みのスキャンダルではないだろうか、とその子は想像した。昔から、何かと噂のある人だったのは間違いないし。だがそれが精力的なイメージを生み出し、男としての魅力を醸《かも》し出していたのも事実だ。

「悪いトップ屋というのはいるものでね……週刊誌に記事を書くぐらいなら、こちらでも何とでも対応できる。でも、別の狙いがある人間に対しては、難しい対応をしなくてはいけないんですよ」

「その対応を、保さんに任せようというんですか？」

「あなたは鋭いですね。先生が目をつけたのも分かりますよ。先生は、愚鈍な人がお嫌いですから」

「保さんに危ないことをさせるつもりじゃないでしょうね」

「それは、あなたが心配することではないですよ」前田が身を乗り出し、封筒をさらにその子の方へ押しやった。

いいだろう。お金は受け取る。そして長野にはきちんと忠告しよう。彼を危ない目に遭わせるわけにはいかない。

最終的にその子は、長野の住所を教えた。それを聞いた前田が顔を歪め、「渋谷に、ねえ」と不満そうに漏らす。どういう事情で勘当になったかは分からないが、前田は長野が東京を離れているとでも思ったのだろうか。

前田が帰ると、その子はすぐに便箋を取り出し、手紙を殴り書きした。封筒に入れてしっかり封をし、息子を呼ぶ。

「何?」まだ勉強中だったのか、鉛筆を持ったまま部屋を出て来た育男が、ぶっきら棒に答える。

「すぐに長野さんのところへ行って」

「何で?」

「住所、分かってるでしょう」育男の手に封筒を押しつける。「郵便じゃ間に合わないの。今すぐ、この手紙を届けて」

もしかしたら、前田と鉢合わせになるかもしれない。その時は……「誰かいたらすぐに引き返すように」とその子は忠告を与えた。育男は戸惑いを隠さなかったが、とにかく封筒を握らせた。

「できるだけ急いで。長野さんに、どうしても知らせないといけないことがあるの」

「長野さんも、電話ぐらい引けばいいのに」

「電話を引くのは大変なのよ。只《ただ》じゃないんだから」その子は育男の部屋からコートを取って来て、手渡した。「今すぐ出かけて。それと、ちゃんと渡せたかどうか、すぐにうちに電話して」

「何なの、いったい」育男が疑わしげに封筒を見る。

「あなたは、中身は知らなくていいの」

「もしかしたら、前田さんと何かあった？」

鋭い勘を発揮して育男が言った。時折ここへ顔を出す前田を、育男も以前から嫌っている。どこか偉そうにしているのを、子ども心に感じ取ったのだろう。

「そうなの。だから、前田さんより先に、長野さんに会って来て」

「分かった」

コートを手にしたまま、育男が家を飛び出して行った。緊急だと察知したのだろう。一刻も早く……いったいどういう用事があるのか分からないが、前田が行くことが事前に分かれば、長野は用心するはずだ。

そう、その子の目から見ても、長野にやたらと用心深い。この家に来る時も、必ず事前に電話をかけて、誰も来ていないこと、来そうにないことを確認してから足を運ぶ。家に入る前も、周囲を一周して、誰かがいないか確かめるのだ。今考えれば、前田に監視されていないかと心配していたのだろう。だからこそ、何の準備もなしに前田と対面させるわけにはいかない。

15

育男経由でその子の忠告を受けた直後、長野は家を出た。前田がどういうつもりで何の依頼をしてくるかは分からないが、かかわり合いたくない。会えば殺したくなるかもしれないし……しかしあの男を殺すのは、今は無意味だ。再び動き始めた今、リスクを冒すわけにはいかないいし、自分の主義にも合わない。

個人的な恨みでは殺さない。

逃げ回るように、旅館を転々とした。それぐらいの現金は常に用意してあるし、原稿用紙と着替えだけ抱えていれば、家を空けても普通に生活し、仕事ができる。もちろん不便はあったが、危険を冒すよりはましだ。ただ、夜に動きにくくなるのが心外だった。旅館というのは、夜になると出入りが難しいのだ。仕方なく、徹夜で街をうろつくことにした。宿には朝方戻って、少し寝ればいい。睡眠時間が短くて済む体質なのは、こういう時にはありがたい。

膨れ上がる欲望は、自然に萎《しぼ》むことはない。殺したい——その欲求が胸の中で大きくなり、「早く次だ」と呼びかける声にも対処するのが難しくなっている。肉を抉る感触、相手が最後に漏らす死の吐息。「何故自分が殺されるのか」と戸惑う相手の目つきがありありと思い出され、手が震える。使命を果たす崇高な満足感。

「どうして殺そうと思った？」二人並んで歩いている時に、長野は滝井に問いかけた。何度か会ううちに、丁寧な口調は互いに自然に消えていた。

「よく分からない」真っ直ぐ前を見詰めながら滝井が言った。

「何もなくて、人を殺そうとはしないと思う」

「何かで発散したかったのかな」滝井がぽつりと零した。「先生には分からないと思うけど、俺には楽しいことなんか何もないからね」

「どういう意味で？」

「中学を出てからずっと働きづめで、結婚はしたけど、特に楽しくもないからね。子どもも、それほど可愛いとは思わないし」

「そうか」ふと、育男の顔を思い浮かべる。自分にとっては、年の離れた兄弟でもある男……長野は彼を可愛がっている。基本的に子どもは嫌いだが、頭のいい子は例外だ。打てば響く反応が心地よく、だからこそずっと家庭教師をしてきた。ただ、彼の中に狂気を見ることはなかったから、この手の話をしたことは一度もない。

打ち明ける気になったのは、滝井が初めてだった。自分と同じ臭いを嗅いだが故に。

「むしゃくしゃするんだよ。面白くないことばかりで……景気はいいんだけど、そんなに給料が上がるわけでもないし。酒を呑んで憂さを晴らしたくても、好き勝手はできない。爆発しそうだったんだ」

「他にも、ストレス解消の手はあると思うけどね。運動とか」

「やってみたけどね……夜に走ったりして。でも、疲れるだけで達成感がなかった」

「殺しは？」

「力を感じたんだ」滝井が自分の両手を見下ろした。「自分が、誰よりも強いと思った」

「そう、その瞬間にはそう思える」全能感、というべきだろうか。クソみたいな年寄りが相手でも、人を殺すのは大変なことなのだ。その使命をクリアできた時、長野も自分は誰よりも強い存在だと確信できたのを思い出す。

「あんなにすっきりしたのは、生まれて初めてだったかもしれない」

「問題は、次だ」

「次？」ちらりと横を見ると、滝井の顎が強張っているのが分かった。

「そう、次だ。どうして一回でやめる必要がある？　私は三回やった。腕がこんなことにならなければ、もっとやっていただろう。どうだ？　君は一回で満足してしまったのか？」

「よく分からない」

「分からないなら、どうして刃物を持ち歩いている？」

立ち止まり、滝井がジャンパーの腹を押さえた。一瞬長野を睨み、「どうして分かった？」と訊ねる。

「さっきから、何度も腹を触ってる。気になるものが入っているからだね」

「参ったな……実は先生に言われた通り、前のやつは捨てて、新しいのを買ったんだ」

「つまり、次があるから。その準備だ」

「ああ」滝井が唇を舐め、再び歩き出した。

獲物を求めて。長野は少し遅れて後を追いながら、周囲にも目を配った。深夜二時、街から人気は消えている。時折、酔漢がふらふらと通り過ぎるが、長野の触手は動かなかった。滝井は、誰かに興味を惹かれている様子ではない。誰かがいても、一瞬ちらりと見るだけで足を止めようとしないのだ。彼はまだ、自分の域には達していないと思う。明確な目的があって、人を殺そうとしているわけではない。

長野は彼に追いつき、声をかけた。

「どういう人間を殺したい？」

「よく分からない」

「私は、年寄りが嫌いだ」長野ははっきりと言い切った。「特に、悪い年寄りは邪魔なだけだ。法で裁かれない人間、裁きを受けても本質は変わっていない悪人も許せない。私は、そういう人間を狙う」

「正義の味方として？」

「そう思っている」そのために情報を収集する。夜の街には、様々な形で情報が転がっているのだ。「東京をもっと綺麗にしたいから」

「東京は、すっかり新しくなったじゃないか——オリンピックで」

「まだまだだ」長野は否定した。「この街は、これからもどんどん変わっていくと思う。変わっていくべきなんだ。まだ所々に戦前の名残があるけど、そういうのは早めに消すべきだな。消しゴムを使うみたいに」

「先生は哲学的だな。よく分からない」

「ここはヨーロッパじゃないから」持論を開陳《かいちん》するチャンスを得て、長野は少しだけ口調を速めて続けた。「ヨーロッパに行ったことはないけど、何百年も前の建物がまだ残っていて、街の雰囲気もずっと変わっていないところも珍しくないらしい。それは、残すべきものがあって、残そうという意思があるからだろう。でも日本は、戦争で多くの物を失った」

「そうだろうけど……自分ではよく覚えてないから」

「私も直接見てはいない。でも、多くのものをなくしたはずなのに、まだ戦前の尻尾を引っ張っている部分もあるだろう？　戦前からやっている政治家もいるし、会社や役所も、基本的には同じような流れで仕事をしている」

「そんな大きなものは、一度戦争で負けたぐらいじゃ、一気には変わらないんじゃないかな」遠慮がちに滝井が言った。「もう一回戦争があったら、もっとごちゃごちゃになって、オリンピックもできなかったと思うけど」

「オリンピックは大事だった。でも、もっと大事なのは、完全に新しい東京を作ることだったんだ。汚点になるようなどうしようもない年寄りは殺して……」

「それで先生は、今まで年寄りばかりを殺してきたわけか。これからもそうするつもりなんだね」

「私一人の力で、そんなことができるわけもないけどね」長野は肩をすくめた。「狭い範囲で、できる限りでやるしかない」

「だったらどうして？　限界があると分かってるのにやるんだ？」

「やむにやまれず、ということにしておいてくれないかな」ここから先は、自分では認めたくないことだ。性的な問題。長野は普通に女も抱いていたし、人並みに性欲もあるのだが、殺しの快感に勝るものはない――だが、それを否定したい。自分の行為は、そんな俗なものではないのだ。そう、「声」の命令があるからだ。あの「声」には苛立つこともあるが、内容は常に正しい。

「まあ、俺もかな。そうしないと、爆発しそうだから」

「こんなことで爆発して、駄目になることはないんだ。私たちは若いんだから。日本を正しい方向へ導くのは私たちなんだから」

その時長野の目は、一人の老人の姿を捉えた。ルンペンだな、とすぐに分かる。ぼろ布をまとったような服、左足には靴も履いておらず、そのせいで足を引きずっていた。

「ああいうのは？」滝井が立ち止まり、のろのろと歩くルンペンの姿を目で追った。「ああいうのが、先生が言う悪い年寄りじゃないのか。何も生み出さないで、街の景色を悪くしている」

「やめておいた方がいい」長野は首を横に振った。「あいつらは、臭いんだ。近づいただけで鼻が曲がる」

冗談かと思ったのか、滝井が鼻で笑う。しかし次の瞬間にはすぐに真面目な表情に戻った。早足で自分たちを追い越していった人間の背中に視線を投げる。

「あれは？」小声で提案した。

「行ってみよう」背中の様子を見た限り、かなりの年寄りだ。足は妙に速いが、自分たちなら追いつけないことはない。「君は、路地に入って先回りしてくれ。この辺りの道は分かるな？」

「もちろん」滝井が腹を摩った。目が爛々《らんらん》と輝いている。

「私はこのまま後を追う。挟み撃ちにしよう」

「分かった」

「やるのは君だ」そこにない右手が疼《うず》くのを感じた。この感覚は久しぶりだった。「今の私にはできない。君ならできる」

「分かってるよ。あれは、俺の獲物だ」声が高揚し、顔が輝く。滝井は歩調を速め、すぐ先の路地を左へ曲がった。

長野の頭の中には、渋谷区内の地図が完璧に入っている。あの路地を曲がってすぐに右折すると、今長野が歩いているのと同じ道路に出る。少し急げば、目標の男の前に出られるはずだ。しかもこの先には家もなく、小さな公園があるだけ。やり遂げるには最も適した場所だ。あとは、滝井が怖気《おじけ》づかなければ……。

背中を追う小柄な相手は、尾行されていることにまったく気づいていない様子だった。寒いのにコートも羽織らず、格子柄のジャケットを着ただけである。荷物はなし。酔っている気配はないし、こんな時間まで何をしていたのだろうか。酒場の店主ではないか、と長野は想像した。自分の店を閉めて、帰宅する途中……まあ、いい。大事なのは、きちんと殺すこと――殺させること。自分はそれをしっかり見届ければいい。

空しいことだ。

自ら手を下さない限り、快感は得られない。もちろんこの快感は、長野にとっては二次である――そう自分に思いこませている。まずは、世の中に必要ない人間を消し去るのが大事で、快感はその余禄として得られるものに過ぎない。

もしも自分が殺したい対象が、子どもや女だったらどうなっていただろう、と考えることがある。子どもはどんなに馬鹿に見えても、この国の未来を背負う可能性がある存在だから、手は出せない。女は、そういう子どもを産むのだから、これまた狙う対象外だ。そして子どもも女も背負う物が少なく、殲滅すべき「悪」である可能性は低い。恐らく、襲ったとしても快感は得られないだろう。老人を消すのは、その人間が得てきた多くの経験を消すのと同義である。ある意味歴史の——それも意味のない歴史の抹殺《まっさつ》であり、だからこそ狙う価値がある。

男が公園の前にさしかかった。そこで急に歩調が速まる。人気のない暗がりを警戒しているのだな、と長野は想像した。こういう人間を襲うのは難しいのだが……突然、男の体が左へ傾いだ。腕を引っ張られたのだ、とすぐに分かる。だが、一瞬短い悲鳴が聞こえた後は、急に静かになった。長野は慌てて駆け出す。男は公園の中に引きずりこまれていた。滝井の大きな左手が顔を——口を押さえ、右手は腹のところ。男の体がぶるりと痙攣し、すぐに崩れ落ちた。一撃で仕留めたのか。見事なものだ、と長野は感心した。やはり滝井には、素養がある。たとえ戦場へ送りこまれても、立派にやっていけるのではないだろうか。

長野が見つけてから、男が倒れるまでわずか五秒。少しだけ動いた秒針を確認して、長野は思わず感嘆のうめき声を漏らした。素晴らしい。完璧だ。

滝井が右足を上げ、男を踏みつけようとする。長野は「やめろ」と短く忠告した。相手の体に靴底が残ると、証拠になる恐れがある。この辺は後でゆっくり説明しよう。

滝井の目は、興奮で輝いていた。口が薄く開き、今にも笑い出しそうである。右手に持ったナイフは、刃渡り二十センチはありそうな大きなものだが、血で赤くなっているわけではなかった。素早く刺して引き抜き、血痕さえほとんど残さない——これはプロのやり口である。本当に経験が少ないのかと、長野は疑った。それに、何の確認もせず殺したのが気になる。「誰でもいい」では困るのだ。

長野は、倒れた男を見下ろした。年の頃、六十歳ぐらいだろうか。目は見開いたまま、驚きの表情を浮かべているように見える。上品な感じだ、と長野は印象を抱いた。職業は——例えば、大学教授だろうか。上品なうえに、知的な感じもするのだ。罪を抱いた人間ではないだろう。ゆっくりと流れ始めた血が、むき出しの地面の色を濃くし始める。一陣の風が吹き抜け、長野は興奮が速やかに去るのを意識した。

駄目だ。

やはり、体が内側から沸きたつような興奮は、長くは続かなかった。悪と認定した人間を自分で殺した時には、一晩中眠れないほど興奮し続けたのに。一方滝井は、依然として呼吸も荒く、今にも涎を垂らしそうな表情になっていた。これはたぶん、セックスしている時と同じ表情である。見ると、ズボンの股間が大きく盛り上がり、激しく勃起しているのが分かる。

「仕上げをしよう」

長野はわざとゆっくり滝井に話しかけた。

「え？」既に自分の仕事は終わったと信じている様子の滝井は、きょとんとした表情を浮かべた。

「額に十字の傷をつけてくれ」

「何でそんなことを」

「警察を混乱させるためだ」

「まあ……いいけど。先生、やりますか？」滝井がナイフの刃先を長野に向ける。

「いや、君がやった方がいい」長野はゆっくりと首を振った。「五センチぐらいの傷を二本。十字にしてくれ」

事情が分からない様子ながら、滝井が流れ始めた血を避けるように、犠牲者の頭の方に跪《ひざまず》いた。犠牲者は仰向けに倒れていたので、やすやすと額に傷をつける。

「ナイフはどうしますかね」立ち上がりながら滝井が訊ねる。

「すぐに処分した方がいい。絶対に家には置いておかないように」

「先生が処分してくれないかな。面倒臭い」

滝井がまた、ナイフの刃先を長野に向ける。その仕草に、長野は危うい気配を感じ取った。つい先ほどまで、滝井は行儀のいい「生徒」だった。しかし今、明らかに長野を同列の同志、あるいは手下として見下している。自分はやれた。だけど、右手がないあんたには無理だろう——そんな想像すら生じる。実際、長野よりも少し背が高い滝井は、その体をさらに大きく見せようとするように背中を真っ直ぐ伸ばし、長野を見下していた。わずか数センチの身長差なのだが、巨人にのしかかられているような圧力を感じた。

まずい。

自分は、怪物を目覚めさせてしまったのかもしれない。

16

第六条
快感のために人を殺してはいけない。たとえ結果的にそうなっても、誇示してはいけない。誇示することは、破滅への第一歩である。

奴が戻ってきたのか。

生沢宗太郎は跪いて死体を見下ろしながら、背筋が寒くなる感覚を味わっていた。もちろん、狭い公園の中で渦を巻くように吹く木枯らしのせいもあるのだが、それよりも、自分が怯えているためだとはっきり意識する。

「生沢さん……やっぱり三年前と同じ犯人ですかね」

「間違いないだろうな」死体を見下ろしたまま、生沢は住友の疑問に答えた。「一発で刺し殺すやり方、それに額の傷。どう考えても同一犯だ。十字の男が帰ってきたんだよ」

「この前の事件は……」

腹や首を刺されて殺された男の件だ、とすぐに分かった。生沢はゆっくり立ち上がり、住友に顔を向ける。

「あれは手口が違う。この前の時は、犯人は無我夢中で何度か刺した感じだ。今回は、一刺しで仕留めている。それに、額の傷がな」生沢は自分の額を指さした。「三年前の連続殺人で、額の傷のことは報道陣に発表しなかった。犯人しか知り得ない事実だからな」

「とすると、やっぱり三年前と同一犯なんですかね」

「そう言っただろうが」

少し怒りっぽく言葉を吐いてしまったと悔い、生沢は口をつぐんだ。目の前の住友は、少し顔色が悪い。昨夜は宿直勤務で、ほとんど寝ていないはずだ。仮眠は順番に取るのだが、若手はいつも後回しになるのが渋谷中央署の宿直のルールである。明け方、新聞配達の人間が死体を発見して通報した時には、まだ起きていたのではないだろうか。一方自分は、午前六時に起こされた。普段より早いが、それでも数時間はちゃんと眠れている。住友よりはよほどましな状態だった。

「寝てないのか」

鑑識の邪魔をしないようにと、公園の外へ向かって歩き始めながら、生沢は住友に訊ねた。

「午前一時ぐらいに、渋谷駅で酔っ払いの学生とサラリーマンの乱闘騒ぎがありまして。それを収めるのに二時間近くかかりましたから」住友が充血した目を擦った。「寝たかと思ったら、叩き起こされたんです」

「お前も運が悪いな」

「しょうがないですけどね……これ、前回の殺しと一緒の特捜になるんでしょうか」

「厳密に言えば、現段階では分けるべきだと思う。だけどそれは、俺たちが決めることじゃないから。上が判断するだろう」

そう言いながら、生沢は、今回の一件こそは自分の事件だ、と思った。十字の男が帰って来たのだから、前回捜査に当たった自分が担当するのが当然ではないか。

「どうしますか？　まだ指示がないんですけど」

「取り敢えず、聞き込みをしよう。こんな静かな場所だから、何か聞いている人間がいるかもしれない」

とはいっても、目撃者探しは難しいだろう。住宅街の外れで、ちょうど家がない場所なのだ。仮に犠牲者が悲鳴を上げても、一番近い家までは五十メートルほど離れている。夜中、あるいは明け方に近い時間に熟睡している人間が、短い悲鳴で目を覚ますだろうか。三年前の一連の事件でも、目撃者がまったく出てこなかったのを思い出す。犯人は、襲う場所についても入念に調査しているようだ。

しかし、昔はこんなことはなかったな、と思う。生沢が駆け出しの頃は、事件が起きると現場近くの人たちはよく協力してくれた。自分たちの街が汚されたと感じ、一刻も早い犯人逮捕を望んだのだろう。近所同士のつき合いも濃く、そこから網が広がって情報が入ってくることも珍しくなかった。

しかし最近は、そういう情報網が途切れがちである。地方から上京して東京に住み始めた人たちは、古くからの住人の輪に入っていこうとしない。では、新しく上京者同士の輪を作るのかといえば、そういうわけでもなく……家がそれぞれ孤立し、家族単位だけで生きているような感じがする。元々戦前から、東京は地方出身者が多く集まる街であったのだが、最近、孤立化の傾向に拍車がかかっている気がした。人口は増え続けているのに情報網が機能していないとすると、今後の捜査はますますやりにくくなるだろう。

「被害者の身元は？」

「確定していませんが……」住友が手帳を広げる。「水谷二郎《みずたにじろう》、六十五歳と思われます」

「どこで分かった？」

「被害者の財布がありまして、中に保険証が入っていました。それと名刺も……保険証と名刺の名前が一致したので、間違いないと思いますが」遠慮がちに住友が言った。

「名刺か。商売は？」

「百軒店の方で、ジャズ喫茶をやっているようですね」

ということは……生沢は眼鏡をかけ直した。三年前の事件では、被害者はいずれも「影」を持つ人間だった。一人は戦後すぐに、ヒロポンの売人として悪名を馳せていた。一人は何度も婦女暴行事件を起こしていた。三人目は窃盗事件で有罪判決を受けた。社会の片隅に巣食う、小さな悪。そして年を取っていた。今回の被害者は、何か罪を背負っているのだろうか。この辺は、調べればすぐに分かることだ。

「店は何時からだ」

「昼前かららしいです」

「そいつはよくないな」生沢は腕時計を見た。まだ朝の七時半。店で聞き込みをするには、数時間は待たなくてはならないだろう。「まず、自宅を訪ねてみるか」

「実は、渡部《わたべ》さんが、もう訪ねたんですが」住友が打ち明ける。渡部は、住友の一歳年上の先輩刑事だ。「一人暮らしのようです。本当に一人暮らしかどうかは分かりませんが、家には誰もいなかったそうで」

「となると、まずは家の近所で聞き込みだな」生沢は顎を撫でた。

「分かりました」

住友が駆け出して行った。いつの間にか元気を取り戻している。さすがにまだ若いな、と生沢は苦笑いした。最近の自分は、何だか急に年を取ってしまったように感じる。まだ三十代半ばなのに。

そしてこの事件が、自分にさらに年齢を刻むだろう、と分かっていた。実際の年齢と、刑事としての年齢は必ずしも一致しない。若いうちから重大な事件に何度も遭遇すると、妙に老成してしまうのだ。その中には「諦め」の感情もある。自分ができることには限りがあると考え、次第に事件の解決に熱を入れなくなる……それでは駄目なのだ、と生沢は自分を奮い立たせた。これは俺の事件だ。どうしても犯人を挙げてやる。「十字の男」の顔を見ない限り、警察官としては終われない。

十一時。ドアを開けた瞬間、生沢はたじろいだ。こちらの耳をぶち壊そうとするかのように、大音量の曲が襲いかかってくる。ジャズ喫茶じゃないのかよ……と訝った。かかっているのはビートルズではないか。基本的に生沢は洋楽には興味がないが、今年はどこのラジオでもビートルズ一色だったので、自然に頭に染みついてしまった。もちろん、がちゃがちゃ煩いだけの曲、という負の印象だが。

住友は平然としていた。というより、むしろ嬉しそうな表情を浮かべている。こいつもビートルズファンなのか、と生沢は少しだけ嫌な気分になった。そう言えば、刑事にしては髪を長く伸ばしているのも、あの連中の影響かもしれない。最初は、忙しくて床屋に行っている暇もないだけだと思っていたのだが、気にし出すときりがなくなってくる。普段着ている背広も、自分らのものに比べればずいぶん細身で、少し遊びの要素が強い。まあ、仕事は普通にできる男だし、この格好で誰かに不快感を与えているわけでもないから、文句を言う筋合いもないのだが。

「おい、この曲はなんだ」大音量で流れる音楽に負けないようにと、生沢は大声で住友に訊ねた。

「ビートルズですよ。『プリーズ・プリーズ・ミー』って曲ですけど、知らないんですか？」住友が目を見開く。まるで生沢が非常識なような言い方だ。

「知らんよ。それより、音量を下げさせろ。これじゃ話もできない」

住友が、店の奥へ走って行った。カウンターの奥にいる男に手帳を示し、一言二言話すと、すぐに音量はぐっと小さくなった。まったく、こんな曲を一日中かけていて、耳がおかしくならないのだろうか。かすかな耳鳴りを意識しながら、生沢はカウンターに向かった。店は開いたばかりで、さすがに店内に客の姿は少ない。住友は、立ったまま待機。生沢は自分の手帳を示して、カウンターの中にいる男に名前を訊ねた。

「深山《みやま》と言いますけど」耳が隠れるぐらい髪を伸ばした男が、不審気に言った。警察が訪ねて来る理由が思い当たらないのだろう。

「深山さん、ね。あなたはこの店の何なんですか？」

「何って……」深山が無愛想な口調で言い返した。

「アルバイト？」

「店長ですよ」

「これは失礼」生沢はさっと頭を下げた。若い――大学生ではないかと思っていたのだ。

「で、水谷二郎さんというのは？」

「オーナーです」

「店には顔を出さない？」

「いつも、夕方に来ます。夜中まで店を開けているので」

「オーナー自ら夜勤をしているわけですか」

「あの……オーナーがどうかしたんですか」

「亡くなりました」

一瞬、間が空く。その隙間を埋めるように、ビートルズの曲がやけに大きく響いた。

「亡くなったって……」深山の声はかすれていた。コーヒーカップを磨いていたのだが、両手は宙に浮いたまま止まっている。「警察の人が、どうしてそんなことを」

「殺されたんですよ」生沢はカウンターに両手をついて身を乗り出した。店内の照明は薄暗く、近づいてようやく、深山がそこそこ年を取っているのが分かった。当然学生ではなく、三十歳ぐらい……自分より少し年下という感じだろうか。

「殺された？　まさか……」

深山が、傍らの新聞を取り上げた。ばさばさと広げ始めたので、生沢はそれを止めた。

「新聞には載ってませんよ。今朝、遺体で発見されたばかりですから」

「何なんですか、それ」

生沢は腰を下ろした。カウンターに両肘をつき、じっくりと構える。ここからが本番だ。

深山は、慌てていた。それはそうだろう。雇われ店長としてはどうしていいのか、まったく分かっていないに違いない。

「ちょっと水を貰えませんかねえ」

生沢が言うと、深山が一瞬動きを止めた。きょとんとした目つきで生沢を見たが、すぐに氷入りの水を二つ、カウンターに置く。それで少しは落ち着いた様子だった。

「あなたも水をどうですか」

「いや、別に喉は渇いていないので」

「いいから。落ち着きますよ」

結局言われるまま、深山はコップに水を注ぎ、一気に飲み干した。溜息をついてグラスをカウンターに置くと、近くにあった椅子を引いてきて座る。それから他の従業員を呼びつけ、何か指示を与えた。しばらく店を任せる、とでも言ったのだろう。

生沢はまず、死体が発見された状況を説明した。現段階では分かっていないことが多いのだが、深山が穴を埋めてくれるのでは、と期待している。

「店は何時までやってるんですか」

「だいたい、一時か二時です」

「ずいぶん遅いね」

「終電までは、お客さんが切れないので」言い訳するように深山が言った。

「人気の店なんだ」

「ジャズ喫茶はどこでもこんな感じですよ」

「おたくは、ジャズを流しているわけではないようだけど」生沢は天井を指さした。そこにスピーカーがあるわけではなかったが。

「いや、これは自分の趣味で」深山の顔が赤くなった。「昼間は任されているので……」

「自分でレコードを持ちこんでるのかい？」

「一部は私物です」

カウンターの後ろの壁には、ずらりとLP盤が並んでいる。いったい何枚ぐらいあるのだろう……音楽などに金をかける人間がいるのが、生沢には理解できなかった。ラジオをかけていれば、音楽などいくらでも流れてくるではないか。

「なるほど……それで、昨夜は何時ぐらいまで店を開けていたか、分かりますか」

「ちょっと待って下さい」

深山が屈みこみ、カウンターの下で何かごそごそと探し物をした。すぐに、一冊の大学ノートを取り出す。ぱらぱらとめくって、目当てのページを見つけ出した。

「それは?」

「業務日誌です」

こいつは後で押収《おうしゅう》だな、と生沢は思った。店主の交友関係などの手がかりになるかもしれない。

「で、昨夜は?」

「午前一時半に店を閉めています」

生沢はちらりと住友を見た。住友が素早くうなずき返す。こいつも、自分と同じことを考えているのは間違いない。一時半に店を閉めたら、家に帰り着くのは二時ぐらいだろう。犯行時刻は一時半から二時の間……。

「水谷さんは、ここを閉めた後で、どこかで酒を呑んだりしますか?」

「それはないと思いますよ。その時間になると、さすがにもう、開いている店も少ないですから」

「じゃあ、真っ直ぐ家に帰った？」

「だと思います」自信なげに深山が言った。「よくは分からないんですけど」

これは、犯行時刻に関する重要な手がかりだ。あの現場では、午前二時頃になると、人通りが途絶えるだろう。遺体の状況から、ほぼその時刻に殺されたのは間違いなさそうだ。問題は、犯人があそこで待ち構えていたのか、それとも店から水谷を尾行していたかだ。それによって、犯行の動機が大きく変わってくる。前者なら通り魔的な犯行と言えるし、後者なら水谷に個人的な恨みを持っていた人間の計画的犯行の可能性が高まる。

「水谷さん、誰かと問題を起こしたりしてませんでしたか」

生沢の問いかけに、深山がノートから顔を上げる。

「問題って……どういうことですか」

「客との喧嘩とか。借金があったとか」

「僕は聞いてませんけど」

「この店は、酒は出すんですか」

「置いてません」深山が首を横に振った。

酒を出す店では、酔いが原因で喧嘩沙汰などが起こりがちだ。しかし、コーヒーしか出さない喫茶店では、そういうこともないだろう。リクエストの曲を巡って、客同士が喧嘩になり……そういうことも考えにくい。ただ、金銭の問題はあるのではないかと生沢は疑った。渋谷は、都内の繁華街としては決して一等地ではないものの、駅からさほど離れていないこの場所に大きな店を出すには、それなりに金がかかる。

「金の問題はどうですか。こんな大きな店をやっていくのは、いろいろと大変でしょう」

「ああ、でも……オーナーは金持ちだったので」遠慮がちに深山が言った。

「そうなんですか」

「昭和二十年代から、サックスプレーヤーとして活躍していたんですよ。『スイングジャーナル』でも、いつもランキングに入るほどの人気でしたから」

よく分からないが、売れっ子の音楽家だったのは間違いないようだ。進駐軍回りでもして、この店の開店資金を蓄《たくわ》えたのだろうか。あれはいい商売になる、という話を聞いたことがあった。普通のサラリーマンの何十倍も金を稼げたとか……。

「今は？　音楽活動はしてないんですか」

「そうですね。何しろ年も年なんで……戦前からやっていた人ですから、疲れたんでしょうね。五年前に引退して、この店を始めたと聞いてます。自分は三年前からなんで、そこまで詳しいことは知りませんが……」

老後の保険ということか。好きなことでまた商売ができるのだから、羨ましい限りではある。

「ジャズをやってる人なんて、豪遊して宵越《よいご》しの銭は持たない、みたいな印象があるんですけど」住友が遠慮がちに話に割りこんだ。

「そういう人も多いみたいですけど、オーナーは違いますよ」深山が言った。「有体《ありてい》に言えば……」

「ケチ？」

住友が指摘すると、深山が苦笑しながらうなずいた。

「店を閉めるのが遅くなる時は、だいたい金勘定をしているからなんです。額が合わないと、次の日に延々と文句を言われますから」

「ああ、そういう人は小銭を貯めて、いつの間にか大金持ちになってるんだよね」生沢は相槌を打った。「ところで、ご家族は？」

「離婚した、と聞きました。奥さんは田舎に引っこんだそうで……確か、徳島《とくしま》だったと思いますけど」

これはまたずいぶん遠い……一応知らせなければならないが、その後の処理は面倒臭そうだ。

「他にご家族は？　子どもさんとかはいないんですかね」

近所の聞き込みでも、その情報は得られなかった。どうやら水谷は、数年前に今の家に引っ越してきたものの、近所づきあいはほとんどなかったようである。夕方家を出て、日付が変わって何時間もしてから帰って来るような生活では、それも致し方あるまい。

「それは、聞いてないですね」

「いるかいないか、分からないわけではなく？」

たので」

「聞いていないだけです」深山がうなずいた。「あまり、ご自分のことは話さない人だっ

そうはいっても、今のところは深山から徹底して情報を引き出すしかない。生沢は水にも手をつけずに延々と粘ったが、結局犯人につながるような情報は出てこなかった。

嫌な予感を抱きながら、店を後にする。初動で何も手がかりがないのは、三年前の三件の事件と同じだ。犯人はまた、何の手がかりも残さず闇に消えたのか……そう考えると、おぞましい寒気が体を支配する。

一日必死で動き回ったものの、手がかりはゼロ。解剖の結果、水谷が殺されたのは今日の午前二時から四時の間、と分かったことだけが収穫だった。おそらく午前二時頃だろう。深山の証言は裏づけられたが、そこから先、話が進まない。

夜の捜査会議が終わった後も、生沢は会議室に閉じこもった。深山から借りてきた業務日誌のノートを、丹念に読みこんでいく。が、内容は時間と金の話ばかりだった。何時に昼夜勤務を交代したか、売り上げがいくらだったか……数字が並んでいるだけ。仮に何か問題があっても、水谷も深山も、このノートには書いていないようだった。あるいは本当に、書くべき厄介事などなかったのか。

「お疲れ様です」

顔を上げると、住友が湯飲み茶碗を目の前のテーブルに置いたところだった。それを機

に、生沢は煙草に火を点ける。久しぶりの煙草の煙が肺に満ち、少しだけ気持ちが落ち着いた。眼鏡を外して、両手で目を擦る。身を乗り出して、湯飲みを覗きこんだ。薄い緑色の液体——当たり前だがお茶だ。

「こいつが酒ならよかったのにな」

「そうもいかないでしょう。酒は、事件を解決して祝杯を挙げるまで、お預けじゃないですか」

生沢の前に座り、住友も煙草に火を点ける。生沢が目の前で広げた業務日誌をちらりと見た。

「何か、手がかりはありましたか」

「今のところは見つからないね。通り魔と考えた方がいいだろう」

「これ、何なんでしょうね」

住友が自分の額を指さす。例の十字だということはすぐに分かり、生沢はむかつきを覚えた。意味は分からない。だが、犯人が警察を挑発しているのは間違いないと思っていた。今のところ、あの十字が唯一、犯人が残した証拠と言える。捕まえられるものなら捕まえてみろ、と犯人が舌を出している様子が目に浮かんだ。ただし、その顔は黒いのっぺらぼうである。

「ちょっと、前の三件の遺体の写真を用意してくれ」

住友が立ち上がり、部屋の片隅に置いてあるキャビネットから、綴《と》じこんだ資料を引き抜いた。結局今回の事件も、三年前の連続殺人と関係ありとして、同じ特捜本部で扱うことになったのだ。

住友が出してくれた三つの遺体の写真と、今回の犠牲者の写真を並べてテーブルに置く。立ち上がる煙草の煙越しに、目を細めて眺めた。何かが違う……かすかに芽生えていた疑問は、すぐに裏づけられた。

「微妙に差があるな」

「そうですか?」

「気づかないのか? お前も観察眼が鈍いな」

「すみません」すぐに謝った住友だが、それでめげるような男ではなかった。「それで、何が違うんですか」

「額の傷を見てみろ」

生沢は、水谷の写真を指さした。続いて永沢、相沢、寺田と三年前に殺された順番で指さしていく。

「どうだ、違いが分かるか?」

「前の三人は……真っ直ぐひかれていますね。真っ直ぐというか、二本の線が正確に直角に交わっています」

「そうだ。まさに十字になっている。それが、水谷の場合はどうだ?」

「傾いてますね。正面からは、バツ印に見えるかもしれません」住友がうなずく。

「三年前の事件が全て同一犯によるものだと判断されたのは、この額の傷のためなんだ。犯人が、何らかの意図を持って傷をつけた……連続殺人の場合、犯人はどこかで自分のスタイルを守ろうとする、という説があるんだ」

「そうなんですか」住友が目を見開く。

「殺すこと自体に快感を覚えるような犯人の場合はな……俺は、この十字は犯人が残した『印』だと思っている。もしかしたら犯人は、捕まることを望んでいるんじゃないかと思っているんだ」

「まさか……」住友が啞然として口を開く。

「たまには、こういうこともあるんだよ。犯罪者というのは、微妙な心理の持ち主でね。実際、捕まった時にほっとする人間もいたよ。自分ではどうしてもやめられなくて、誰かに止めて欲しいと思ってたんだろうな」

「気味が悪い話ですよね」住友が、吸殻で埋まった灰皿に煙草を押しこんだ。「今回の件は……」

「お前はどう思う」生沢は逆に住友に訊ねた。「三年前の事件と今回の事件――同じ犯人だと思うか？」

「そう思います」少し自信なげだったが、住友が言い切った。「やはり、同じ傷ですよ」

「俺は、そうは思わないな」生沢は水谷の写真を手にした。見開いた目には何も映っていないはずだが……彼は当然犯人を見ているだろう。死んだ脳から記憶を取り出す方法があれば、と思った。「今回の傷は、少し綺麗な感じがする。具体的に言えば、前回三件の傷はどれもよく似ていた。釘の先で引っかいたような感じだろう」

生沢は水谷の写真を住友に渡した。住友が思いきり写真に顔を近づけ、凝視する。そのまま「確かに……傷が違いますね」と言った。

「だろう？」生沢はお茶を啜った。「今回は、もっと鋭い刃物でつけた傷に見えるんだよ」

すっかり短くなった煙草をもう一吸いし、新しい煙草を取り出してそこから火を移す。立て続けに吸って、少し喉がいがいがしてきた。ぐっと身を乗り出し、声をひそめて住友に告げる。

「情報漏れがあったのかもしれない」

「傷の件ですか？」住友がはっとした表情を浮かべ、写真から顔を上げる。

「ああ。三年前には公開されていなかった情報だ。それがどこかから漏れて、今回の犯人が、三年前の犯人の真似をしたとも考えられるんじゃないか」

「まさか……情報漏れって、我々の間からですか？」住友の顔からは血の気が引いていた。

「ま、あくまで考え方の一つだ。そういう可能性もあるっていうことは、頭の中に入れておいた方がいいな」生沢は会議室の中を見回した。「この中に、裏切者がいるかもしれないぞ」

「その情報を知った犯人が、警察に対する目くらましのために、三年前の事件を真似た……」

「この前の殺しの犯人も、今回と同一人物かもしれない。その時にはまだ、十字の傷のことを知らなかった、とかな」話しているうちに、どんどん現実味が感じられなくなっている。自分は空疎な理論を弄《もてあそ》んでいるだけだ、と生沢は思った。

「三年前と今、別の連続殺人犯が動いているってことですか？　渋谷に、そんな危険な人間が二人もいるんですかね」

「この街は……そうだな」生沢は、今度はまだ長い煙草を灰皿に押しつけた。「未だ発展途上ってところだろう。これからどんどん賑やかになると思うが、今はまだ混沌としている。だからこそ、犯人が暴れ回りやすいのかもしれない」

「ぞっとしませんね」

「だからこそ、さっさと犯人を捕まえないとまずいんだよ。たぶんこの街は、これから都内でも随一の繁華街になる。そうなったら、どんな風になるか、分かるか？」

「いえ……あの、どういう感じですかね？」

「通り過ぎるだけになるんだ。人が呑み食いするためだけに集まる繁華街では、事件を気にかけて注意する人なんかいないだろうが。呑み屋の噂話になるだけで、誰も用心しないだろう。犯人は、そこにつけ入るかもしれない。危険なんだ」

「そうですね」住友がうなずく。

「俺たちは犯人の挑戦を受けてるんだ」生沢は額を指さした。「こんなふざけた跡を残す人間は、絶対に死刑にしなくちゃいけない」

しかし、生沢の気合いは空回りし続けた。目撃者はなし。物証も出ない。犯行に使われたのは、刃渡りの大きいナイフと思われたのだが、犯人は現場から持ち去ってしまったようだ。

それ故、水谷本人の事情に絡む事件という可能性も捨てきれず、生沢と住友は、彼の周囲を捜査せざるを得なくなった。前科はなく、悪い評判も聴かなかったが、だからといって問題がないとは言い切れない。事情を聴くのは当然、ジャズ業界の人間が多く、普段よくつき合うサラリーマンや主婦とは違う感覚に苛々してしまう。ふざけているのか真面目なのか分からず、時には声を荒らげざるを得ないこともあった。

今回会っている植竹《うえたけ》というのは、比較的まともな方だった。戦後すぐに水谷とバンドを組み、進駐軍のキャンプ巡りをしていたというが、本人は比較的早くバンド活動を引退し、今は実家の酒屋を継いでいた。植竹は当然、水谷が殺されたことを知っており――新聞でも「元ジャズメン」として紹介されていた――二人が訪ねた時には、今にも泣き出しそうだった。

「葬式、どうするんでしょうか」生沢が話し始める前に、植竹の方から切り出した。

「奥さんが――元奥さんがようやく上京したんで、これから決めるみたいですよ」

「残念なことでした。最後、一人だったんですね」

「そうですね」アパートで独り暮らし……一人で住むには十分な広さだったはずだが、むしろ広いほど侘しかったのではないか。傍に誰かいれば……。

「どうぞ……あの、酒ってわけにはいかないでしょうけど、ジュースでもどうですか」

店先にはテーブルが置いてあり、酒を買った客がそのまま一杯立ち呑みできるようになっている。事件が起きて以来、酒を口にしていなかった生沢は、アルコールに対する渇望をはっきり感じたが、ジュースさえ断った。そんなことよりも、さっさと話題に入りたい。傍らでは、住友がもう手帳を広げていた。

「お仕事中申し訳ないですけど、ちょっと時間をいただきますよ」

「ええ。お役に立てれば……」植竹はあくまで控え目だった。

「水谷さんとは、いつ頃からのつき合いだったんですか？」

「昭和二十三年頃ですね。私が、水谷さんのバンドに加えてもらって」

「水谷さんは、戦前からやっておられたそうですね」

「ええ。我々にすれば大先輩なんですよ」

「当時は、儲《もう》かったでしょう」本当のブームだった頃、まだ子どもだったが、かすかに記憶がある。「この件があって思い出しましたよ。ラジオも、ジャズばかりでしたよね」

「そうでした。進駐軍回りは金になりましたしね」植竹が苦笑しながら答える。

「水谷さんとは、何年ぐらい一緒にやっていたんですか」

「十年ぐらいですね。あの、本当にジャズブームが凄かったのは昭和二十八年ぐらいからなんですよ。ジョージ川口《かわぐち》とかが出てきた頃で……私にとっても、憧れのドラマーでした」

「植竹さんもドラマーだったんですか」

「そうです。でもまあ、ジョージ川口が出て来た時の衝撃は、ちょっと上手く言えないですね。演奏だけじゃなくて、格好も。とにかく衝撃的でした。彼らは、物凄く稼いでいたと思いますよ。たぶん、月に四十万とか五十万のギャラを貰ってたんじゃないかな」

思わず目がくらむ。当時の大卒初任給の十倍どころではない……一年働けば家が建つ、という感じだったのではないか。

「あなたたちも、ずいぶん儲けたんじゃないですか?」

「まあ、当時はそこそこに。でも、人気のあるバンドは限られてましたからね。それに、ジャズコンブームは、そんなに長続きしなかったんです。すぐにロカビリーの連中が出てきて、追い出されました」

「ああ」生沢は思わず苦笑した。その辺になると、記憶に新しい。ロカビリーブームは、昭和三十年代の前半だっただろうか。警察官として駆け出しだった生沢も、あるコンサートの警備に駆り出されたことがあった。何でまた、女の子たちは、こういう煩いだけの音楽に夢中になるのか、とうんざりしたのを覚えている。今時のビートルズもそうだが、どうも自分は、流行の音楽とは相性がよくないようだ。

「流行《はや》り廃《すた》りは、仕方ないですよね。それで水谷さんも、見切りをつけたんです。戦前から長く活躍してきて、いいお年でもありましたしね」

「あなたも同じ頃に見切りをつけたんですか？」

「そうですね。親父が倒れて、家のことも何とかしないといけなかったし。若い頃に散々遊ばせてもらったから、しょうがないですよね」植竹が肩をすくめた。

「水谷さんは、誰かとトラブルを起こしていなかったですか？」

「とんでもない」大きく目を見開きながら、植竹が首を横に振った。「水谷さんみたいな人格者は、あの業界にはいなかったですから。本当にいい人なんですよ」

「店を始める時に、金の問題とかは……」

「それも聞いたことがないです。堅実な人でしたから、現役時代からちゃんと金は貯めこんでいたはずですよ。とにかく、誰かに恨まれるようなことはなかったはずです」

事情聴取は、そこで停まってしまった。植竹は水谷に今でも恩義を感じているのだろう、悪い話をまったくしようとしなかった。しかし特に庇っているわけではなく、今でも水谷に心酔している様子だった。やはり恨みの線は薄いという印象が強まるだけで、生沢は無駄足を踏んだとがっかりしてしまった。おそらく誰に聞いても、恨みの線は出てこないだろう。

帰途、生沢は思わず愚痴を零した。

「こんな捜査を続けても、いつまで経っても犯人にはたどり着けないぞ」

「そうですね……」生友が相槌を打つ。「やっぱり、通り魔みたいな感じなんですかね」

「だろうな」

「犯人は、闇の中に隠れているんでしょうか」

嫌な想像だった。同調はできなかったが、生沢は自分も住友と同じ感触を抱いているのを認めざるを得なかった。犯人は、こちらの手が届かない闇の中にいる……。

17

十分用心していたつもりだったのに、結局前田に摑まってしまった。この男の執念を舐めてはいけない、と長野保は猛省した。執念深さの根源にあるのが、父親に対する絶対的な服従というのは、まったく理解ができない。

翻訳の仕事の関係で、家にある資料を取りに帰ったのが失敗だった。家にいたのは、わずか十五分。しかも用心して、夜十時頃を狙ったのに、家を出たところで前田に声をかけられたのだ。

「お久しぶりですね」

この男は――と一瞬頭に血が昇った。俺の右腕を切り落とした男。それが平然とした表情で、軽く挨拶する。まるでつい昨日、笑って別れたばかりのように。

「何の用ですか」長野は意識して低い声を出した。

「ちょっとお願いしたいことがありましてね」

「お願い？」長野は思わず声を上げて笑ってしまった。片腕がない男に、何の頼みがある？　そもそも自分は、長野家の家系図から完全に消された人間ではないか。今さら何の話が……しかし長野は、自分に極めて冷静な一面があることを意識していた。怒りの感情を簡単に乗り越え、相手の声に耳を傾けた。

「少し話をしませんか」

前田が、アパートの前に停めた車に目をやった。クラウン——長野は瞬時に顔から血の気が引くのを感じた。三年前の悪夢が一気に脳裏に蘇る。あの時は、軽い気持ちで車に乗って、目が覚めたら右腕がなくなっていたのだ。

「車は遠慮します」

「今日は、私以外には誰もいませんよ」

「あなたのことを信用しているとでも思ってるんですか？　この世で一番信用できない人間がいるとしたら、あなただ」

「あの時はあの時で、他に手がなかったんです……それより、最近はどうしてるんですか」

「何とか生きてますよ。虫のようにね」

「何もしてないんですか？　仕事はしてるんでしょう？　それとも、何か別のことをしてるんですか」

こいつは……長野は前田の顔を凝視した。まさか、ずっと俺を観察してきたのか？　滝井と組んで果たした使命を、どこかで見ていたのか？　しかし、自分から確かめることもできない。

「何の話ですか」

「渋谷が、また騒がしくなっているようですね」

「私には関係ない……あなたたちの狙いは正しかったんですよ」長野は右腕を持ち上げてみせた。肘の先から、セーターの袖がだらりと垂れる。「こんな人間に、何ができますか」

前田の表情は変わらなかった。人殺しの腕を切り落とすぐらい、何でもないというのだろうか。前田の神経を逆撫ですることなど、不可能に思える。この件については、いくら話しても無駄だろう。

「どこか、話ができる場所はありますか」

部屋に上げるわけにはいかない。ここは自分の城——隠れ家であり、関係ない人間を入れたら、聖域が汚されてしまう。

「近くに、遅くまでやってる喫茶店がありますよ」

「こんなところに？」前田が目を見開く。

夜に生きる自分には馴染みの場所である。長野はさっさと歩き出したが、唐突に空腹を覚えた。喫茶店で軽く食事でも摂《と》ろう。最近の長野は、食事の時間がばらばらになっていた。深夜のパトロールが、規則正しい生活を狂わせつつあるのだ。

五分ほど渋谷駅の方へ歩いて、何度か入ったことのある店のドアを開けた。ビートルズの曲が流れ出してくる。今年はどこでもビートルズだな、とつい苦笑してしまう。結構好きなのだが、レコードプレーヤーを買ってまで聴こうとは思わない。それでも、ラジオのある店に入ると、しばしば彼らの曲を耳にする。何というか……激しいわりには抒情《じょじょう》的なのだ。メロディが分かりやすく耳に飛びこんでくる。

間もなく閉店という時刻なのに、店内は混み合っていた。煙草の煙が渦巻き、視界も霞《かす》んでいる。どうしてどいつもこいつも煙草ばかり吸うのか、と鬱陶しくなった。できるだけ煙たくない席を、と思ったが、店内どこへ行っても煙はついて回ってくる。仕方なく、窓際の席に陣取った。窓を開けられれば煙を逃がせるのではないかと思ったが、残念ながら嵌《は》め殺しだった。

前田は紅茶を、長野はコーヒーだけを頼んだ。煙草の臭いのせいで、食欲は失《う》せてしまっている。

「こんな時間にコーヒーを？」煙草を取り出しながら前田が訊ねる。

「遅くまで仕事してるんで」

「夜遊びが過ぎるんじゃないんですか——昔のように」

「あなたには関係ないことです」何が言いたいのだ……苛立ちばかりが募ってくる。前田が煙草をくわえたので、睨みつけてやると、一瞬視線がぶつかり合った。結局前田は、煙草をパッケージに戻してしまう。よし……急にまた食欲が戻ってきた。ささやかな勝利のご褒美として、ホットドッグを追加注文する。

「夜食ですか」

「私にとっては、昼飯みたいなものですね」

「こんな夜中に、いったい何をしてるんですか」

「読書」

それも嘘ではない。今の自分にとっては、本だけが友だちなのだ。滝井は……弟子ではある。しかし今や、言うことを聞かない弟子だ。先日の殺人以来、こちらを見下すような視線を向けてくることが多くなった。所詮あんたには右手がない。俺のような全能感は味わえないだろう……。

「熱心なことですね」

「これから一生、本を読んで生きていくんですよ。あなたたちのおかげで他にやれることもないですから」しかし、翻訳の仕事をいつまでやるかは分からない。永遠に続くものなどないことは、長野には分かっている。いつかは今の家を離れ、別の場所へ移ることになるだろう。その時に、同じ仕事を続けていけるかどうか。翻訳は自分のペースで好きな時間にできるから、合ってはいるのだが。

「家が危険な状態です」

「へえ」さりげなく返事をしたが、長野は鼓動が高鳴るのを感じた。父が病気でもしたのだろうか。あるいは兄が、急に「跡を継がない」と宣言したとか。それで自分にお鉢が回ってきたとしたら、お笑い種だ。

「金の問題なんですけどね」

「オヤジは、三代かかっても使い切れないような金を持ってるでしょう」

「それこそが、問題なんですよ」

結局前田は素早く煙草を引き抜き、火を点けた。忙しない吸い方を見て、珍しいな、と長野は目を細めた。焦っている……どんな時でも冷静沈着、取り乱さないことが秘書の仕事だと弁《わきま》えているはずの人間なのに。

「何が問題なんですか」

「入ってきた金の質に問題があります」

「意味が分かりませんが」

長野は椅子に背中を押しつけ、顔の前に漂う煙を左手で払った。前田の表情は暗く、解決のヒントがない問題に首を突っこんでいるのは明らかだった。

「ある人から金を受け取ったことを、嗅ぎつけられました」

「金なんか、あちこちから貰ってるでしょう。何か問題があるんですか」

「法律的にも政治的にも問題ありません。ただし、世間的には問題があるでしょうね」

「……要するに、法律違反をしていないだけで、実質的には賄賂《わいろ》、ですか」声を低くして長野は言った。

前田がちらりと目を上げ、素早くうなずく。そういうことか……長野は一人合点した。政治家に賄賂はつきものだ。政治家は権力を持っている。そして、金でその権力の一部を買おうとする人間がいても、おかしくはない。

「どういう金なんですか」

「それは、あなたに言う必要はないでしょう」

「頼みごとがある割に、条件がよくないですね。そんなことじゃ、話は聞けませんよ」長野は鼻を鳴らした。

「あなたが一番得意なことで、手を貸して欲しいんですけどね」

長野は、頬がぴくりと動くのを意識した。人を殺せと？　そんなことを勧めたら、殺人の教唆《きょうさ》になる。しかし前田の表情は真剣で、冗談を言っている気配はなかった。

「さあ、どうしましょうかね」

飲み物とホットドッグが運ばれてきて、会話は中断した。長野はわざとゆっくり、ホットドッグを噛んだ。この店のはいつも少し焼き過ぎで、必ずパンに黒い焦げ目がついている。ただし、焦げ目が生み出す香ばしさが、長野の好みではあった。ケチャップの甘みと酸味を味わいながら、無言を貫いて食べ続ける。その間も、前田の言葉の真意を考え続けた。

前田も無言で、煙草をふかしながら紅茶を飲んでいる。ゆったりした態度を装っているが、やはり焦っているのは分かった。煙草を吸う速度が速い。あっという間に二本を灰にしてしまった。

ホットドッグを食べ終え、コーヒーに砂糖とミルクを加える。ゆっくりと一口飲んで、

「で？」と短く訊ねた。

「世の中には悪い奴がいるものでしてね」

「例えばオヤジとかですね」

「そんなことはない」真顔で前田が否定した。「先生は、日本のことを考えて仕事をしておられる。ところが、そういう志《こころざし》を無視して、些細《ささい》な問題にこだわる人間がいるんですよ。しかもそれを、金儲けにつなげようとしている。そういうのは、間違っていませんか」

「オヤジが悪いことをしているなら、規模の大小には関係ないでしょう」

「この男なんですがね」前田が背広の内ポケットから一枚の写真を取り出し、テーブルに置いた。粒子の粗い写真で、煙草を吹かす男の横顔を捉えている。角刈りに近い短髪に白いワイシャツ。ネクタイは緩めて、少しだらしない格好になっている。右肘をカウンターについており、そのすぐ横にはグラス……どこかの呑み屋だろうか。

「何者ですか」写真を手に取らず、見下ろしたまま長野は訊ねた。

「根岸《ねぎし》という男です。根岸俊郎《としろう》」

「聞いたことがない名前ですね」

「表には出てこない人間ですから。出てこられないと言うべきか」

「裏社会の人間ですか」そういう面倒な人間は相手にしたくない。自分がターゲットにするのとは、別種の人間だ。

「そういうわけではないんですが……トップ屋というのは知ってますか？」

「ああ、週刊誌に記事を書いたりする……」

「売り上げのためには、適当なスキャンダル記事を平気ででっち上げるような連中ですよ。ジャーナリストとは言えない、単なる売文屋です」

「そういう人がいて、雑誌も成り立っているんですけどね」

「まあ、世の中には雑誌も必要でしょうから、存在自体を否定はしません。先生があることないこと書かれるのも、仕方ないとは思います。いわば、有名税ということですね。しかし、それ以上のことになると……」

「それ以上？」

「この男は、先生を脅したんです」

何と、何と。長野は大笑いしたい気分だった。あの誰をも恐れない父を脅すような人間がいるとは。身の程知らずにもほどがある。

「金でも要求してきたんですか」

前田が無言でうなずいた。根岸俊郎——世の中には本物の阿呆がいるわけだ。この名前は覚えておこう、と長野は思った。

「こういうことですか」長野はようやく根岸の写真を手にした。少し酔った様子で、目がとろんとしている。隠し撮りしたのだろうが、その割にはよく撮れている。「オヤジが、本来受け取ってはいけない金を手にした。それを、トップ屋の根岸が嗅ぎつけた。書かない代わりに金を出せと要求してきた——要するに、恐喝《きょうかつ》ですよね」

「さすが、頭の回転が速いですね」

「あなたに褒められても、うれしくも何ともない」長野はぴしりと言った。前田の慇懃無礼な態度には飽き飽きしている。「恐喝なら、警察に行けばいいでしょう」

「行けないんです」

その一言で、長野の頭はまた素早く回転した。

「つまり、オヤジが受け取った賄賂は、かなりまずい性質の物なんですね？　警察や検察に知られると、政治生命にかかわるような」

「仰る通りです」

「そんなに大きな問題だったら、根岸が書かなくても、いずれは外に漏れるんじゃないですか」

「根岸さえいなければ、当面の危機は回避できるんですよ。この男は人間のクズだけど、トップ屋としての腕は確かで、かなり深い情報を正確に摑んでいます」

「根岸を黙らせることができれば、何とかなるんですか」

「他の穴は全部塞げます。一番大きな穴が塞がれば、先生も安心できるでしょうね」

「私が、オヤジのために何かすると思っているんですか？　こんなことをした人間のために？」長野は右腕を上げて見せた。シャツの袖が折れて、だらりと垂れる。「利き腕をなくした人間がどんな思いをするか、オヤジには分からないだろうな」

「命じたのは先生ではありませんよ」冷静な口調で前田が言った。「私が独断でやったことです。もちろん先生と、長野家のために、ですが」

「それが今、突然方針が変わって頭を下げにきたんですか」長野は腕組みをした。暗い喜びが湧き上がってくる。「そういうことをして、恥ずかしいと思わないんですか?」

「先生のためなら、どんなことをしても恥ずかしいとは思いませんね」前田があっさり言った。「すべては先生のためなんです。そのためなら私は、どんなことでもしますよ」

「クソみたいな覚悟ですね。私が新聞にでも話しましょうか? そうすれば、オヤジは破滅だ」

挑発的に言ってみたが、前田の表情はまったく変わらない。この精神力にだけは敵わない、と正直に思った。

「とにかく、覚悟はあります。だからあなたに会いに来たんですよ」

「そういうことを頼むなら、もっと相応しい人がいるでしょう」日本に殺し屋がいるかどうかは知らないが、暴力団にでも頭を下げればいいのではないか。父は、そういう方面にも顔が利くはずだ。

「こういう情報は、無駄に拡散しないことが肝心でしてね。あなたが何を言おうとしているかは分かりますけど……そういう相手に頼むのは、むざむざ弱みを広げてしまうようなものですよ」

「それで? 私には何のメリットがあるんですか」

前田が紅茶を一啜りし、指先で燻《くすぶ》っていた煙草を灰皿に押しつける。何かを躊躇っているのは明らかだった。できれば言いたくない——しかし秘書としての忠誠心が、その戸惑いに勝ったようだった。カップをゆっくりとソーサーに戻して、口を開く。

「私には、あなたがやっていることが理解できない。容認もできません。社会的にも許されることではないと思う」

「代議士のために人を殺すのはいいんですか？」

「意味のあることです。あなたが今までやってきたことにも何か意味があるんですか？」

一瞬間を空けた後、長野は素早くうなずいた。それを見た前田が急に蒼褪める。

「分かりました。この件では議論しません。頭がおかしくなりそうだ」

「私は議論してもいいんですよ。あなたを納得させられる自信もある」

「無理です」前田がゆっくりと首を横に振った。「これは理屈じゃない……生まれた時から、自然に身に備わった倫理なんです」

「そんなものは、いくらでも覆《くつがえ》りますよ。例えば今、戦争中だったら、あなたは呑気なことを言っていられますか」

「今は戦争中じゃない」

「仮に、の話です。思考実験みたいなものじゃないですか。だから——」

「この件では議論はしません」前田が少しだけ声を荒らげて繰り返した。「私はあなたに仕事を依頼する。受けるかどうかはあなた次第で、その気持ちを話し合うつもりはありません。問題は、やるかやらないかだけだ」

「それで、私のメリットは？」長野は繰り返して質問した。本当は、こんなことを話題にする必要もない。目の前に獲物がぶら下がっているのに、どうして躊躇う必要がある？

一つだけ、理由を思いついた。根岸は年を取っていない。むしろ働き盛りの四十代、というところだろう。本来、自分が狙うべき相手の二つの条件のうち、一つは満たしていない。ただしもう一つの条件——社会のゴミであるのは間違いないだろう。ただ金のために、あることないこと書いて——父が迷惑を被るかどうかなどはどうでもいい。いない方がましな存在なのは間違いないのだ。

「報酬は出します」

「必要ないですね」そこそこの生活を保てるぐらいの収入はある。金に釣られるつもりはなかった。

「貰える時に貰っておいた方がいいですよ。金は、いくらあっても邪魔にはならない」

「そういう考えでいたから、オヤジは窮地に陥ったのでは？」

「これぐらいのことでは、窮地とは言いませんよ」前田が薄く笑った。

「私に頼んでくるぐらいだから、窮地と言っていいんじゃないですか。もう他に手がないんでしょう」

「私はむしろ、あなたのためにやっているんですけどね」

「私のため？」

「ガス抜きですよ。たとえ右腕を失ったとしても、あなたの欲望が消えるわけではないでしょう。左腕一本でもできるはずだ。私が許可を与えます。好きにやってみたらどうなんですか」

「そういうライセンスを発行する権利は、あなたにはない」

「法的な問題じゃないんですよ、これは」前田がうなずいた。「私が、あなたのたがを外してあげよう、と言っているんです。こういう許可を貰えれば、自由に動けるんじゃないですか」

クソ野郎どもが……自分の都合で俺を利用しようとしている。

前田との三十四分に及ぶ面会を終えた後、長野は怒りが腹の底で燻るのを感じた。むしろ今、本当に殺したいのは前田である。クソみたいなオヤジに仕える、クソみたいな秘書。あいつこそ、社会の害悪ではないか。

しかし、前田が自分の心に新たな火を点けたのは間違いない。もちろん前田には、殺人を許可する権利はないが、彼の一言で、燻っていた炎が再び燃え上がったのだ。殺したい……その欲望は、他のことに置き換えるわけにはいかない。

殺しに勝る快感はない。

いつの間にか「快感」と認めてしまったことに気づき、長野はたじろいだ。本来殺しは、長野にとっては「ゴミ掃除」の手段である。自分はゴールドマンとは違うのだ。ただ快楽のために人を殺しはしない——。

日付が変わる頃になると、渋谷でも駅から少し離れたこの辺りの闇は濃くなる。一人寒さに耐えながら歩き、考え事をするにはいかにも適していた。自然に背中が丸まってしまうが、それも意識を内へ内へと向けさせるのに役立っているようだ。

殺しに快感を覚えたことはなかったか？

ある。

いや、必ずあった。毎回快感の波が押し寄せ、全身を包みこんで恍惚《こうこつ》となる。セックスなどとは比べ物にならない。しかし今、自分はその快感を手に入れられない。滝井を使えば、同等の快感が得られるのではないかと思ったが、人の殺しを見るのは、ポルノを鑑賞しているようなものだった。現実味がまったくない。しかも滝井は、自分が指導した殺しの後、急に態度が大きくなった。いろいろ教えてやったのにそれを無視し、一人でさらに殺しを続けようとしている。

これは危険な兆候だった。滝井は迂闊《うかつ》過ぎる。警察は馬鹿ではない。調子に乗って、用心せずに犯行を続けていたら、そのうち必ず尻尾を出すだろう。もしも逮捕されたら、長野の名前を出す可能性も高い。それだけは避けねばならなかった。

自分の見立ては誤っていた、と認めざるを得ない。滝井は、そこまでの人材ではなかったのだ。自分が運命を共にする相手としては実力不足だった。

そう……少し前から、滝井の存在が大きな問題になりつつあった。問題どころか障害だ。自分を蔑み、疎ましく思うだけならどうでもいい。無視して、二度と会わなければいいだけの話だ。姿を隠すのは得意技だし……だが滝井が何を考えているか、心の一番深い部分までは読めなかった。想像はできる。あの男はいつか、自分を殺そうと思っているのではないか。滝井こそ、長野を障害だと考えているかもしれない。自分が一段大きな存在になるためには、師匠、あるいは父親を殺す必要があるだろう。

死ぬことは怖くない。例えば今、突然車が突っこんできて跳ね飛ばされても、悔しいとは思わないだろう。余命半年と言われるような病気が見つかっても、どうでもいい。淡々と今まで通りの暮らしを送るだけだ。

しかし、殺されたくはない。

いずれ、滝井は排除しなければならないが、単純に殺すのは難しいだろう。滝井も、長野との間に生じた緊張を感じ取って用心しているはずだ。隙を作るために、今回の前田の依頼を利用できないだろうか。

できる。こういうのはいくら考えても駄目で、アイディアが浮かぶ時には一瞬で浮かぶものだ——今がまさにそうだった。少し複雑過ぎる計画にも思えたが、今のところ、これが最善のようだ。あとは穴を埋め、危険をできるだけ排除し、やるしかない。

危機を好機に変える。

そして多分、俺の生活はまた変わる。

変わらないのは、人を殺したいと思う欲望だけだ。そして「声」も囁き続ける。自分の欲望に素直になれ。お前の欲望は、神の意志そのものだ。

18

自宅ではなくどこか外で会いたい、と長野に言われた時、その子は嫌な予感を抱いた。育男には聞かれたくない話があるのだ、と直感する。育男ももう中学生、大人の話も分かるようになってきている。耳に入れるわけにはいかないのだろう。

その子の仕事が休みだったある午後、二人は山手線のガード近くにある薄暗い喫茶店で落ち合った。電車が通り過ぎる度に、軽い震動と騒音が襲ってきて、話がし辛くなる。だが長野は、多少煩いその環境をむしろありがたがっている様子だった。他の客に気兼ねなく話ができる。

「この前の手紙……ありがとうございました」長野がいきなり頭を下げる。

「前田さんは……」

「来ましたよ」

その子は胸がかすかに痛むのを感じた。自分の忠告は役に立ったのだろうか。目の前の長野は、穏やかな表情を浮かべている。たぶん何もなかったのだろうと、自分を安心させようとした。

「前田さんとはちょっとした話し合いをしましたけど、大したことはないですから。ご心配なく」

「厄介なことにならなかったんですか」

「厄介と言えば厄介ですけど……大したことはないです」長野が繰り返した。

「本当に？」

「その子さんが心配するようなことじゃないですよ」長野が笑みを浮かべる。「私一人で、十分対処できます」

「そうですか」その子はゆっくりと息を吐いた。ひどく緊張していたことを、改めて意識する。

「それより今日は、ご報告と相談があるんです」

「何でしょう」その子は両手を揃えて腿に置き、背中を伸ばした。

「引っ越そうと思っています」

「何か問題があったんですか？」

「いや、そういうわけではなくて……環境を変えたいだけです。実はうちのアパートの裏で工事が始まって、煩くて仕方ないんですよ」

「そうなんですか」

うなずき、長野がコーヒーを一口飲んだ。そう言えば、少し顔色が悪いようだ。元々神経質な人だから、工事の騒音でストレスが溜まっているのかもしれない。

「昼間、ものすごい音で工事をしてるんで……今、翻訳の仕事は夜にやって、昼間は寝てるんです。工事のせいで、最近ずっと、寝不足なんですよ」

「それは大変ですね」

「まあ、気分転換の意味もありますけどね」

長野が蒼白い顔に笑みを浮かべる。昼夜とも家に籠り、日光に当たることもないから、こんな顔色になっているのだろう、とその子は思った。

「それで、どちらへ引っ越すんですか」

「まだ決めてないんですけど、今度はちょっと遠くへ行こうかと思います。東京を離れるかもしれません。だから今後は、育男君の家庭教師もできなくなります……育男君には、そのように伝えておいてくれませんか」

「それは構いませんけど……こちらも、いつも甘えるだけなので」その子はさっと頭を下げた。

「とんでもない。こちらこそお礼を言わないといけないと、ずっと思っていたんです」

予想もしていなかった言葉に、その子は戸惑いの表情を浮かべた。長野の表情は相変わらず穏やかで、邪気を感じさせない。

「あなたたち親子は、私をまともな世の中につなぎ止めておく、たった一つの存在だったかもしれない」

「まともって……」

「ああいう、訳の分からない家庭で育つと、ひねくれるんですよ」長野が皮肉っぽい笑みを浮かべた。「兄のように抑圧されて、ひたすら父のイエスマンになるか、私のように反発して家を出るか。どちらにしても、健全な家族とは言えない。しかも私の場合、この腕の問題がありますから……社会から隔絶されたようになって、一人きりで英語を読むだけの毎日ですから、頭がおかしくなっても不思議じゃない。でも、あなたたちがいてくれたおかげで、何とかまともな精神状態を保つことができたんです」

「そんな……」

「その子さんはどうですか」

「どうって、どういう意味ですか」質問の真意が読めず、その子は聞き返した。

「これからどうしますか」

「それは……」その子はコーヒーカップに手を伸ばしかけたが、結局引っこめた。将来のことは何も考えていない。自分のことは当然ながら、育男のことについても。何とか高校だけは出してやりたいので、それまでは必死に頑張るつもりでいたが、その先のことまではまったく頭になかった。

「今の仕事は、どうですか」

話が急に変わり過ぎて、その子は思わず口をつぐんだ。長野の真意が読めない。

「喫茶店の仕事は、あなたに合っていますか？」

「そうですね」その話か……ほっとして言葉を継ぐ。「今は働いている時間もそれほど長くないし、小遣い程度のお金を稼ぐには、悪くない仕事です」

「きつくはないですか」

「それはないです」銀座で働いている時の方が、よほどきつかった。あの頃……終戦からわずか数年で夜の社交界は復活しつつあり、金と名のある人たちが集う場として、銀座は賑わっていた。その子が勤めていた店も、一見《いちげん》のサラリーマンが来るようなところではなかったので、得意客に対して失礼がないか、常に緊張していた。実際、毎日ぴりぴりして、胃を悪くしてしまうこともよくあった。それに比べて、昼間の喫茶店の仕事は楽だ。客層は学生や若いサラリーマン。彼らが落とすお金などたかが知れているが、喧嘩が起きるわけでもなく、払いをつけにした上に踏み倒す客など一人もいない。それに最近は、コーヒーを淹《い》れるのが面白くなってきていた。

「自分で店を開こうとは思いませんか」

「まさか」その子はひと言で否定した。「お店を開くには、相当お金がかかりますよ。それに今は、どこもかしこも喫茶店ばかりで、商売も大変ですから」

「駅前の立地のいいところなら、客はいくらでも入るでしょう」長野が店内を見回した。「この店だって、それほど綺麗でもないし、電車が煩いのに、客は一杯入っている。駅のすぐ近くにあるからですよ」

「そうでしょうけど、そういうところに店を出すのに、どれだけお金がかかるか……私には無理です」

考えたことはあった。今は友人の好意で働かせてもらっているだけだが、ここが自分の店だったら、と夢想することもある。人を使わなくてもいい。自分一人で切り盛りできるような小さな店の方がいいかもしれない……それに、そういう店があれば、自分に何かあっても育男に残してやるものができる。

「その金、私に出させてもらえませんか」

「駄目です」その子は即座に否定した。確かに今まで、金銭的な援助を受けたこともある。しかし、店を出すための金となると、桁違いの額が必要だろう。そこまで甘える理由が、その子には見つけられなかった。

「いいですか、父はいつまでも元気でいるとは限らないんですよ。もしも父が死んだら、金銭的な援助は間違いなく打ち切られる。そうなったら、その先はどうするつもりですか」

「それは……その時に考えます」確かに、体調が悪いという話は気になってはいたが。

「父は、あなたにひどいことをしてきたと思う。育男君を認知はしたけど、金銭的な援助は最低限だった。それも、嫌々です。大物ぶってますけど、基本的にはただのケチな男なんですよ」長野の表情に、意地悪な笑みが浮かぶ。「そろそろ、あの男との縁を切ることを考えた方がいい」

「どうしてそういうことを言うんですか」

「父を苦しめたいからですよ」長野がコーヒーを一口飲んだ。だいぶ苦かったのか、すぐに水を口に含む。「父にとって、あなたたち親子は面倒な存在だったかもしれない。でも、父も年を取りました。周りにはまだ人がいるけど、寂しさを感じていないわけがないんですよ。あなたたちが縁を切れば、それが後からじわじわ効いてくる……あの男は、いろいろな人を利用するだけ利用して捨ててきた。でも、自分が捨てられたことはないんです。どうですか？　店を出して経済的に独立すれば、あの男との縁を切れますよ。それとも、まだ愛情を感じているんですか？」

その子は思い切り首を横に振った。あの男を愛したことなど一度もない。ただお金でつながっていただけ……妊娠が分かった時には、自分の中で日々大きくなる生命の存在に耐えられないと恐怖を覚えた。実際には、育男には生まれてきてもらって感謝しているが——何しろ自分にとっては、たった一人の家族である。

「こういうことでどうでしょう。私は、その子さんの店の開店資金を用意する。貰うのが心苦しいというなら、店の売り上げの中から、毎月いくらかでも返してもらうということで……千円、二千円でもいいんですよ。それともう一つ、引っ越しの時に、保証人になってもらえませんか？　今は仕事もあるし、問題ないでしょう」

「それは構いませんけど……でも、そもそもお店を出せるほどのお金があるんですか？」

翻訳の仕事がそれほど儲かるとは思えない。勘当された時に、実家からどれぐらいのお金を渡されたかも分からなかった。もしかしたら、特別な臨時収入でもあったのだろうか。

「そこは、その子さんが心配するところじゃありません」

長野の顔が、一瞬険しくなる。彼の誇りを傷つけてしまったかもしれない、とその子は悔いた。しかし長野の表情は、すぐに穏やかに戻った。

「とにかく、考えてくれませんか。その子さんがやる喫茶店なら、きっといい店になるだろうし、私も金を寝かせておくだけではつまらないですから。金なんて、使わないと生きないでしょう」

「長野さん、変わりましたか？」

「どうしてです？」長野は左腕で頬を撫でた。まるで変わってしまったのは自分の顔ではないかと心配するように。

「何か、前向きな感じがします」

「気分的な問題だと思いますけどね。私にもたまにはいいことがあるんですよ」

そういうことなら、素直に受け入れてもいいかな、と思った。長野の気持ちを上向かせることができるなら、自分で商売を始めてもいい。それで、これまでの恩に報いることができるなら、一石二鳥ではないか。

19

相手を徹底的に調査して行動パターンを探り出し、隙を見つける——念入りな尾行で、長野は神経を磨《す》り減らす毎日を送っていた。しかし三年前は、こうやって殺す相手の真の姿を知ったのだ。やっていることは、その時と同じである。より入念なだけだ。

年が明けて、一九六五年。オリンピックの興奮は、速やかに過去になりつつあったが、東京の変身は終わることなく、今もざわざわした空気が流れている。長野が最も好む雰囲気なのだが、そこに身を置き、味わっている暇もなかった。

根岸俊郎は、行動のパターンが摑みにくい生活を送っている。ひと月ほど尾行を続けてみて、パターンと言えるようなパターンがないことが分かっただけだった。

仕方なく、長野は高木から情報を仕入れることにした。高木の出版社は雑誌を出しておらず、彼自身もその方面に関しては素人と言ってもよかったが、それでも同じ業界内の話である。どうして長野がそんなことを知りたがっているのか、理由も聞かずに情報を集めてくれた。殺した後で、自分の行動に疑いを持つ人間がいるかもしれないが、その時はその時で考えよう。

根岸は、何人かのトップ屋とチームを組んで、「週刊ニッポン」を主戦場に活動している。他のトップ屋に指示を飛ばし、記事をまとめるキャップ役である。それ故、自分では現場での張り込みやインタビューをせず、むしろ出版社に籠っている時間が長いようだった。特に、校了になる木曜日とその前日、水曜日には、ほとんど会社に泊まりこんでいるらしい。木曜日の校了作業もしばしば日付が変わるまで続くようで、明け方になって会社を出ることも珍しくなかった。

それ以外の時間に何をしているか……まったく決まりがない。日曜日は基本的に会社へ行かないが、それでも渋谷の自宅を出て人と会うことが少なくない。長野が尾行・監視していた一月の間に家にいたのは、正月の三が日だけだった。大晦日も会社にいたぐらいで、よく働く男なのは間違いない。もっとも、仕事ばかりかと思えば、平日の昼間に突然映画を観に行ったりするので、ますます狙いにくく感じた。ひたすら後をつけて、隙ができた時に狙うというのは、あまりにも効率が悪いし、偶然に頼り過ぎだ。それに一人きりの時間があまりないのも、長野にとっては不利な条件である。他の人間と一緒にいる時は、絶対に襲えない。二対二の争いにでもなったら大騒ぎになるだろうし、その場合、右腕がない自分は、戦力として計算できない。

あくまで滝井一人にやらせ、その後、自分が必要な処置をする——その方針だけは変えるつもりがなかった。

一月十一日、月曜日。この日根岸は、一度神保町《じんぼうちょう》にある出版社に顔を出してから、昼過ぎに同僚のトップ屋らしき人間と外に出て来た。近くの蕎麦屋で食事……その後、渋谷で映画見物。正月映画、三船敏郎《みふねとしろう》の『侍《さむらい》』だった。長野もほぼ満員の映画館に入りこみ、何とか根岸の近くに席を取って観察を続けた。

彼は、特段映画好きではないとすぐに分かった。映画館には、寝不足を解消するために来ているのだ。その証拠に、上映が始まるとすぐに頬杖をついて目を閉じ、身じろぎもしなくなった。わざわざ金を払って睡眠を取るのもどうかと思うし、大音量が鳴り響く中で平気で眠れる神経が理解できない。

根岸の経歴は、曖昧にしか分からなかった。戦時中に召集はされたが、国内にいるうちに敗戦を迎え、実際の戦闘には参加していない。その後いろいろな仕事を転々としたようで、雑誌に記事を書くようになったのは、この五年ほどのことだ。トップ屋は、世間に華々しく顔を出すわけではないが、その存在は業界内でも一目置かれているようで、「週刊ニッポン」専属のような形になっている現在も、他からの仕事の誘いが絶えないという。

問題は、本当に誰かを恐喝するようなタイプかどうかだ。無条件に、誰でもいいから殺すわけにはいかない。そういうのは、主義に反するのだ。

根岸を観察すると同時に、長野は高木以外の伝を使って、彼の評判——裏の評判を探り始めた。するとほどなく、前田が説明したよりも、はるかに悪質な人間だということが分かってきた。起訴されなかったものの、昭和三十四年には恐喝容疑で逮捕されている。その他にも、警察沙汰になっていない事件が何件かあった。どうもトップ屋というのは表の顔のようで、手に入れた情報を使って人を脅し、金を巻き上げる悪事を常態的に行っているらしい。

排除して然《しか》るべき人間だ。明らかに、世の中には必要ない人間。警察の手を煩わせることもない。自分が、正義のために動けばいいだけだ。本来の標的より若いのは気になったが、年を取っても変わることはないだろう。

翌週の月曜日、根岸はまた映画を観に行った。月曜日には映画が定番なのだろうかと訝りながら、長野もつき合う。今回は、公開されたばかりの『飢餓海峡《きがかいきょう》』。内容に興味はなく、あんぱんを食べ、牛乳を飲んで腹ごしらえしながら時間を潰す。二つ間を置いた席に座った根岸は、今回も居眠りをしていた。

馬鹿馬鹿しい。つき合う意味はなかったなと思いながら、長野はあんぱんを食べ終えた。パンは、右手のない自分にとって、非常に大事な食べ物である。片手だけでも食べられる総菜パンを食事代わりにしてしまうこともしばしばだった。

がさがさ言わないように紙袋をそっと畳んでコートのポケットに突っこみ、ちらりとスクリーンに目をやる。高倉健《たかくらけん》と三國連太郎《みくにれんたろう》、伴淳三郎《ばんじゅんざぶろう》が列車の前に立っている……これは何のシーンだろうか。どうせ筋を追うわけではないのだから、気にしても仕方ないと自分に言い聞かせ、根岸の席に目をやる。ちょうど、空いていた隣の席に他の客が腰を下ろすところだった。映画が始まってから三十分も経つのに今ごろ席につくとは、何とも無礼な客だ……と思ったが、根岸の動きが気になる。座った男にちらりと視線を投げ、うなずきかけたのだ。

知り合い？

もちろん、映画館の中なので会話はないが、根岸が男の方にぐっと身を傾けるのが分かった。暗い中、必死に目を細めて見ると、座った男から何かが渡されたのが分かった。大きい物ではない……手と手が触れ合ったと見えた瞬間には、根岸は腕を引っこめていた。かすかに、しかし間違いなく何か白い物が見えた。

折り畳んだメモだ、と長野は判断した。根岸は、この映画館を情報のやり取りの場所として使っているのかもしれない。目立たない、上手い手だが、それならもっと流行っていない映画を選ぶべきだ。混んでいたら、相手が根岸に近づけないこともあるのだから。

長野は二人の様子を横目で見続けた。後から来た男は、ベージュのコートを着たまま、両手をポケットに突っこみ、背中を丸めてスクリーンを凝視する——振りをしている。おそらく、来てすぐ出て行くと周りの人に不審に思われる、と計算しているのだろう。ただ、妙に焦っている様子は窺えた。足を何度も組み替えて貧乏揺すりをし、上体も小刻みに揺らしているのだ。実際、長野が確認しただけで、腕時計を二度、覗きこんだ。

結局男は、九分しかその場にいなかった。わざとらしく腕時計を見ると、根岸に向かって軽く頭を下げ、席を立つ。腰を低くし、並びの列に座る人たちに手刀を切るように詫びながら、通路へ出て行った。

長野もすぐに立ち上がり、男が消えたのと反対側の通路に向かって歩き始める。コートのポケットの中で、あんぱんを入れていた紙袋ががさがさと音を立てる。集中して映画を観ている人には迷惑だろう。申し訳ないと思いながら、できるだけ急いでロビーに出た。いた。男は背中を少し丸めたまま、外へ向かっている。見逃すことはないと安心して、ベージュ——実際にはほとんど白だった——のコートを目印に追うことにした。

男は真っ直ぐ駅へ向かって歩き、山手線に乗った。今日は最高気温が八度ぐらいあり、電車に乗ると暑いぐらいである。しかし男は平然とした様子で、コートのボタンも全部留めたままだった。どこまで行くのか……新宿で、ホームに押し出される人の波に呑まれて降りた。駅を出ると、新宿通りをゆっくりと歩いて行く。山一證券《やまいち》、三井《みつい》銀行の前を通り過ぎ、伊勢丹《いせたん》に一瞬寄るかに見せて、窓を覗きこむ。危ないな……尾行されているかどうか、確かめているようにも見える。片腕しかない男は目だつだろう。長野は右腕を、コートのポケットに深く突っこんだ。ただしこれは、やり過ぎると右肩が下がって不自然に見えてしまう。

結局男は、長野に気づいていないようだった。窓に自分の姿を映して、髪の乱れでも直したのだろう。それはそうだ……まるで女のような長髪である。ビートルズが阿呆な大人たちに嫌われたのは、耳が隠れるほどの長髪も原因だったようだが、この男の場合はあんなものではない。肩に触れんばかりに長く伸ばしており、後ろから見ると、まるでちょんまげを解いたようだった。相当変わった人間だぞ、と長野は警戒心を強めた。

緊張したまま尾行を続ける。男は伊勢丹を通り過ぎると、路地を左へ折れた。伊勢丹は堂々として、新宿駅東口のシンボルになっているのだが、一本裏路地に回ると、まだバラックのような建物が目につく。長野が続いて路地に入ると、小さな雑居ビルの前にいる男を見つけた。ホールに消えるのを見届けて駆け出す。エレベーターは三階で停まったところだった。

一歩引いて、ビルの脇にかかっている看板を見上げる。「三旗《みつはた》商事」「江上弥太郎《えがみやたろう》商店」「池島克弥《いけじまかつや》事務所」……男が消えた三階にあるのは、「新宿新法律事務所」だけだった。

なるほど……一つ筋がつながったような気がする。しかし上手く運ばないと、さらに面倒なことになるかもしれない。長野は公衆電話を探して、新宿駅の方へ戻り始めた。

「確かに、新宿新法律事務所は、片岡《かたおか》先生の事務所ですね」

二日後に落ち合った前田の顔は暗かった。一方長野はもう落ち着き、この状況を面白がる余裕もできていた。

「片岡先生は、今でも事務所の代表なんですか」

「いや、もう手を引いています。表向きはね」

先日、殺しの依頼をされた喫茶店。前田はコーヒーカップを摑もうとしたが、手が震えて上手くいかない。かたかたと小刻みな音が耳障りで、長野は思わず眉を顰《ひそ》めた。音がしなくなったのでカップを見ると、前田はコーヒーを諦めて手を引いていた。

「片岡先生は確か、当選五回目でしたね。もう中堅議員だ」

「そうです」

「別名、国会の爆弾男」

「そんな風に揶揄《やゆ》されてもいますね」前田は渋い表情だった。

「要するに、あの人は何がしたいんですか?」

「最終目標は決まってますよ。総理大臣になることです。政治家になった以上、誰でもそれが目標でしょう」

長野は思わず鼻を鳴らした。馬鹿馬鹿しい……総理大臣はしばしば交代する。それとも政治家は、自分が総理になったら、長く権力を摑んでおけるものと信じているのだろうか。だとしたら阿呆、というか妄想家だ——自分の父も含めて。

「長髪の男が何者か、分かりましたか」

「景山《かげやま》という人間のようですね。調査員という肩書で、あの事務所に出入りしている」

「本当に何か調査をしているんですか？」

「その能力はあるでしょうね。特高《とっこう》上がりのようです」

嫌な言葉だ……長野は思わず顔が歪むのを感じた。自身が特高の取り調べを受けたわけではもちろんないが、後から話を聴くにつれ、非人道的な取り調べが跋扈していた時代があるのを知り、嫌な気分になったものである。自分のように使命を持っていたわけではなく、ただ仕事として残酷になっていただけ……。

「ということは、結構いい年なのでは？」

「そうですね。四十代半ば、という感じでしょうか」

「それであの長髪？　おかしいですね」若者が髪を伸ばすなら、分からないでもない。年長の世代に対する反発と挑発だ。実際自分も、家を出た時から髪はかなり長く伸ばしている。景山ほどにならないのは、あまりにも伸び過ぎると、片手で頭を洗う時に上手くいかないからだ。

「いや、あれはかつららしいですよ。変装です」前田が低い声で打ち明けた。「正体を隠しているんです。髪型が変わると、印象も大きく変わるでしょう」

「なるほど……しかし、あの髪型はないですね。馬鹿みたいだ」長野はコーヒーを一口飲んだ。軽い調子で話してきたのだが、前田の顔色は依然としてよくない。景山の——というより片岡の存在に引っかかっているのは明らかだった。

「今回の件も、筋が読めてきたんじゃないですか」

指摘すると、前田がすっと顔を上げる。長野は、ともすれば表情が緩みそうになるのを抑えながら、自ら説明した。

「要は、爆弾男の片岡先生が、今度は陰でオヤジを狙ったということでしょう」

「恐らくは」

「同じ党でしょう？　そういうことが許されるんですか」

「片岡先生にとっては関係ないんでしょうね。自分の名声を上げるためには何でもやる」

「筋書きは、こういうことでしょう」長野は頭に浮かぶままにすらすらと喋った。「恐らく最初にオヤジの金の問題を掴んだのは、片岡先生だ。彼にすれば、オヤジを表舞台から引き摺り下ろす、いい材料です。この情報をどう使うかですが……捜査機関、検察や警察に持っていくことも考えたとは思うけど、今回はマスコミを使うことにした。雑誌に書かせて、それをきっかけに国会での追及を始めようとした——そんな感じじゃないですか」

「ええ」

「景山は、伝令として、片岡と根岸をつないでいた。ところが根岸は、雑誌に書くよりも、この情報を使ってオヤジを脅し、金を奪い取る方を選んだ」

「そういうことでしょうね」

「根岸が死んだらどうなりますか」

「関係者への忠告にはなるでしょうね」低い声で前田が認める。

「新しい追及の材料にしたりしないでしょうね」

「いや……片岡先生は、基本的に弱い人間なんです」

「へえ」長野は右の眉だけをくいっと上げた。「弱気な人間が、爆弾男になれるんですか」

「攻めるに強く、守るに弱いということです。そういう人、いるでしょう？」ようやく落ち着いたのか、前田がコーヒーに手を伸ばす。今度はカップは震えず、無事に口元まで持っていくことに成功した。

「分かりますよ」前田自身、そういうタイプだろう。

「彼は、正面からまともに攻められたことがない。しかし、少し突っこまれるとあたふたしてしまうのは、国会の答弁を見ていても分かりますよ」前田の声には、いつもの慇懃無礼さと冷静さが戻っていた。「そこから先のことは、政治家同士の話し合いになります。今回の件も、ただ記事が『週刊ニッポン』に出るというだけの話なら、潰すことだってできたんですよ」

「ところが、恐喝事件になってしまった」

「その通りです。だからこれは、法律に適さないやり方であっても、強引に解決しなければならない。しかし、政治家と政治家の話は、先生が一番得意とするところです。そちらは、お任せいただければ」

「何だか、オヤジを守るようで気が進まない」

「でもあなたは、もうやる気になっているはずです」

指摘され、思わず目を細めて前田を睨む。自分が完全に彼のコントロール下に入ってしまったような気がしてならなかった。従うのは、「声」だけのはずだ。

「あなたはあなたのためにやる。私はその機会を用意しただけです。その機会を使うか使わないかはあなたの自由ですが……根岸のことを、これだけ時間をかけて調べていたのは、やる気になっていたからでしょう？」

否定できない。様々な条件も、どうでもいいと思えてくる。自分がやるべきことは一つだけ。いや、正確には二つある。もう一つの計画をしっかり練り上げたら、いよいよ作戦開始だ。


「今回はやり方が違うんだね」滝井があっさりと言った。

「ああ。報酬もある」

「頼まれた？　殺し屋みたいなものだ」

素早くうなずく。先ほどから、アルコールの臭いが気になって仕方なかった。酒と煙草はやめるように指示したのだが、早くもそれを破っているらしい。煙草の臭いもはっきりと嗅ぐことができた。

「誰から」

「それは言えない」

「先生だけが知ってて俺が知らないのは、不公平な感じがするな」

「向こうは君を知らない。私に話を持ってくるしか方法がないんだ」

「誰？」滝井はしつこかった。

「それは言わないでおこう。相手は、自分の正体が広まるのを嫌がっている」

「勝手な理屈だな」

「しかし、金は払って貰える。どうする？」

「先生はどう考えてるんだ」

「やるべきだ――やろう」

山手線が傍らを通り過ぎ、二人の声がかき消される。終電近い時間に、滝井の家に近いこの線路脇で会うのは、日課のようになっていた。そして滝井はこのところ、露骨に不満な顔を見せるようになっている。

殺したくて仕方ないのだ。

長野はずっと歯止めをかけていた。このまま殺しを続ければ、滝井の全能感はさらに高まり、いずれは俺を踏み潰そうとするだろう。そうならないためには、殺しができない飢餓感を抱かせておく方がいい。長野は「警察の動きがおかしい」という嘘を押し通していた。何か感づいたようだから、下手に動いたらまずいことになる、と。

「先生は、しばらく何もやらない方がいいって言ってたよな」

「これは単なる仕事だ。私たちの使命とは関係ない」

「金のために人を殺していいって、先生の教えには書いてあるのか」

「いや」長野はしばらく前から、自分の信念を箇条書きにして残し始めていた。いずれはきちんとまとめ、信頼できる「弟子」には読ませたい。あくまで「いずれ」だ。滝井のことは既に「弟子」と見なしていない。

今の滝井は、長野にとっては単なる「道具」である——自分ができない殺人を実現するための。

そして道具は、役目を終えたら捨てるべきなのだ。凶器のナイフと同じように。

実は長野は、自分でもやれると確信はしていた。手段にこだわらないという方針からすると、新しく手に入れた銃を使って根岸を殺してもいいのだ。しかし長野としては、警察の捜査を混乱させたかった。一連の連続殺人と同じ手口で殺せば、捜査の方針を見誤る可能性が高い。警察は前例主義で、とかく過去の捜査を参考にしたがる。

「で？　金はいくらもらえるの」

「二十万」

滝井が目を見開いた。次の瞬間には、いかにも大した額ではないというように「へえ」と短く言ったが、彼が思わず両の拳を握りしめるのが見えたので、興奮しているのは見え見えだった。何しろ、彼の給料の数ヵ月分である。欲しくないわけがない。

「先生はいくら貰うんだ？」

「同額だ。私の場合は、一種の仲介料として受け取る」

「やるのは俺なのに、先生も同額っていうのは、ちょっとずるい感じがするな」

「嫌なら、この話はなかったことにしてもいい」長野は、ジャンパーの懐に左手を突っこんだ。そこに、ようやく手に入れた小型の拳銃を隠している。この時間、住宅街で銃を撃ったらどんな騒ぎになるか分からないが、話し合いが決裂した時に備えて、一応用意しておいた。当然安全装置はかかっているが、引き金に指をかけると、嫌でも緊張感が高まってくる。そっと力を抜くと、早くも額に汗が滲んでいるのが分かった。刃物と違い、拳銃は強力過ぎる。刃物を使うよりも証拠が残りやすいし、誰かに銃声を聞かれる恐れもある。

　滝井が軽く舌打ちした。こういう生意気な態度は気に食わない……しかし長野は、心に巣食う不満を口に出さないように努めた。些細なことで衝突して、ここで銃を抜くような羽目になるのは避けたい。

「どうする」長野は意識して冷静な口調で訊ねた。「別に、断ってもいい。他の方法を考えるから」

「――いや、やる」

「そうか」結局金には勝てないわけか。この男は自分が目指すような完璧な殺人者ではない、とこの時点で確信する。単なる快楽者だ。誰かに命じられるまま、何の疑問も持たずに人を殺《あや》めるような人間は、自分とは別種の存在である。

「どうする？　いつやる？」

前のめりの感じで滝井が訊ねる。金が大事とはいえ、殺しに対する渇望は消えないらしい。弱々しい街灯の下でも、滝井のズボンの股間が膨らんでいるのが分かった。

「一週間、待ってくれ」

「どうして」滝井が不満そうに唇をねじ曲げる。

「相手の動きを、もう少しきちんと把握したい。おそらく、今週の木曜日——明後日、もう一度きちんと相手を追う。それで準備を整えたいんだ」

「分かった。俺は何か、準備はしなくていいのか」

「酒と煙草をやめて、体調を整えておいてくれれば」この男は結局、どちらもやめられなかった。弟子と見なせなくなった原因の一つである。

「説教かよ」滝井が鼻を鳴らす。

「いざという時に、手元が覚束ないようだと困る。人を殺す人間として、当然の準備だ。それと、来週の金曜日は会社を休みにしておいた方がいい」

「どうして」

「朝までかかるかもしれない。そのまま会社には行けないだろう」

「別に、平気だけどな」自分の体力を誇示するように、滝井が胸を張って見せた。

「いや、やっぱり休みにした方がいい。もしも遅刻した時、どう言い訳する？　印刷所の社長は、時間には煩い人なんじゃないか」

「ああ、まあ……」

「仕事を失うのは馬鹿馬鹿しい。変に疑われないためにも、家族も騙《だま》した方がいいな」

「騙すって、どんな風に」

「友だちと旅行に行くとか。適当に話を合わせてくれる友だちはいないか？」

「それは……いないでもないけど」

「頼んでおいてくれ。ちゃんと口裏を合わせるんだ。とにかく来週の木曜の夜――金曜日の朝に、誰にも邪魔されない環境を作るんだ」

「分かった」

「じゃあ、前の日――来週の水曜日の夜に、ここでもう一度会おう。細かい計画を説明する」

「ああ」

「風邪を引かないように。流行ってるから」

「まったく、本当に先生みたいだな」滝井が肩をすくめ、歩き始める。すれ違う時に、明らかにわざと肩をぶつけ、長野の体を揺らした。体格差、それに体力差を見せつけるよな、下司《げす》なやり方だった。街中のチンピラでも、こんなことはしないだろう。

　長野は左腕の時計をちらりと見た。ここで話し合いを始めてから、十五分三十秒。長い十五分三十秒だった。

ゆっくり振り返り、懐から素早く銃を抜いて、銃口を滝井の背中に向ける。滝井の広い背中は、最高のターゲットだった。安全装置を外し、引き金を引きさえすれば、すぐにでも殺せる。どうせなら振り向けよ、とも思った。驚きと恐怖で目を見開いてみろ。そうしたら、眉間を一発で撃ち抜いてやる。

しかし滝井は、振り向かなかった。まるで長野など存在していないように、肩を怒らせ、大股で去って行く。

こっちの存在は、もうどうでもいいわけか。

そうやって、今のうちに全能感を味わっておけ。どうせ長くは続かないのだから。

木曜日の夜、長野は根岸が詰める出版社の監視に出かけた。いつ仕事が終わって出て来るか分からないから、午後十時から張り込みをすることにした。今までの監視では、日付が変わる前に会社を出て来ることはなかったが、念を入れた。

神田にある出版社に出向くのに、銀座線を使う。長野は、何となく地下鉄は好きになれなかったのだが……暗いところに潜ると、妙に不安になるのだ。

そういう自分が嫌いだった。

東京はこれから、地下鉄が網のように張り巡らされる街になる。それを自在に乗りこなしてこそ、東京人と言えるのではないか。

自宅から神宮前駅へ、だらだらと歩いて行く。午後九時を過ぎてもまだ人出は多く、青山通りを渡ろうとする時には充満した排気ガスで頭がくらくらした。自分で運転しているとそういうことはまったく気にならないのに、歩いていると車は敵に思えてくる。

信号待ちをしている時、目の前に一台のタクシーが停まった。何の気なしに一歩引いたタイミングでドアが開き、長野は予想もしていなかった人間と再会することになった。

洋子。

会うのは三年ぶりだった。右腕を失って家を出た時、別れも告げずにそのままである。すぐさま顔を背けたが、洋子の方で目ざとく気づいた。

「長野君？」

「……ああ」

声がかすれる。洋子はずいぶん変わっていた。垢抜《あかぬ》けたとも派手になったとも言えるが、三年前にはまだ子どもっぽいところが残っていたのに、今やすっかり大人の女という感じである。淡いベージュのコートの襟《えり》もとには、大きなブローチ。髪は三年前よりも短くなり、化粧が上手くなっていた。実際、こんな遅い時間だというのにまったく崩れていない。薄い仮面を被っているようでもあった。

「久しぶり」洋子の口調は、単なる挨拶という感じだった。「今、何してるの？」

「ああ……出版社で仕事をしている」嘘ではない。何故か、喉の奥が張りつくような緊張感を覚えた。

「そうなの？　出版社に就職したの？」

「正確に言えば、出版社から仕事を貰ってる」

「そうなんだ」

洋子の顔から緊張感が抜ける。明らかに軽蔑しているようだ。仕事を「貰う」という表現をしたからかもしれない。大きなお世話だ……俺の人生からとうの昔に消えた——消した女に、こんなことは言われたくない。しかしつい、話を合わせてしまった。

「君は?」

「ああ……働いてるわよ」

「就職したんだ」

「これからの女は、自分で働いて稼がないとね」

とはいえ彼女の格好は、仕事帰りには見えなかった。遊びに行くような化粧の濃さである。

「で?　今は?」

「ちょっとね」にやりと笑う。女としての経験を重ね、ふてぶてしささえ身に着けたようだった。

「夜遊び、か」

「悪い?」急に開き直って、洋子がぶっきらぼうな口調になった。「自分で稼いだお金を自分で使うんだから、誰かに文句を言われる筋合いはないじゃない」

「そうだな」

「あなたこそ、こんな時間に何してるの？　家からはちょっと遠くない？」

「実家は出たんだ」

「そうなの」洋子が蔑むように目を眇《すが》める。「気楽な一人暮らし？　それとも誰かと結婚したの？」

「いや、一人だよ」たぶん、永遠に。「何か問題でも？」

「長野君、ちょっと変わった？」

「そうかもしれない」右の前腕が半ばからなくなった分、体重が減った。右手はコートのポケットに突っこんだままなので、彼女は気づいていない様子だった。

「じゃあ……」急に居心地が悪くなったように、洋子がそわそわしだした。

「ああ。忙しいんだろう？」

「そうね」

長野は右手をポケットから引き抜いた。そのまま顔の高さまで掲げ、振って見せる。セーターの袖がぶらぶらと揺れた。洋子はしばらく事情が摑めない様子でぽかんとした表情を浮かべていたが、やがて短く悲鳴を上げた。

「それ……どうしたの」

「ちょっと事故でね」

「ちょっとって……大変じゃない」

「もう慣れたよ。食事するのも字を書くのも、左手だけで大丈夫だ」

「そうなんだ」洋子がすっと顎を上げた。「でも、大事な物をなくしたね」

「そうかもしれない」

「それは、何？　あなたにとって大事な物って、何？」

答えられなかった。習慣で腕時計を見る。わずか七分の会話に、すっかり心を乱されていた。

20

「模倣犯」という言葉が特捜本部の中ではっきりと使われるようになったのは、年が明けてからだった。先に行われた犯行を真似する——大学の夜間部で犯罪心理学を齧《かじ》った若い刑事が言い出したのだが、皆がこれに飛びついた。

「気に食わない言い方だな」生沢宗太郎は、捜査会議でこの話が出た後、思わず本音の感想を漏らした。

「何でですか？」住友がきょとんとした表情を浮かべる。

「一斉に皆が同じようなことを考え始めたら、危険なんだよ」

「でも、説得力はあると思います。あれだけ新聞紙面を賑わせた事件ですから、真似しようとする人間がいてもおかしくないでしょう」

生沢は鼻を鳴らした。真似して人殺し？　考えられない。そんなことをして何が楽しいのか。それに、仮にこれが模倣犯だとしたら、事件の解決は遠のくだろう。三年前の事件と先月の事件——実際にはまったく違う二件の事件を抱えこむことになるのだから。

　午前中の聞き込みを終え、二人でラーメン屋で昼食を摂っている時にも、生沢はその話を蒸し返した。とにかく、この考えが気に食わない。住友は細かい点を無視して、大まかに見ているだけなのだ。

「だいたい、理解不能な犯人の心理を想像しても無駄だ」吐き捨て、生沢は乱暴にラーメンを啜った。湯気で眼鏡が曇るのはいつものことだが、今日は苛つく。

「そうかもしれませんけど、少しはヒントになるんじゃないんですか」住友が反論する。

「馬鹿野郎、お前も頭でっかちか？」最近の若い刑事は、口だけ達者で腰が重い。特捜本部であれこれ議論している暇があったら、一軒でも多く聞き込みをすればいいのだ。

「そんなこと、ないですけど……」ぶつぶつ言って、住友が丼に顔を伏せた。

　無意味な因縁だと自分でも分かっている。しかし捜査が手詰まりになっているために、どうしても苛立ちが抑えられない。捜査会議でも、自分の考えと違う意見が出ると、喧嘩腰で文句を言うようになり、幹部からたしなめられたこともあった。こんなことでは駄目だと思いつつ、自分の気持ちがコントロールできない。せめて何か手がかりがあればと思うのだが、闇の中で手探りしているような状況だった。

「行くぞ」生沢は百円玉をテーブルに置いた。まだラーメンを啜っていた住友が、慌てて「あ、はい」と言って丼を傾け、スープを飲み干す。

勘定を住友に任せ、生沢は先に店を出た。一月の冷たい風が正面から吹きつけ、思わずコートの前を合わせた。原宿駅の近く……今日も被害者の水谷の関係者に事情聴取をする予定だった。模倣犯と言いながら、個人的な怨恨の線も捨てずに捜査する——特捜本部は迷走しているな、と思った。幹部の方針が定まらないようでは、自分たち現場の人間は混乱する一方だ。しかし、自分も明確な線を打ち出せないのだから、一概に「上が悪い」とは言えない。刑事は一人一人が責任を持って、手がかりを探さなければならないのだ。

煙草に火を点けたところで、店から住友が出て来た。お釣りの三十円を渡そうとしたので、「とっておけよ」と無愛想に言ってしまった。

「三十円じゃ、ハイライトも買えませんよ」

「お前、何だか急に生意気になったな」

「……すみません」

黙りこんだ住友が、三十円を財布にしまった。小銭でじゃらじゃら言うのを、尻ポケットに落としこむ。むっとした様子で歩き始めたが、すぐに低い声で切り出した。

「長野の息子の線はどうですかね」

「今のところ、あれ以上突っこむ材料はないぞ」生沢としても、引っかかってはいたのだが。

「そうなんですけど……家からパプリカがなくなってたでしょう。証拠隠滅したとは考えられないんですか」

「まさか」否定しながら、長野はその線をしばらく放置していたことを後悔した。車が廃車になったことは確認したのだが……廃車にする原因が思い浮かばない。見た限りではそれほど古い車でもなかった。

「もう少し調べてみてもいいんじゃないですかね」住友が粘る。

「そうだな……」素直にうなずけない。どこか腰が引けているのは、自分でも意識していた。何しろ相手は代議士の息子である。勘当されていると言っても、実際に捜査に乗り出せば、長野本人なり秘書の前田なりが壁になって立ちはだかってくるのは目に見えていた。「息子の犯罪」――勘当していると説明しても、世間は納得しないだろう。代議士のような立場の人間にとって、身内の犯罪は致命傷になるはずだ。

「自分、調べてみてもいいですかね。少なくとも長野本人の居場所ぐらいは、分かると思うんですが」

「甘く見るな。結構難しいぞ」住所から辿るにしても限界はある。住民票、免許証など、住所が分かる物は、全て旧住所――実家の住所のままだったのだ。勘当と言う割に、どうにも曖昧な感じがする。

「そうですかねえ」住友は諦め切れない様子だった。

「まあ、無理はするな」こんなことしか言えない自分が情けない。しかし、決して権力におもねっているわけではない、と自分に言い聞かせた。単に証拠がないだけだ。

証拠が全て。戦前から刑事をやっている先輩たちは、「どうやって自白を取るかが刑事の才能だ」と言うが、生沢に言わせればそれはあまりにも古臭い。自白偏重主義が冤罪《えんざい》を生み、無実の人を破滅させてしまうことは、多くの事件で明らかなのだから。戦後の新しい刑事は、とにかく証拠を探す。それは物証であったり、第三者の証言であったりするのだが、きっちり傍証が固まらない限り、あまり本人を厳しく責めることはできない。

今はまだ全てが中途半端なのだ、と生沢は意識していた。それしかできない自分に腹が立つ。


「長野代議士が危ないらしいな」

「危ない?」

生沢ははっと顔を上げた。午後十一時……久しぶりに酒を呑んだせいか回りが早く、既に周囲の光景がぼやけている。生沢は、特捜本部ができると、最初の二週間は絶対に酒を呑まない。家にも帰らず、所轄に泊まりこんで仕事を続けることもままあった。死者に対する弔いの気持ちでもある。自分が酒を呑んだりサボったりすると、犠牲者に非難の目で見られそうな気がしているから。

水谷の事件に関しては、生沢は禁酒を一ヵ月も守った。まったく手がかりがない状況に、このまま永遠に禁酒することになるかもしれないと思ったが、渋谷中央署にいる同期の矢澤《やざわ》が見るに見かねて誘ってくれたのだ。「顔色が悪い」「痩せた」と本気で心配して、「少し栄養を入れないと死ぬぞ」と忠告した。この場合の「栄養」は、当然アルコールである。

「病気か？」

「そうらしい。詳しい症状は分からないし、国会には何とか出て来てるんだが、それ以外の活動は控えているようだな」

　生沢が長野の息子のことを零したのがきっかけで、矢澤は喋り出したのだが、そういえば——以前、本多医師があの家に往診していたことを思い出す。あの頃から、既に体調は悪化していたのだろうか。前田も会わせようとはしなかったし、相当重病である可能性もある。

「国会以外では家にいるのか？」

「そもそも家が事務所なんだ。もちろん議員会館は使ってるけど」

「ああ、確かに……家には応接室があったな」しかもやけに広い続き部屋だった。ソファだけでなく、畳に直に座れば、二十人以上が一堂に会せるだろう。あそこに党の関係者や新聞記者を集めて、様々な密談をしていたのかもしれない。

「最近は、そこも開店休業状態らしいぞ」

「そうか……」

「次男の件も、関係あるのかもしれないな」矢澤が声を潜めた。いかに居酒屋の個室とはいえ、捜査の秘密はどこから漏れるか分からない。公安畑が長いこの男は、少し用心が過ぎるのだが……四人が入れば一杯になるこの個室に上がる前、両隣の個室との間の壁を叩いて調べていた。馬鹿馬鹿しいと思ったが、酔いが回ってきた生沢も、矢澤に合わせて声を低くしてしまう。

「ろくでもない次男だったらしいが、勘当したのは相当な問題があったからだぞ」

「そうだろうな」矢澤がうなずく。「スペアがなくなったわけだから」

「スペア？」

「後継者のスペア、だよ。基本的には長男が議席を継ぐんだろうが、次男の方が優秀だったそうだ」

「東大開闢以来の天才、と言われていたらしい」

「なるほど。とにかく仮に兄の方に何かあったら、弟が何とかしなくちゃいけない。これで、兄が急に死んでみろ。跡継ぎがいなくなって、長野家は断絶だぞ」

「断絶は大袈裟だよ。江戸時代じゃあるまいし」笑って、生沢は日本酒を猪口《ちょこ》から呷《あお》った。

「いやいや、政治家なんてそんなものだろう。昔の武士の家に一番近いのは、今では政治家なんじゃないかね」

「そこまでして守らないといけないものかねえ」

「だから、武士の家と同じなんだよ。政治家の場合、自分の家だけの事情でもないし。仮にある家が途絶えたら、空いた議席を別の党に取られるかもしれない」

「世襲っていうのは、何かと面倒臭いもんだな」生沢は鼻を鳴らした。まだ幼い息子を刑事にするかどうか……警察官も「二世」が多いが、生沢としては安定した仕事なら何でもよかった。

「戦後民主主義っていうのは、こういうんじゃないと思ってたんだけどねえ」矢澤が顔をしかめる。

「何だよ、お前の敵の学生みたいな言い種だな」生沢は思わず皮肉を飛ばした。

「学生は別に、敵じゃないよ」

「そうなのか？」

「彼らは、世の中の仕組みが分かっていないだけだから。頭でっかちな癖に、すぐに人の言うことを信じるし……あの頃デモをやってた連中は、今は会社で金稼ぎに一生懸命になってるよ」

ずいぶん皮肉な言い方だが、これは矢澤の本音だし、真実だとも思った。自分の仕事の否定にも聞こえるが……公安の仕事は、極論すれば革命の阻止、現体制の維持だろう。ある意味、戦前の特高の流れを汲《く》む仕事だが、戦前と今では社会の自由度が違う。戦前は社会全体が厳しい統制下にあったが故に、反発も取り締まりも厳しかった。今の若者は、当時とは比べ物にならない自由の中にいるのだから、取り締まりが緩くなるのも当然だ。デモのような実力行使の場合だけ、相手に怪我を負わせないように収めればいいというのが、矢澤たちの基本方針ではないだろうか。同じ警察でも、まったく分野が違う生沢を前にして、そんなことは認めないだろうが。

酔っているな、とはっきり意識した。だらしない限りだが、捜査の鬱積が、気安い同期を前にして漏れ出てしまったようだ。

「しかし、今回の件はいろいろ面倒臭そうだな」矢澤の声には、真正《しんせい》の同情の念が感じられた。

「三年前からつながっているのか、模倣犯なのか、それさえ分からない」

「まったく厄介な話だ」矢澤がうなずき、とっくりを傾ける。ほぼ空になっていて、杯が三分の一ほど満ちただけだった。「酒も終わりか……そろそろお開きにするか」

「そうだな」生沢も、残った酒を呑み干した。何となく苦い……全ては捜査が上手くいっていないせいだ。

つまり、自分が悪い。


矢澤と別れた後、生沢は自宅へ戻る気になれず、渋谷の街をふらふらと歩き出した。そろそろ駅へ行かないと終電に間に合わないのだが、また渋谷中央署に泊まってしまえばいい、という気持ちもあった。帰宅するのさえ面倒臭いのだ。

いつの間にか原宿方面にまで歩いて来てしまった。酔った頭で、長野の実家のことが忘れられないからだろう、と判断する。だったら、やる気を見せていた住友の尻を叩いて、追跡させてみればよかったのだ。明日、思い切って住友に話してみるか……あいつのことだから、一度却下されたからといって、「やれ」と命じれば喜んで走り出すだろう。

だが、あいつにばかり任せるわけにはいかない。

長野の次男は、この捜査で唯一見つかった黒い染みのようなものなのだ。染みは洗い抜き、その下に何が隠れているか、見つけなくては。

近くまで来たついでに、長野の家に足を運んでみる。そろそろ日付が変わろうとする時刻で、家は真っ暗だった。本来与党の政調会長は、党の方針全体、ひいては日本の行く末にさえ影響を持つ実力者である。この時間でも、他の議員や記者たちが詰めかけて賑わっていてもおかしくないはずだが、何だか空き家のようだった。

生沢は長いこと、家の前に佇《たたず》んでいた。酔いが回った体は時折ぐらついたが、意識ははっきりしている、と自覚する。刑事の勘は馬鹿にしたものではないのだ。政治家の権力だろうが家柄だろうが、必要ならばぶっ潰してやる。

21

第七条

体調は常に万全に整えておかねばならない。

計画は固まった。

長野保は十分な睡眠を取った後、午後九時過ぎに動き出した。滝井は休みを取り、家族と会社に対しては、「友だちと熱海《あたみ》へ行く」ということにしたようだ。

今回の計画で心配なのが、タクシーである。根岸は一度だけ、午前二時ぐらいに会社を出てタクシーを摑まえたことがあった。あの時はさすがに追跡を諦めた。こちらも上手く流しのタクシーを摑まえられれば尾行できるわけだが、それができなければどうしようもない。根岸がタクシーに乗ったら今日の計画は中止する、と決めていた。右腕がない自分はもう車の運転ができないし、滝井は免許を持っていない。できれば早く会社から出て来て欲しい、と長野は願った。我慢強い方だが、さすがに明け方まで待つのは辛い。特に殺しを前にした状況では……裸の女がベッドの上で手招きしているのに、ガラスの壁に遮られて飛びこめないようなものだ。

いや、これは性欲の問題では決してない。「お前は肉欲のために使命を果たしているわけではない」と頭の中で声が聞こえる。「これは魂《たましい》の仕事だ」とも。

約束の午後十時に五分遅れて、滝井がやって来た。長野はすぐに、鼻をひくつかせたが、幸い今夜は、教えを守って酒は呑んでいないようだった。

「冷えるなあ」滝井の第一声はそれだった。

根岸が出入りする出版社の裏手には小さな公園があり、そこから裏口の監視ができる。正面玄関は午後六時から午前九時まで閉まっていることを確認していたので、根岸が出て来るとしたら裏口しかない。

「仕方ない」長野はぼそりと言った。集中していれば、いずれ寒さは感じなくなるのだが、一月の真夜中とあって、爪先まで冷えてしまう。時々体を動かして、強張らないようにしないと。

「準備は？」

無言でうなずき、滝井がジャンパーのジッパーを下ろした。右手を突っこみ、内ポケットからナイフを取り出す。長野が指示した通り、折り畳み式だった。さやがついている方が、刃渡りが長い物が多いのだが、いざという時にさやが邪魔になったり、現場に落としてしまう恐れもある。それが証拠になってたぐられたら、たまったものではない。折り畳み式のナイフの方が、まだ安全なのだ。

「ずいぶん凶暴なナイフだ」

長野は思わず感想を漏らした。持ち手の部分は太く、握った時にしっくりくるようにだろう、指の形に浅く凹《へこ》みがついている。滝井が開くと、長さ十五センチほどの刃が、弱々しい街灯の光を受けて鈍く輝いた。

「高かったよ。これ、経費で請求してもいいかい」

真面目に言っているのだろうか……長野は言葉を呑みこんだが、次の瞬間、滝井が低い声で笑い出した。

「高い金貰うんだから、今さら経費なんて言っても仕方ないね」

「まあ……金の話は後でしようか」

「本当に貰えるのかな」滝井の目が細くなった。

「それは問題ない。約束を違《たが》えるような相手じゃないから」こと金に関してだけは。自分が家から追い出された時も、金だけは気前よく渡してくれた。あれは一種の手切れ金だったのだろうが……金で解決できることは解決する、という方針なのだろう。それが父の考えなのか、前田のやり方なのかは分からないが、同じことだ。前田はもはや、父の一部と言っていい存在なのだから。

そんな人生が面白いのだろうか。

家族の顔を頭から消して、長野は最終的な打ち合わせを始めた。その間も、視線は裏口に向けたまま。午後十時半……張り込みを始めてから三人が会社から出て来たが、根岸の姿はなかった。

「ここでやっちゃ駄目なのかね。暗いし、人通りもないし」

「会社の近くは危ない。悲鳴でも上げられたら、誰かに聞かれる可能性がある。会社に何人残っているかも分からないんだから、危ない橋は渡らない」

「しょうがないな……」

基本的に滝井は、尾行や張り込みが嫌いなようだ。手間をかけずに、楽に人を殺すことばかりを考えている。手順こそ大事なのだが……そこを疎かにすると、警察に手がかりを与えてしまう恐れがある。

「とにかく予定通り、家の近くにしよう。向こうの方が人気が少ないし、時間も遅くなるはずだ」家が渋谷なのは、幸運な偶然だった。自分の陣地で試合ができる——これまでと同じように。

「始発で帰るようだと、空振りか……」滝井が舌打ちした。

「そうなる。しかし、一番確実に摑まるのが木曜の夜なんだ」

「ま、出て来さえすれば、こっちのもんだけどね。先生は黙って見ててくれればいいから。変に手出ししないでいいよ。足手まといにならないようにして欲しいね」

滝井がにやりと笑う。もはや長野に対する尊敬の念はなく、ただ「右手のない男」として邪魔者扱いしているだけだ。長野は唇を嚙み締め、必死に殺意を押し殺した——いや、殺す。声もそう言っていた。「相手が自分を越えないと思ったら、殺せ」。だが今ではない。

滝井を公園に残したまま、長野は建物の周りを一周することにした。「週刊ニッポン」の編集部は三階にある。まだ人がいるかどうか、確認しておきたかった。煌々《こうこう》と灯りが点いている……間違いない。まだ校了作業は続いている。

ふと水の臭いを嗅いだ。そうか、近くに神田川が流れているのだと改めて意識する。既に暗渠になってしまった渋谷川と同じように、神田川もどぶ川のようなものである。川幅が広く水量が多いせいか、悪臭も渋谷川以上だ。両岸に古い建物がしがみつくように建っている様もよく似ている。この辺は、東京オリンピックによる再開発の恩恵をほとんど受けなかったようだ。新しい東京の中で、過去に取り残された街。

公園に戻ると、滝井は煙草を吸っていた。長野が見咎《みとが》めても、特に気にする様子もなく、ゆっくりと吸い続ける。

「俺は、体力には自信があるからね」滝井が冷ややかな視線を向けてきた。「煙草を吸ってると、むしろ体調がよくなるんだ」

「専売公社が聞いたら、泣いて喜ぶだろうな」

滝井が鼻を鳴らす。長野は、我慢が限界に来ていると自覚した。

「いざという時には――」

「いざって何だよ」滝井が長野の言葉を遮った。「俺が失敗するとでも思ってる？　そんなはずないから。先生なら分からないけどね」

「ああ。私には右手がないからな」長野は開き直った。「でも、片手がなくても人を殺す方法はいくらでもあるんだ」

「だったらこの件も、先生が自分でやればよかったんじゃないの？」

「君に機会を譲ってやったんだが。嬉しくないか？」

「それは……」滝井がにやりと笑った。「嬉しいね。終わったら、女が欲しいな」

「そういうのは、家に帰ってからにしてくれ」

「すぐに、だよ。先生、どこかいい場所知らないか？　それとも、右腕がないと女も抱けないかな」

長野はまた唇を噛み締めた。この男は調子に乗り過ぎている。新たな殺しを前に、早くも全能感を味わっているのだろうが、それにしても限度はある。今すぐ、コートの内側に隠した銃を抜いて撃ち殺してやろうか、と思った。その後で、根岸も同じように殺してもいい——いや、それは危険だ。神田の真ん中で銃声が二発も鳴り響いたら、俺はおしまいだ。

「とにかく、失敗したら私が後始末をする」

「先生にできるのかね」

「もちろん。その際には、責任を取って君にも死んでもらう」

「冗談、きついぜ」滝井が短く声を上げて笑った。「何で俺が死ななくちゃいけないんだ」

「失敗すると、必ず証拠が残る。それは避けたいんだ」

「俺の死体が転がれば、また証拠が増えるんじゃないか？　だいたい、先生に俺を殺せるわけがないだろう。何だったら今、試してみるか？」

滝井が大きく両腕を広げる。長野は、その中にすっぽり包まれてしまうだろう。抵抗もできぬまま嬲《なぶ》り殺しにされる——接近戦は絶対に駄目だ、と自分に言い聞かせた。

「どうする？　この仕事だって、俺一人でできるんだ。金のためじゃないんでね」

「失敗したら、の話だ。失敗しないようにやってくれればそれでいい」

「監督気取りかよ。だいたい——」

ふいに滝井が言葉を切った。目が鋭くなる。「来た」と短く言うと、公園を出て歩道に足を踏み入れる。長野は振り向き、出版社の建物を見やった。今しも、裏口から根岸が出て来たところである。だが、一人ではない。寒風に耐えるように背中を丸めた根岸の横には、若い女性がいた。この女もトップ屋グループの一人なのか？　いや、違うだろう。どちらかと言えば清楚で、入社一年目の若手という感じだ。根岸が口元に杯を持っていく真似をした。一杯やっていくか、の全国共通のサイン。しかし女は首を横に振った。よし……根岸が呑みに行って、しかも女までくっついてきたら、話がさらに厄介になる。

二人が神田駅の方へ歩きだしたので、長野は先に立って後をつけ始めた。すぐに滝井が追いつき、追い越し様に振り向いてにやりと笑った。尾行は嫌いなはずなのに、ここでは俺が主役だと主張している感じだった。暴走させてはまずいと思い、長野は歩調を速めて彼の脇に並んだ。

「あの女、いいね」

「どこを見てるんだ」集中力が切れていると思い、長野は滝井を叱りつけた。

「いいケツしてるよな……出版社で働いてるってことは、大卒かな？」

「そうかもしれない」

「そういう女と無理矢理やるのもいいんだよな」

滝井は舌なめずりしそうだった。いや、実際に闇の中でそうしているかもしれないと長野は不快になった。

「先生、あの女を押さえておいてくれないかな。終わった後で、一発お願いしたい」

「そういうことはしない」怒りが沸点に達しそうだった。

「先生、女に興味がないのか？　だったら、一度病院で見てもらった方がいいぜ」

相手にするな、と自分に言い聞かせる。こんなことで怒っていては、計画は上手くいくはずがない。最高のタイミングで根岸が出て来たのだから、上手く生かさないと……このままだと、根岸が渋谷に着くのは十二時過ぎになるだろう。既に街からは人が引き始めている時間だし、根岸の家は駅からかなり離れた場所にあり、付近は基本的には真っ暗になっているはずだ。

女は国電に乗り、根岸は地下鉄を使った。これも事前に調査した通り。酔っ払いで満杯の地下鉄の中で根岸を監視し続けるのはかなり厄介だったが、何故か滝井は異常な集中力を発揮していた。長野は一度見失って慌てたのだが、滝井はすぐに「座っただけだから」と指摘した。自宅のある渋谷まで行くのだから、席が空けば座るのは当たり前か……緊張しているのは自分の方ではないか。

根岸は渋谷で降り、玉川通りを渡って、自宅へ向かった。しかし真っ直ぐには帰らず、途中、呑み屋が何軒か固まっている一角に立ち寄る。

「クソ、呑気な奴だな」滝井が舌打ちする。

「すぐに出て来るさ」いずれも倒れそうな店で、居心地よく長居できそうな雰囲気ではない。

「俺たちも、中でちょっとつき合った方がいいんじゃないかな。監視するということで」

「その必要はない。こっちには気づいていないはずだから、危険を冒したら駄目だ」

「先生、堅いねえ」馬鹿にするように滝井が言った。

長野は何も言い返さなかった。煙草をくわえた滝井をその場に残し、呑み屋が集まる一角をぐるりと回ってみる。どの店にも、裏口らしきものはなかった。とにかく前で張っていれば、見逃すことはないだろう。

その場で三十分。滝井は煙草を三本灰にした。やはり緊張——興奮しているようである。そういう時、この男は煙草の本数が増えるのだ。

「来た」集中しているせいか、今回も先に根岸を見つけたのは滝井だった。建てつけの悪い引き戸を無理矢理開けて、店から出て来る。赤提灯《あかちょうちん》の灯りで、少しだけ顔が赤らんでいるのが見えたが、足取りはしっかりしていた。

「行こう」

長野は滝井に声をかけた。しかし長野の言葉が終わる前に、既に滝井は歩き出していた。そういえば……根岸の家は、桜丘町のさらに奥、南平台町《なんぺいだい》である。高級な住宅地で、下賤《げせん》なトップ屋が住むところとは思えないのだが……そして、考えてみれば滝井の家もすぐ近くだ。声を出せば家族に聞こえそうな場所で人を殺すのはどんな気分だろう、と長野は思った。いつばれるか分からないと考えると、さらに興奮するのか？　恐らくは。滝井が次第に興奮していくのが分かる。この男はやはり自分とは別種の人間だ。興奮——下半身に直結する興奮は、封印しなければならない。それでこそ、冷静に使命を果たせるのだ。

根岸はゆっくりと歩き続けた。一仕事終えた充実感を味わうように……間もなく、これまでの生活が全て消えることなど、想像してもいないだろう。

滝井が、長野を先導するように少しだけ先を歩いて行く。南平台町に向けては、緩い上り坂が続いており、渋谷駅周辺は本当に谷底にあるのだと意識させられる。駅から離れる、イコール坂を上ることなのだ。

根岸が路地を左へ折れる。自宅までは、歩いて五分ほど……その間に勝負をかけなければならない。滝井が歩調を速めた。何度も下見して、一番適当だと判断した場所は、路地に入ってすぐのところにある。

住宅地の中にぽっかり空いた空き地。ここにも家が建つのだろうが、今は色褪せた雑草が天に向けて伸びているだけである。そのせいで、中に何があっても人目につかない。遺体を捨てるには、いかにも適した場所だ。

滝井は大股で歩いて、すぐに根岸に追いついた。後ろから襲いかかり、左腕で首を締め上げる。根岸は小柄な男なので、大柄な滝井に持ち上げられる格好になって足が浮いてしまった。両足を必死に動かして、背後から自分を襲った人間を蹴ろうとしているようだったが、上手く当たらない。滝井の肩が盛り上がっているのが、ジャンパーを着ていても分かる。ほどなく根岸はぐったりとし、足の動きが停まった。

滝井が手を離すと、その場にぐにゃりと倒れそうになる。滝井は無理矢理胸ぐらを摑んで、引っ張り上げた。右手をジャンパーの内側に入れてナイフを取り出すと、「ぱちん」

と軽い音が響く。周囲はほぼ漆黒の闇だが、ナイフの刃が煌《きら》めいたように見えた。そのまま右手を突き出す。手首までが腹に埋まったように見えた。体をくの字に曲げた根岸の表情が歪む——しかし苦しそうではなかった。首を絞められて、既に気を失っていたのかもしれない。

根岸が、滝井の腕を摑もうとした。しかし力が入らない様子で、伸ばした手は虚空《こくう》で揺れるだけだった。そのまま前のめりに倒れ、うつぶせになってしまう。

滝井が振り向いた。額に汗が浮かんできらきらと輝き、白い歯がはっきり見えるほど笑っている。今にも声を出しそうだと思ったのか、右手の甲を口に押しつけた。血に染まったナイフが、口元で不気味に光る。そして当然のように、激しく勃起していた。今にも射精してしまうかもしれない。

「仰向けにしろ」

「これか?」滝井が自分の額を指差した。「そんなことをする意味、あるのか? それこそ証拠を残すようなものじゃないか」

「いいから、やるんだ」

滝井が長野を睨みつけた。が、結局は指示に従う。最初から決めていたことだから守る、という義務感しかないのだろう。滝井は、小柄な根岸を簡単に裏返した。長野は傍らに跪き、左手の甲で首筋に触れた。既に脈はない。胃の辺り——心臓を一突きしたのは間違いなく、ほぼ即死だったのだろう。三人目で、効率よい殺し方を完全に習得したようだ。流れ出た血が自分の方へ向かってきたので、少し場所を移動してから、五寸釘を取り出す。昔使っていたのと同じ大きさ――これで警察は、また混乱するに違いない。

長野は素早く、根岸の額に十字を刻みこんだ。それは、殺すのに比べればあまりにも頼りなく、とても満足がいく行為ではなかったが、それでも自分の足跡を刻めたことで、小さな満足感が味わえた。今はこれでいい、今は。数分後には、別の局面が訪れる。

「空き地に捨てておいてくれ」

「力仕事は何でも俺かよ」滝井が露骨に不満そうな表情を浮かべた。

「何しろこっちは、左手しかないんでね」

滝井が長野を睨みつけたが、結局根岸の遺体を引きずって、空き地に隠した。背の高い雑草が生えているし、暗いうちは、近くを誰かが通りかかっても絶対に見えないだろう。発見されるのは明け方以降になるはずだ。長野は素早く周囲を見回した。近くに家はないし、滝井は最初に根岸の声を奪ってしまったから、悲鳴も上がらなかった。異変に気づいた人間はいないだろう。

「どうだよ、俺の腕は」

「大したもんだな」長野は感情が抜けた声で褒めた。

「ああ、女が欲しい」

滝井が、膨れ上がった股間を露骨に擦った。それだけで射精してしまうのではないかと長野は懸念した。公道上で余計なことをして見られたら、面倒なことになる。

「ここを離れよう」

「分かってるよ」

滝井が不機嫌な表情を浮かべる。踵を返すと、その顔が見えなくなったので、長野はほっとした。素早く近づき、左腕をコートの中に突っこんで素早く拳銃を引き抜く。唯一心配だったのは、この絶対的な凶器を自分がきちんと使いこなせるかどうかだった。一度、神奈川《かながわ》県の山の中へ行って試し撃ちしてみたが、反動が大きくてなかなか上手くいかなかった。左手で何でもできるようになっていたとはいえ、銃を撃つ経験などはない。弾を無駄にするわけにもいかず、長野はすぐに一つの結論に達していた——接近して、できれば銃口を体にくっつけて撃つしかない。

「早くしろ」と頭の中で声が響く。「お前は後継者選びに失敗した」「失敗作は早く処分しろ」。

銃口を滝井の首筋に押し当てる。滝井がびくりとして振り向こうとしたが、その瞬間には長野は引き金を引いていた。乾いた音が響き、滝井が前のめりに倒れる。二秒。顔面がアスファルトを打ったが——失敗した。一撃では殺せなかったのだ。滝井は右手を前に伸ばし、必死に何かを摑もうとしている。

焦るな——こちらが絶対に有利なのだ。素早く事を済ませれば、問題なくこの場を離れられる。滝井がじりじりと前進する。長野は彼の背中に跨《また》がる格好で体を折り曲げ、後頭部に銃口を押しつけた。今度は確実に——先ほどよりも大きな音が響く。びくりとしたが、それで滝井は動かなくなった。死を確認するのに、十秒。この十秒は余計だった。計画そのものに影響がないといいのだが。

よし――体を伸ばすと、一気に汗をかいたのを意識する。汗が一滴垂れて、滝井の背中を濡らした。一瞬、パニックに陥る。これでばれることはあるまいが、どうする？　拭き取るか？　馬鹿な。そんなことをしている暇はない。

長野は急いでその場を立ち去った。近くの家の窓に灯りが灯《とも》るのが見えた。今になって灯りが灯ったということは、音は聞いたが何も見えていないということだ。

俺は闇に紛れる。誰にも見えない。

22

馬鹿野郎、と生沢宗太郎は腹の中で悪態をついた。何なんだ、これは。連続殺人の続きというだけではなく、今度は射殺？　これはどう判断すればいいんだ？

午前五時半。夜はまだ明けておらず、乾いた冷たい風が吹いている。矢澤と呑んだ後、結局署に泊まった生沢は、結果的に現場に一番乗りしていた。発見者は、新聞配達のアルバイト。まだ十九歳でニキビが目立つこの青年は、恐怖と寒さのせいで震えていた。生沢はまず、彼から話を聴いた。

「見つけたのは何時頃なんだ？」

「三十分ほど前で」

声まで震えていて、聞き取りにくい。生沢が腹立ち紛れに「ああ?」と聴き返すと、泣きそうな顔になって「三十分前です」と言い直した。

「先にこの男を見つけたんだな?」生沢は、五メートルほど先の路上に倒れている男を見やった。

「先にというか、この男しか見つけていません」

「そうか」

そうだった、と思い出す。空き地に捨てられていた遺体を発見したのは、通報直後に現場に到着した制服警官である。額の十字——いつものサインも確認できた。クソ、しっかりしろ。生沢は拳で自分の額を叩いた。頭が痺れた感じがするのは、明らかに昨夜呑み過ぎたからだ。矢澤の奴、勧め上手だから——自分のことを棚に上げ、生沢は二日酔いを矢澤のせいにした。

「毎日、同じ時間にこの場所を通るのか?」

「そうです」

「午前五時頃だな? その頃、歩いている人はいるか? 普段の話だが……」

「いないですね」

「今日は、誰か見かけなかったか?」

「誰も見てません」

クソ、結局遺体が二つ見つかっただけか。事態はどんどん悪化している。この辺は高級住宅地で、政治家や財界人も住んでいるから、後で署の上層部に苦情がくるのは間違いない。署長にも申し訳ない限りである。こんなことで頭を下げるのは、叩き上げの署長には耐えられない屈辱《くつじょく》だろう。

それにしても、銃殺というのはどういうことだ。生沢も、暴力団の抗争などで、銃で撃たれた死体を見たことはある。だがアスファルトを血で汚して死んでいる若者は、暴力団員には見えなかった。濃い緑色の作業ズボンに黒いジャンパーという格好で、傍らには折り畳み式のナイフが落ちている。懐中電灯で照らすと、刃にかすかに血の筋がついているのが分かった。

これで、ある筋がつながる。この男が、空き地に遺棄された被害者——身元はまだ分からない——を刺し殺した後、誰かに銃殺された。背後から襲われて。まるで処刑ではないか。銃創は二ヵ所のようだ。首筋と後頭部。最初に首を狙って殺し損ない、念押しで後頭部を撃ち抜いたのか。

新聞配達員を解放して、生沢は空き地に足を踏み入れた。背の高さほどもある雑草に難儀しながら、死体に近づいて行く。血痕などを見た限り、殺害現場は路上。そこから引きずって空き地に入れたようで——有刺鉄線の類《たぐ》いはなかった——道路に面した部分の雑草は倒れている。

額に傷——一目見て、三年前の連続殺人と同じだと分かった。刃物ではなく、太い釘のようなものでつけられた十字。顔から血の気が引き、軽い目眩さえ感じた。今度は何だ？　模倣犯ではなく、やはり三年前の犯人が戻ってきたのか？　いや、あれは三年前ではなく、既に四年前か。暮れも正月もなく動き回っていたせいで、日付の感覚が狂っている……もうとっくに年は明けているではないか。

傍らに、くたびれた革の鞄が落ちている。状況的に、被害者のものだろう。生沢は手袋をはめ、制服警官に懐中電灯を持たせて中を検めた。様々な書類にメモ帳、鉛筆などの筆記具はばらばらに入っている。今年の手帳が見つかったので開いてみると、名刺がこぼれ落ちた。舌打ちして、草むらから何とか拾い上げる。同じ名刺が何枚かあった。「週刊ニッポン　特約記者　根岸俊郎」。電話番号と住所は、出版社のものだろうか。スケジュール帳を確かめると、一番最後のページに本人の名前、自宅の住所などが書いてある。住所は渋谷区――この現場のすぐ近くだ。よりにもよってと舌打ちするが、実は過去の事件の被害者も、何人かは自宅近くで犠牲になっている。被害者は渋谷区在住、現場も渋谷区……全ての事件に共通する鍵は、やはり「渋谷」なのか。

ただし、犠牲者が老人ばかりという原則は、ここで崩れてしまった。

生沢は混乱していた。今度の被害者はトップ屋ときたか。スキャンダルを漁り、金にする商売。となると犯人には、これまでの事件とは全く別の動機があるのかもしれない。過去の事件は、基本的に悪い奴、しかも年をとって力を失った人間を狙った感じがあるのだ。だが根岸は、健康そうな中年の男である。

もしかしたら根岸は、取材でこの事件の犯人に接近していた？　それに気づいた犯人に逆襲され、殺されてしまった？　路上で死んでいる男が一連の事件の犯人だとしたら、何となく筋が合う。ただし、その犯人を射殺したのが誰かという疑問は残るのだが……クソ、結局は謎が深まっただけか。

「遅れました！」

申し訳なさそうな謝罪の言葉を聞いて顔を上げると、住友が息を整えていた。

「遅くないよ」生沢は空き地から道路に出た。「早過ぎるぐらいだ。他の連中はまだ来てないぞ。どうやってここまで来たんだ？」

「走って来ました」

「走った？　何キロあると思ってるんだ」

「うち、ここから近いんですよ。東横《とうよこ》線の中目黒《なかめぐろ》ですから」

「そうか……」

自宅で連絡を受けて、ネクタイをする間もなく走って来たというのか。距離はどれぐらいあるのだろう。なかなかいい根性をしている。

「生沢さんこそ、早いですね」

「昨夜、署に泊まったんだ」眼鏡を外して両手で顔をこする。ごっそりと汚れがついてきたような感じがした。

「そうだったんですか……何か仕事だったら、言ってもらえれば手伝ったんですけど」

だろう」

「呑んでたんだよ」生沢は打ち明けた。「呑気に酒なんか呑んでるから、罰が当たったたんだろう」

現場の状況と推測を話した。住友の表情が見る間に険しくなる。

「じゃあ、そこの男を銃殺したのは誰なんですか？」

自分と同じ疑問を抱いたか。後輩の成長ぶりを喜ぶべきかもしれないが、今はとてもそんな気にはなれない。「正義の味方だろう」とぶっきらぼうに言ってしまう。

「そんな……」

「それより、そっちの若い方の身元も調べよう」

「分かりました」

住友が遺体の脇に跪き、手早く服を調べていく。うつぶせの状態のまま、ジャンパーの左ポケットから煙草、マッチ箱、家のものらしい鍵を見つけ出す。続いて右ポケット。

「これ、ですかね」言って、一枚のカードを手に立ち上がる。

「何だ？」

「社員証か何かみたいです」

皺が寄った厚紙。「渋谷印刷所」という会社名と、「滝井康雄」の名前が読み取れた。生年月日も……二十五歳だ。

「家の住所までは分かりませんね」

「これで十分だよ。勤務先が分かれば、家なんかすぐに割れる」

社員証を受け取った生沢は、眼鏡をかけ直して凝視した。印刷工だろうか。堅い、真面目な商売に思えるが……人は、他人が気づかない一面を持っていることもある。この男が一連の事件の犯人だとしたら――「意外だ」と思ってはいけないぞ、と生沢は自分を戒めた。この事件には、刑事の常識では計り知れない部分が多い。

「そこのバッグはどうだ」

「調べてみます」

住友がすぐに、滝井らしき男の頭の先に落ちている小さなバッグを持ってきた。肩紐つきの、茶色い合皮のバッグで、ファスナーが少しだけ開いている。大きく開けると、中に灰色のタオルが二枚、それにマフラーが入っていた。一番底には、黒いセーター。

「タオルは、返り血を拭うためかな」

「そうですね……でも、どれが返り血でどれが自分の血か、分からないですよね」

「ああ」住友の指摘に、生沢は顔をしかめながら答えた。うつぶせの状態でまだ倒れているので顔は分からないが、アスファルトに飛んだ血痕を見ると、顔面が滅茶苦茶になってしまっていることが簡単に想像できる。空き地で死んでいる根岸の血と識別できるとは思えなかった。

二人の制服警官に現場の保存を指示した。規制線を張って野次馬を遠ざけ、鑑識の到着を待つ。次第に空が明け染めて行く中、生沢は無意識のうちに両手を擦り合わせていた。寒さが身に沁み、足踏みして何とか我慢した。頭の中は燃えるようなのに、体は関係ないようだ。

午前六時過ぎから六時半にかけて、鑑識の係員、私服の刑事たち、応援の制服警官が次々と到着し、現場は完全に封鎖された。生沢は、直接の上司である渋谷中央署の刑事課長に状況を報告し、指示を仰いだ。

「まず、身元の確認が先だな。この渋谷印刷所に行ってくれ。もしかしたら、裏の家に社長が住んでいるような、小さな工場かもしれない」

課長の勘は見事に当たっていた。七時前、渋谷と恵比寿の中間にある印刷所に到着。印刷所ドアの脇にもう一つドアがあり、「渡利《わたり》」の表札がかかっているのにすぐに気づいた。生沢は遠慮なくドアをノックした。すぐに、髪が半ば白くなった初老の男が顔を出す。寝起きのようで髪は乱れ、目やにがついていた。上半身は白い下着一枚で震えている。

「渡利さん――社長さんですか?」

「そうだけど」煙草でしわがれた声は、不機嫌そのものだった。

「警察です」

手帳を示すと、渡利の顔が強張る。

「何事ですか?」急に丁寧な口調になり、手にしていた眼鏡をかけた。

「この名前に見覚えがありませんか」

生沢は社員証を示した。渡利が眼鏡をかけ直し、顔を近づけて凝視する。しきりに目を瞬《しばた》いた。

「滝井はうちの社員ですが……」

「残念ですが、亡くなりました」

「亡くなった？」渡利の声がいきなり甲高くなる。「どういうことですか？　交通事故にでも遭ったんですか？」

「いえ……殺されたようです」

「まさか……」渡利の声が、朝の空気に消えかかる。すぐにはっとして声を張り上げ、「殺されたって、あいつが？　誰に？」と矢継ぎ早に訊ねた。

「それはまだ分かりません」生沢はゆっくりと首を横に振った。二日酔いのそれとは違う鈍い頭痛を意識する。「少し話を聴かせてくれませんか？　身元の確認もまだですし、ご家族にも……」

「家は、ここから歩いて十分ほどのところです。ああ、クソ……冗談じゃないぞ」渡利が拳を固め、腿を激しく叩いた。「子どもさん、まだ小さいんですよ」

「そうですか……」遺族への通告は、自分たちがしなければいけないだろう。刑事の仕事で一番辛いことである。生沢も何度も経験しているが、慣れるものではない。「とにかく、ご家族に話をする前に、事情を聴かせて下さい」

「会えますか、あいつに」

「それは……確認していただく必要はあるんですが……」顔をまともに見られるだろう

か。渡利は戦争経験者だろうか、と一瞬考え、その疑問を口に出してみた。

「ああ、満州の方で、えらく難儀しましたよ」

「だったら、遺体には慣れてますよね」

口を閉ざした渡利の喉仏が大きく上下する。慣れてはいても、それはあくまで遠い過去、ということだろうか。今年がちょうど戦後二十年目になることに気づき、生沢は愕然《がくぜん》としながら続けた。

「撃たれた遺体とか、爆撃を受けた遺体とか……」

「そんなにひどいんですか」

脅し過ぎかもしれないと思いながら、生沢はうなずいた。家族には、顔を見せられないかもしれない。となると、確認のためには、毎日のように顔を合わせていたはずの渡利が頼りになるわけで、最初にできるだけ衝撃を与えておきたかった。そうすれば、実際に遺体と対面した時のショックは薄れるかもしれない。

「とりあえず……こちらへどうぞ」

渡利が下駄を突っかけ、ようやく外に出た。隣のドアを開けようとして、「ああ、鍵だ、鍵」とつぶやいてまた玄関に引っこむ。相当慌てている様子で、これではまともな話は期待できないかもしれない。

渡利は、毛玉の目立つセーターを着こんできた。それでもまだ寒いようで、背中を丸めたまま仕事場の鍵を開ける。「どうぞ」と声をかけて二人を中に入れ、すぐに石油ストーブに火を入れる。石油臭さが漂ってきたが、暖まるには時間がかかりそうだ。入ってすぐのところは事務室のようだが、床がコンクリート製で寒々としている。蛍光灯の白さが、さらに寒さを増幅させるようだった。

渡利が折り畳み椅子を引いてきて、二人に座るよう、勧めた。自分も同じ椅子に座り、二人に向き合う。生沢は、右側にあるストーブに、無意識のうちに手を伸ばしていた。一月の朝の寒さは強烈で、手が完全にかじかんでいる。メモを取るにも難儀しそうだ。住友も同じようで、右手を盛んに握って開いてを繰り返している。何とか手が動くと思ったのか、手帳を広げてボールペンを構えた。

「いったいあいつ、どんな風に……殺されたんですか」

「撃たれました」

「撃たれたって……」渡利の太い眉がぎゅっと寄った。「そんなこと、あるんですか？暴力団でもあるまいし」

「滝井さんは、暴力団と関係があったんですか」生沢は冷静に突っこんだ。

「いや、まさか」渡利が激しく首を横に振る。「そんなわけ、ないでしょう。あいつは中学校を卒業してから十年、うちで真面目に働いてきたんですよ。暴力団なんかとは、何の関係もありません」

「間違いないですか？　会社の外の出来事まで、全部把握していると言い切れますか」

「もちろん」

「じゃあ、滝井さんが人を殺したかもしれないことも？」

「ちょっと、ちょっと待って下さい」渡利が両手を前に突き出した。「何なんですか？　滝井が殺されたんでしょう？　何でいきなりあいつが人を殺した話になるんですか」

「その疑いがあるんです」話しているうちに、生沢は自分が冷静になっていくのを感じた。「滝井さんがある男性を刺殺した後、撃たれて殺されたと見ています。もう少し調べれば、その辺りの事情ははっきりします」

「まさか……」渡利の体から力が抜け、椅子から滑り落ちそうになった。何とか足を踏ん張って堪えたが、体が急に一回り萎んでしまったようだった。「いきなりそんなことを言われても、訳が分からない……」

訳が分からないのはこっちも同じだ、と生沢は思った。この混乱した状況に決着がつけられるかどうか、自信もない。捜査の行く末には、何の見通しもなかった。

「最近、滝井さんはどんな様子でしたか？　仕事は普通にこなしていましたか」

「それはまあ、そうです。あいつもここで十年働いて、もうベテランですからね」

「夜に出歩いていたとか、そういうことは？」

「そこまでは分かりません……毎日眠そうにしてはいましたけどね。赤ん坊の夜泣きがひどいってぼやいてましたよ」

あれは確かにきついものだ。生沢の息子も夜泣きがひどく、妻は夜中に息子を背負って外に出て、生沢の睡眠時間を確保してくれたりしたものだ。しかし……。

「それだけですか？」

「いや、分かりませんけど……」渡利が言葉を濁す。

「中学校を卒業した直後から見てるんですよね？元々暴力的な性癖があったとか、そういうことはないですか」

「それはまあ、あいつも若いから……喧嘩っ早いところもありますよ。ただ、今まで警察沙汰になったこともないですし、酔って喧嘩なんてのは、よくある話でしょう。結婚してからはすっかり落ち着いているし」

「ナイフを持っているところを見たことはありますか？」

「ナイフ……」渡利の顔が蒼白くなる。「いや、ナイフなんて、そんなものは……」

「最近、職場で何か変化はありませんでしたか？　急に無口になったりとか、あるいは逆によく喋るようになったとか」

「普段と変わらないように見えましたけどねえ」

　質問を連ねながら、生沢は軽い違和感を覚えた。何だ？　会話を続けながら考え、すぐにある結論に達する。釘はどこだ？　あくまで目で見た限りの感じだが、根岸の額の傷は釘か何かでつけられたように見える。滝井が持っていたナイフの刃先を使ったなら、もっと鋭い傷ができたはずである。

　犯人はもう一人いた。

　あるいは「真犯人」が。滝井は罪を押しつけられたのか？

これは、犯人が犯した最初のミスかもしれない。

事件が起きた日というのは、ロケットの先端に括りつけられたようなものだ。ものすごい加速で上に押し上げられ、冷静に状況を把握している暇もない。そして知らぬ間にエネルギーを使い果たしてしまう。

午後六時、生沢は疲労困憊《こんぱい》して、特捜本部でへたりこんでいた。椅子に浅く腰かけ、両足を床に放り出して、ただ黙然と煙草を吹かす。朝飯、昼飯と抜いてしまい、腹は減っていたが、食欲は皆無だった。今何か食べたら、戻してしまうかもしれない。内臓も含めた全身が弱っているのを意識する。

「ちょっと食べませんか」

顔を上げると、紫煙の向こうに住友の姿を見つけた。握り飯が載った皿を持っている。

「食欲がない」

「でも、今日は全然食べてないじゃないですか」

さっさと向こうへ行け、と言いたかった。握り飯を見るだけで、軽い吐き気が襲ってくる。しかしわざわざ気を遣ってくれた後輩を無下にするわけにもいかない。生沢は座り直して、握り飯を手にした。ぽってりと湿った感触を指先に感じた瞬間、また吐き気がこみ上げる。駄目だ……いや、無理にでも食べよう。食べなければ倒れる。

目を瞑り、握り飯に齧りついた。すぐに梅干しの強烈な酸《す》っぱさが口中を刺激して、一気に目が覚める。同時に吐き気も消え、食欲が甦ってきた。そこそこ大きな握り飯を四口で食べてしまい、次の一個に手を伸ばす。住友が呆れたように見ているのは分かったが、無視した。食べられる時に食べておくのは、刑事としての生活の知恵だ。

「悪いな」二個目の握り飯を咀嚼《そしゃく》しながら、生沢は不明瞭な口調で礼を言った。

「いえ」

「この握り飯、どうしたんだ？」

「下の食堂で作ってもらったんです」

「こんなに美味かったかな」生沢は首を捻った。署員用の食堂といえば、量は多いが味は二の次だったのに。

「腹が減ってれば、何でも美味いんじゃないですか」

「生意気言うな」

ぴしりと叱りつけておいてから、煙草に火を点ける。いきなり咳きこんでしまい、今日何本目だったか……と考えた。これでは喉にも家計にも優しくない。

目の前の電話が鳴る。取り上げると署の交換からだった。「一般の方から特捜本部宛に電話です」と聞き、生沢は受話器を下ろしたくなった。特捜本部には、市民から実に多くの電話がかかってくる。しかしその九割は、何の役にも立たない話だ。勘違いや思いこみ、中には警察をからかってやろうという不届きな連中もいる。しかし、残り一割が馬鹿にできないのだ。

「はい、特捜本部」生沢はできるだけ低い声で話した。脅しをかけるような声――これで、ふざけている連中はだいたい気勢を削がれる。

「長野を調べろ」

相手の声は、生沢のそれよりさらに低かった。しかも不明瞭……ハンカチか何かを受話器に押し当てているようだった。

「長野？」

「代議士の」

生沢は思わず座り直した。それを見て、住友が不審気な表情を浮かべる。椅子を引いて来て、生沢の近くに座った。

「長野先生がどうかしたんですか」敢えて丁寧な口調で訊ねてみた。ふつうなら脈絡のない情報に聞こえるが……長野の次男という線もあったわけで、無視はできない情報だった。

「今日殺されたトップ屋……あいつが何を調べていたかが分かれば、面白いことになる」

「長野先生の情報でも調べていたんですか」

電話の向こうで相手が沈黙した。生沢はそれを、無言の肯定と受け取った。

「どういう情報なんですか？　トップ屋が政治家に接近していたとなると、何か政治絡みのスキャンダルですか？」

またも無言。切れてしまったのではと心配したが、音を聞く限りつながっているようである。かすかな騒音……相手は室内ではなく、外にいるようだ。公衆電話からだろう、と想像する。しかし駅前など人通りの多い場所ではなく、住宅街の煙草屋の店先などではないか、と想像した。

「根岸は長野さんに殺されたとでも？」

「調べて下さい」

電話がいきなり切れた。受話器を置く「がちゃん」という音が不快に耳を刺激する。

「何の電話ですか？」住友が遠慮がちに訊ねる。

生沢は話の内容を説明し、話し終えた瞬間に自分でも首を傾げた。あり得ない話ではないが……いや、やはりあり得ないだろう。トップ屋に弱みを握られた長野が、滝井を使って始末させる——下手な映画でも、こんな筋書きはない。ましてや次の総理と言われている男である。それに滝井も殺されているという事実を、どう判断したらいいのだろう。長野が、証拠を消すために滝井も殺させたのかもしれないが、だったら最初からその「殺し屋」を使って、根岸を殺させればいいではないか。これでは話が複雑になるだけだ。

「確かに、おかしいですね」

「ただ、無視はできないな。調べてみる価値はある」

「また長野の家に行くんですか？」住友はすっかり腰が引けていた。

「いきなりは駄目だ。まず、外堀を埋めないと」

しかしそれには、相当時間がかかるだろう。特に根岸のことを調べるのは面倒だ。根岸がトップ屋として「週刊ニッポン」を拠点に活躍していたことは裏が取れているが、もっと詳しく調べるとなると、さらに対象を拡大して事情聴取を続けなければならない。

とにかくこの件は、十分気をつけないと。特殊な殺人事件だし、過去の事件とのつながりも捨て切れない。これまでも週刊誌などが散々書きたててきたが、これからさらに報道合戦は激しくなるだろう。連中の動きは、捜査の邪魔になる。

「とにかく、周辺から崩していくしかないな」

「そうですね」住友は疑わしげだった。「でも、政治家絡みの事件だと相当大変そうですから、まずは上と相談しないと」

「分かってる」生沢としても、それは仕方ないと思っていた。一人で、あるいは住友と二人だけでやれるほど簡単な仕事ではない。

いや、何人でかかっても駄目かもしれないが。

事件は闇の中に消えてしまう——そんな予感がしてならない。絶対に諦めないと心の中で叫んでも、その叫びも闇に呑みこまれ、誰の耳にも届かない感じがした。

23

三十秒。

それだけあれば、言いたいことは全て言えるだろう。ただし向こうが言葉を差し挟めば別だ。三十秒でどれだけのことが伝えられたかは分からない。

おそらく前田は、警察に電話をかけていた。家の電話ではなく、わざわざ煙草屋の軒先《のきさき》の公衆電話を使ったのも、そのためだろう。暗闇が迫りくる中、長野は必死に目を凝らした。受話器を置いた前田が、十円玉が戻ってこないか確かめるためか、返却口に指を突っこむ。それから、ハイライトを一つ買った。

こんなに近くにいるのにこちらに気づかないとは、前田もどうかしている。用心が足りない。

長野は白い息を吐きながら、煙草屋から離れた。待ち合わせ場所は、近くの喫茶店。家を出て来た時に、たまたま車を降りた前田を見つけ、様子を窺っていたのだが……これは、はっきりさせておく必要がある。

先回りして喫茶店に入り、前田を待った。ふいに、煙草が吸いたくなる。高校生の頃に父親の煙草を失敬して吸ってみて、激しい目眩と吐き気に襲われて以来、一本も吸っていないのだが、今はニコチンの刺激が必要な感じがした。しかし、前田にねだるわけにもいくまい。そもそも体調を整えるためにも、煙草は御法度《ごはっと》だ。自分の戦いはまた新たに始まったわけで、今後も体調は維持していかねばならないのだ。

座って一分ほどして、前田が店に入って来た。すぐに長野を見つけ、真っ直ぐ窓際の席に向かって来る。座るなり、封筒をテーブルに置き、長野に向けて押し出した。無言で左手を伸ばし、封筒を手にした。分厚い。中身を確かめもせずに、ジャケットの内ポケットに入れた。

　コーヒーが運ばれてくるまで、前田は無言を貫いた。顔色は悪く、落ち着かない。すぐにでもここを離れたいと思っているかのように、何度も体を左右に揺らした。

「どうして余計なことをしたんですか」前田が切り出した。

「余計なこととは？」惚けて、長野はコーヒーを一口飲んだ。

「死体が二つ」

「その方が、警察は混乱するでしょう」

「人を使ってやったんですか？」

「何しろ、これなんで」長野は右手を突き出した。「確実を期するためには、仕方ないでしょう。とにかくこれで、終わりでいいですね？　オヤジも安心しているのでは？」

「何を考えているかは、私には分かりませんけどね」

　そう言う前田の目の下には、隈《くま》ができていた。もしかしたら一晩中寝ずに、自分からの報告を待っていたのだろうか、と長野は訝った。

「それで……今後はどうするんですか」前田が訊ねた。

「どうするとは？」長野はまた惚けた。

「いつまでこんなことを続けるんですか」

「オヤジのために、という意味なら、これが最後です。もう、あんな男のためには何もしたくない」

「分かりますよ」

前田がハイライトの封を切り、素早くくわえた。分かる？　この男は何を言っているのだ、と長野は一瞬混乱した。

「先生のために働くのは、大変なことです。体がいくつあっても足りないし、気持ちは磨り減る一方だ」

「あなたは、それで満足しているのかと思いましたけど」

「そろそろ辞めようと思っています」

「秘書を？」長野は目を見開いた。学生の頃から書生のように家に住みこみ、もう二十年以上も父に仕えてきた男である。人生の半分以上を父のために捧げてきたのに、今更引くというのか？　政治家と秘書は死ぬまで一心同体だと、長野は思っていたのだが。

「先生とは長いこと、つき合いましたからね」両肩を軽く上下させる。「この辺りが潮時でしょう。こんなことをするつもりはなかったんだ」

「今さら何を……」長野は鼻を鳴らした。「辞めてどうするんですか」

「田舎に戻って、何か仕事でも探しますよ」

「島根《しまね》で選挙にでも出るんですか？」前田は確か、松江《まつえ》の出身である。

「どうですかね。政治にかかわる仕事は、しばらくはいいでしょう」

「今回の件がきっかけですか？　オヤジのために、人を殺させたから？」長野は切りこんだ。

「それは……」一言言って、前田が黙りこむ。依然として顔色は悪く、疲労感が滲み出ていた。

「こんなことは、普通の人には耐えられないでしょう。あなたは今や、犯罪者なんだから」

「私が？　それは違う」かなり無理した感じで、前田が声を張り上げる。

「あなたを起訴するのを躊躇う検事はいないでしょうね」

前田が唇を噛む。血の気が抜けて一気に白くなり、さらに顔色が悪い感じが強まった。

「もちろん、私は何も言いませんけどね」

「あなたは……どうなんですか？　何でそんなに平然としているんですか」

「さあ」使命だから。使命を果たすためには常に意識を鮮明に保ち、冷静でいなければならない——しかしこんなことを前田に説明しても、理解できないだろう。

自分は狂人ではないと、長野は確信している。常に冷静に自分の行動を振り返れるし、多くの行動が法に反した行為だということも自覚している。ゴールドマンや滝井のように、露骨に性欲につながっているわけでもない——少なくとも否定する気持ちはある。自分の中で、殺しはあくまで崇高な行為なのだ。

「どうして警察に連絡したんですか」

長野が当てずっぽうで指摘すると、前田がぴくりと肩を震わせた。当たりか……コーヒーカップに手を伸ばしたが、指が震えて上手く摑めない。

「俺を売ったんですか」

長野は短く声を上げて笑った。前田がはっと顔を上げる。

「だとしたら間抜けですね。警察は、私を生きたまま捕まえようとしますよ。そうしたら私は、今回の件が父の依頼だったと話します。破滅ですね」

「あなたを売ったわけではない」

「どういうことですか」長野は目を細めた。想像が外れたことで、かすかな動揺を感じている。

「先生を売ったんです」

「ほう」

「トップ屋のことを調べるように、警察にアドバイスしたんですよ。もしかしたら警察は、先生の金銭スキャンダルを掘り起こすかもしれない」

「そして、糸は私の方につながってくる」

「……それは分かりません。警察があなたの名前を割り出すかどうか、今の段階では何とも言えないでしょう。だからあなたは、逃げればいい」

「無責任だな。だいたい、どうしてそんなことをしたんですか」前田の意図がまったく読めず、長野はかすかな不安を覚えた。

「先生が許せなかったから。私の正義感の限界を超えている……もう、こんなことには耐えられない」

「あなたも捕まるかもしれない」

「逃げますよ。先生一人が破滅するのが、私にとっては理想なんだ」

「そう上手くいくとは限らない」長野は脅しをかけた。しかしこの男は、いつから父に対して歪んだ気持ちを抱いていたのだろう。一心同体だと思っていたのだが。

「私の手は汚れたんですよ」前田は両手を広げて顔の前に上げた。わざとらしく、掌を交互に見る。「血に染まっているんです。そう考えるとおかしくなりそうだ」

「だったら、あなたも死んだらどうですか」

「そんな、簡単に……」

「自分で死ねないなら、私が殺してもいい」

長野はジャケットの前を開けて、内ポケットを見せた。こんなところに拳銃を入れておくと、片方の肩だけが下がってしまって嫌なのだが……銃を見た前田の顔が、さらに蒼くなる。

「あなた、そんなものを……」

「日本の警察は、いちいちボディチェックをしませんから」

「そういう問題じゃないでしょう」

「あなたが父を警察に売ったのは、私にとってはどうでもいいことです。そんな情報で警察がきちんと捜査するとは思えませんしね。とにかく私は、自分の身に危険が迫ったと思ったら、あなたを殺します。それが嫌なら、捜査の矢印が私の方を向かないように、上手くやって下さい」

「警察を誘導しろと？」

「やり方は分からないけど」長野は肩をすくめた。「あなたには知恵も権力もあるはずだ。自分で考えて下さい。それができなければ……」

長野は銃把《じゅうは》に触れた。前田ががたりと音を立てて椅子を引く。

「私は……今日はとにかく、これで」

「どうぞ」長野は愛想のいい笑みを浮かべ、ジャケットの前を閉じた。「もうお会いすることもないでしょうが、どうぞお元気で」


大金を懐に入れたまま、長野は新橋《しんばし》に出た。当てがあった訳ではない。渋谷にいたら危険だと思ったわけでもない。ただ何となく、自分が馴染んだ渋谷以外の空気を吸いたくなっただけだ。こんなことは珍しい。

駅前は、サラリーマンでごった返している。ビルの壁は、看板で埋まっていた。「スバルサンバー」「伊豆《いず》シャボテン公園」「平和島競艇《へいわじまきようてい》」「腸にミヤリサン」――まったく関係ないものが一ヵ所に集められているのは、まさに東京の縮図のようであった。この街は一体感をなくし、今やモザイクのようになっている。

当てもなくぶらつく……呑み屋に群《むら》がる、あるいは帰宅を急ぐサラリーマンと肩がぶつからないように、早足で、しかし慎重に歩いた。ここでトラブルは御法度である。何しろ懐に忍ばせた金と銃が重い。

一つはっきりしているのは、この金が自分にまた自由を与えてくれるだろう、ということである。必ずしも、自由がありがたいと思ったことはないが。物心ついた頃から自由は手の中にあった。苦労して勝ち取ったわけではないので、年寄りたちの話はピンとこない。特に戦前はどうこうと言われても……不自由を感じていたなら、自由を勝ち取るために戦えばよかったではないか。そうしないで、何十年も経ってから愚痴を零しているのは、極めて非生産的な行為である。

烏森口《からすもりぐち》に回り、神社の参道にある飲食街に迷いこむ。二階建ての低い建物が集まっており、看板が林立して、パズルの世界に入ってしまったようだ。道路の石畳は所々が浮いており、気をつけないと爪先を引っかけてしまいそうになる。酒が呑めればここで一杯やるのだが、そんな気にもなれないし、酔っ払いは嫌いだ。

渋谷にも、こういうごちゃごちゃした飲食街がいくつもあるが、新橋とはどこか空気が違う。自分が慣れているせいもあるのだろうが、ただ歩いているだけでどこか和《なご》むのだ。右腕がないせいかもしれないな、と考えることもある。日本人は優しい。片腕の男をからかうようなことは決してしないのだ。だから安心して歩いていける——しかし何故か新橋では、好奇の視線が刺さってくるのを意識した。

どうしてこんなところに来てしまったのだろう、と自分でも不思議に思う。呑みもしない、誰かに会うわけでもない、懐の金と銃は心配しなければならない——渋谷への想いを確かめるためだったのかもしれない、とふと気づく。馴染みの薄い街にいて、故郷への想いを新たにするとか。

そう、自分が生きるのはあの街だ。これから自分はどうなるか分からないが、渋谷に居続けなければならないことだけははっきりしていた。警察の手を逃れ、前田や父の罠にかからないように気をつけながら、さらに使命を果たして年を取っていく。

渋谷へ帰ろう。自分がいるべき街は、やはりあそこだ。

第八条
人の噂になるのは構わない。だが、正体は常に隠しておかねばならない。自分のやったことを誰かに誇ってはいけない。

捜査Ⅱ

これじゃ空き部屋と同じね、と生沢薫は思った。被害者、長野保の借りていた部屋は、ほぼ空っぽだった。本当にここで生活していたのだろうか、という疑問が最初に浮かぶ。

家具らしい家具はなく、フローリングの床の隅に布団が丸まっているだけ。小さなキッチンには使われた形跡がなく、作りつけの冷蔵庫も完全に空だった。ゴミ箱すらなく、本当に生活の臭いが感じられない。クローゼットを開けてみたが、床で埃の塊が揺れただけだった。

「何なんだ、この部屋は」緒方が文句を言い、次いで薫が考えたのと同じことを口にした。「まるで空き部屋じゃないか」

この人と同じ発想は嫌だと思いながら、薫は「でも、間違いなくこの住所ですよ」と反論した。

「だったらヤリ部屋かね」

薫は眉を吊り上げた。この先輩は何を言っているのか……被害者はとうに七十歳を超えた老人である。セックスのためだけに部屋を借りるという発想は、どこから出てくるのか。今はまだ、冗談を飛ばせるような状況でもないのに。

「緒方さん、冗談言ってる場合じゃないですよ」

「分かってる」緒方が咳払いした。「だったらお前はどう思うんだ」

「さあ」

「対案もないのに、偉そうなことを言うな」

本気で怒っているのかどうか、薫には分からなかった。緒方はよく「対案」という言葉を口にするが、果たしてその意味が分かっているのか……。

二人の他に三人の刑事が加わり、部屋の捜索を続ける。玄関に入るとすぐに小さなキッチンで、その奥が八畳のフローリングという、標準的な造りのワンルームである。こういうマンションは学生専用かと思っていたが、老人でも借りるのだ……それが薫には少し意外だった。最近は、賃貸物件を年寄りに貸し渋る傾向がある、と聞いている。そこで死なれでもしたら「事故物件」になり、その後貸しにくくなるからだそうだ。だから「家は買うより借りる方が合理的」という考えは馬鹿馬鹿しい——というのも一理ある、と薫は思っていた。ローンに縛られない気楽な賃貸暮らしもいいかもしれないが、体の自由が利かなくなる年齢になって、いきなり家を貸してもらえなくなったら悲劇だ。賃貸物件からいきなり特別養護老人ホーム入りとなったら、悲し過ぎる。家族と家を持つことには、やはりきちんと意味があるのだ。

今年二十九歳で独身の自分に、家族論を語る資格はないけれど。

「あの……」

開いたドアから、初老の男が顔を覗かせる。ここはシャットアウトしてあるはずなのに、どうして入れた——一瞬怒りがこみ上げたが、すぐにこのマンションの大家である秋《あき》庭《ば》だと気づいた。薫は緒方に目配せし、対応するために玄関へ向かった。

「どうかしましたか?」

「いつ頃までかかりますかね? 他の部屋の方が心配していて……」

「もう少しかかります」薫は低い声で言った。警察が家宅捜索に入っていたら、気分が悪いのは分かる。しかし、いきなり大家に泣きつかなくても……これも一種のクレーマーだろうか、と薫は思った。一方で、大家の大変さには同情する。店子《たなこ》に文句を言われ、「警察に話してみますよ」とは言ってみたものの、こちらでも冷たくあしらわれたらたまらないだろう。

ついでに話を聴いてみよう。薫はオーバーシューズを脱ぎ、外へ出た。外階段にブルーシートをテントのように広げているので、陽射しは遮られている。風も吹きこまず、室内にいるのと同じぐらいの気温だった。

「こちらに住んでいた長野さんなんですが……中にほとんど物がないんですが」

「そうなんですか？」秋庭が目を見開く。

「ええ。布団は一組ありましたが、他には住んでいた形跡もないんですよ」

「それは変ですが……特に何も問題はありませんでしたよ」

「ご近所とのつき合いはどうでした？」

「それはちょっと分かりませんが……基本的にうちのマンションは、単身者ばかりが住んでますからね。ご近所同士のつき合いもほとんどないと思いますよ」

「だったら、トラブルはなかったですか」

「まさか」秋庭が激しく首を横に振る。

「長野さん、家賃は毎月きちんと払っていましたか？」

「もちろんです」

「引き落としで？」

「いや、ご本人の希望で、毎月持って来られていました」

「今時、珍しいですね」自動引き落としでなければ銀行振り込み。それもネットを使って——金の扱いはどんどん便利になっているのが今のご時世である。

「ご本人が、銀行に行くのが面倒臭いからって言ってまして」

「振り込みなんて、銀行じゃなくてもコンビニでもできますよ。いちいち手渡しする方が大変でしょう」

「たまに、そういう人もいるんですよ。人づき合いの手段としてね。お年寄りは寂しいものだから」

「長野さんも？」

「いや、どうかな」秋庭が首を傾げる。「あまり話したこともなかったので……私の方としては、お金が貰えれば何でも構いませんので」

「ところで長野さんは——右手がありませんでしたよね」

「ええ」認めて、秋庭がぶるりと身を震わせる。

「どういう事情か、ご存じですか」

「いやいや」秋庭が首を横に振る。「そういうことを聴くのは、失礼でしょう」

薫はなおも、秋庭に質問をぶつけ続けた。近所づき合いは本当になかったか。誰か訪ねて来ることはなかったか。家族はどうしているのか。

いずれも答えは「ノー」だった。違うの「ノー」もあれば分からないの「ノー」もあったが、薫は次第に腹が立ってきた。仮にも大家なら、もう少し店子の生活に注意を払うべきではないのか。金を貰ってそれで終わりでは、何か問題があった時に皆が困る——実際今、自分たちが困っている。

「お年寄りに家を貸すことで、何か問題はなかったんですか」

「いや、それは特にないですよ。だいたい、最初に貸したのはもう十年も前ですから。その頃は、できたばかりだったんです」

「ということは、借りられた時のお年は……」

「まだ六十歳を少し出たぐらいだったんじゃないですかね。お年寄りとも言えないでしょう」

「はい？」

「もう一つ、家賃を払うお金はどうしたんでしょう」

「銀行にも行かなかったとすると、全部現金で決済していたことになりますよね。でも、遺体……の周辺では現金が見つかっていませんし、部屋にも何もないんです」

「いや、それは私に言われても……毎月、きちんと払っていただいていましたから、こちらとしては問題はなかったわけで」

「そうですか。分かりました」薫は名刺の裏に携帯電話の番号を書いて渡した。「何か思い出したら、連絡していただけませんか」

恐る恐るといった感じで秋庭が名刺を受け取る。名刺に毒がしこんであるわけでもないのに……ふと思いつき、少しだけ捜査の手間を省くことにした。部屋の中を覗きこんでみると、まだ捜索作業は続行中である。間もなく鑑識も到着して、さらに詳細に調べることになるだろう。もしかしたら、殺害現場はこの部屋かもしれないし。自分はまだ見ていないが、風呂場やトイレで殺された可能性もある。

いずれにせよ、捜索にはしばらく時間がかかるはずで、自分が少しだけ外れても、影響はないだろう。薫はエレベーターホールへ向かう途中で携帯を取り出した。父親の携帯の番号を呼び出し、通話ボタンを押す。出るだろうか……生真面目な人で、仕事中は私用の電話には出ようとしない。だからこそ、母親が倒れた時にも、父に連絡が行くまで時間がかかったのだ。

しかしどういう風の吹き回しか、父の護は電話がかかってくるのを待っていたように、呼び出し音が一度鳴っただけで出た。それでびっくりしてしまい、薫は声がでなくなってしまった。

「薫か？　どうした」

「ああ、ごめん……今、話して大丈夫？」

「いいけど、何かあったのか」

「仕事の関係」

「お前の仕事の？」

「もちろん」

父が一瞬黙りこんだ。渋谷区役所に勤める父は、今は住民戸籍課の課長である。区民の情報を得るのに、これほど相応しい立場の人間はいない。薫は手短に用件を説明した。

「正規の依頼じゃなくて、電話一本で済まそうとするのはどうかと思うぞ」父がやんわりと忠告する。

「手続き的なことは後でちゃんとやるから」心の中で両手を合わせた。父が娘の「お願い」に弱いのは、昔から変わっていない。「とにかく一刻も早く、手に入る限りの個人情報が欲しいのよ」

「――名前は」

文句を言いながらも、やはり引き受けてくれる気になったようだ。名前を告げ、字を説明した。

「ちょっと待て。この名前は……」父もすぐに思い当たったようだ。

「おじいちゃんを殺した人かもしれない」

「何でまた、そんなことに」

言ったきり、父が絶句する。父は、祖父が殺された時にはとうに社会人になっていた。まだ赤ん坊だった自分と違い、事件の記憶は未だに鮮明だろう。固まってしまったであろう父を再起動させるために、薫は早口でまくしたてた。

「それはまだ分からないけど……とにかく、この人のデータなら、何でもいいから欲しいの」

「ずいぶん年寄りだったんだな。こんな年寄りでも事件の被害者になるのか」

「実際、なったわけだし」

「嫌なことを思い出すな」

「嫌なこと？」薫は戸惑いを覚えた。父は無駄口を叩かないタイプで、家で話していても、役所で説明を受けているような気分になることがしばしばだ。

「渋谷には都市伝説があるんだ」

「……知ってる」警察にとってはあくまで「未解決事件」だが。

「年寄りばかりを殺して回る殺人鬼が渋谷にいる。それも、五十年も前からだ。親父もその犠牲になった——親父は、死んだ時には年寄りじゃなかったけどな」

「そうかもしれないけど、今は何とも言えないわ。とにかく、身元の確認をしないと」

「こんなこと、あるのかね」

「今はまだ、推測でしか喋れないから。データ、お願いね」

父はまだぶつぶつ言っていた。これほど衝撃を受けるとは……息子と孫では、事件に対する思い入れも違うのだろうが、それでも父がこんな風にショックを受けたことが、かつてあっただろうか。薫は人定をきちんとしてくれるように念押しし、会話を終えた。

都市伝説か。その話は聞いてはいたが、軽く受け流していた。ああいうのは大抵、何の根拠もない話だから……でも、面白がる人がいれば伝播《でんぱ》していく。今だったら特に、ネットであっという間に広がるはずだ。

後で詳しく調べてみよう。大した手間ではない。五分もあれば済むだろう。

しかし薫は確信していた。この件は……祖父が追っていたものと同じだ。渋谷で年寄りが殺される——一連の事件の続きだ。真面目に検討してこなかった自分に腹が立つ。

夜になって渋谷中央署の記者室に戻った河東怜司は、原稿を送り終えてほっと一息ついた。大した仕事はできなかったが、明日の朝刊には自分の書いた記事も少しは載る。今はそれで満足しよう。

捜査は始まったばかりだったが、まだ有力な手がかりはないようだった。被害者の身元も、依然として正式には確認されていない。妙な話だ……あれだけ早い段階で、身元に関する情報が出てきたのに、まだ確認できていないとは。長野保と見られる人物が借りていたマンションには、河東も行ってみた。しかし近所で聞き込みをしても、「長野保」の名前は出なかった。近くに住んでいるオーナーは取材拒否。特捜本部の公式発表も、依然として「遺体の身元は確認中」だった。いったいどういうことだ？　事件の本筋を追っている警視庁クラブにも相談してみたのだが、「別に焦る必要はない」という答えが返ってきただけだった。警察が「まだ」と言うなら、無理に書く必要はない、と。

何となく不満が募るだけの一日だった。原稿の問い合わせを待つ間、河東はネットで過去の殺人事件について調べ始めた。家族間の事件以外で、高齢者が犠牲になったケースはどれぐらいあっただろう。

しばらくネットサーフィンをしているうちに、河東は妙なサイトに行き着いた。「渋谷都市伝説　十字の男の記憶」。

五十年前から、断続的に渋谷区内で発生した連続殺人事件について書いたサイトだ――思い出した。記憶が一気につながり、河東は顔から血の気が引くのを感じた。事件好きとしては、絶対に忘れてはいけない事件である。いや、それだけではない。恋人の生沢薫が打ち明けてくれた時の恐怖と憐憫《れんびん》の情は、今でも忘れられない。「うちのおじいちゃん、連続殺人事件の犯人とみられる男に殺されたらしいの」。彼女はそれ以上の情報を教えてはくれなかったが、祖父を殺されたことが、警察官になるきっかけだとは打ち明けてくれた。その彼女が今は、捜査一課の刑事。この事件を担当しているのだろうか。だとしたら、どんな気分で……その精神状態は、つき合いの長い自分にも読めなかった。電話をかけてみようかと思ったが、事態がややこしくなりそうなので、今はやめておくことにした。

この件が解決しなかったのも奇妙である。身内が殺されたら、警察は異常に神経質になるものだ。支局にいた時代に、覚醒剤常用者が刃物を振り回し、取り押さえようとした若手の巡査が犠牲になった事件があった。犯人は一時姿を隠していたのだが、あの時の刑事たちの凄まじい形相は未だに忘れられない。鬼がいるとしたらこんな感じだろう、と真剣に震え上がったものだ。

しかし三十年は長い、と思い直す。当時現役だった仲間の刑事たちも、ほとんどが引退したか、引退間際ではないだろうか。警官殺しの件も気になったが、事件の全体像もどこか引っかかる。

個人的な思いを頭から押し出し、事件そのものに集中する。過去の連続殺人について、警視庁クラブは記事に盛りこんでくれただろうか……いや、今回の件が、一連の事件と関係あるかどうかはまだ分からない。

「あくまで噂」をまとめたこのサイトによるとだが、犯人は必ず、犠牲者の額に十字の傷を残していくのだという。犠牲者たちには何の共通点もなく、動機も不明。十字の傷も決まった刃物でつけられているわけではなく、それ故時期によっては別の犯人——模倣犯による犯行ではないかと、サイトの管理人は結論づけていた。

これは気になる……他のサイトも探してみた。いくつか、同じ都市伝説を紹介したサイトがあったが、どうやらどれも、最初に見たサイトから引用しているだけのようだ。まさか、このサイトの管理人に当たって確かめる訳にもいかないし……本社へ上がって過去の記事を調べようと思った。パソコンでデータベースも調べられるのだが、小さな画面で記事を読むのは疲れるし、各社が使う渋谷中央署記者室の回線はしばしば混み合う。どうせ会社まではすぐだし、あそこなら人目も気にならない。

警視庁クラブと社会部に電話を入れて、渋谷中央署を離れる、と告げた。警視庁クラブの方はともかく、社会部のデスクは「どうでもいい」というか、河東がここにいることさえ気にしていない態度だった。

まあ、警察回りとはこういうものだよな、と苦笑しながら、サイトに意識を戻す。奇妙なコーナーに気づいた。『Life of Killer』について」。テッド・ゴールドマンというアメリカの連続殺人者が書いた本の内容を紹介するものだった。

この名前には聞き覚えがある。どうやらゴールドマンが自分で書いた「小説」の内容を紹介するものらしい。調べてみると、和訳は出ていなかった。サイトの管理者が、自分で訳したものだろうか。

「セックスと殺しは同格だ。しかしセックスは汚らしい。殺しは高潔だ」

「相手の魂を自分の手に吸い取る感覚は、他の行為では味わえない」

「何百人でも殺したかった」

小説と言いながら、箴言《しんげん》のような言葉が並んでいる。管理人厳選のお気に入り、ということだろうか。馬鹿馬鹿しいと思いながら、いつの間にか引きこまれてしまう。はっと気づくと、三十分が経っていた。パソコンの電源を落としながら、嫌な気分になる。

河東は事件好きだ。事件取材がしたくて新聞記者になったようなものである。だが今俺は、記者としての興味からではなく、別の理由でゴールドマンの言葉に没頭していたのではないか。その理由は——河東は一瞬、震えを覚えた。殺すという行為に、純粋に興味を持っている？　まさか。

そんなはずがない。

気分が悪いまま署を出て、ヒカリエの隣にある雑居ビルに立ち寄り、トンテキで遅い夕食を摂る。こんな時間にこんなにヘビーな物を食べると太る一方だよな、と反省しつつ、付け合わせのキャベツまで残さず平らげてしまう。食べ終えると、ベルトの穴を一つ緩めた。東京に戻って来てから、体重は二キロも増えている。支局時代は、それなりに節制する時間的余裕もあったのに……食欲が満たされても、先ほどの不快な気分は消えていなかった。

銀座にある本社に上がり、編集局の一階上のフロアにある資料室に足を運ぶ。過去の新聞の縮刷版や雑誌、書籍などを集めたこの部屋は、さながら小さな図書館の雰囲気がある。どこか黴臭《かびくさ》い臭いが漂っているのも図書館のようだ。基本的に、編集局の作業が続く午前一時過ぎまでは開いていて、誰でも利用できるようになっている。

河東は、古い縮刷版を引っ張り出し、五十年前、そして二十九年前の事件を次々に拡大コピーした。五十年前の事件に関しては、正確には二件、連続殺人が発生していたようだ。東京オリンピックの年の一九六四年から、六五年にかけて。さらにその三年前、一九六一年にも三件の連続殺人があった。ただし、いずれの事件に関しても、「十字の傷」の記載はない。特捜本部では「殺害方法などから同一犯によるものと断定した」というだけだ——とはいえ、一九六五年一月に起きた事件に関しては謎が多かった。週刊誌の記者が、それまでと同じような方法で殺されていたのだが、さらに犯人と目された人間が、そのすぐ近くで死んでいたのである。殺した後、何者かに射殺されたと見なされ、被疑者死亡のまま書類送検されて、事件は中途半端に解決したことになっている。撃ち殺した人間は分かっていないのだ。

それから二十年後の一九八五年秋、事件は再発した。この時の犠牲者は四人。記事はやはり、「十字の傷」に触れていない。依然として警察は、「犯人しか知り得ない事実」として伏せていたのだろう。その後に情報が漏れたのか……この頃の警察回りは、まだぎりぎり会社に在籍しているはずだ。後で調べて、直接聞いてみようと思った。

残る二件の事件——一九八九年と二〇〇一年の事件でも、額の十字については触れられていなかった。

問題は、すべての事件が五十年前から同じ犯人によって行われていたのか、あるいは模倣犯によるものか、ということである。警察も結論を出していないようだ。今回の件はどうなる？　まだ被害者の名前も確定していない状態で、同じ事件と判断していいのか？

——いや、あり得ない。もしも同じ犯人だとしたら、いったい何歳なのだろう。八十歳近い老人が、関節痛を我慢しながら人を刺し殺す様を思い浮かべようとしたが、上手くいかなかった。

それに、犯行時期の問題もある。規則性が一切ないではないか。一九六一年、六四年、六五年、八五年、八九年、二〇〇一年。間隔はそれぞれ、三年、一年、二十年、四年、十二年である。今回も同一犯なら、前回から十三年、間が空いたことになる。何が犯人を動かしたのだろう。

「やあ」

いきなり声をかけられ、びくりとした。振り返ると、古参の編集委員、坂元《さかもと》が、両腕に分厚い本を大量に抱えて立っていた。

「コピー、使ってるのか？」

「あ、すみません」縮刷版をコピーしたまま、ずっとそこで記事を読んでいたのだ。慌てて縮刷版をコピー機から引き抜いて離れる。

「今日、そっちで殺しがなかったか？」

「ああ、その関係で資料を調べに来たんです」

「熱心だねえ」

穏やかな笑み。編集委員は基本的に、自分の好きな題材を勝手に取材して勝手に書くという、新聞記者の中では最高のポジションだ。たまに編集局の幹部から特命で仕事を受けたりするのだが、そんなものは普段の自由と引き換えだと我慢できるだろう。河東は社会部出身のこの編集委員と、一度一緒に仕事をしたことがある。河東は、坂元が「押しつけられて」と言った仕事を手伝ったのだ。「日本新名水百選」……会社が後援したイベントで、まさにニュースには関係ない、どうでもいい仕事である。ただ、この仕事でひと月ほど警察回りを離れ、全国各地に出張できたのは楽しい経験だった。

「それで？　何でこんな古い記事をコピーしてるんだ」

「ああ、ちょっと事情がありまして……」

河東は連続殺人事件を巡る都市伝説の話をした。坂元はコピーも忘れて話を聞いてくれたが、河東が話し終えると鼻を鳴らした。

「それは、何とも言えないな」

「そうですかね」個人的には興味をかきたてられていたのだが、出鼻を挫《くじ》かれた格好である。

「それより、今回の犠牲者、どんな人なのか分かったのか」

「まだ身元も特定できていません」

「再開発が進む渋谷。取り壊しが決まったアパート。そこで殺されていたホームレスのような男性……」坂元が、指揮棒を振るように宙で指先を動かした。「地味かもしれないけど、そういうところにポイントを絞って取材しても、面白いかもしれないぞ」

「捜査の本筋を追うのではなく、ですか？」

「そういうのは、警視庁クラブに任せておけよ。連中の仕事を奪うな」そう言う坂元も、若い頃には警視庁クラブにいたはずだ。むしろ人の仕事を奪うのは警視庁クラブの方なのだが……。

「分かりました」確かに地味だな、と思いながら河東は言った。地味だが、いい読物になるかもしれない。実際自分も、空き家問題などについて記事にならないかと考えていたのだし。

「今、渋谷で警察回りをしていることを感謝した方がいいな」坂元が河東に言い聞かせるように言った。

「どうしてですか？」

「宮益坂から渋谷駅の方を見てみろよ。東口のバス乗り場も含めて、今は廃墟みたいになってるだろう？　あそこが、これから数年でまったく新しい街に生まれ変わるんだぜ？　そういう時には、いろいろなことが起きるものだから」

「殺しも、ですか？」

「生まれ変わる街での殺し、だ。まさに時代の狭間で起きたような事件じゃないかな、これは。警察回りが取材する事件としては最高だろう」

第二部　後継者　1985

1

センター街の入り口にあるこの喫茶店が、長野保のお気に入りだった。コーヒー一杯が二百八十円で、何時間粘っても冷たい目で見られることはない。しかも地味な店のせいか、若い連中が入って来て騒ぐこともなかった。いや、長野は決して若い連中が嫌いな訳ではないのだが。遠くで見ている分には清々《すがすが》しさや力強さを感じるし、自分でも常に若い感覚を保とうと思っている。しかし、近くにいると……長野は渋谷で、何十年も若者を見続けているが、年を経るにつれ、彼らの知的レベルは下がっている感じがしてならない。

いや、そんなこともないか。

昔、ハチ公前に噴水があった時には、酔っぱらって飛びこむ若者が後を絶たなかった。あの噴水はもうなくなったが、仮にあったとしても、今の若者たちはそんな馬鹿なことはしないだろう。もっとずっとスマートに、身なりも小綺麗になっているから、水に飛びこんで服を駄目にするようなことはしないだろう。

この店での定位置は、ちょうどビルの角にあたる席だ。二方がガラス窓で、ちょっと身を乗り出すと、街行く若者たちの姿が眼下に見える。今は午後五時……センター街が本当に賑やかになるのは七時を回ってからだが、その時間は自分の物ではない、と長野は弁えていた。原色のネオンサインが本領を発揮する頃には、自室に引っこむのが常だった。

八月十二日……大学も高校も夏休みなので、普段よりも人出が少ない。地方から東京へ出て来ている学生が、お盆休みで帰省しているせいだろう。いつものこの時間帯に比べれば、七分ほどの賑わいだった。

テーブルに視線を戻し、本に集中することにした。ここで原書を読みこみ、夜には原稿用紙に向かうのが、このところの長野の決まりきった日課である。この退屈さには耐えられないこともない――腹の底に巣食う欲望だけはどうしようもなかったが。

「どうも、お待たせしまして」

顔を上げると、目の前に高木がいた。こいつもずいぶん太って年を取ったな、と思う。もう二十年来のつき合いで、彼は四十六歳になる今日まで、たっぷり脂肪を蓄えてきた。自分が未だに、青年時代の体型を保っているのとは対照的だと思う。

長野は軽く一礼して、テーブルに広げていた本を閉じた。これは、高木の会社から出す本ではない。バッグにしまうと、代わりに原稿用紙の束を取り出した。ずっしり分厚いその原稿は、半年がかりで訳したもので、来年早々出版される予定になっている。

「はい、確かに」受け取った原稿をぱらぱらとめくって確認してから、高木が運ばれてきた水を一気に飲み干した。氷がからんと音を立てる。

「これが、高木さんに渡す最後の原稿になりますかね」

「そうですね。ずいぶん長いおつき合いでしたけど」

高木はこの秋、部長に昇進する予定だ。そうなるとさすがに、自分で原稿の受け渡しはしない。今後はもっと若い編集者とつき合うことになるだろうが、それが少しだけ不安だった。高木は食欲が張って意地汚いところがあるが、仕事ぶりが淡々としていたのがありがたかったのだ。当然長野の方でも、彼のプライベートな事情をまったく知らない。結婚しているのは左手薬指の指輪を見れば分かるが、子どもがいるのか、どこに住んでいるのかなど、知らないことばかりだ。しかし世の中には、平気で人の個人的な事情を聞きたがる人間がいる。次の担当者がそういうタイプでないように、と長野は祈っていた。

「これは次の担当者――糸川《いとかわ》さんとの話になりますけど」長野は、バッグから分厚い本を取り出した。

「何ですか？」

「テッド・ゴールドマンの小説」

「ゴールドマン？　誰でしたっけ？」高木が首を捻る。

こいつは……と長野は顔をしかめた。これだけ傑出《けっしゅつ》した人物について知らないとは、大問題だ。これでよく、出版社の部長になれるものだと思う。

「アメリカの連続殺人犯ですよ。戦後すぐに、十二人を殺した……」

「ああ」高木がうなずいた。「何となく覚えてます。でも、小説ってどういうことですか」

「本人が小説を書いたんですよ」

「十二人も殺して、死刑にならなかったんですか？」高木が目を見開く。

「判決が終身刑だったんでね……この小説自体は、一九七〇年に出版されています」

「ということは？　服役してから何年後ですか？」

長野はぱらぱらとページをめくった。最初の数ページに「前書き」のようなものがあり、それによると、終身刑の判決が確定したのは一九五〇年だった。ゴールドマンは既に手記『Age of Murder』を出版していたが、二十年も刑務所に閉じこめられた後で、何故小説を書く気になったのかは分からない。読み終えても、明確な動機は見つからなかった。

「二十年後ですね」

「内容はどんな感じなんですか」

「ひたすら人を殺す話」

「それ、小説として成立してるんですか？」高木の眉間に皺が寄る。

「イメージとしては……『冷血』のさらに残虐《ざんぎゃく》なバージョンかな」

「うーん……」高木が腕組みをした。「『冷血』はカポーティですからね。でも、実際の連続殺人犯が書いた小説で、内容がそういう感じだと、どうかな」

「多少スキャンダラスな感じで売り出す手もあると思いますよ」

「ちょっと古いのが気になりますけどね……ゴールドマンは今、どうしてるんですか？」

「まだ服役中らしい」

「それも凄まじい人生ですね。もう、三十五年も獄中にいるわけだ」

長野は黙ってうなずいた。ちょうど高木が注文したアイスコーヒーが運ばれてきたので、店員に話を聞かれたくない。高木は嬉しそうにガムシロップとクリームをたっぷり加え、音を立ててコーヒーを啜った。

「何でまた、小説を書こうなんていう気になったんでしょうね」

誰でも一冊は小説を書ける——自分の人生を正直に表現すれば。そう言ったのが誰だったか忘れたが、ゴールドマンの場合はまさにそうだろう。犯行の一つ一つを丁寧に書いていけば、上中下巻の超大作が完成だ。

ただし、「怖い物見たさ」以外の理由で本を買う人がいるとは思えない。長野が読んだ限り、文章は稚拙《ちせつ》で、自分の行為を正当化する意味不明な理屈も鼻につく。だがこの本は、どうしても紹介しておきたかった。ゴールドマンのような人間は、一定の割合で社会に存在する。自分も間違いなくその一人だ。しかし殺人者の考えは一人一人違うし、それぞれは孤立した存在である。殺人者同士が協力して事に及ぶ……ということはまずない。タコ壺に入り、自分勝手にやっているだけなのだが、やはり他の殺人者の存在は気になる。何を考え、どうやって殺したのか。

自分以外にも、日本には殺人者がいるはずだ。そういう人間に、ゴールドマンという男の考えを紹介したい。結局出版できなかった『Age of Murder』……しかし今高木に見せた『Life of Killer』は、何としても世に出そうと思っている。高木が断れば、他の出版社に話を持ちかけるつもりだった。

「とりあえず、概要をまとめてくれませんか」高木が慎重に切り出す。

「興味、ありますか」

「今の話だけでは何とも言えないですね。概要を読んでから検討したいと思います。ただ、これを出版したら、かなりの問題作になるでしょうね。うちの会社に、そこまでの度胸があるかな……」

長野は無言でうなずき、同意した。

自分の考えを世に問うことはできない――少なくとも現段階では。それは自殺行為だ。ゴールドマンを日本に紹介するのは、その代わりでもある。殺人者に対して、人々がどんな反応を示すか、知りたかった。


実家を出てから、長野はほぼ二年ごとに家を転々としてきた。途中からはアパートではなくマンションに変わったが――そもそも昔ながらのアパートは少なくなってきていた――一貫して渋谷に住んでいることに変わりはない。やはりどうしても、この街を離れることはできなかった。

家はあくまで、睡眠を取り、翻訳の作業をするためだけの場所である。いや、ここ数年は仕事の場所も、図書館や喫茶店が中心になっていた。午前中は原宿にある区立中央図書館に籠り、三時間ほど翻訳作業を続ける。昼食——朝は抜く——を食べてから喫茶店に移り、原書を読みこんだり、午前中の作業の続きをしたりと、勤勉に仕事を続ける。夕方には、自宅近くの数軒の店をローテーションして夕食を済ませるというのが、曜日を問わない行動パターンだ。体調を保つために、長い散歩や体操も欠かさないし、夜も自宅で仕事を続ける。

高木と別れた後、長野は別の店に移って、『Life of Killer』を読み続けた。訳す場合に文体をどうするか、かなり悩む。原文はかなり硬い感じだし、言い回しがくどい。アメリカには、文体をチェックする編集者や校閲者はいないのだろうか。

この本は、肩凝りを誘発する。一度家に戻ってシャワーを浴びた。ゆっくりと、熱い湯を集中的に肩に浴びせる。今日は最高気温が三十度に届かず、比較的過ごしやすい一日だったが、それでもシャワーを終えた後には全身汗みずくになっていた。前腕の途中から先がない右腕からも、汗がしたたり落ちる。最後に冷水を浴びて、何とか汗を引っこめる。

乾いた長袖のシャツに着替え、近くの定食屋に向かった。戦後すぐから続いているような傾きかけた一軒家だが、値段の割に味はよく、いつも学生や若いサラリーマンで賑わっている。客が多いせいで、片腕の男がひっそりと食事を摂っていても、あまり目立たない。

テレビが正面に見える席に腰かける。長野は家にテレビを置いていないので——たまにラジオを聴くだけだった——テレビを観るのは、それが置いてある店で食事をする時だけだ。ＮＨＫの午後七時のニュースが流れている。

カレーを頼み、ゆっくりと食べる。左手だけでも十分箸は使えるようになったのだが、たまにそれが煩わしく感じられることがある。そういう時は大抵、カレーやオムライスなど、スプーン一本で食べられる食事で済ませてしまうし、サンドウィッチだけ、ということもあった。元々大食いではないし、ゆっくり食べる癖がついているせいか、少量の食事でも腹が膨れてしまう。

この日も、意識してゆっくりとカレーを食べた。この店は、定食屋なのにやけに本格的に辛いカレーを出す。慌てて食べると、真冬でも額に汗が噴き出すほどなのだ。せっかくシャワーを浴びたのだから、今日は汗をかかないようにしないと。

観るともなくテレビを観ていると、いつの間にかニュースは終わっていた。何の番組だろう……白黒の画面で突然、「ＮＨＫニュース速報」のテロップが何度も点滅する。テレビに意識を集中した瞬間、「羽田《はねだ》発大阪行日航機　レーダーから消える」の文字が浮かんだ。情報が次々と流れてくる。「日航機には乗客４９７人が乗っている」「運輸省に入った連絡では日航機から『緊急事態が起きた』とつたえてきた」。

ニュース速報はそれだけで終わった。長野は反射的に、三年前の羽田沖での日航機墜落事故を思い出した。あの時は、二十人ぐらいが亡くなったのではないか――頭の中に、先ほどのニュース速報のテロップが蘇る。「乗客４９７人」。乗員は何人いたのだろう。もしも墜落でもしていたら、五百人以上が犠牲になる。

直後、番組が途中でストップし、ニュース画面に切り替わった。アナウンサーの木村太郎《きむらたろう》が、普段より少し速い調子で状況を読み上げる。レーダーから消えてからあまり時間が経っていないのに、もうかなり情報が入っているようだ。

カレーがまだ残っていたが、長野はもう食事を忘れていた。画面で情報を追い続ける。画面はすぐに特報部からのものに切り替わり、さらに詳細な説明が続いた。時間が経つにつれ、状況はさらに深刻になってくる。席を立つこともできず、テレビの画面を食い入るように見続けた。いつの間にか、他の客もテレビがよく見える席に移動して、食事も忘れ、声も出さずにニュースに集中している。時折聞こえる声といえば、「やばい」「大事《おおごと》だろう、これ」等々。現場にいるわけでもないのに、事故の重大性が頭に染みこんでくるようだった。

そのうち、一人の客——三十歳ぐらいのサラリーマンだった——が思い出したように「あ」と大声を上げて立ち上がった。他の客が一斉に視線を向けたが、彼は気にする様子もなく、カウンターの中に向かって「電話貸して」と怒鳴った。

何事かと様子を見ていると、男は店員に「会社の同僚が乗っているかもしれない」と大慌てで説明した。店員も蒼い顔になり、カウンターの隅に載った黒電話を指差す。他の客の視線がテレビを外れ、電話に飛びつく男に集中した。口ぶりから、男は会社に電話を入れたのだと分かった。すぐに「ああ」と安堵の声を上げる。

「一つ前の便ですね？　いいや、よかった……はい、すみません。ニュースを見て気になったもので」

受話器を置くと、大きく吐息を漏らす。その時初めて、他の客から見詰められていたのに気づき、慌てて一礼した。それで店の中に、ほっとした空気が流れる。

長野は改めて、テレビに集中した。今や店員も調理場から出て来て、ニュースを食い入るように見ている。

いつの間にか、店に入って一時間半が過ぎていた。客はほとんど帰らず、後から入って来た客も異変に気づいて店に居座ってしまったので、ほぼ満員に近くなっている。急に居心地の悪さを感じて、長野は席を立った。目の前では、すっかり冷めたカレーに膜が張っている。いかにも不味《まず》そうで、軽い吐き気を意思の力で抑えつけながら金を払う。レジのところで、顔馴染みの店員が「えらいことになりましたね」と言ったが、黙ってうなずくだけに止めた。顔を知っているだけで、親しく話す間柄ではない。「客と店員」以上の関係になるつもりは一切なかった。

外へ出ると、生暖かい風が顔を撫でる。夏でも必ず着ている長袖のシャツが、急に煩わしくなった。かといって、手首のない右腕を世間にさらすつもりはない。

長野はぶらぶらと家に向かって歩き始めた。家に帰る気にはなれない。ラジオしかないが、今夜ばかりはどこの局に回しても日航機のニュースしか流れていないだろう。布団に潜ったまま、そのニュースを延々と聴き続けるのは気が進まなかった。しかし一度ラジオをつければ、ずっと聴いてしまうだろう。悲劇には、人を引きつける力がある。

だろう。

どうしたらいいだろう。このまま街を歩き続けて、朝が来るのを待つか。だが朝になれば、新聞が氾濫する。コンビニでも駅の売店でも、新聞の強烈な見出しを見ることになるだろう。

もしも本当に日航機が墜落して、五百人もの人が亡くなっていたら……考えると絶望的な気分になる。この時期の飛行機には、帰省客やビジネスマンが乗っていただろう。恐らく子どもも、相当いたはずだ。将来を担う子どもたち……現在の日本を支える企業戦士たち……大きな損失だ。死んでも構わない、死ななければならない人間はのうのうと生きていて、これからという人が死んでしまう。

これればかりは、自分ではどうしようもない。

人を殺した時には確かに全能感が得られるのだが、こういう事故と殺人を比べるのは不可能だ。

一人でも助からないものだろうか。有益な人材が失われるのは、社会にとって大きな損失なのだから……無理だろう、という諦めが先に立ってしまう。飛行機が墜落して、乗客が生き残ることなどほとんどないのではないか。

知らぬ間に、長野は涙を流していた。生と死のバランス。今、失われるべきではない命が奪われた。

しかしすぐに、気持ちを立て直す。

五百もの有益な命が失われたら、その分無能な奴らが跋扈することになる。世の中は全て、バランスだ。有能な人間と無能な人間……最終的には無能な人間は絶滅させるべきだと思うが、当面は失われた有能な人間の人数分、無能な人間を殲滅すべきだろう。

それこそが、自分に与えられた使命だ。

2

長野は、家に電話を引いたことがなかった。急ぎの仕事があるわけではないし、電話で生活を乱されるのも嫌だったから。普段の通信手段は手紙しかない。

編集者以外で数少ない、手紙をくれる相手が小栗《おぐり》だ。大学時代の友人で、最初に翻訳の仕事を勧めてくれた男である。生来のお節介というべきか、特に用もないのに、年に二、三回は食事に誘ってくる。会う気になれば、長野の方から電話をかけて日時と場所を決めるパターンだった。

この夏、小栗から手紙が届いたのは、よりによって日航機が行方不明になった翌日、八月十三日だった。お盆中も仕事で、家族の中で自分だけが帰省できない、せっかくだから飯でも食わないか、という誘いだった。こんな時に何を吞気な、と一瞬憤《いきどお》りを感じたが、それは自分の勝手な思いこみだとすぐに反省する。小栗がこの手紙を書いたのは昨日か一昨日、当然日航機が行方不明になる前である。

夕方近く、家に戻って手紙に気づいた長野は、また外へ出た。近くの電話ボックスに入り——蒸し風呂のようだった——頭に入っている小栗の勤務先の直通の電話番号をプッシュする。ボックスのドアを少し開けて風を導き入れようとしたが、空気は熱を帯びて滞留しているようで、何の慰めにもならなかった。額の汗を拭いながら、小栗が電話に出るのを待ったが、出てきたのはまったく知らない人間だった。驚いて小栗の所在を訊ねると、この春に別の部署へ異動したという——不思議ではないな、と長野は苦笑した。小栗はサラリーマンだから、異動はつき物なのだ。

新しい席に電話を回してもらい、長野はほっと一息ついた。「異動したのか」と切り出す。

「四月にな。手紙、届いたか？」

「さっき読んだ。どうする？」

「お前がよければ、今夜にでもどうだ？　もしかしたら、そんな気にならないかもしれないけど」

「いや、別に構わない」墜落事故のことを言っているのはすぐに分かった。構わないというか、どうしようもないというのが正確である。気にしなければならないのは、世の中のバランスを取ることだ。有能な人間が失われた分、悪を排除しなければならない。

「七時で大丈夫かな」

「ああ。場所はどうする？」

「そうだな……肉でも食べるか？」

「いいよ」焼き肉だろう、と見当がついた。小栗は昔から肉が好きで、一緒に食事をする時、たいていは焼き肉だった。

「じゃあ、あそこにしよう。前に一度、一緒に行ったことがあるけど……赤坂《あかさか》の『食楽《しょくらく》園《えん》』」

「分かった」その店なら覚えている。確かに肉は美味く、長野にしては食べ過ぎたのだった。

「お盆中だから空いてると思うけど、一応予約しておく。もしも駄目でも、近くにいろいろ店があるから、何とかなる。店の前で待ち合わせよう」

「ああ」

「それにしてもお前、そろそろ電話を引いたらどうだ？　今時電話ぐらい、学生でも持ってるよ」

「仕事を邪魔されたくないんでね」小栗に見えているわけでもないのに肩をすくめ、長野はさらりと言った。「だからテレビも置かないんだし」

「そうか……翻訳の仕事も大変だな。それに関して、ちょっと相談があるんだが」

「お前が相談？」それは妙だ……小栗は大学を卒業後、建設会社に就職した。海外勤務の経験もある。東大卒は、やはり幹部候補生ということなのか、四十代半ばにして既に部長である。最初に翻訳の仕事を紹介してくれた時は、長野の身を心配するあまり、文学部にいた同期の伝を辿ったのだが、その後は特に長野の仕事に口を出すことも、新しい仕事を紹介しようとすることもなかった。

「そんなに大袈裟な話じゃないんだけど、ちょっと聞いてくれると助かる」

「聞くだけなら構わないよ」

個人的に、小栗には恩も感じている。長野は殺人者で、人づき合いが苦手な男ではあるが、社会的な常識はある——と自分では信じていた。小栗は無下にしてはいけない相手だ。

「悪いな。じゃあ、七時に」

電話を切って時計を見る。今の通話時間は——小栗につながってからだ——四分二十秒。時刻は既に五時を回っている。今からシャワーを浴びて身繕いしてと考えると、それほど時間に余裕はなかった。嫌なのは、赤坂まで行くのに地下鉄を使わねばならないことだ。今長野が住んでいるところからだと、銀座線、千代田《ちよだ》線、どちらでも行けるのだが、長野は依然として地下鉄が苦手である。いっそのこと、タクシーでも奢ろうか。

それぐらいのことはしてもいい、と思った。友人と食事をするなど、長野にとっては日常からかけ離れた特別なイベント以外の何物でもないのだから。

長袖のシャツに麻のジャケットというのは、八月に焼き肉を食べるのに相応しい格好ではない。長野は店員に、ジャケットだけ預かってもらうことにした。「食楽園」は炭火を使って肉を焼く店で、店内には煙と臭いが遠慮なく充満しているから、ロッカーに入れてもジャケットには臭いがついてしまうだろうが……脇に置いておくよりはましだ。

小栗は少し遅れてやって来た。腕時計を確認すると、約束の時刻から二分十五秒経っている。

「悪いな、遅れて」額に汗を滲ませた小栗が頭を下げる。「怒ってるか？」

「どうしてそう思う？」中年同士の会話なのに、内容は小学生のようだ。

「お前、昔からすぐに時計を見るよな？　時間に厳しい」

「ああ、ただの癖だから」言いながら、左腕を少し引っこめた。時計がシャツの陰に隠れて見えなくなる。

小栗がおしぼりで顔を拭いて、ほっと一息ついた。クソ暑い中を走って来たのでは、と長野は想像した。それにしても……半年ほど会わなかっただけなのに、小栗は一目で分かるほど太っていた。昔は棒のように痩せていたのだが、社会人としての歳月を積み重ねるにつれ、体に脂肪がついてきた。もっとも部長というからには、これぐらい貫禄がないとやっていけないのだろう。「軽量級」では、部下にも取引先にも馬鹿にされるかもしれない。

痩せていた頃から、小栗はよく食べる男だった。食欲は年齢を重ねても衰える様子はなく、ロース、カルビ、タン塩と次々と肉を頼む。二人とも酒は呑まないので、冷たいウーロン茶を頼んだが、小栗は肉を二切れ食べたところで、もうグラスを空にしてしまった。

「早いな」

「最近、喉が渇くんだ。今年は特に暑いからな」

酒抜きで、ひたすら肉を食べながらの食事は、何となく忙しない。落ち着いて話をする気にもなれなかったが、どうしても昨日の日航機墜落は話題に出てしまう。話しているうちに、長野は再び気分が落ちこむのを感じた。あまりにも分かりやすかったのか、小栗は「ま、俺たちが心配してもな」と話をまとめてこの話題を打ち切った。

「いやあ、食ったな」小栗が満足そうに腹を叩いたのは、店に入って一時間——正確には五十八分後だった。どれだけ食べたか……小栗は生っぽい肉が好きで、金網の上で放置するようなことはしない。両面をさっと炙ったぐらいで食べるので、とにかくペースが早かった。しかもたっぷり肉を食べた後で、冷麺も平らげている。長野はわざわざ頼んで、冷麺は半分のサイズにしてもらった。

「——それで、話っていうのは？」

「ちょっと出ようか」小栗が自分の腕時計を見た。

「ずいぶんもったいぶるんだな」

「そういうわけじゃないけど、焼き肉屋で長居はできないよ」

小栗がそそくさと背広の上衣を引き寄せ、内ポケットから長財布を引き抜いた。せっかちなのは昔からで、これでは部下も大変ではないかと長野は想像した。しかし止めるわけにもいかず、長野は自分も尻ポケットから財布を抜いて割り勘分を払った。

外へ出ると、さすがに昼間の熱気は抜けている。焼き肉屋の熱さを忘れるような気温になっており、長野はほっとした。しかも幸いなことに、麻のジャケットにはほとんど臭いがついていない。

　赤坂の街は、ひどくぎらぎらしている。新宿や六本木、あるいは長野が根城にする渋谷とはまた違った感じ……街行く人たちの年齢層は高いのだが、上品なわけではなく、怪しい気配も漂っている。確かこの辺には、暴力団の事務所がいくつかあったのではないか。となると、漂っているのは金と暴力の臭いだ。

　小栗は、焼き肉屋のすぐ近くにあるビルに入った喫茶店に長野を導いた。店内に入るとすぐに、普通の喫茶店ではないと気づく。内装が……壁紙を始め、随所に青を使っていて、長野がよく行く喫茶店のような落ち着いた雰囲気ではない。実際、カウンターはまるでバーのようで、そこについている若者たちはアルコールを呑んでいる様子だった。

　案内されて、二人は店の奥にあるテーブル席に落ち着いた――尻が落ち着いただけで、気持ちは落ち着かなかったが。ノートを開いたほどの大きさのメニューを見ると、左側がアルコール、右側がソフトドリンクだった。

「変な店だな」長野は率直に感想を述べた。

「ああ、カフェバーだよ。最近、繁華街では凄い勢いで増えてるぞ」

「カフェバー……カフェとバーか」

「そうそう。だからアルコールも出すし、コーヒーも飲める。俺たちは当然、カフェの方だけど」

注文してしまうと、気持ちが落ち着いた。低い音量でピアノジャズが流れているだけだし、大声で騒いでいる連中もいないので、内密の話はしやすい。大して期待してもいなかったが、コーヒーも美味かった。小栗が煙草に火を点け、美味そうに吹かす。

「それで、話って?」

「弟子を取らないか?」

いきなり切り出され、長野は口元に持っていったコーヒーカップを慌てて離した。そのまま口をつけたら吹き出してしまいそうだったから。殺人者の弟子? まさか……小栗が俺の本当の顔を知るはずもない。

「弟子の面倒を見ている暇はないよ」

「四六時中相手をしてくれって言ってるわけじゃない。翻訳家志望の青年がいるから、ちょっと様子を見て、テクニックを教えてくれるだけでいいんだ」小栗が親指と人差し指で何かを摘《つま》むような仕草をして、ごく狭い隙間を作った。

「商売敵《がたき》を育てることになるかもしれない」そっちの話か、と安心した。

「まあな」小栗が煙草の灰を灰皿に落とした。「でも、向上心のある若者なんだ。今時珍しいだろう」

「で、何でお前がそういう人間を知ってるんだ?」

「山形《やまがた》にあるうちの関連会社の社員の息子さんでね。まあ……正直、孫請《まごう》けみたいな会社だから、給料はよくない。だから自分で一年間アルバイトして学費を稼いでから、大学に入ったんだ。今時珍しい苦学生だよ。根性はある」

「翻訳に必要なのは、根性じゃなくてセンスなんだけどね」小栗は、やや浪花《なにわ》節に弱い——と長野は思い出した。苦学生に同情して、というのはいかにもありそうな話である。

「それは分かってるけど……どうだ？　お前も、いつも一人で籠って仕事をしてると、気が滅入らないか？」

「慣れたよ」というより、それ以外の生活が考えられない。

「でも、俺たちもいい年だ。いつ何があるか分からない。孤独死なんかしたら、たまらないだろう」

「まだそんなことを考えるような年じゃないだろう。四十代なんだぜ」こいつは弟子ではなく、介護要員を紹介するつもりか？

「四十代になれば、いろいろ不都合も出てくるよ。お前、体は何ともないのか？」

「ああ。元気だ」実際、実家を出てからは一度も病院に行ったことがない。風邪ぐらいはひくが、そんなものは市販薬を呑んで寝ていれば治ってしまう。

「健康診断とか、受けてるか？」

「必要ないよ。元気だから」

「その油断が危ないんだけどな……まあ、その話は置いておいて、ちょっと面倒を見てくれないか？　お前だって、翻訳家としてはもうベテランなんだから、教えられることも多いだろう」

長野はその考えを頭の中で転がした。確かに、翻訳家として既に二十年以上のキャリアを持ち、百冊以上の本を世に送り出してきた。もちろんそれは仮の姿であり、自分の本質はあくまで殺人者なのだが、翻訳の仕事が暇な時間の穴埋めになり、生活費をもたらしてくれるのも間違いない。とはいえ、やはりサイドビジネスという感じは抜けないのだ。本業イコール殺人。いや、あれは仕事ではなく生き様と言うべきか。

断るのは難しい、と分かっている。常識人としての長野は、小栗に恩を感じていたから。返せる当てもない恩だが、ここで彼の頼みを受け入れたら、自分がずっと抱いている「申し訳ない」という気持ちも、少しは薄れるかもしれない。

「会うだけ会ってみるか」

「助かるよ」小栗が破顔一笑した。「真面目な男だから、お前に迷惑をかけるようなことはないと思う」

「ああ……どうするかな」家には上げたくない。あそこはあくまで、自分だけの「巣」で、他人に空気を吸われたくなかった。「こっちから連絡を取る方法はあるか？」

「それなら、電話してやってくれ」

「電話を持ってるのか」

「だからさっき、言っただろう？　今は、一人暮らしの大学生でも電話を持つような時代なんだよ」

「番号は？」

小栗が手帳を取り出す。彼が告げた番号を、長野はそのまま繰り返した。

「メモしなくていいのか？」

「たかが七桁《けた》の番号ぐらい、すぐに覚えられる」

「記憶力は相変わらずか……そういうのは、お前には昔から勝てないな」

「別に、そんなに役立つわけでもない」

「しかし、もったいないよなあ」小栗が長野の右腕――がかってあった辺りを見た。「今さらこんなことを言っても仕方ないけど、事故がなければな。お前は今頃、どうなってたかね」

「さあ、どうだろう」

「学生の頃、将来は何になりたかったんだ？」

「何も決めてなかったよ」既に「やりたいこと」はやっていたが。だいたい、人を殺すこと以外には、まったく興味がなかった。

「どんな仕事でも、お前なら一流になれただろうな。政治家っていう道もあったんじゃないか？」

「それはない」長野は思わず苦笑した。「俺は基本的に人見知りだからな。大勢の人の前で話したりするのは絶対に無理だよ」

「そうか……オヤジさんが亡くなった時、跡を継ぐチャンスだと思ったけど」

「まあ、そういうのはしょうがないんじゃないかな。自分ではどうしようもないこともある」長野は少しだけ白けた気分になった。

　父は、一九六八年に死んだ。長野が家を出た直後から体調を崩し、長患《ながわずら》いしていたのだが、それでも亡くなるぎりぎりまで議員としての活動を続けていた。それが逆に、長野家にとっては——父と兄にとっては——裏目に出たのかもしれない。スムーズに世代交代して兄に議席を譲り渡すなら、亡くなる前に正式に引退表明して、早めに選挙の準備をさせるべきだったのだ。ところが父が亡くなってから一年半も総選挙がなく、その間に「弔《とむら》い合戦」や「長野家の議席存続」のような感覚は薄れてしまったのだ。つくづく選挙は、感情的なものだと思う。有権者も気まぐれだ。

　兄は父の願い通り選挙には出たものの、次点に終わった。それきり兄は、政治に対する情熱——元々そんなに熱くなかったと思うが——をなくしてしまったようで、中央政界から「長野」の名前は消えた。

「政治に興味はなかったのか」

「なかったね」あったとしたら「興味」ではなく「憎悪」だったかもしれない。主に、父に対する恨みつらみ……右腕を落とされてからは、特にそうだった。

「とにかく、よろしく頼むよ」

「何だったら今、電話してみようか。夜だから家にいるんじゃないかな」

「バイトかもしれないぞ」

「そうなのか？」

「実家にはあまり頼れないそうなんだ。一年間アルバイトで稼いだ金も、入学金で消えてしまっただろうし、勉強を続けるためには、新しく稼がないといけないんだ」

「それはまた、大変だ」そんな状況で、翻訳の勉強などできるのだろうか。翻訳はある意味「我慢」の連続である。ひたすらデスクに張りつき、作業に没頭しなければならない。十分ずつ小刻みに、というのができない仕事なのだ。

「でも、根性のある若者だから。是非会ってやってくれ」

「分かった」

面倒なことを引き受けてしまった、と一瞬悔いる。だが、どうせ長くは続かないだろうと思い直した。翻訳の仕事の実態を話せば、若い奴は引くはずだ。ひたすら机に齧りついて、慢性の肩凝りと視力低下、それに腱鞘炎《けんしょうえん》に悩む——他に面白いことがいくらでもあるのに、わざわざそんな仕事をしようというのは、よほどの物好きか、自分のように特殊な事情のある人間だけだ。

それとも彼には何か、特殊な事情があるのか?

翌日、長野は、小栗が紹介した若者、宇多川和樹《うだがわかずき》と会った。昨夜電話で話した限り、確かに非常に真面目な人間という印象を受けたが、冗談半分に「字は違うが、宇多川つながりで渋谷で会おう」と提案すると、軽く明るい笑い声を上げたので、ただの堅物《かたぶつ》ではないと分かった。長野自身、渋谷から出るのが面倒だという事情もあったが、宇多川も「家は代々木上原《よよぎうえはら》なので、それほど遠くない」と同意した。

どうせなら、とセンター街のいつもの喫茶店を指定した。この店では常連——週に三回は通っている——なのだが、店員が注文のこと以外では一切話しかけてこないのも気に入っている。匿名性。これこそが、長野が昔夢見ていた東京だ。他人とは距離を取り、プライバシーを重視する。都会の流儀だ。

宇多川は、約束の時間に五秒遅れただけで現れた。長野は五分前に来て、下のセンター街を見ていたのだが、座った直後に宇多川らしき人間の姿を認めた。店は三階だが、ビルに入ろうかどうしようか、迷うように行きつ戻りつし始めたのである。人混みの中でそんなことをしている人間はひどく目立ち、もしもこいつが本当に宇多川なら、真面目な上に律儀な人間に違いないと長野は思った。約束の時間ちょうどに店に入ろうと、暑い中時間調整をしているように見えた。

宇多川は背の高い若者だった。今時流行らない感じだが、髪は綺麗に七三に分けている。細かいチェックの半袖のシャツに白いジーンズという格好で、いかにも軽快なイメージである。体が傾ぎそうなほど大きなバッグを左肩にかけている。長野が立ち上がると、テーブルに近づく前に立ち止まり、深々と一礼した。真面目なのは間違いないようだ、と第一印象を抱いた。

「宇多川君?」

「宇多川です。よろしくお願いします」声は少し高く、通りがいい。かすかに訛《なま》りがあるのを長野は聞き取ったが、どこの訛りかは分からない。小栗の情報が確かならば、山形出身のはずだが。

「山形出身だったね」宇多川が座るなり、長野は切り出した。

「はい」宇多川が少しだけ身を硬くする。「訛り、出てますか？」

「いや、全然分からない」

「気をつけてるんですけどね……」

「別に、故郷を隠す必要もないんじゃないか？」

「それは、先生みたいに東京のご出身だったらいいですけど」

さらりと言ったが、宇多川はすぐに口を閉ざした。長野が不機嫌に目を細めているのに気づいたのだろう。この男は……最初は好印象を抱いたのだが、いきなり個人的な事情に突っこんでくるのは、少し図々しくないだろうか。

「自分のことを話すのは嫌いなんだ」長野は不快感を抑えこみながら言った。「だから私とつき合う時は、個人的な事情は話題にしないこと。それが第一のルールだ」

「……分かりました」

「そうすれば私も、君の事情にはいちいち首を突っこまない。お互いに距離を置いた方が、人間関係は上手くいくことが多いからね」

「じゃあ、先生のところで勉強させてもらえるんですか」

「それはちょっと話が早い」長野は左の掌を彼の方に向けて突き出した。「まずは飲み物でも頼んで、それから話をしよう」

「分かりました」

宇多川が後ろを向き、店員を探した。すぐに右手を高々と上げ、呼びつける。変な話だが、これほど手の上げ方が様《さま》になっている男を、長野は見たことがなかった。腕が長いせいだろうか……店員もすぐに飛んで来て、アイスコーヒーの注文を取った。

飲み物が運ばれて来ると、宇多川はブラックのままストローも使わずコーヒーを飲んだ。甘いものが嫌いな、豪快なイメージを演出しようとしているのだろうか、と長野は訝った。それはともかく……まず、原則だけは説明しておかねばならない。

「弟子になりたい、というような話だと思うけど」

「はい。是非、先生の下で勉強させて下さい」テーブルに頭突きするような勢いで頭を下げる。「昔から、先生の訳した本は何冊も読んできました。憧れだったんです」

「残念だけど、弟子を取るつもりはないんだ。そもそも翻訳の仕事なんて、誰かに教わってやるものじゃない。誰でも独学で、自分なりのやり方を見つけるんだよ」

「いや、でも——」

「正直言って、人に教えているような余裕はないし、教えるのも苦手なんだ」

「あの、すみません、とりあえずこれを読んでいただけませんか」

宇多川が大きなバッグから原稿用紙の束を取り出した。相当分厚い。五百枚は楽にありそうだ。

「これは？」訊ねながら、長野はそれが何であるかすぐに分かった。一枚目に『天の轍《わだち》』とタイトルがある。長野が五年ほど前に訳した、アメリカの作家の小説である。小難しい内容で、セールス的にはまったく振るわなかった。

「先生が訳したのを読んで、自分でもやってみようと思ったんです。原書を手に入れて、去年一年かけて訳してみました」

長野は、原稿用紙をめくった。一枚目の一行目……。

「ジャック・ハーレイは十八歳でカンザス州ウィチタを出て、二度とこの故郷に戻らなかった」

自分はどう訳したか——瞬時に記憶が甦る。

「ジャック・ハーレイは、十八歳で故郷のカンザス州ウィチタを捨てた」

原文に忠実なのは自分の方である。宇多川が書いたのはやや意訳気味だが、それでもニュアンスは出ている。これはなかなか、センスがあるのではないか……しかし長野は、すぐに顔を上げた。ずっと読み続けて、興味を持ったと勘違いされては困る。ぱらぱらと原稿の束をめくる。

「ずいぶん頑張ったね」

「これで生きていきたいんです」

「狭き門だよ」

「それは分かっています」宇多川が身を乗り出した。「でも、頑張る覚悟はあります。先生に教えていただけるなら……」

「私は一人で仕事をする。他人と仕事をしたり、教えたりする気はない」

宇多川がすっと息を吞む。目に、一瞬兇暴《きようぼう》な光が宿った。これは……ふと危険を感じ、長野は話を逸らすことにした。

「君は、ずいぶん苦労して大学に通っているそうだね」

「金がないので、仕方がないです」半ば諦めたような薄い笑みを浮かべる。

「そこまでして大学に通うのは、やっぱり翻訳家になりたいからか？　翻訳家になるなら、別に大学へ行く必要もないんだよ。英語の勉強は一人でできるし、私も完全に独学だった」

「英米文学を本格的に勉強したかったし、とにかく東京に出たかったんです。出版社はほとんど東京にありますし、こっちの方が刺激があるし……仕事にありつけるチャンスもあると思ってました」

「バイトは何を？」

「道路工事が多いです。夜中ずっと働くと、結構な金になるんですよ」

長野はうなずいた。それは事実だ。東京では、毎日必ずどこかが掘り起こされている。道路だったり、新しいビルを建てるために古い建物を取り壊していたりと様々だが、とにかく槌音《つちおと》が消えることはない。

「体、壊さないか？」

「若いんで。大丈夫です」今度はもう少ししっかりした笑み。

「何歳？」

「もうすぐ二十一歳です」

「そうか。確かに若いね」

自分が二十歳の時は……とつい考えてしまう。まだ右手があり、肉体の力のみに任せて人を殺せた時期。遠く懐かしい、栄光の時代だ。

「最近も、ずっとバイトを？」

「そうですね。実は今夜も……家の近くなんで、楽ですけど」

「それも道路工事か」

「ええ。アスファルトの張り替えです。日本の道路って、海外に比べるとずっと綺麗だそうですね。現場監督が言ってました」

「らしいね」

「先生は、よく海外へ行かれるんですか？」

「一度もないよ」

長野がさらりと答えると、宇多川が目を丸くして「信じられません」と言った。

「どうして」

「描写が……実際に見てきたような感じじゃないですか」

「素直に訳してるだけだよ」長野は苦笑した。自分は作家ではない。見なければ書けない、というわけではない。

「海外に行かなくても、ちゃんと書けるんですね」

「自分で書くわけじゃないからね」長野はうなずいた。「海外の作家は、風景の描写なんかが日本人作家に比べて細かい。そういうのを普通に訳していけば、いかにも見てきたような文章になるんだよ」

宇多川がバッグからメモ帳を取り出し、すかさず何か書きつけた。こんなことを記録に残さなくても……と思うが、宇多川は真顔だった。その後で「参考になります」と笑顔で言われると、何も返せなくなる。

弟子にするつもりはない――その気持ちに揺らぎはなかったが、長野はしばらく、翻訳作業の裏話を披露した。宇多川は、いちいち感心しながらメモを取っている。

悪くないものだな、と考えている自分に気づいて長野は驚いた。人に何かを教え、喜んでもらうのが、くすぐったいほど嬉しいものだったとは。ずっと人づき合いを断って生きてきたので、こういう感覚を忘れてしまっていた。

何だかやけに喉が渇いた。時計を見ると、宇多川と初めて顔を合わせてから、早くも四十二分が経っている。その間、ほとんど喋りっ放しだったわけだ。長野にしては珍しいことで、ある意味記録だな、と皮肉に考えて窓の外に目をやる。

お盆の最中とあって、センター街の人出はいつもよりずっと少ない。それでも、若者たちの姿は目立った。露出の多い服装で、この街は自分たちのものだとアピールするように、胸を張って大股で歩いている。

「あいうの、どう思う？」

「どう、とはどういうことですか」宇多川が目を細める。

「見てごらん」長野は眼下に左手の人差し指を向けた。「この辺で遊び回っている若い連中……皆君と同じぐらいの年齢じゃないか。でも、君とは目の色がだいぶ違うようだね」

「嫌いですね」宇多川があっさりと言い切った。それまでの丁寧な口調は消え去り、はっきりと憎しみを感じさせるそれに変わっていた。

「そうか？　同世代の仲間じゃないか」

「別に、遊ぶのはいいと思います。大学の勉強なんて楽勝だし、今は就職も簡単だそうですね」

「ああ、景気がいいからね」

「だから、大学時代には楽なことばかりで、気が抜けちゃうんじゃないですか。それで遊んでばかりだったら、もったいないです」

「何か目標を持て、ということか」

「そうです。いや……」説明が半端だと思ったのか、宇多川は依然として嫌そうな表情を浮かべている。「あいつら、基本的に馬鹿ですから。馬鹿は大嫌いなんです」

大学生がエリートと言われたのは昔の話だ。今は、猫も杓子《しやくし》も大学へ入る。当然レベルも下がっているのだろうが、同世代の宇多川の口からそんな台詞が飛び出したことに、長野は驚いた。この明らかに見下した口調は、何が原因なのだろう。そんなに、同世代の若者たちを嫌っているのか。

「許されるなら、ここから手榴弾を投げて皆殺しにしたいですね」

「おいおい」長野は苦笑したが、心の中では今の台詞を真剣に検討していた。物騒なことを言うのは、本音だろうか。あるいは、自分を悪く見せようとして、わざと乱暴な台詞を選んだのか。

「いや、冗談ですよ」宇多川が笑みを浮かべたが、表情は強張っている。「でも、時間を無駄にしている奴を見ると、殺してやりたくなるのは本当です。人生の時間なんて、限られているのに」

「それはその通りだね」

うなずきながら、長野は腹の底で熱い物がこみ上げてくるのを感じていた。こいつは……この男は、もしかしたら待望久しい本物の「弟子」かもしれない。インテリだが、心の中には激した熱い想いを抱いている——自分が求めていたのは、まさにこういう人間なのだ。

3

膝が痛い。

生沢宗太郎は、つい立ち止まってしまった。今年五十三歳、まだ老けこむ年ではないのだが、この膝の痛みは如何《いかん》ともし難い。最初に痛みを意識したのは、四十代の後半だっただろうか……間違いなく、まだ五十歳にはなっていなかった。知らぬ間に足を引きずっていたのを、後輩に指摘されたのである。実際に左の靴底の方が右よりもずっと減りが早いのに気づき、異変を認めざるを得なくなった。雨が降る日には特にひどく、関節の中に何本もの針を刺されたような痛みに襲われる。医者に相談したら、長年の酷使の結果によるものという診断を下され、その後に「分かりやすく言えば老化」とダメ押しされてしまった。四十代で老化と言われても、と愕然としたが、これぱかりはどうしようもない。どうにも我慢できない時にだけ痛み止めを呑むようにしているが、常用するわけにもいかず、その結果、最近は痛みが足のつけ根まで上がってきている。歩く時はほぼ足を引きずっている状態だ。杖があれば少しはましなのだろうが、刑事が杖をついて聞き込みに行くわけにはいかない。

そうこうしているうちに定年も近づいてくる。冴えない警察官生活の終わりがこんな風では、安心して引退もできないな……最近の楽しみと言えば、今年の春に生まれた初孫の薫と会うことだけだ。実に愛くるしい。ただし別れた後には、自分が「祖父」になってしまった事実を嚙み締めて落ちこむのが常だったが。

「生沢さん、具合はどうですか」

渋谷中央署刑事課長の住友が、心配そうに声をかけてきた。立ち上がってデスクから離れようとした瞬間に動きが停まってしまったのだから、心配するのも当然だろう。

「いや、何でもないですよ」生沢は痛みをこらえ、膝を屈伸してみせた——ただし、ごく浅くだが。

「何でもないならいいですけど、無理しないで下さいよ。膝は大事ですから」

「承知してます」

返事しながら、何だかな……と思う。住友は、かつて——生沢が最初に渋谷中央署に勤めていた時の後輩だった。巡査部長の自分が指導教官になって、いろいろと叩きこんだのだが、今では立場が逆転して上司である。頭がいい男だとは思っていたが、ここまで出世が早いとは……四十代の半ばで警視になり、今やA級署の課長。この先どこまで出世するのかと考えると、何とも複雑な気分になった。四十代半ばになってからも、まだ未来が見えているのは羨ましい限りである。

「傷害事件の聞き込みに出ます」

「ああ、よろしく」住友は急に生沢に興味をなくしたようだった。

課長ともなると忙しいものだからな……と皮肉に考えながら、まだ席についている若手刑事の平田敬《ひらたたかし》に「行くぞ」と声をかける。書類を書いていた平田が慌てて立ち上がり、その拍子《ひょうし》に紙の雪崩《なだれ》が起きた。こいつは……と生沢は頭を抱えた。何というか、ドジなのだ。それも絵に描いたようなドジ。笑い話になっているうちはいいが、いずれ大きなミスを犯すような気がしてならない。引退が近くなってきて、その尻拭いをさせられるのはごめんだった。それを考えると、住友は優秀だったな、と思う。ほとんどミスを犯したことがないし、怒鳴りつけた記憶もない。

だからこそ出世するわけか。

何となく寂しい気分を抱えたまま、生沢は自分の膝を叱咤して刑事課を出た。

傷害事件の捜査自体は、生沢にとっては手慣れたものだった。事件は真っ昼間、センター街の奥にある宇田川交番の前で大学生同士が乱闘を始めて五人が怪我を負った、というものである。交番の真ん前だったので、その場にいた全員がすぐに身柄を確保された。本当は、警察沙汰にするほどの騒ぎではない。喧嘩した者同士で話し合い、怪我に関しては示談にすればいいだけの話だ。しかし不運なことに、怪我をした一人がコンクリート製の花壇の縁で頭を打ち、意識不明の状態がもう三日も続いている。傷害致死にでもなったら、曖昧なまま放置しておけず、誰が直接殴ったのか、はっきりさせなければならない。

センター街は、都内の多くの盛り場と同様、人の動きが常に流動的である。それ故目撃者を捜すのは面倒だし、昨今は事件を見ても、わざわざ名乗り出て来る人もいない。必然的に、交番周辺の店を回って、店員から話を聴くことになった。昨日からこの捜査に取り組んでいるのだが、未だに目撃者が見つからない……既に会った人間の中に、嘘をついている者がいるかもしれないと思うと、どんよりした気分になる。まったく、都会の人間は——三十年以上に及ぶ警察官としての生活で生沢が学んだのは、「人間を全面的に信用してはいけない」ということだ。特に都会に住む人間は。

「よし、飯にしよう」左腕を持ち上げて時計を見ると、とうに午後一時を回っている。最近は食べることにも執着しなくなり、実際昔のような食欲を感じることもないのだが、きちんと食事を摂らなければ、午後も街を回るエネルギーが得られない。

久々にあそこへ行くか。生沢はかつて恋文横丁《こいぶみよこちょう》だった辺りへ向かった。今ではファッションビルの「109」が建ち、常に若い女性たち——「恋文」を書くような面倒臭いことはしそうにないタイプの女性たち——で賑わっている。

「クジラはどうだ」

「クジラですか？」平田がびっくりしたように目を見開く。

「何だ、クジラを食べたことがないのか？」

「ない……いや、あるかもしれません」

「給食で出なかったか？」

「よく覚えてないんですが」

何とも頼りない奴だ。大抵、味の記憶は鮮明なのだが。

この店に来る時の定番で、クジラの唐揚げ定食を頼んだ。少し臭みのある肉の味が、何とも懐かしい……青年時代の想い出が甦る。同時に、それがもう三十年も前、警察官としての駆け出し時代だったと気づき、愕然とした。最近やけに、昔のことを思い出してしまう。

平田は、警戒するように少しずつ唐揚げを齧っていたが、どうやら気に入ったようで旺盛な食欲を発揮し始めた。

「美味いか」

「美味いです」

「本当に給食で食べてないのか？」

今年二十五歳の平田が小学生の頃というと、十五年ぐらい前か……昭和四十年代、クジラのメニューはまだ給食の主流だったのではないだろうか。

「やっぱり、よく覚えてないんですよ」

「まあ、食って思い出せばそれでよし。思い出さなくても、だからどうしたという話だな」

たわいもない会話……自分がすっかり腑抜《ふぬ》けてしまったのを意識する。膝の痛みで加齢を感じるせいもあるし、ここまで刑事としてろくな実績を残せていないせいもある。誇るべきキャリアがないまま五十の坂を過ぎ、後は肩叩きを待つだけだ。

渋谷中央署に二度目に赴任となった時は、やはり二十年前の事件を意識せざるを得なかった。渋谷を、いや、東京中を恐怖に陥れた連続殺人事件。しかし、一九六一年の事件も、六四年から六五年にかけての事件も、既に時効になっている。最後の一件に関してだけは、滝井がトップ屋の根岸を殺したと断定され――ナイフから根岸と同じ血液型、それに滝井の指紋が検出された――滝井を被疑者死亡のまま送検、警察としては捜査を終了した。

ただし、その滝井が誰に撃ち殺されたかは、まったく分かっていない。

何とも謎が多い事件だった。銃が使われたので、暴力団との関係も疑われたが、その線はつながらなかった。しばらくは生沢もあれこれ調べていたのだが、結局新たな手がかりは見つからないまま、異動があったりして捜査は実質的に中断した。「代議士の長野を調べろ」というタレこみ電話もあったが、結局うやむやになってしまった。悪戯だろうと思っているうちに忙しくなり、手をつけぬまま、数年後に長野本人が死去した。

たとえ時効になっても、渋谷中央署にいれば調べられることもあるのではないか——今回赴任してきた時はそう考えもしたが、実際はそこまでの余裕はなかったし、時効になった事件のことで動き回っていたら、住友もいい顔はしないだろうと躊躇っていた。かつて可愛がっていた後輩の顔に泥を塗るような真似だけは、したくない。

こんなに弱気になるとは、思ってもいなかった。こうやって、人生は黄昏時を迎えていくのか……最近の男性の平均寿命は七十五歳ぐらいのはずだから、自分もあと二十年ほどであの世行き——どうしても物事をマイナスに考えてしまう。

食事を終え、遠近両用の眼鏡を外して丁寧にハンカチで拭う。爪楊枝を使いながら店を出ると、盆の最中にもかかわらず、東急本店通りは若者たちで賑わっていた。東急本店へ向かって緩やかに上がっていく坂は、明るい笑い声で満ちているようだった。何だかねえ……と少しばかり白けた気分になる。君らは、この辺が闇市だった頃のことを知らないだろう、と呼びかけたくなった。渋谷では、七〇年代の半ばから大型の商業施設が建ち並ぶようになり、今や闇市の面影は、井の頭線渋谷駅の周辺、それに東急プラザの裏辺りにしか残っていない。生沢があの事件で初めて渋谷に乗りこんできた時には、まだまだ戦後の色合いが強かった。東京オリンピックに向けて街の整備が急ピッチで進められた結果、危険で下品な雰囲気は排除されて、都内でも有数の賑やかな街に変わり、今やすっかり若者の街である。もちろん、都内の若者の「聖地」である新宿の賑やかさは今も変わらないが、渋谷も急速に追い上げてきた感じである。

「君は、何年生まれなんだ」

「昭和三十五年です」平田が答える。

「じゃあ、最初にあの事件が起きた時には、まだ一歳か……知らないだろうな」

「何の事件ですか？」

「連続殺人事件」生沢はさらっと説明した。急に思い出しただけで、若い刑事に昔の事件を教えてやろうと思っただけだった。

「知ってますよ」

「ああ？」

「噂なんです。自分、高校が渋谷だったんで……変な話だなって思いながら聞いてました。警察官になって本当だと知って、たまげましたよ」

「噂じゃなくて事実だ」生沢は眉がきゅっと寄るのを感じた。若い連中の無責任なことと言ったら……あんな凄惨《せいさん》な事件を「噂」として冗談っぽく語っているとしたら、許しがたい。

「警察的には事実だと思います。自分が聞いた噂は、それとはちょっと違うんですよ」

「と言うと？」

「渋谷が大きく変わる時に、殺人者が出てくる」

「ああ……なるほど」極めて非科学的な言葉だが、当たってはいる。何しろあの事件は、オリンピックという巨大な変化の前後に起きているのだ。「しかし、何でそれが動機になるんだ？」

「犠牲者は、年寄りばかりですよね？　古い象徴を殺そう、みたいな……」

「何だ、その妙な理屈は」生沢は思わず顔を歪めた。実際、犠牲者に関しては「悪い」「年寄り」がキーワードだったのだが。まるで犯人は、世直しをしているようだった。

「それは、自分に言われても困りますよ」平田がすっと一歩引いた。

「まあ、そうだな」

しかし、そんな噂が流れていたとは……もう少しきちんと街を歩かないと駄目だ。生沢はちくちくと痛む膝を叩いて気合いを入れ直した。

「君は、その犯人はどうしてると思う？」

「どうなんですかね……あの、基本的なことを聞いていいですか」

「もちろん」

「射殺された滝井という犯人なんですけど……他の事件も、全部その男の犯行だったんですかね」

　低く抑えているが、しっかりした口調だったので、生沢はこの若い刑事を少し見直した。人通りの多い公道で、いかに時効が成立したとはいえ、事件の話を大声で喋るのは馬鹿者だ。それこそ、聞きつけた人が噂に新たな一ページを書き加えるかもしれない。それを意識して、平田は声を抑えているのだろう。

「俺は違うと思う」

「と言いますと？」

「滝井は模倣犯だったんじゃないかと思う。あるいは、真犯人と一緒に動いていて、そいつに殺された」

「じゃあ、真犯人は……」

「俺は、別にいると思ってるんだ。証拠は何もないけどな」

「面白いですね」

「面白い？」ちらりと平田の顔を見ると、目が輝いていた。

「興味深いです。時効になった事件だからって、調べてはいけないっていう法はないですよね」

「ああ……」意外な熱心さに、生沢は驚いていた。要領の悪い、どちらかと言うとぼんやりした若者だと思っていたのだが——こういうタイプの刑事もいるものだ。突発的な事件の対応は苦手だが、動きの停まった事件を後からほじくり返すのが得意。古い事件に光を当て、未解決になりそうなのを、時効寸前に解決してしまったりする。悪くないことだ。幸い今、渋谷中央署では大きな事件を抱えていないし、この若手を泳がせておく余裕はある。

——と思った瞬間、ポケベルの音が鳴り響いた。自分ではない。平田が慌ててベルトに手を伸ばし、スウィッチを切った。きょろきょろと辺りを見回し、近くの煙草屋の店先に公衆電話を見つけた。

「署からです。ちょっと電話してきます」

すぐに駆け出した平田の背中に向かって「ああ」と声をかけながら、生沢は羨ましく思った。あんなに軽々と走れるわけだ。俺にもあんな時代はあったが、それもはるか昔のことか……。

生沢はゆっくりと平田の後を追った。受話器を耳に当てた平田の眉間には、皺が寄っている。何か大事件か？　いや、それなら自分のポケベルも鳴らないとおかしい。まさか住友の奴、俺を飛ばして平田に直接連絡してきたわけではないだろうな……つい皮肉っぽく考えてしまい、生沢は首を横に振った。

電話を切った平田が振り返り、生沢にうなずきかける。短い会話の後に、顔は蒼白になっていた。

「あの……今からすぐ出張です」

「何かあったのか？」

「御巣鷹《おすたか》です」

「ああ？」今度は生沢が眉間に皺を寄せる番だった。「あれは、機動隊が応援に行ってるだろうが」

「検視作業なんかで、刑事部からも人を出すことになったそうで……これからすぐ、行かなくちゃいけません」

「分かった」生沢は深刻な表情でうなずいた。日航機事故の実態は時間を追うごとに明らかになっており、ニュースは今もそれ一色だ。史上類を見ない規模の航空機事故であり、その捜査に参加できるのは、刑事として大きな財産になるだろう。しかし……現場の凄惨な雰囲気は、テレビの画面を見ただけでも十分に分かる。生で見たら、平田は深刻なトラウマを抱えることにもなりかねない。まあ……そんなことになったらせいぜい慰めてやろう。しかし刑事は、ある程度鈍くならなければならないのだ。いちいち死体に驚いていては神経が参ってしまう。

「どれぐらい行ってるんだ？」

「とりあえず、五日です。週末には帰る予定ですけど……」

「そうか、それまでに、俺の方で事件の基本的な資料を揃えておいてやるよ。もしかしたら、俺が犯人を見つけちまうかもしれないぞ」

にやりと笑ってやると、平田も明るい笑みを返してきた。少しは緊張が解《ほぐ》れたようだな、とほっとする。他県警で大事故、大事件が起きた時に、警視庁にはよく応援要請が入る。平田は、いわば警視庁の代表で行くのだから、ヘマされては困るのだ。

上手く若手の緊張を解せたなら、俺も少しは役にたっているわけか。

4

真面目で堅物、その一方で、翻訳というあまり金にならない仕事で生きたいという、夢見がちな一面もある——宇多川というのは、簡単には分析できそうにない男だった。

長野として気になるのはやはり、もう一つの面だ。突然激した様子が、脳裏に強く焼きついている。体に穴が開いて、マグマのように熱い本音が、突然噴き出すような……久々にぞくぞくするような感覚である。そう、滝井が人を殺すのを目の当たりにした時に感じた、あの興奮。ほぼ二十年ぶりに、直感が働いた瞬間だった。

喫茶店での最初の会談は、一時間十二分に及んだ。宇多川はアメリカの小説に対する想いを熱く語ったが、それが彼の本質だとはどうしても思えなかった。挑発して怒らせ、隠れた本音を引きずり出してやろうかとも思ったが、真昼間の喫茶店で怒鳴り合いをするわけにもいかず、長野は終始穏やかに対応した。

しかし、彼の本質を見てみたいという気持ちは膨れ上がっていた。とりあえず、バイトの様子を見てみようと決めたのは、別れた直後である。終電近い地下鉄を乗り継ぎ、長野は代々木上原に出向いた。

普段、渋谷駅を中心に生活している長野にすれば、ずいぶん遠くへ来た感じである。小田急《おだきゅう》線の代々木上原駅に沿って細長い商店街が広がり、そこを離れると、大きな家が目立つ高級住宅地になる。昼間、さりげなく聞き出した限りでは、道路工事は井の頭通りで行われているようだ。

小田急線の高架をくぐり、環七通りまでほぼ真っ直ぐ続く井の頭通りは、道路幅が広く、街路樹が綺麗に整備されている。昼間は上手い具合に陽射しを遮られ、夏の散歩が楽しそうな道路である。道路沿いにはマンションが目立つが、この時間になると行き交う人も少なく、閑散としている。その中で、工事の場所を示す赤色灯だけが、くっきりと目立っていた。

さて……あまり近づき過ぎると、宇多川に見つかってしまうかもしれない。どうしたものかと思いながら、長野は裏道に入った。電柱の陰に身を隠しても、工事現場の灯りは見えている。アスファルトを削る音だろうか、ガリガリと言う金属音が耳障りで、背筋に冷たい不快感が走る。

ここにいても、宇多川の姿は見えない。仕方ない、反対側の道路に回って……と思ったところで、工事の音に混じって怒声が響いた。

「――ふざけるな！」

「そっちこそふざけるな！」

何事だ？　言い返した声は、宇多川のそれのように聞こえるが……長野は慌てて路地から井の頭通りに戻った。工事の音はいつの間にか止んでいる。意味の分からない怒声が響いたが、その中で「やめろ！」という声だけははっきりと聞こえてきた。

宇多川だった。工事用の重そうなスコップを頭の上に振りかざしている。ヘルメットの陰になってはいたが、険しい形相は見て取れた。それを後ろから、他の工事関係者が羽交《はが》い締めにしている。宇多川の前には、半袖の開襟シャツを着た中年の男……ふらふらしているのは、限界量以上に酒を呑んでいるせいだろう。

「ふざけるなよ！」中年の男が吐き捨て、一歩詰め寄る。「たかが道路工事の人間が、何様のつもりだ！」

作業着に包まれた宇多川の体が、一回り膨れ上がったように見えた。後ろから羽交い締めにされたまま、ずるずると前に進んで行く。押さえていたのは、宇多川よりもずっと体重が重そうな男だったのだが、何の障害にもなっていない。

結局、もう一人の現場作業員が宇多川と酔っ払いの中年の間に割って入り、何とかその場を収めた。その間も、酔っ払いは宇多川を口汚く罵《のの》っていたが……男がいなくなると、宇多川は数人の作業員に取り囲まれ、説教を受けた。漏れ聞こえてくる限りでは、歩行者を誘導していた宇多川に酔っ払いが何か因縁をつけ、それに対して宇多川が激昂《げきこう》したようだ。

それにしても、いきなりスコップを振りかざすとは……作業用の重いスコップが脳天を直撃したら、致命傷を受けかねない。昼間の宇多川からは、想像もできない姿だった。いや……若者たちを見て暴言を吐いた姿とは見事に重なる。要するに宇多川は、すぐに激昂して行動に出てしまうタイプなのだ。

　素材としては悪くない。表面、努力家のインテリ。しかしその裏には、どす黒い素の顔がある。その怒りを上手くコントロールできれば、大事な仕事を任せられるかもしれない。

　見極めが大事だ。そのためには、もっと彼と話をしなければ。

　弟子を取る、ということを長野は真剣に考え始めた。表の意味でも、裏の意味でも。


　タクシーで帰宅したのは、午前一時半。久々に夜更かしして、妙に疲れていた。

　それでも、今日やるべきトレーニングは今日こなさなければならない。長野は上半身裸になると、冷蔵庫を開けて豚肉の塊を取り出した。重さ五キロ。業務用スーパーで買ってきておいたものだ。

　キッチンの片隅には、小さな棚を作りつけてある。賃貸マンションの壁に釘を打ちつけるのはまずいのだが、文句を言われたら、出る時に弁償すればいい。

　肉の中央をビニール紐で縛り、上に打ちつけた釘から吊るす。紐の長さを調整して棚に置き、上手くバランスが取れるようにした。少し離れて、高さを確認する。肉塊は、長野の腹から胸辺りまでの高さにあった。満足してうなずき、キッチンの引き出しから折り畳み式のナイフを取り出す。刃を出して、しっかり固定されているのを確認し、腰だめに構える。これが一番安定するし、刺し損じることもないのだが、相手に気づかれる可能性が高いのが難点だ。対応される前に、素早くやらねばならない。

構え直した。左手をだらりと垂らし、ナイフは腿の辺り。そこから一気に腕を引き、下から突き上げるように肉塊に突き刺した。死肉にナイフが突き刺さる感触は、何とも頼りない。刃の根本まで埋まったのを引き抜き、刺し痕を確認した。案外小さく、ナイフがぶれずに肉塊に突き刺さったのが分かる。これが意外に難しく、気をつけないとナイフの軸がずれて、中で刃先が折れてしまう。とにかく真っ直ぐ突き刺す——そのために大事なのは、腕の力だけに頼らないことだ。体ごと持って行って、ナイフをコントロールする必要がある。

今まで殺してきた何人もの人間の顔を思い浮かべる。二十年以上も経つのに、それぞれの顔はまだ記憶に鮮明だった。どうしようもない、クズのような人間たち。小さな悪の権《ごん》化《げ》ども。

腕を垂らし、助走をつけるように二歩で肉塊に近づき、一気に腕を引いて、下から心臓を突き刺すように狙う——五回繰り返すと、肉塊はぼろぼろになってきた。千切れた肉片が床に落ち、少しだけ生臭い臭いが漂ってくる。手も肉汁で濡れていた。外に漏れて苦情がくるほどではないが、夜中にばたばたやっていると、騒音公害で文句を言われる恐れもある。そんなことで目立ってはいけない……長野はトレーニングを終わりにした。わずか七分十五秒。しかしすっかり息が上がり、額には汗が滲んでいる。

ぼろぼろになった肉塊を大きなまな板の上に置き、包丁で切り分けていく。この作業は面倒だ……右手がないので、本来は手首の後ろであった部分で肉塊を押さえることになるのだが、肉の感触がひどく不快である。指というのは便利なもので、様々な作業をこなしてくれたのだな……と改めて思う。

五キロの肉塊を、トンカツ、ないしポークソテーにするような厚みに切り揃えると、かなりの量になる。たっぷり二百グラムの大きさにしても、二十五枚。とても一人で食べきれるものではないし、突き刺し続けたせいで、挽肉《ひきにく》のようにぼろぼろになってしまった部分もある。

長野はフライパンを取り出した。ほとんど料理をすることはないが、これだけは別である。深夜のタンパク質が体にいいのか悪いのかは分からないが、幸い中年太りには縁がない。この肉が、確実に体を作ってくれると思っていた。そう、体が基本なのだ。

豚肉なので、弱火でじっくり火を通していく。味つけらしい味つけはしない。基本的には多目の塩と胡椒《こしょう》だけ。ほどなく焦げ目がつき、箸で押すと硬い弾力が感じられるようになった。まな板に戻し、包丁で一口大に切り分けて、そこから直接箸で摘んで食べる。行儀もへったくれもないが、そもそも皿もナイフもないから仕方がないのだ。

少し焼き過ぎたかもしれない。肉は堅く、焦げ目の苦みも感じる。それでも食べている間に、タンパク質が体に吸収されていくように感じた。

切り分けた肉をぼんやりと見ながら、これでは駄目だとも思う。豚肉の塊を刺すのと、人を刺すのはまったく違うのだ。人の体は、筋肉だけでできているわけではない。刃先が突き刺さる時には、脂肪、筋肉、内臓、様々な組織の手触りを感じることができる。骨に当たればなおさら――ただの筋肉の塊である豚肉の、均質で単純な手応えとは異なるのだ。相手が逃げようとしたり体を震わせたりすると、さらに感触は複雑になる。まさに命を奪う、という感じになってくるのだ。あの感触をもう一度味わいたい……自分で直接刃を突き刺したい。

そのためのトレーニングだったが、あまり意味がないことは自分でも分かっている。本当に狙うべきは、壁で静止している肉塊ではないのだ。抵抗されれば、今の自分にはそれを抑える力がない。手首のない右手を見れば、相手は一瞬ぎょっとするかもしれないが、それだけの話だ。

この手が……右手さえあれば、俺は街の浄化をもっと進めることができた。拳銃で人を殺した時には、充足感はゼロだった。ただ死んだだけ。目の前で組織が弾け、血が吹き出し……しかしそれだけだった。相手の肉体との無言の会話がない。直接刺せば、刃先を通じて様々な物が伝わってくるのだ。痛み、悲しみ、疑問。

肉を食べ終え、残った肉片をラップでくるんで冷凍庫にしまう。これから一、二回は食べるだろうが、あとはゴミ捨て場行きだ。

ふと、これはカニバリズムではないかと思った。自分が刺した肉を食べているのだから。

人の肉はどんな味がするだろう、と想像することがある。カニバリズムに関する様々な本を読んできたが、表現は様々で、人の味覚は実に千差万別だと分かっただけだった。もっとも長野自身は、人の肉を食べることに基本的に興味はない。自分は異常者ではないのだ。ただ世のために、ゴミを減らそうと考えているだけの男――純粋かつささやかな正義感を持った男に過ぎない。

センター街を見下ろすいつもの喫茶店が、二人にとっての「教室」になった。週に二回、そこで会って二時間ほどを過ごす。宇多川には長い作品を訳し切る力があることは分かっていたが、長野はまず短編小説を訳させることから始めた。宿題を出し、次回までに完訳させて、それを長野が評価する。宇多川にとっては相当きつい作業のはずだったが、一度たりとも文句を言うことはなかった。むしろ会う度に顔の輝きが増し、反応もよくなってくる。間違いなく、翻訳の仕事に向いていると長野は思った。そのうち、誰か編集者を紹介してもいい。日本は「入超」の国と言われており、日本の書籍が海外に紹介される機会は少ないのに、外国の本は大量に入ってくる。翻訳者は何人いても足りないのだ。

九月に入ったある月曜日、いつものレッスンを終えて、長野はほっと一息ついていた。互いにコーヒーのお代わりを頼み、しばし無言で味わう。

「君の訳文には、少し癖があるね」長野は指摘した。

「そうですか？」

「文章を弄《いじ》くり回してしまう傾向が強い。素直に訳した方が、作者の個性がきちんと出ていいんだ。この仕事は、あくまで裏方だからね」

「でも、直訳だと、日本語として意味が通じにくくなることがあります」

「それはそうだ。でも、意味が通じる日本語に訳すのと、そこから少し飛躍して、装飾過多な文章にするのとでは意味が違う。明治時代の翻訳は、本当にそんな感じだったみたいだけどね」

「そうなんですか？」宇多川が目を見開く。

「ストーリーと登場人物の名前だけ貰って、細部は全部違うとか、ね。まあ、読者は原書とつき合わせたりしないから、どこがどう変わっているかなんて分からなかっただろうが」

「難しいですね」宇多川が短い髪をかきむしる。

「その気はないけど、自分で小説を書いている方がよほど楽だと思う。君は、そういう気持ちはないのか？」

「ないですね。小説を書くような文才もないと思いますし」宇多川が首を横に振った。

「それは、書いてみないと分からないよ」

「先生こそ、本当に全然そういう気はなかったんですか？」

「ないね。元々翻訳も、たまたま始めた仕事だから。それまでは、小説なんてほとんど読んだことがなかったし……この仕事を始めてからは読むようになったけど、自分に才能がないことを思い知らされるだけだね」自分に才能があるとしたら、人殺しの才能だけだ。

「先生がそんなことを仰るなら、私なんかどうなるんですか」少しだけ憤りを感じさせる口調で宇多川が言った。

「いやいや……君はまだ若いんだから、可能性はいくらでもあるんだよ」殺人者になる可能性も。あるいは既に、人を殺した経験があるかもしれない。

「でも今は、翻訳の方に集中したいです」

「いや、既にものすごい集中力だと思うよ。バイトも大変だろうに」

「ああ……」宇多川が暗い顔になる。「バイト、辞めたんです」

「道路工事の？」図らずもその話になってしまったので、長野は乗ることにした。先日のトラブルの件を直接聞けるわけでもないが、流れで事情を知ることはできるかもしれない。

「そうなんですよ……自分が悪いんですけど」

宇多川は訥々《とつとつ》と事情を打ち明けた。長野が想像していた通り、通行人に因縁をつけられ、激昂して殴りかかろうとしたのが問題になったようだ。厳しく叱責され、それなら――と思い切って辞めてしまったのだという。

「それはどうも……君らしくないね」

「そうですか？」宇多川が目を見開く。

「もっと冷静で、理知的な人かと思っていた」

「そんなこともないんですよ」宇多川がコーヒーを一口飲んだ。「子どもの頃から短気で、母親にはよく怒られてました」

「そうは見えないね」少なくとも、今は。

「普段は……そうですね」宇多川が苦笑する。「普段から怒りまくっていたら、ただの危ない奴ですから」

「それはそうだ。しかし、工事現場では、相当ひどいことを言われたんじゃないか？」

「邪魔だって……ひどいですよね。こっちは、危険がないように誘導しているだけだったんですから。酔っ払いは、本当に嫌いです」

それだけ？　長野は内心生じた疑問が口に出ないようにした。「邪魔だ」といきなり言われれば、確かに頭にくるだろう。しかし相手が酔っ払いだと分かれば、その怒りは引くはずだ。まともに受け取っていたら、疲れる一方である。

「その程度で責められても困りますよね。やっぱり、道路工事なんかやっている人は、レベルが低いんでしょうね」

またも本性が出た。さらりと他人を見下す態度……この店の窓から外を見ている時にも、しばしば嫌そうな目つきをする。ウジ虫どもめ、とでも言いたそうな。地を這うお前たちと俺は違う、とでも言いたげだ。

「まあ、世の中にはいろいろな人がいるからね」

「僕は、先生みたいに割り切れません」

「そうか」長野は苦笑した。自分は別の意味で割り切っているのだが……殺すべき人間は躊躇わず殺す。

「この街も、どうしても好きになれないんですよね」

宇多川が、ちらりとセンター街を見下ろした。視線の先にはゲームセンターがある。次々と若者が吸いこまれていった。

「どうして？」

「何か、軽いじゃないですか。街を歩く人が皆へらへらしているというか」

「それは、街が嫌いじゃなくて、人が嫌いっていうことじゃないのか？　それに、若い人がへらへらしているのは、昔から同じだよ」

「先生もそうだったんですか？」

「そうだなあ……」若い頃——二十年以上も前のことを思い出すと、何となく不快になる。自分の学生時代というと、ちょうど六〇年安保闘争と重なっていたのだが、自分はあの騒ぎに身を投じなかった。大学の仲間は、多くがデモに加わっていたりしたのだが……既に、自分の役目は人を殺すことだと自覚していたから、デモに興味が向かないのは仕方がないことだった。「私が学生の頃は、六〇年安保の時代でね。政治の季節だった。私自身、そういう流行の中にいたのは間違いないよ」

「あの時代、何となく憧れます」

「そうか？」

「皆、時代と社会に真摯《しんし》に向き合っていたんじゃないですか。七〇年安保の時もそうだと思います。今は、社会のことなんか考えている若い奴はいないでしょう」

「それは、七〇年安保を戦った連中のせいだな」

「え？」

不思議そうな表情になった宇多川を見て、長野は笑みを浮かべた。

「あの連中は、騒ぐだけ騒いで、何の結果も残さなかった。それで自分たちはさっさと大学を出て、今や金儲け第一主義の企業戦士だよ。要するに、夢中になれるものがあれば何でもいいわけで、大学時代は学生運動、今は金儲けということだ。ポリシーなんかないんだね」

今でも、あれはただのブームだったと思う。時代の流れに乗り遅れるなと、調子に乗った若い連中——自分より十歳ほど年下の世代だ——が暴れ回っていただけ。六〇年安保闘争の時の方が、まだ運動には現実味があったと思う。要するに、「日米安保に反対する」という、明瞭でシンプルな目的のためだったから。

「君は、古いタイプの人間かもしれないね」

「そうですね……田舎で育つと、情報は遅れるでしょうし」

「そんなこともないだろうが、東京の学生は、君のお気に召さなかったみたいだね」

「へらへらしている、軽い乗りの連中ばかりで……今でも学生運動をやっている連中もいるんですけど、あいつらはもう犯罪者ですからね。昔とは違うと思います」

長野は無言でうなずいた。どうやら宇多川の不満は、爆発寸前にまで高まっているようである。その持って行き先を、彼は自分で理解しているだろうか。

試してみる価値はある。今夜はテストだ。

5

第九条

一発で仕留めろ。相手の抵抗を許すな。無駄に苦しめず、ただ悪を消せ。

「何もない部屋なんですね」宇多川が呆れたように言った。

「趣味が引っ越しなんだ」

「本当ですか？」宇多川が、疑わしげに長野を見た。

「ああ。何年かに一度、気分転換で必ず引っ越す。翻訳の仕事は、場所に関係なくできるからね。だから、荷物は少ない方がいい」

「僕は……もう少し落ち着いた方が、いい仕事ができると思います」

「それは、人それぞれだろうね……座る場所もないけど、適当に座ってくれないか」

宇多川が、戸惑いながら床の真ん中に腰を下ろした。十畳のフローリングの部屋には、

う。

長野は、キッチンに入って冷蔵庫を開けた。新しい豚肉の肉塊を取り出し、宇多川に見せる。

「凄い肉ですね」

「すぐ食べるわけじゃないけどね」

「何か特別な料理なんですか」宇多川が立ち上がり、キッチンに入って来た。その目にまた疑念が浮かぶ。料理ができる環境でないことは、一目で分かっただろう。何しろ料理道具と言えば、まな板と包丁、フライパンしかないのだ。

長野は、豚肉の塊を棚にセットした。宇多川が、どこか気味悪そうに見ている。長野はそれを無視し、ナイフを取り出した。使う度に綺麗に汚れを落とし、刃を研ぐ——本番で使われないまま、もう十年も同じ作業を繰り返していたので、刃は鋭く、腕利きの板前が使う包丁さながら、触れるだけで切れそうになっている。

いつものように、下から突き上げる格好で肉塊を突き刺す。足の位置を確認し、最短距離で、相手の抵抗を受けないように体重をかけて……三回、繰り返してから振り返ると、宇多川が凍りついているのが分かった。

「先生、それは……」

「君もやってみなさい」

ナイフの刃を閉じ、手を伸ばして渡そうとする。宇多川の両手はだらりと脇に落ちたままで、受け取ろうとしなかった。

「どうした」

「何のためにそんなことをするんですか」

「君は、怒ってるか？」

「え？」

「へらへらした若者たちに。酔っ払いに。狭量な道路工事の人間たちに。怒ってるんだろう？　自分でもそう言っていたじゃないか」

「それはそうですけど……」

「ストレス解消だと思えばいい。すっきりするよ」

宇多川がおずおずと右手を上げる。長野は彼の掌の上に、ナイフをそっと置いた。宇多川が刃を広げ、まじまじと見詰める。その鋭さは、触らずとも見ただけで分かるはずだ。

「素早く踏みこんで、一撃で刺すんだ。手首を捻ってはいけない。真っ直ぐ、一番奥まで届くようにやるんだ」

宇多川が肉塊の前に立つ。おずおずとナイフを肉に突きつけ、そのままゆっくりと刺した。

「それじゃ駄目だ」長野はかすかに怒りを覚えながら言った。「踏みこむ。勢いをつける。体ごとぶつかって行くつもりでやるんだ」

「何のために、こんな……」

「ストレス解消」長野は最初の説明を覆さなかった。本当の理由を説明するのは、もう少し後でいい。「やってみなさい。一歩後ろに下がって……そう、それでいい。助走は二歩だけだ。でも、相手を突き抜けるぐらいの気持ちで」

宇多川がナイフを腰だめに構え、体全体をぶつけるようにナイフを突き刺した。かすかな揺れを感じるほどの勢いで、肉塊が落ちそうになる。宇多川が慌てて押さえた。態度が急変しているのが分かる。戸惑いの表情を浮かべているのに、顔は紅潮しているのだ。揺れている、と長野は思った。

「もう一度」

宇多川が二歩下がる。またナイフを腰だめに構えたので、長野はもう少し高く構えるように指導した。そこから一気に突き上げるように……狙うのは相手の胸の高さ。

宇多川は優秀な生徒だった。若いせいもあるだろうが、体の動きが俊敏で覚えもいい。繰り出されたナイフが、すっと肉塊に入っていく。しばらく、その感覚を味わうように、ナイフを肉塊に突き刺したままだった。

ナイフをゆっくりと抜いて振り返る。長野は「どうだった」と訊ねたが、結果を聞くまでもなかった。

宇多川の股間は膨れ上がっていた。間違いない……こいつは、自分と同種ではないかもしれないが、滝井と同じ人間である。刺すことで、性的興奮を覚える。本当に人を刺したら、その瞬間に射精してしまうタイプだろう。

ようこそ、殺人者の世界へ。

床に紙皿を直に置く——日本人の感覚では、食事らしい食事とは言えない。もっとも長野は、宇多川をもてなすために、わざわざテーブルや食器を揃える気にはなれなかった。さっさと箸を伸ばして、自分の分の肉を摘み、口に運ぶ。今日の焼き方は完璧だった。火が通り過ぎず、じっくりと肉汁が溢れてくる。牛肉も美味いが、豚肉も捨てたものではないな、と実感した。嚙み締める感覚が強く、豚肉の方が肉の旨味を実感できる、とさえ思った。

「どうした」

「いや……」

「食べなさい。いい豚肉だよ、これは」

「でも、自分が刺したものなので……」

「だから？」長野は紙皿を床に置いた。「肉は肉だ。料理される状態になっていた肉を切り分けて焼いただけだろう。何か問題でも？」

「気味悪くないですか？　殺した相手を食べるみたいで」

「まさか」長野は声を上げて笑った。「私は、食人主義ではないからね。ただ、肉塊を刺すとすっきりする。後は勿体《もったい》無いから焼いて食べてやる。それだけの話じゃないか」

「はあ」

宇多川が皿を取り上げた。しげしげと肉を眺めてから、ようやく箸を伸ばし、恐る恐るといった感じで取り上げる。食べやすい大きさに切った肉の一片を半分ほど食い切り、慎重に嚙み始めた。

「どうだ?」

「美味いですけど……」どこか納得がいかない様子だった。

「美味ければいいじゃないか」

「ええ、まあ」

結局その後、二人は無言で肉を食べ続けた。嫌がっていたのにあっさりと慣れたのか、宇多川が若者らしい食欲を発揮し、先に食べ終える。

「何だったら、もう一枚焼こうか? まだたくさん残っている」

「いや、今日はもうこれで……」

疑問が頭から溢れそうになっているであろう宇多川を無視したまま、じっくりと肉を味わった。やっと食べ終えると、宇多川は即座に疑問を口にした。

「刺し方……あの刺し方に、何か意味はあるんですか」

「あるよ」長野はあっさりと言った。

「それは、どんな……」

「一撃で相手を仕留めるため」

「その相手は、誰なんですか」

「君は誰を殺したい？」

宇多川の喉仏が上下する。長野はしばらく無言で、彼の目を凝視し続けた。戸惑いも見えるが、興奮――ついに自分の本性を明かせる相手を見つけた興奮だろう――で潤《うる》んでいた。ふと緊張を解くと息を吐き、長野を見詰め返してくる。

「何でそんなことを仰るんですか？」

「勘で分かる」長野は左耳の上を人差し指で突いた。

「自分でも分かりません」宇多川の声はかすれていた。

「分からないとは、どういう風に？」長野はできるだけ穏やかに話しかけた。本当の自分を見詰めるチャンス……馬鹿でかい声や威圧的な言い方で、宇多川を萎縮《いしゅく》させては、意味がない。

「何か……もやもやしたものがずっとあったんです」宇多川が胸の真ん中を右手で押さえる。「自分でも説明できない何かなんですけど……子どもの頃は、自分はおかしいんだと思っていました」

「人と違う感じ？」

「そうです」宇多川が激しくうなずく。「遊んでいても勉強していても、全然満足できなくて。いつも何か足りない感じがしていたんです」

テッド・ゴールドマンを思い出す。彼は子どもの頃から、自分に殺人衝動があるのを自覚していた。ただし幼少時は、殺す相手は人ではなく動物だった。野良猫の首を千切り、犬を銃で撃ち、命が流れて抜ける瞬間を観察しては性的な満足を覚えていた。長じて戦場に出てから、殺す対象は動物では満足できなくなったというわけだ。殺人者は、生まれた時から殺人者なのだろう。問題は、具体的な行動に出るか、出ないか……宇多川は後者だったはずだ。ただ、自分の中にある違和感を持て余して、悶々《もんもん》としていた。

「君は、何か悪さをしたことはないのか？」

「ないですよ」急に不機嫌な顔つきになって宇多川が否定した。「あの、警察のお世話になったりとか、そういうことですか？」

「ああ、そういう意味だ。どうして何もなかった？」

「だって、そういうの、馬鹿馬鹿しいじゃないですか。警察に捕まって、自分の経歴に罰点がついたら、間抜けですよ」

「それはそうだ。だったら、物足りない感じはどうやって埋めていたのかな」

「それは……」宇多川が溜息をつく。「中学生の頃は、スポーツでした。陸上で長距離をやっていたんです」

「なるほど」

「毎日必死で走りこんで、練習が終わると何もできないぐらい疲れていました。冬はスキーでトレーニングをして。全中——全日本にも出て、三千メートルで入賞しました」

「それはすごい。運動で、高校からスカウトされなかったのか？」

「ありましたけど、断りました。それも違う感じがしていたので」

「だったら、高校時代は？」

「翻訳です。そこからが、本当の人生ですね」宇多川が笑みを浮かべた。「元々、小学校の頃から読書は好きだったんです。子ども向けですけど、翻訳された本ばかり読んでました。中学校の時は部活が忙しくてそれどころじゃなかったんですけど、高校に入って、原書で読むのを覚えて……山形ですから、原書を手に入れるのは大変でしたけど」

「英語は上達しただろう」

「そうですね、読む方は……話すのは、全然駄目なんですけど」

「実は私もそうなんだ」

「先生もですか？」宇多川が目を見開く。

「君は私のことを何も知らないよ。それとも、何か知っているか？」

「それは――」抗議するように口を開きかけ、宇多川がすぐに唇を引き結んだ。何も知らない、と気づいたのだ。それはそうだろう。ずいぶん長い時間話をしているが、長野は自分のことをほとんど打ち明けていない。そもそも宇多川は、長野をペンネーム「佐伯哲《さえきてつ》樹《き》」という人間だと思っている。

「まあ、いいよ。責めてるわけじゃない。人間同士が分かり合うには、時間がかかるんだ。私も、君のことをほとんど知らないし。陸上をやっていた話だって、初耳だからね」

「翻訳には関係ないと思いましたから」

「それはそうだ」長野はうなずいた。「さて、もう少し考えてみようか。君が子どもの頃から感じてきた違和感は何だったんだろう」

「今も分かりません」宇多川が首を横に振る。「説明できないんです。胸の中に、常にもやもやしたものが広がっている感じで」

「肺病じゃないだろうね」

「違うでしょう」宇多川が笑った。「今時そんなの……結核なんて、とうの昔になくなったんじゃないですか」

「だったら、気持ちの問題だな。何かがしたい、だけどその『何か』が分からない、そういうことじゃないのか」

「そうです」宇多川が真剣な表情でうなずく。「友だちにも話したんですけど、なかなか分かってもらえなくて……友だちが羨ましかったです」

「どうして」

「悩みが分かりやすかったですから。高校生の悩みなんて、だいたい成績か女の子のことですよね」

「ああ、俗物どもらしい話だ」にやりと笑い、長野は皿を持って立ち上がった。片づけるつもりだったが、何とはなしに物足りなさを感じる。今夜はもっと食べてもいい気分だ……それは宇多川のせいだろうか。久しぶりに人と突っこんだ話をして、エネルギーを使っている感じがする。しかし、もう一枚豚肉を食べたら、後で胸焼けに悩まされるだろう。

　紙皿を二枚、流しに置いた。冷蔵庫を開け、缶コーヒーを二本、取り出す。普段はお湯を沸かすこともなく、お茶の用意すらないのだ。宇多川を招き入れたからといって、そのために薬缶《やかん》や湯呑みを買うつもりはなかった。これがせめてものもてなしである。

　缶コーヒーを宇多川の前に置いてやる。彼は遠慮なく取り上げ、「いただきます」と丁寧に言って缶を傾けた。細い喉がこくこくと軽快に動く。長野はちびちびと飲んだ。コーヒー中毒を自認しているが、缶コーヒーには本当にカフェインが含まれているのだろうか、とも思う。どうにも物足りないのだ……しかし今日は、日中の気温が三十度近くまで上がった暑い一日だったから、冷たい飲み物は喉に心地好い。塩がよく利いた豚肉を食べた後だからなおさらだ。

「結局君は、違和感の原因が分からなかった」

「ええ」

「さっき、肉を刺した時、どうだった？」

「どうって……」宇多川の顔に戸惑いが広がる。

「ナイフが刺さった時、どんな感触だった？」

「それは、あの……普通に肉を切る時とは違いますよね」

　長野は思わず、声を上げて笑ってしまった。宇多川が怪訝《けげん》そうな表情を浮かべた後、むきになって説明を始める。

「アルバイト、いろいろやったんですよ。居酒屋で厨房に入っていたこともあります。そういう時、普通に肉を切って料理するじゃないですか。でも、包丁は引いて使うものですよね？　突き刺したりしないでしょう」

「そうだろうね」

「あんな感覚、初めてでした。あの肉、何キロあったんですか？」

「五キロ」

「結構深く刺さるんですね。肉の中にナイフの刃が滑って入っていく感触は……不思議でした」

「あれが人だったらどうだろうか」

「え？」宇多川が目を見開く。

「豚肉の塊じゃなくて、人。途中で骨に当たるかもしれない。内臓を抉ったら、筋肉とは違う感触があるだろうな」

「そう……かもしれません」宇多川の息が荒くなってきた。

「もちろん、相手は生きている。当然抵抗するだろう。でも上手く刺せば、一瞬で相手を制圧できる。当然、急所を一発で潰さないと駄目だけどね。その時——相手が死ぬ時、命が自分に流れこんでくる感じがするかもしれない」

「それ、翻訳……何かの本の話ですか」

「いや」

「じゃあ……」

「私は殺人者なんだ」宣言して、すっと背筋を伸ばす。心は晴れていた。「明確な目的のために、何人か人を殺した。その時の感触は、絶対に忘れない」

宇多川は口を大きく開き、長野を凝視していた。やがてはっと気づいたように「冗談ですよね？」と確認する。

「いや」

「先生は人殺しなんですか」

「人殺し、という言い方は好きじゃない。殺人者と言って欲しいな」

「同じじゃないですか」

「使命を持った人間は、ただの人殺しじゃない。私は、ただ人を殺したんじゃないよ。きちんとした目的があったんだ」

「それは……」

「社会を少しでもよくするためだ。これは個人でできる、聖なる戦いなんだよ」

当然、宇多川はぴんときていない様子だった。まあ、いい……この件の説明を始めると長くなる。別の機会に譲ろう。

「君は、自分のことをどう思う？」

「どうって……」宇多川の顔に、さらに戸惑いが広がる。

「君も殺人者なんだ。もう、抑えられないはずだ。自分の欲望を正直に表に出す時がきたんだよ」

二人の話し合いは長く続いた。それこそ、朝まで。長野にしては珍しく、途中で時間を測るのを放棄したほどだった。

最初宇多川は、自分の欲望を素直に認めようとはしなかった。彼の中にある常識人としての一面のせいで、狂気——長野にとっては狂気ではなかったが——を認められなかったのだろう。長野は粘り強く説明し、殺しの魅力を説いた。ただ人の命を奪うだけではない、それで社会のゴミを取り除くのだ。社会的な意味がある。

なおも渋っていた宇多川が急に心を開いたのは、渋谷にまつわる都市伝説を長野が開陳してからだった。若い連中の間で広がっている話なので、もしかしたら宇多川も知っているのではないかと思って話題に出してみたら、見事に当たった。

「つまり、その殺人者が先生なんですか」

「ああ」

「よく今まで、捕まらずに……」

「警察は馬鹿だからね」にやりと笑ってから訂正する。「いや、私は常に細心の注意を払ってきた。その気になれば、警察の裏をかくこともできるわけだ」

「それは……凄いですね」

「警察に捕まるようでは駄目だからね」

「それで、先生の最終的な目標は何なんですか？」

「一人でも多く殺すこと」

「でも、全てのクズを殺せるわけではありません」

「もちろん」長野はうなずいた。「世の中のクズを全員殺す、などと考えるのは、単なるファンタジーだ。できる限りでやる、そういうことだよ。ただ、この右腕が役に立たないのが困りものだ」

長野が持ち上げた右腕を、宇多川が凝視した。自分の部屋だし、夜になってもクソ暑いままだったので、途中でシャツを脱いでTシャツ一枚になっていた。当然、これまでにも腕が途中からないことを宇多川は知っていたのだが、改めて生で見て、やはりショックを受けた様子だった。

「こいつは、切り落とされたんだ」

「誰にですか？」

「親」

「まさか……」宇多川の顔が急に蒼褪める。「そんなことをする親がいるはずは……」

「ところが、いたんだよ」長野は皮肉に顔を歪めた。「自分の家の評判を気にして、あれこれ作戦を考えたんだろうな。でも、私を警察に突き出すわけにはいかなかった。何しろ、内輪に犯罪者がいるのを認めることになるんだから。かといって、殺すこともできない。殺し屋を雇う？　そんなリアリティのない計画は立てられないだろう」

実際には自分は殺し屋でもあったのだ、と皮肉に考える。あの殺しでは、いつものような快感は得られなかった。ナイフではなく銃を使ったせいではないかとも思ったが、最近は、自分でターゲットを選ばなかったせいだろうと考えるようになっていた。人に押しつけられた獲物は駄目だ——殺しは、完全に自由意志で行うべきだ。他人の思惑が混じってきたら、何にもならない。聖なる行為が、単なる仕事になってしまったのだと思う。

ただ、あの殺しはきちんとやらねばならなかった。滝井の軽率さは、崇高な使命の邪魔になる……それは絶対に許せなかったのだ。

「おかげでそれ以来、自分の好きなことができなくなった。翻訳を始めたのは、仕方なく、だったんだ。食べていかなくちゃいけないけど、片手でできる仕事は限られていたしね」

「そうだったんですか……ひどい話ですね」宇多川の目には涙が滲んでいた。

「もっとひどい話は、世の中にいくらでもある。でも私は、まだ何も諦めていない。自分の目的と手段を託せる相手をずっと探していたんだ」

「それが僕なんですか……」

「もちろん君は、これから練習を積まなくてはいけない。いきなり人を殺そうとしても、上手くいかないからな」

「そんな練習があるんですか？　さっき豚肉を刺したこととか？」

「技術的なことも大事だが、精神的な問題の方がより重要なんだ。ターゲットを前にすると、最初は躊躇う。それでは失敗してしまう」自分はそんなことはなかったな、と思い出す。一回目の殺しから、ずっと冷静だった。行為の最中は……喜びが湧き出してくるのは、相手が死んだと確認できてからだった。「躊躇わずに殺すためには、精神的なトレーニングが大事なんだ。何事にも動じない精神を身につけないと」

「どうやるんですか？」

「方法はいろいろある」長野はうなずいた。「でも君の場合、そもそも素養があるはずだから、私はあまり心配していない」

「そうでしょうか……」

「ああ」「素養」とは、いきなり激昂する性格だ。ナイフを突き立てる瞬間にも、躊躇ったりしないだろう。「きっとできる。頼むから、私にもう一度夢を見させてくれないか」

分かりました、という一言を引き出すのに、さらに十四分三十秒かかった。しかし待つだけの価値はあった。

長野は、新たな右腕を手に入れたのだ。

6

明け方、宇多川を渋谷駅まで送り、長野はゆっくりと家に戻って来た。唐突に空腹を覚える。普段は食べない朝食を、今朝に限っては食べてもいいかな、という気になった。達成感があった。

とはいえ、コンビニエンスストアでサンドウィッチを仕入れるのは気が進まなかった。何というか……もっときちんとした食事がしたい。しかし自宅近くには、朝から開いているような定食屋もファミリーレストランもない。どうしたものかと考えながら歩いているうちに、自宅に着いてしまった。郵便受けから新聞を引き抜き、伸びをして欠伸を嚙み殺す。体全体がばきばきと悲鳴を上げたが、心地好い痛みとも言えた。まるで激しい運動を終えた後のようだった。

背後でクラクションが鳴る。こんな朝早くから無礼なことだ……むっとして振り向き、ホールから外を見ると、白いトヨタ・ソアラがマンションの前に停まっていた。最近よく見る人気車種だが、片手がない自分に車は関係ない……ソアラは結構大きな車で、マンションの前の細い道を塞ぐように停車している。

迷惑な車だが、車を持たない自分には関係ない話だ。新聞を持ってエレベーターの方へ行こうとした瞬間、またクラクションが鳴る。いい加減にしろよ……そもそも、自分に用事なのだろうか。無視するか、あるいは車に向かって行くか。悩んでいると、ソアラの運転席のドアが開き、一人の男が道路に降り立った。

二十数年振りに会う兄の明憲だった。

何ということか……歳月の残酷さを感じざるを得ない。明憲は長野より七歳年長で、とうに五十歳を超えているのだが、実年齢よりもずっと老けて見えた。髪は白く、薄くなり、頬の肉は垂れて目が落ち窪んでいる。アメリカのミステリによく出てくる、身なりに異常に気を遣う弁護士とは正反対だ。パリッとした高価なオーダーメードのスーツに、きちんとマニキュア。依頼人を信用させるためには、容姿も服装も大事――それはアメリカの常識であり、日本では関係ないのか。

それにしても、今の兄を見て、弁護を依頼しようとする人間がいるだろうか。

いや……金がないわけではなさそうだ。服装にはそれなりに金をかけている。麻混らしい、涼しげなグレーのスーツに、青のネクタイ。左の袖口からは、高価そうな薄い時計が覗いている。そもそもここへ乗りつけて来た車がソアラではないか。高級クーペの代名詞だ。もっとも、運転手つきの車を使うほどではない……本物の金持ちではないな、と長野は見切った。

「元気そうじゃないか」

「普通だね」長野は素っ気なく答えた。訪問の真意が読めない以上、迂闊なことは言えない。「こんな朝早くから、何か用か」

「いや、特に用はない」

「だったら、どうして――」

「事務所がこの近くなんだ」

長野はうなずいた。これでまた、兄のグレードが下がった。一流の弁護士なら――特に金を儲けている企業の顧問弁護士なら、丸の内辺りに事務所を構えるだろう。最低、新宿とか。渋谷に弁護士事務所というのは、格落ち感がある。

「お前がここに住んでいることをたまたま知ってね。出勤ついでに顔でも見ていこうかと思った」

「そう」

嘘だ、と確信する。まだ夜が明けてそれほど時間も経っていない午前七時過ぎ、いくら何でも出勤には早過ぎる。

「最近、どうしてるんだ」

「地道に生きてるよ」

「本当に？」

「嘘をつく理由はない」

「朝はずいぶん早いんだな。どこかで一仕事してきたような顔をしてる」

「徹夜だったんでね……今、友人を駅まで送って行った帰りだ」

「友人……」

肉の落ちた兄の顔が不自然に歪む。お前に友人なんかいるはずもない、とでも言いたげだった。そう、友人はいない。宇多川はあくまで「弟子」である。翻訳においても、殺人においても。

「私に友人がいたら変だろうか」

「変だな」兄の顔が歪む。「そういうのはお前らしくない」

「それで……本当の用件は何なのかな」長野は丸めた新聞を右手に軽く叩きつけた。「まさかまた、誰かを殺して欲しいとか」

「何の話かな」

兄が恍ける。そうか……二十年前、この話を直接持ちかけてきたのは前田である。兄が知らなかったはずはないが、永遠に知らぬ振りを続けるのだろう。

もはや守るものなどないのに。

「前田さんが亡くなった」

「そう」だからどうした？　長野にとっては、過去に生きていた人に過ぎない。六五年の一件以来、一度も会っていなかった。連絡も途絶えている。

「亡くなる前に、日記を送りつけてきてね」

「日記？」

「二十年前のことが書かれていた。初めて知ったよ」

「まさか」長野は声を上げて笑った。あれは本当に、前田の独断だったというのか？　考えられない……。「あなたが知らなかったわけがないだろう」

「いや、俺は知らなかった」年取った兄の顔に、嘘は見えなかった。「何かあることは知っていた。当然、オヤジが脅迫されていたことも……脅していた人間がいきなり殺されたんだから、何かあると思って当然だよな」

「どんなに鈍い人間でも、それは分かるだろうね」

「でも俺は、詳しい事情を知ろうとしなかった。分かるだろう？　怖かったからだ」兄の顔が引き攣る。「すべてを前田さんに押しつけて、知らんぷりをしていた。あの一件があって、自分は絶対に政治家になれないだろうと思ったよ」

だからこそ、選挙運動にも熱が入らずに落選したというのか……どうでもいい話だ。長野は鼻を鳴らした。

「自分だけは綺麗な体のままでいたかったのか」

「当たり前だ」兄が一歩詰め寄ってきた。「政治家になると、手を血で染めることもあることがよくわかった。そんなのは、俺には耐えられなかった。だから選挙には出たけど、適当にやっていた。当選する気はなかったからな」

「オヤジの手が汚れたわけじゃない」長野は新聞を持ったまま左手を上げた。「でも俺の手も汚れていない」

「そういう風に考えているのか？」

「事実だ」実際、脅迫者の根岸を殺したのは自分ではないのだ。その違いを兄に説明しても無駄だろうが。「それで、いったい何が言いたいんだ」

「俺は事情を全部知っている」

「だから？」

「いつでもお前を警察に突き出せる」

「正義のために？　それで家の名前を汚してもいいのか？　あなたたちは、家の名前が汚されるのを何より嫌ってたはずだけどな」

「もう、長野の家には何の威光もないんだよ」兄が皮肉っぽく顔を歪める。「オヤジは死んだ。跡継ぎはいない。俺はしがない弁護士だ」

「ああ」自分の惨めさを自覚はしているのか、と長野は皮肉に思った。ソアラは、情けない実態を隠すための、精一杯の見栄かもしれない。

「だから、いつお前を警察に売っても構わない、ということだ」

「どうして急にそんな気になった？」

「俺には……先がないからな」

病気か。残り少ない人生、最後に正義のために生きようと思った？　疑問をぶつけると、兄が素早くうなずく。

「残念ながら、とっくに時効だよ」長野は肩をすくめた。「今さら話を蒸し返してどうなる？」

「正義に時効はない」

長野は声を上げて笑った。それを見て、兄がぎょっとした表情を浮かべる。長野は鼻を鳴らし、「安っぽい正義だな」とからかった。

「正義に安いも高いもあるか」

「ある……とにかく、無駄なことはやめた方がいい。警察だって相手にしないよ」

「本当にそうかどうか、試してみてもいい」

長野はゆっくりと首を横に振った。今さら何がしたいんだ？　年を取って、自分の未来が細くなってきたのに気づき、良心に従おうとしている？

馬鹿馬鹿しい。他にやることなど、いくらでもあるだろうが。

「俺が今までどんな仕事をしてきたか、知ってるか」

「いや」そもそも興味もない。

「俺はたくさんの犯罪者を見てきた。日本の犯罪者は、裁判では基本的に争わない。どうしてか分かるか」

「さあ。私は犯罪者ではないから分からない」

兄が長野を睨みつける。どうして嘘をつくのか、と責めるように。

「警察が頑張るからだよ。取り調べの段階から、更生させようとする。犯罪の事実を認めて、反省して、裁判が始まる頃にはすっかり大人しくなっている」

「だから？」兄はこんなに回りくどい人間だっただろうか。元々子どもの頃から、あまり話すこともなかったのだが。長野にとっては、いてもいなくても同じ存在だった。

「さっきも言っただろう。いつでも警察に突き出せる」

話が堂々巡りになってきた、と長野は鬱陶しく思った。こんなのは、時間の無駄でしかない。腕時計を見ると、兄と最初の一言を交わしてから、既に六分三十秒が過ぎていた。人生で最も空疎な六分三十秒。

「いずれ、どこかで会うかもしれないな」

「それはないんじゃないか」

「法廷とか」

「どうして」長野は肩をすくめた。「私は何もしていない。裁判にかかわるようなことはないし、後ろめたいことは何もない」

「二十年前のことに関しては、そうかもしれない。でも、その後も何もなかったと言えるか？　お前が二十年間、何もしないでただ生きていたとは思えない」

「この手で何ができる？」長野は右手を掲げた。久々に幻肢痛を感じる。そこにないはずのパーツの疼き……。

「どうかな」兄の顔が引き攣る。「必要なら、できるかどうか証明するよ」

「必要ないと思う」

「そうか」兄がうなずく。「そう思うのは自由だ……これだけは覚えておいてくれないか」

「何を」

「とにかく、黙っているのに耐えられなくなってきたんだよ。じゃあな」

さっさと車に乗りこむ兄の姿を見ながら、これは彼にとってかなり勇気のいる行為だったのだと分かった。車から降り立った時よりも動きがずっと早く、さっさとこの場を去ろうとしているのは明らかである。

俺が怖いのだ。

だが、本当の怖さを知るのはこれからである。

何だったら、宇多川に最初に殺させるのは、この男でもいい。今の兄は、正義——長野を脅かす悪ではないか。

「夜中に歩くのはきつくないか」

長野はさりげなく宇多川に訊ねた。

「全然、大丈夫です」宇多川は元気だった。既に秋風を感じるようになった九月の夜、早足で歩いて行くのはむしろ心地よかった。

二人は丸井《まるい》の前で左に折れ、公園通りに入った。代々木公園の南側へ至る緩い上り坂は、昼間は若者で埋め尽くされる。午前零時を過ぎたこの時間は、さすがに人は少なくなっているが、それでも無人の街というわけではない。パルコの前では、男女二人ずつの四人組が歩道に座りこんで煙草をふかしている。そのすぐ近くでは、高校生らしい一団が固まって、甲高い笑い声を上げていた。そういう集団の脇を通り過ぎる度に、宇多川が顔をしかめるのが分かる。

「あまりかりかりしない方がいい」

「気に食わないんです」

「向こうからすれば、こっちが気に食わないかもしれない」

「どうしてですか？」

「こんな時間に、オッサンと若者の二人が散歩している……世間の人は、何してるんだと思うだろうね。時間の無駄にしか見えないんじゃないか」

「そんなこと、ないんですけどね」かすかに憤った口調で宇多川が反論した。

「こっちに向こうの事情が分からないのと同様、向こうにはこっちの気持ちが分からない」

「まあ、それは……」言葉を濁し、宇多川はなおも何かもごもご言っている。

長野は微笑を浮かべたまま、歩調を少しだけ速めた。勤労福祉会館前の交差点辺りには並木が綺麗に並び、昼間の散歩には楽しい場所だ——この時間だと関係ないが。やがて、渋谷区役所が左手に見えてくる。ここも、東京オリンピックを機に建てられたのだな、と思い出した。さらにその左奥には渋谷公会堂。区役所前の交差点を過ぎると、その先はもう代々木公園の南の端だ。

長野は交差点を左に折れ、NHKを右手に見ながら井の頭通りの方へ向かった。NHKが内幸町《うちさいわいちょう》から渋谷へ移転してきて、もう十年も経つだろうか……井の頭通りへ向かう緩い下り坂で、自然に歩くスピードが上がってしまう。井の頭通りまでは行かず、細い路地を左に折れて、駅の方へ戻り始めた。この辺りには真新しいマンションも目立ち、多少の煩さを我慢すれば住むには便利な場所だろう。

細い路地の坂を下りて行くと、小さな飲食店が並ぶ通りに出る。この時間でもまだ多くの店が営業中で、若者たちが群がっていた。その多くが何の悩みもなさそうで、底抜けに明るい——あるいは間抜けな表情を浮かべている。宇多川がまた怒りで緊張し、肩を怒らせているのが分かった。

「君も、こういう連中の仲間になってみればいいじゃないか」少しからかってみよう、という気になった。

「冗談じゃないです」低い、押し潰したような声で宇多川が反発した。「こいつら、ゴミですよ」

宇多川の言葉を聞きつけたのか、一人の若者がこちらに目を向ける。しかし宇多川が一睨みすると、すぐに目を逸らしてしまった。喧嘩するほどの元気もないのか、あるいは酔っ払って正常に言葉を判断できなくなっているのか。

「ゴミ、は言い過ぎだな」

「そうですかね」白けた調子で宇多川が言った。

「ああいう若者たちだって、将来は日本を背負って立つ存在になるかもしれない」

「まさか」宇多川が鼻を鳴らす。「駄目な奴は駄目ですよ。どこかの会社に入っても、給料泥棒のまま一生を終えるんです」

強烈な自意識に、長野は危険性を感じた。自分だけは特別な人間で、他は阿呆ばかり——そう思うのは若さ故かもしれないが、世の中を舐めているような人間は、使命を果たせない。何しろ彼は、まだ何も成し遂げていないのだ。

「それより、ああいう人間はどう思う」

長野は立ち止まり、十メートルほど先で、歩道にしゃがみこんでいる男に向けて顎をしゃくった。スーツ姿だがネクタイは外しており、ワイシャツのボタンは二つ開いている。髪はすっかり白くなり、だらしない表情だ。薄い革の鞄を抱えこんで、必死に吐き気に耐えているようだった。

「どうって……」

「あれが、君の言う給料泥棒だよ。何の役にも立たない存在。もしかしたら、実際に会社に損害を与えているかもしれない。会社に損害を与えるということは、まさに日本という国に損害を与えていることになる」

「そう……でしょうね」

「つまり、純然たる悪だ。この世は、ああいう人間ばかりでできているから、全体には悪なのだ。ああいう人間こそ、排除しなければいけない。給料泥棒が一人減れば、それだけ日本は豊かになる」

「先生……国粋主義者なんですか？」

長野は思わず声を上げて笑ってしまった。「日本のため」と素直に言いにくくなったのが、戦後日本の特徴だと思う。もちろん、戦前のそれは、単なるプロパガンダ、上っ面のスローガンだったと思うが。

「私が考えているのは、日本のことだけじゃない。日本という国が良くなれば世界も良くなる——そういう考えだ」

「そう、ですか」

「五十歳以上の人間なんか、基本的に役に立たないんだから。ああいうクズこそ、潰して然るべきなんだ」

「先生も、あと数年で五十歳ですよね」

「ああ」長野は急に居心地の悪さを感じた——自分でも分かっている大きな矛盾を意識させられたが故に。「それは間違いない」

「それなのに、五十歳以上の人間を役に立たないと断言するのは、矛盾していませんか」

「私は、役に立つ五十歳になりたいと思っている」

「先生は……特別なんですよね」

宇多川の言葉が、長野の胸を心地好く刺激した。そう……自分のような全能感を味わったことのある人間は多くはないだろう。ほとんどいないと言ってもいいかもしれない。自分と近い年代の大久保清《おおくぼきよし》は、連続殺人犯として名を馳せた。しかしその動機は性的なものであり、自分とはまったく違う。たぶん彼は、全能感など持たなかったはずだ。単に、犯行によって歪んだ性欲を満たしていただけである。

「特別だと思うなら、私の願いを聞いてもらえないだろうか」

「……何ですか」宇多川はあくまで慎重だった。まだ覚悟ができていないらしい。

「一人、君の力を試して欲しい相手がいるんだ。これは練習にもなる」

長野はゆっくりと歩き出した。まだ歩道にしゃがみこんでいる男を横目で見ながら、さらに明るいネオン街の方へ歩いて行く。宇多川が慌てて追いつき、横に並ぶ。

「誰ですか？」

「私より少し年上の人間で、基本的には役に立たない男だ。世の中の邪魔になっている」

「しかし……」

宇多川が唾を飲む音が聞こえたようだった。長野はちらりと彼の顔を見て、笑みを浮かべてやった。

「大丈夫だ。君ならやれる。期待しているよ。そのためにはまず、予行演習が必要だが」

振り返り、酔っ払いに視線を投げた。ちょうどいいターゲット……しかし時間がまだ早い。若者たちの姿があちこちに目立つのだ。時代は変わった、と意識せざるを得ない。六〇年代の初めの渋谷は、まだ戦後の雰囲気を色濃く残していた。闇市から発展した飲食街が今と変わらぬ賑わいを見せていたものの、闇はずっと濃かったのだ。目立たず、使命を果たすための余地が、街自体にあった。

「予行演習って、まさか……」

「そのまさか、だよ」

「自分にできるとは思えません」

「君はもう、一歩を踏み出しているんだ」長野は少しだけ声を荒らげた。「肉を刺した時の感触、覚えているだろう」

「ええ……」

「あの時君は、何を感じた？　何も感じなかったとは言わせないぞ。私はちゃんと見ていた。興奮しただろう？」

宇多川の顔が赤くなる。己の異常な性的嗜好《しこう》を見抜かれては、冷静ではいられないだろう。

「君は、恋人はいるのか？」

「ええ、まあ……」

「セックスはするだろう」

「それは――」抗議しかけて、宇多川が口をつぐんだ。

「何も恥ずかしがることはない。君のような若者なら、性欲があるのは自然だし、恋人がいて当然だ。私だって、若い頃にはつき合っている相手がいた」

洋子と「つき合っていた」と言えるかどうかは分からなかったが。単に体と体がつながっていただけ。今では顔を思い出すこともない。おそらく、稼ぎのいい男を摑まえ、上手くやっているとは思うが。とにかく要領のいい女だった、という印象しか残っていない。

「セックスよりもずっといい。私たちが果たそうとしている使命に性的興奮を覚える人もいるだろうが、どうしてやめられないか、理由はそこにあるんだ」

「まさか……」

「否定するのはよしたまえ」長野はぴしりと言った。「豚肉の塊をナイフで刺しただけで、君は性的興奮を覚えた。人を刺すのはもっといいぞ……それに、基本的には豚肉も人も変わらない。単なる肉の塊だ」

「そんな……」

「行為は同等だが、得られる満足感は桁違いだ」

宇多川はまだ納得していない様子だった。それはそうだろう……彼の殺人衝動は、理屈で解明できるようなものではないのだ。本能に刻みこまれた欲望。だからこそ、幼い頃から自分の気持ちを持て余していたのだ。自分のように、しっかり理屈があって、理解していたわけではない。

「よく考えるんだ」長野はアドバイスした。「考えても、当然結論は同じだと思うけどね。君は私と一緒に仕事をする。これはもう、決まったことなんだ」

そう、声も告げている。この弟子は間違いない。いい人材を見つけた、と。

7

女の存在が気になる……誰かを刺そうとした瞬間に、女の顔が頭に浮かんで躊躇ったら――殺しの結果として得られる性的興奮の処理のために女を利用するなら、構わない。しかしそのせいで、肝心の時に手が止まってしまったら……女の存在は邪魔なだけだ。

長野は直ちに動いた。しばらく、夜は宇多川と会わないことにして、密かに尾行と観察を続ける。ほどなく、代々木上原にある宇多川のアパートに出入りしている女の存在を把握した。小柄で可愛いらしいタイプで、丸顔にくりくりとした目が印象的である。なるほど、宇多川はこういう女性が好みなのか……初めて彼女が宇多川のアパートに入るのを目撃したのは、九月二十三日の午後六時過ぎだった。この日は祝日で、そのまま泊まりになるかと思っていたら、十時過ぎには出て来た。上気した顔を見て、宇多川に抱かれたのだと分かる。それで満足しているのか……女はただの穴だ。もっと気持ちと体が満たされることはいくらでもあるのに。

尾行はすぐに終わってしまった。女性は二駅だけ小田急線に乗り、下北沢《しもきたざわ》で降りた。若者たちで賑わう駅前を抜け、ほとんど小走りのように駅の南側——三軒茶屋《さんげんぢやや》駅方面へ向かう。両耳にヘッドフォン。一人きりの時にはウォークマンを手放せないタイプか……いったい何を聴いているのだろう。今年のヒット曲を頭に思い浮かべてみたが、音楽の好みだけは本人に直接確認してみないと分からない。今は声をかける理由もないのだが。

その夜は、女の名前だけを確認した。「上原亜矢子《うえはらあやこ》」。小綺麗なワンルームマンションに住んでいるということは、地方出身者で親がそれなりに金持ちなのだろう。この手のワンルームマンションは都内で雨後の筍《たけのこ》のように増えているが——長野のマンションもそうだ——家賃は結構高い。不動産価格は上昇し続けており、東京はますます、貧乏な若者が住みにくい街になっている。

翌朝六時、長野は再び上原亜矢子のマンションの前に立った。郵便受けに今朝の朝刊が突っこんであるのを確認してから、「待ち」に入る。こういうことが、昔から一向に苦にならないのが自分でも不思議だった。尾行に張り込み——これではまるで、刑事ではないか。もしかしたら自分も、刑事に目をつけられて監視されているかもしれないが……兄の脅迫が、今さらながら気になった。もちろん、二十年前の事件は既に時効なので、自分を裁くことは誰にもできないが、警察はしつこく事情聴取してくるだろう。マスコミにも追い回される可能性がある。どうせ裁判にならないなら、マスコミに情報を流して困らせてやれ——そんな風に考える警察官がいてもおかしくない。そうなったら使命を続けられない。

今日の張り込みは無駄に終わるだろう、と長野は最初から半ば諦めていた。大学生が毎日きちんと大学へ通うとは限らない。二十数年前の自分もそうだった。

しかし幸いなことに、亜矢子は午前八時半、マンションから出て来た。濃紺のスーツに白いブラウス、黒い、少しヒールの高いパンプスという、就職の面接に行くような格好だった。四年生なのだろうか……しかしほとんどの大学四年生は、この時期にはもう内定を得ているはずである。何しろ今は、史上最高とも言われる売り手市場なのだ。ラジオのニュースでもそのことが盛んに報じられ、一人で十数社から内定を取りつけた学生の話題が取り上げられたりしていた。

亜矢子は、体が軋《きし》むほど混み合う上り電車に乗り、まず新宿に向かった。山手線に乗り換えて三駅……どうやら大学へ行くようなのでほっとする。大学というのは実に不思議な場所で、誰が入りこんでも文句を言われない。警備もクソもあったものではないのだが、今日の自分にはそれがありがたい。詮索されないだけで助かるのだ。

それにしても、きちんとした格好をしてきてよかった。茶色いスーツにネクタイ姿。左手には革の鞄を提げている。もしかしたら、大学教授に見られるかもしれない。

亜矢子は真っ直ぐ、生協に入った。売り場に隣接する喫茶スペースに荷物を置くと、自動販売機で紙コップの飲み物を買い、席に落ちつく。誰かと待ち合わせしているのか、きょろきょろと周囲を見回した。カフェのすぐ横が書籍売り場になっていたので、長野はそこで時間を潰しながら亜矢子を観察することにした。学生たちが手持無沙汰に本を眺めたり、喫茶スペースに出入りしたりしているので、目立たないはずだ。存在しない右腕のことはともかく……長野は、立ち読みが苦手だった。左手で本を持ち、右手でページをめくる——そんな当たり前のことができなくなって、二十年以上経つ。他のことにはすっかり慣れ、左手一本でほぼ何でもこなせるが、「立ち読み」と「人を刺すこと」は、自分の人生から消えてしまったようだった。もう一つ、ナイフとフォークで食事することも。

とりあえず広げた本を持ち上げ、読む振りをする。このまま長時間は辛いな……と思い始めた時、「ごめーん」という甲高い、そして呑気な声が聞こえてきた。ちらりと見ると、亜矢子の前の席に女性が一人、滑りこんできたところだった。こちらは就職活動用の服ではなく、Tシャツにデニムのジャケットというラフな格好である。髪型はセミロングで、下の方をふわりと膨らませている。ここ数年、若い女性は皆これだ。

本に視線を落としながら、長野は二人の会話に意識を集中した。漏れ聞こえてくる感じでは、亜矢子は低い声で落ちこんだような調子で話し、逆にもう一人の女性はテンションが高い。それで亜矢子を慰めているようだが、果たして効果があるのだろうか、と長野は疑った。どうやら先に就職が決まり、まだ内定が出ない亜矢子にいろいろとアドバイスを送っているようである。


「亜矢子は、面接で緊張し過ぎなんだよ」

「人前に出るの、苦手だから」

「今は、普通に話していれば、内定なんか簡単だよ」

「でも、そうもいかないでしょう」

「私なんか、面接で大失敗して……でも、そこからは内定もらったし。行かないけどね」

「みのりは積極的だから」亜矢子が溜息をついた。


おいおい……これは、他の若者に対して宇多川が抱いている苛つきは正しいのかもしれない。この軽い乗りで就職した若者のどれぐらいが、社会に役立つ存在になるのだろう。それこそ、給料泥棒を大量に生み出すだけではないか。

亜矢子は、今日もこれから面接があるようだった。しかし「みのり」のアドバイスはすぐに終わってしまい、雑談が始まる。途端に「すぐる」という名前が出てきて、長野は戸惑った。どうやら可愛い見た目とは裏腹に、亜矢子は男性関係が盛んらしい。


「すぐるの方、どうなの？」

「有望よね、彼」亜矢子が溜息をつく。

「将来を任せるなら、彼でしょう」

「そうよねえ……」

「もう一人の彼は?」

「和樹? うーん……」亜矢子が腕組みして首を傾げるのが見えた。「相性はいいんだけど……」

「体の?」

みのりの露骨な問いかけに、亜矢子の耳が赤く染まるのが見えた。しかしすぐに、「そうなんだけど」と認める。人の多いカフェで、よくもこんなに明け透けに話ができるものだ、と長野は驚いた。最近の女子大生は、恥じらいを失っている。

「夢見がちなのよね」

「ああ、翻訳家になりたいっていう話?」みのりが煙草を取り出し、素早く火を点ける。

「そんなの、本当になれるの?」

「無理じゃないかな。最近、先生について習い始めたって言ってるけど、それで本当に仕事になるかどうかは分からないでしょう」

「そうよね……年下だし、下手したら、ヒモになっちゃうわよ。それも困るでしょう?」

「そうよね……」

「すぐるに乗り換えたらいいじゃない。それで将来安泰なんだし。亜矢子ならすぐに落とせるわよ」

ということは、同時並行で二人とつき合っているわけではないのか。長野は作戦を練り始めた。この女と宇多川の関係を切らなくてはいけない。俗世に対する未練を断ち切らせるのだ。そうすれば宇多川は、大きな一歩を踏み出せる。

やれるだろう、と確信した。亜矢子は、曖昧にだが、長野の存在を認知している。完全に見ず知らずの人間ではないが故に、接触もしやすいはずだ。

それにこれは、亜矢子のためにもなる。彼女には、彼女が夢見る下らない人生を満喫《まんきつ》させてやろう。

翌日、長野は早くも動いた。電話帳で調べると、亜矢子は自宅の番号を登録していたので、朝一番で、家の近くの公衆電話から電話をかける。今日は早く出かける用事がないのか、まだ寝ていた様子で、声には張りがなかった。

「突然お電話してすみません」長野は丁寧に言って名乗った。亜矢子がぴんときていない様子だったので、ペンネームを名乗って事情を説明する。

「ああ、はい。すみません」突然声が明瞭になった。「いつもお世話になっています」

経済的に成功しそうな男に乗り換えようとしている割には、宇多川を思いやる世話女房のような口調だ。女は怖いな……と思いながら話を進める。

「実は、宇多川君のことで、ちょっと相談があるんです。彼の将来にかかわることなんですけどね」

「ええ、はい……」口調があやふやになる。宇多川の将来と自分の将来を、重ね合わせて考えられないのだろう。

「彼の仕事にかかわる大事な話で、ぜひ相談に乗っていただきたいんです。彼には内密で……あなたにも関係あることですから」

「はい、でも……」

「会っていただけませんか？　時間はかかりません」彼女がすぐに納得すれば。「できたら、今日にでも」

「今日ですか？」

「お忙しいですか？」

「そういうわけでもないですけど……」

「では、ぜひ。あなたの都合のいい時間に、指定の場所へお伺いしますよ」

彼女が指定した「都合のいい場所」は大学の正門だった。さすがに、いきなり電話をかけてきた人間と、自宅の近くで面会する気にはなれなかったのだろう。

長野は今日もスーツをきちんと着こみ、自分が訳した本を二冊、持った。一冊は今年初めに出たノウハウ本で、それなりに話題になったから、彼女も知っているかもしれない。

今日の亜矢子は、昨日の濃紺のスーツとは一転して、ミニスカートに長袖のブラウスというラフな格好だった。昨日よりもずっと幼く見えるが、これが年相応なのだろう。濃紺のスーツには、明らかに「着られている」感じがあった。

丸顔には、不安の色が浮かんでいる。しかもすぐに、長野の右手がないことに気づいたようで、顔色が蒼くなった。こういうのには慣れている……視線の動きで分かるのだ。長野はそのことには触れず、できるだけ穏やかな笑みを浮かべた。

「大学の中は煩いですね」長野は正門から中を覗きこんだ。

「ええ……そうですね」

亜矢子が無理して、長野の右腕から視線を逸らせようとしているのが分かる。長野は彼女に、「この近くで静かに話ができる喫茶店はありませんか」と訊ねた。はっとした表情を浮かべ、亜矢子がうなずく。よし、ようやく我を取り戻したか……話をするには、冷静でいてもらわないと。

亜矢子は、正門から歩いてすぐの場所にある喫茶店に長野を案内した。少し高級な店で、学生の姿は見当たらない。話をするにはいい環境だ……注文を終えると、長野はまず、自分の本をテーブルに置いた。

「この本、見たことがあります」自己啓発本を、亜矢子が手に取る。「先生の本だったんですね」

「読んではいない？」

「ええ……はい」亜矢子が耳を赤くした。「すみません。ちょっと立ち読みしただけで」

「あなたが買わなくても、私の収入には関係ないんですよ」

長野は出版界の事情を簡単に説明した。本が売れる度に金が入ってくるわけではなく、部数——印刷した数によって自動的に収入は決まってしまう。

「じゃあ、そんなにお金になる仕事ではないんですね」表情が暗くなる。

「もちろん、重版されればその度にお金は入ってきますけどね……お金の話は、気になりますか」

亜矢子の耳がますます赤くなり、うつむいてしまう。運ばれてきたロイヤルミルクティーに救いを求めたようで、砂糖を加えて慌てて飲む。長野は自分のコーヒーを、ブラックのまま一口飲んだ。店に入ってからここまで、五分ちょうど。

「今、四年生ですよね。就職活動中ですか？」

「ええ」

「もう決まりましたか？」

「いえ、それがまだ……お恥ずかしい話です。周りの友だちは、皆内定を貰っているんですけど」

「それは人それぞれでしょう。出版業界なんかには興味はないですか」

「それは……考えたこともありません」亜矢子が申し訳なさそうに言った。

「本を出して金を稼ぐのは、大変なことですよ。そういう仕事に憧れる人は多いですけど、実際にそれで生活していける人は、少数だ」

「はい……何となく分かります」

「でも宇多川君は、そういう世界に飛びこもうとしているんです。大変勇気がいることですね。無謀だと思う人もいるでしょう。単に夢を追いかけているだけだと、馬鹿にする人もいると思いますよ」

「そんなことはないです。だって先生は、ちゃんと翻訳の仕事をされてるでしょう？」

「私の場合は、仕方なく、ですけどね」長野は苦笑を浮かべて見せた。控えめな、感じのいい中年男性を装う。「この右手のこと、気になりますか？」

「いえ、そんな……」首を振り、顔を伏せてしまう。

「私、東大にいたんですよ」

「そうなんですか？」

ばね仕掛けのように亜矢子が顔を上げる。顔が輝いていた。ブランドに弱いタイプなのだろう。

「ところが、交通事故でね……この右腕を失いました。今の医療技術なら何とかなったかもしれないけど、六〇年代初めの話ですから。当然、普通の仕事には就けないし、仕方がないので翻訳を職業に選んだんですよ」

「でも、それでこんなに本を出されているんですから……凄いですよね」

「窮鼠《きゅうそ》猫を嚙む、ということかもしれません。必死になれば、人間、何とかなるものです」コーヒーを一口飲み、ペースを変える。「そこで宇多川君の話なんですが」

「はい」亜矢子が背筋を伸ばした。

「宇多川君は、本気で翻訳家になろうとしています。才能はある。だから何とか、彼には成功してもらいたいんです。いずれ出版社にも紹介して、仕事を回すつもりですが……今はまだ修業中ということですね」

「こんなこと聞いていいかどうか分かりませんけど……彼、物になるんですか」

「大丈夫だと思いますよ。あなたが想像している以上に、日本は翻訳大国でね。翻訳家の数は絶対的に足りないんです。でも、仮に翻訳家になれても、贅沢はできないでしょうね。私のこのスーツも、もう十年は着ていますよ」長野は左手で襟を摘み、軽く持ち上げた。

「大変なんですね」

「一緒になったら、苦労するかもしれません。何しろ一日中家に籠りっきりで、原書と辞書ばかり見ているような毎日ですから。上手くいかなければ、機嫌が悪くなることもあるでしょうし」

「ええ……」亜矢子の表情が曇る。

「まあ、そんな先のことを心配しても意味がないでしょうが。実は、私が心配しているのは今のことなんです」

「今？」

「有体に言えば、あなたのことです」

「私、ですか？」亜矢子の顔に不審気な表情が浮かんだ。

「あなたが悪いわけじゃないですよ」慌てた風を装って長野は言った。「むしろ、宇多川君の心がけの問題と言いますか。彼、あなたに夢中ですね」

亜矢子が顔を赤らめた。将来については期待していないが、やはり体の相性はいいということか……長野は一つ咳払いをして続けた。

「会うといつも、あなたのことばかり話しているんですよ」

「そうなんですか？」

「それが、少しだけ度を越しているように、私には思えます。今は、勉強に集中して欲しいんですよ。余計なことを考えずにひたすら原書を読みこみ、それを自分の文章に訳していく。地味な、それこそ千本ノックを受けるような訓練ですが、この時期を通過しないと、翻訳家としてはやっていけません」

「ええ」

「私は彼を買っているんです。実は、私にとっても初めての弟子なんですよ。だから、しっかり責任を持って育て上げたい。そのために今は、基礎的な訓練に集中して欲しいんです。彼、生活は楽ではないですよね」

「ええ。アルバイトが多いです」

「私の方で、少しは金銭的な援助をしてもいいと思っているんですよ」

「そんなに……」

亜矢子が目を見開く。長野は深くうなずいた。

「それぐらい、彼のことを買っているんです。だから……この先、私の口からは非常に言いにくいんですが……」

「別れろ、ということですか」亜矢子の口調はさすがに強張っていた。

「距離を置く、というのが正しいですかね」長野は柔らかい笑みを浮かべて見せた。「とにかく、今は」

「そんなこと……」

「あなたも忙しいんじゃないですか。就職活動だってあるでしょうし、将来のことを考えたら……例えば、宇多川君との結婚は考えていますか」

「いえ、それはまだ……」

「私はね、結婚しなかった——できなかったんですよ」長野はしみじみとした声色を作った。「腕のことは関係ありません。むしろ仕事が忙し過ぎて、女性とおつき合いしている暇がなかったんです。今考えると、それで正解だったと思いますけどね……何しろ、ずっと昼夜逆転の生活を送っていますし、部屋で一人で唸り声を上げたりしていますから、普通の人ならつき合い切れないでしょう」

「そうなんですか……」

亜矢子の顔からは力が抜けていた。食いついた、と確認する。彼女の迷いを、俺はがっしり摑んだ。別れるかどうするか迷っているところへ、楔《くさび》を打ちこんだのだ。

「宇多川君は、私以上にエキセントリックなところがありますから」

「そうですか？」亜矢子が目を見開く。

「たぶん、あなたにも見せない一面があるんですよ。翻訳家の業《ごう》というのは、普通の人には理解できないでしょうね……」

さらにしばらく話し、長野は別れ話を了承させた。店に入ってから、二十五分十秒。悪くないタイムだ、と思った。


そこから先は、待つしかなかった。亜矢子はいつ、宇多川に別れ話を切り出すか……。

二週間後の火曜日、翻訳の勉強のために会った時、宇多川の様子は明らかにおかしかった。そもそも七分遅刻してきたうえ——遅刻は初めてだった——顔面は蒼白。座った瞬間に溜息をついた。

「体調でも悪いのかな？」

「いや、大丈夫です」

そう言ったものの、声に元気がない。長野は敢えて何も言わずに勉強会を始めたが、宇多川が集中力ゼロなのはすぐに分かった。こちらの指示を聞き逃し、訳文も雑で、いつもの丁寧さがない。

「今日はやめておこうか」始まって二十二分後、長野は告げた。

「いや、それは……」

「どうした。いつもの君らしくない。本当に体調が悪いんじゃないのか？」

「体調は問題ない……ちょっと寝不足なだけです」

「あまり寝なくても平気なタイプじゃなかったか」

「全然寝なければ、調子もよくないですよ」

「眠れないほどの心配事でもあるのか」

「……ええ」

認めてうつむき、両手の指を擦り合わせる。一つ溜息をついて顔を上げ、「みっともない話なんです」と打ち明けた。

「話して楽になるなら、聞くが」

「先生に聞いていただくような話じゃないですよ」

「分かった。だったら聞かない」

宇多川がまた溜息をつく。長野はボールペンの先でノートを叩き、無言で先を急かした。

「やっぱり、聞いてもらっていいですか」

「もちろん。乗りかかった船だ。普段は人の相談に乗るようなことはないけどね……話す相手もいないから」釣り針にかかった、と思いながら、長野はわざと軽い調子で言った。

「彼女のことなんですけど」

「ああ」

「ふられたんです」

「それは……落ちこんで当然だね」

「彼女、年上なんですよ。就職活動がうまくいってなくて、これから集中したいからって」

「それなら、就職が決まるまで会わなければいいだけでは？」

「それはたぶん、言い訳だと思うんですよね」宇多川がコーヒーカップに手を伸ばし、一口啜る。「ちょっと前から、話が嚙み合わないことが多かったんです」

「例えば」

「これです、これ」宇多川が目の前の本を指さした。マイケル・Z・リューインの『Out of Season』。去年出版されたばかりで、まだ日本語訳は出ていない。

「リューインがどうかしたのかな？」

「いや、リューインの問題ではなくて……要するに、僕が翻訳を仕事にしようとしているのが、基本的に気に入らないみたいなんです」

「どうして、また」長野は深刻な風を装って訊ねた。もしかしたらこの話は、自分が会う前から亜矢子を悩ませ、二人の間で言い合いもあったのかもしれない。

「職業としては不安定じゃないですか。先生のように、ずっと活躍している人の方が珍しいですよね」

「なるほど……」長野は腕を組んだ。右手がないと上手くいかないのだが。「それはまあ、女性としては気になるところだろうな。将来食べていけるかどうかを考えると、安定した、堅い商売の人を選んでもおかしくない」

「でもそんなの、やってみなければ分からないじゃないですか」宇多川がむきになった。「他の仕事をしながらでもできると思いますし、時間はあるはずです。彼女は焦り過ぎなんですよ」

「現実主義ということではないかな。女性というのは、概してそんなものだろう」

「そんな……」宇多川が唇を嚙む。「何か、他の理由があるんじゃないかと思うんです。自分の就職と、僕が翻訳をやっていることの他にも……」

「あるかもしれないな」ある。他の男だ。自分がこんなことをしなくても、遠くない将来に宇多川は別れを切り出されていた可能性が高い。

ただし、このタイミングでなければならなかったのだが。宇多川を支配下に置き、こちらの世界に引きこむために。

「男じゃないかな」

「え?」宇多川がぽかんと口を開けた。

「例えばだよ、今の話を聞いていると、君の彼女は比較的、お金に執着するタイプじゃないか?」

「……そうかもしれません」

「となると、金を持っている男に目を向けていた可能性もあるな」

「二股ですか?」宇多川が目を見開く。

「そんなに驚かなくてもいいだろう」長野は苦笑した。「君の彼女を悪く言うつもりはないが、女性は基本的に打算的なものだ。まあ……こういうこともある、としか言いようがないのは申し訳ないが。なにぶん私も独身だからね。男と女のことについては、自信たっぷりにアドバイスできるわけじゃない」

「情けないですよね」宇多川がまた溜息をつく。「自分がこんなに弱い人間だとは思いませんでした」

「まあ……どうだ？　少し気晴らしでもしてみたら」

「酒は呑めません」

「酒じゃない」長野はテーブルの上に身を乗り出した。「もっといいことだ。魂が浄化されるのがどういうことか、君にもよく分かると思う」

宇多川が長野の顔を凝視した。その目に、もはや戸惑いはなかった。

午前二時。この時刻になると、常に賑やかな渋谷もさすがに眠りにつく。これから三時間ぐらいが、比較的静かな時間だろう。五時になると新聞配達が動き出し、街は早々と目覚め始める。

今回の相手は、誰でもいい。まずは経験を積ませることが大事だ。長野はこの日、午前一時頃に既にターゲットを定めていた。東一丁目──恵比寿から渋谷に至る明治通り沿いには飲食店が建ち並んでいるのだが、日付が変わる頃、一軒のラーメン店に飛びこむ男の姿が目についた。外から見えるカウンター席は、呑んだ後の締めを楽しもうとする客で賑わっている。しかし長野が目をつけた男は、酔ってはいない様子だった。しょぼくれた初老の男で、くたびれたスーツ姿。この時間まで必死で残業して、ようやく夕飯を食べる暇ができた、という感じだろうか。

日が暮れるまで降っていた雨は止んでいるが、湿度が高い。長野はかすかな不快感を覚えながら、じっと待った。宇多川は何も言わない。歩道に立っているだけで、ひどく緊張しているのがよく分かる。顔面は蒼白で、両肩が盛り上がっている。

「緊張しないでいい」長野は声をかけた。同じ台詞を何度口にしただろう。「最初だから、私も手伝う。君は、一番美味しいところを持っていけばいい」

宇多川の喉仏が上下した。背中に背負ったバックパックも、それに合わせるように軽く動く。

二十分ほどで男は店を出て来た。入る時は駆け足のようだったが、腹が膨れたのか、足取りがゆったりしている。二人はすぐに尾行を始めた。並木橋の交差点を右折し、金王神社へ向かってゆっくりと坂を上がっていく。ほどなく、ビルの一階にある雑貨店らしき店に入って行った。この時間だから当然営業しているわけもないが、窓からは煌々と灯りが漏れ出ている。

「たぶん、この店は明日オープンだな」

「どうして分かるんですか」宇多川がかすれた声で訊ねる。

「内装工事が追いつかなくて、最後の仕上げをしてるんじゃないだろうか。もしかしたら今夜は徹夜かもしれない」

「ずっと待つんですか？」

「少なくとも一時間か、二時間は。こういうことには、時間がかかるんだ」長野は自分に言い聞かせるように言ってから、体の力を抜いた。店の真ん前で待つわけにはいかないので、道路を渡り、金王神社に入る細い道の入り口から店を見守ることにした。

——それが、一時間前。二人は無言でその場に立ち尽くしていた。本当に徹夜かもしれない。そうなると、今夜は新しいターゲットを見つけるのは難しいな、と長野は考えた。今日の計画は先送りにしなければいけないかもしれない。一刻も早く宇多川に経験を積ませたいが、焦ると失敗する可能性も高くなる。

来る。

店内の灯りが消えた。男は、一緒に出て来た男女二人組と一緒に、坂を下り始める。長野は「行くぞ」と声をかけ、先に立って歩き始めた。少し遅れて宇多川がついて来る。

男女二人は、明治通りに出ると渋谷駅の方へ向かった。ちらりと見ると、駅の方からやってきたタクシーをすぐに拾って乗りこむ。初老の男は並木橋の交差点を渡って、代官山《だいかんやま》駅の方へ向かった。ふいに、記憶がどっと蘇る。滝井が勤めていた印刷会社は、このすぐ近くにあったのだ。代替わりが上手くいかず、とうに商売はやめてしまった、と聞いている。

「どうしますか」横に並んだ宇多川が心配そうに訊ねる。

「とにかく、しばらくこのままだ」

「でも……」

「心配するな。やれると思ったらやる。やらないと思ったらやらない。やる時は、打ち合わせ通りだ。躊躇しなければ絶対に上手くいく」

男は東横線の高架橋を渡り、早足で歩き続けている。ほどなく、細い路地に入った。この路地は確か、すぐ先で別の道路にぶつかって行き止まりになるのだが……その先には中学校があったはずだ。

あまりよろしくない。この辺りには小さなマンション、さらに戸建ての住宅が建ち並んでいるから、騒ぎを起こすと目立ってしまう。しかしこのまま進めば、一ヵ所だけ使えるポイントがあったはずだ。中学校の脇の空き地。おそらくマンションでも建つのだろうが、そこだけがぽっかりと空白地帯になっているのだ。

男は、中学校の方へ向かう道路に向けて曲がった。長野は「先回りする」と告げて歩調を速め、路地に入った。果たして宇多川は予定通りに動くか……心配しても仕方ないと思いながら、途中からはほぼ小走りになる。

少しだけ息を切らして元の道に戻ると、初老の男は目の前二十メートルほどのところにいた。その十メートルほど後ろに宇多川がいる。街灯の灯りでは宇多川の表情は窺えなかったが、足取りを見た限り、ようやく決意が固まったようだ。長野はゆっくりと初老の男に向かって歩き出す。先ほどから気づいていたのだが、耳からヘッドフォンのコードが垂れさがっている。これは好都合だ……音が遮断《しゃだん》されていると、人間は周りの様子に気づかなくなる。

長野は一気に距離を詰めた。しかし男はそれにも気づかない様子で、少しうつむいたまま、ペースを崩さずに歩き続けている。ほんの二メートルにまで迫った時、ようやく長野に気づいて顔を上げ、怪訝そうな表情を浮かべた。長野は軽く一礼して、さらに男の困惑を深めてやった。男が口を開きかけたが、無視して左手で後ろを指さす。男が、訳が分からないとでも言いたげに振りむいたが、その時には宇多川がすぐ後ろに迫っていた。それこそ、手を伸ばせば触れられそうなほどに。

長野も男に近づいた。男がヘッドフォンを外し、宇多川に向かって「何——」と言いかけた瞬間、宇多川が素早く一歩を踏み出す。腿の辺りにある右手に、しっかりとナイフを握っているのが見えた。あれでは低過ぎるが——しかし素早く右手を突き上げると、流れるような動きでそのまま男の胸に突き刺した。男の口から「あ」という間抜けな声が漏れる。両手を上げて宇多川の肩を摑もうとしたが、力が入らぬまま、ずるずると滑り落ちる。宇多川は顔を紅潮させたまま、さっと飛び下がった。

見事なものだ……感心したまま、長野はうつ伏せに崩れ落ちた男の首筋に触れた。弱い……そのまま十秒待つと、鼓動は消えた。流れ出した血がアスファルトを黒く染めていく。

「ひっくり返すんだ」

長野はかすれた声で宇多川に告げる。しかし宇多川は呆然と突っ立ったままで、ナイフの刃先が細かく震えていた。目は輝き、顔は真っ赤になり――ズボンの股間は膨らんでいる。やはり、性的興奮は抑えられないのだ。

「早く！」

少し声を高くすると、宇多川がはっと真顔に戻る。慌てて跪くと、流れる血を避けて初老の男の横に回り、強引にひっくり返した。しばらくそのまま、男の顔を凝視する。

「どうした」

「いや……」宇多川がうわずった声で言った。「死ぬと、こういう顔になるんですね」

「生きている時とそんなに変わらないだろう」

「全然違います」

そうだろうか……長野には違いが分からない。しかし宇多川は、微妙な変化に気づいた様子だった。

「こうやって、人は物になるんですね」

「そうだ……ちょっとどいてくれ」

長野はズボンのポケットから五寸釘を取り出した。男の額に十字を刻む。久しぶりの感触……自分も興奮していたのは認めざるを得ない。軽く引っかくだけでは済まずに、骨に達するほど深い傷をつけてしまった。それから二人で何とか遺体を空き地に捨てる。有刺鉄線が男のスーツにひっかかり、ひどいかぎ裂きができた。

「よし、いこう」

長野の呼びかけに宇多川が立ち上がったが、まだ名残惜しそうに死体を見下ろしている。長野は素早く、彼の服装を検めた。黒いジャンパーの胸が少し濡れている。

「上だけ着替えるんだ」

「え？」

「血がついている」

宇多川は慌てて、背負っていたバックパックを下ろした。ファスナーを開け、中から黒いトレーナーを取り出す。ジャンパーを脱いで中に押しこむと、すぐにトレーナーを着こんだ。

「よし、撤収しよう」

宇多川がうなずく。唇は堅く引き締まり、しかし目は笑っている——そうか、そんなに気持ちが良かったのか。長野は、新たな仲間を引き入れることに成功して、満足していた。

——いや、満足できない。少しも嬉しくない。今、長野の胸に渦巻くのは明確な嫉妬だった。この男にできて、どうして自分にはできない？

8

第十条

自分のしたことに思いを抱いてはいけない。殺した相手のことはすぐに忘れるべきだ。次の使命が待っている。

生沢宗太郎の自宅に電話がかかってきたのは、午前五時過ぎだった。よりによって課長の住友から……そうか、今夜——前夜と言うべきか——は彼が当直責任者だったのだと思い出す。

「朝早くに申し訳ないです」

「いえ……」普段より一時間早い起床。こういうのが積み重なって、後々ダメージになってくるのだ。

「殺しです」

「分かりました」

すぐに布団を抜け出る。隣に寝ている妻の治子《はるこ》は、既に起き上がっていた。よくあること……刑事になってから、こういうことはしょっちゅうだった。早朝や明け方の電話で呼び出され、飛び出して行く。治子も慣れたものだった。

生沢は畳の上で胡坐をかいたまま、住友と話し続けた。今からだと、家を出て始発に近い電車を摑まえ、渋谷まで三十分ほど、と計算する……いやいや、現場が国鉄の渋谷駅近辺とは限らない。管内には駅が五つもあるのだ。広尾《ひろお》辺りだったら、生沢の家からはひどく行き辛い。

「現場はどこですか」

「代官山駅の近くです」

ほっとした。それなら、祐天寺《ゆうてんじ》の自宅からは遠くない。

「すぐに出ます」

「ちょっと気になるんですがね」住友の声は暗かった。あまり感情を表に出すタイプではないのだが。

「どうかしたんですか」

「額に十字の傷があるんですよ……二十年前と同じです」

怒りよりも困惑が先に立つ。どうして……どうして二十年前の事件が今になって繰り返される？　現場に立ったまま、生沢は動けなくなってしまった。

現場は、代官山の駅から徒歩五分ほどの場所だった。すぐ近くに中学校があり、周囲は静かな住宅街である。マンションの建設予定地だろうか、空き地に死体が遺棄されていたのが、二十年前の滝井の事件を彷彿させる。あの時も、滝井が殺した根岸の遺体は、草が生い茂った空き地に捨てられていた。

しかし、まだ街のあちこちに空き地が目立ったあの時代から、もう二十年。周囲は住宅密集地と言っていい。絶対に目撃者は見つかるはずだ。

制服姿の住友が近づいて来て、生沢ははっと我に返った。住友の眉間には深い皺が寄り、目が落ち窪んでいるようだ。

「生沢さん、遺体は見ましたか」

「いや、まだです」

住友が無言で、自分の額を指さした。素早く指先で十字を描く。

「間違いないですか」生沢は腹の底にしこりが生じたように感じた。

「同じかどうかは分かりませんが……十字でしたよ。それも多分、五寸釘か何かを使っている。昔と同じような醜い傷でした」

「そうですか」

生沢は空き地に足を向けた。規制線を乗り越え、遺体と対面する。片膝をついて両手を合わせた瞬間、膝から嫌な音がした。今日もまた、痛みに悩まされるだろう。

被害者は六十歳ぐらいだろうか……目尻に皺が寄って豊かな髪はほぼ白くなり、無精髭が顎を覆っている。くたびれたスーツ姿だが、足元はくるぶしまである黒いブーツという洒落た格好だった。黒いワイシャツの胃の辺りは、血が乾いてごわごわになっている。そして額の傷……間違いない、と生沢は震えた。おそらく太い釘でつけられた、十字の傷。交差する二本の傷の長さがそれぞれ五センチほどというのも、二十年前と同じだった。

膝を庇ってゆっくりと立ち上がり、背後を確認した。既に鑑識が作業を始めており、血痕の位置を示す黒い小さな三角コーンが、アスファルトの上に置かれている。それを辿ると、十メートルほど離れた場所に、ひと際大きな血痕があるのが分かった。被害者はここで刺されて絶命し、遺体は空き地に捨てられたのだろう。

「複数犯ですね」住友が言った。

「間違いないでしょう」生沢は空き地を見やった。有刺鉄線は、三段に張られており、一番高いのは一メートル五十センチほどの高さにある。一人の力では、あの有刺鉄線を越えて遺体を遺棄するのは難しいだろう。ただしアスファルトには、遺体を引きずった跡がある。

「どう思いますか」

「同一犯かどうか、まだ断定したくないですね」生沢は空き地から視線を逸らした。

「しかし、十字の傷は昔と同じですよ」住友が反論する。

「確かに……どうですか、思い切って公表してみては」

「いや、それは……」住友が渋った。「犯人しか知り得ない事実ですからね。こっちの切り札だ」

「二十年前の一件と結びつけば、逆に犯人につながる手がかりが出てくるかもしれない」

「それは本部と相談しますよ」うなずき、住友が話を打ち切りにかかった。「とにかく、捜査一課が入ってくる前に、ある程度周辺の聞き込みを進めましょう」

「そうですね。この住宅街の中だったら、絶対に目撃者がいるはずだ」生沢は警察手帳を取り出した。「第一発見者は？」

「新聞配達。そこで倒れているのを発見したんですよ」

「どれぐらいの時間、倒れていたんですかね」

「どうでしょう……この辺りも、日付が変わる頃には静かになると思いますけどね」

うなずいて顔を上げた瞬間、平田が走って来るのが見えた。ネクタイをしておらず、ワイシャツの裾がズボンからはみ出て、ひらひらと揺れていた。滑稽な光景だが、生沢は笑うよりも怒りを覚えた。

「遅い！」

怒鳴りつけると、走りながら「すみません！」と謝ってきた。

「署の上の独身寮に住んでるくせに、何で遅刻するんだ」

「いや、あの……」追及すると、途端に顔を赤らめる。どうやら話せないような事情があるようだ。このタイミングでそこを突っこんでも仕方ないと思い、生沢はすぐに聞き込みを指示した。

結果はすぐに得られた。最初の家に飛びこんだところで、「変な声を聞いた」という証言が得られたのである――「あ」と。

「あ？」生沢は思わず聞き返した。「どういうことですか」

まだ若い主婦は、蒼褪めた顔を両手で挟むようにしながら答えた。

「何だか、息が抜けたような声で……でも、結構大きかったんです」

「何時頃ですか？」

「二時……二時過ぎか、それぐらいです」

「ずいぶん遅くまで起きていたんですね」

「たまたまトイレに起きたんです」

生沢は、午前二時、と手帳に書きつけた。遺体は三時間も放置されていたわけか……しかし、暗闇の中、空き地に捨てられた遺体が簡単に見つかるわけがないと思い直す。

「悲鳴ではなかったんですか？」

「悲鳴というより、空気が抜けるみたいな音で」

「外は見なかったんですか？」

「見ましたけど、玄関のドアののぞき穴からで……大して広く見えないんですよ」

せめて外に出てくれていれば、と思った。女性の家は、被害者が刺されたと見られる現場から、十メートルほどしか離れていない。首を突き出して周囲を見回せば、犯行直後の様子が目に入ったはずだ……いや、そんなことをすれば第二の事件が起きていたかもしれない。慎重さ故に、彼女は危険に晒《さら》されなかったのだろう。

同じような「あ」という声を聞いた人が何人も出てきた。この辺の人たちは宵っ張りなのだろうか……ただし、直接現場を見ていた人は皆無である。面倒なのか、興味がないのか。せめて一人でも目撃者がいれば、そこから攻めていけるのに、と生沢は唇を嚙んだ。

機動捜査隊と捜査一課の刑事たちが現場に入って来たのは、ちょうどサラリーマンが出勤する時間帯だった。野次馬の数も増えてきて、制服警官はその規制と車の誘導で大わらわになっている。

被害者の身元はすぐに割れた。ズボンの尻ポケットに入った財布に、免許証、名刺など身元を示す様々な物が入っていて、自宅も勤務先もすぐに判明したのだ。生沢は平田と一緒に、被害者の勤務先に向かった。

「原田実《はらだみのる》、五十九歳ですか……」手帳を見ながら平田が言った。「何者ですかね」

「どうかな」生沢は原田の名刺を見た。恐らく、まだ真新しい。「有限会社　原田商会」という会社の名前と、「英国趣味」という、どうやら何かの店舗らしい名前が刷ってある。住所、電話番号はどちらも同じ。会社の住所は東一丁目で自宅は鉢山町……直線距離で恐らく一キロほどだ。会社から自宅まで歩いて帰る途中だったのでは、と生沢は推測した。ただし、あまりにも時間が遅い。もしかしたら「英国趣味」というのは遅くまでやっている喫茶店か呑み屋かもしれない。しかし生沢の記憶では、当該の住所にそのような店はなかった。

会社の住所は、マンションだった。一階部分が店舗になっており、ドア脇に「英国趣味」という小さな真新しい真鍮《しんちゅう》製の看板がかかっている。ここか……道路に面した広い窓から中を覗いて見ると、どうやら家具などを扱う店のようだった。

「雑貨屋ですかね」平田がぽつりと言う。

「雑貨屋、ねえ」

生沢は腕時計を見た。間もなく午前九時。この手の店が開くのは何時頃だろうか。現場に入ってから三時間近くが経っているので、早くも疲労感を覚えている。膝の痛みもかなり深刻だった。

「おい、その辺で朝飯でも仕入れてこないか？」

「そうしますか？　明治通りに出たら、コンビニがありますよね」

「ああ」

本当に便利になったと思う。生沢が駆け出しの頃、食料の調達は結構大変だった。繁華街にいる時はともかく、住宅街などでは食事を摂れる場所もなく、昼食・夕食を抜いてしまうこともしばしばだった。それが、七〇年代の後半からあちこちにコンビニエンスストアができ始め、今ではどこの街角でも簡単に食べる物が手に入る。味はともかく、空腹をしのげるのはありがたい話だ。

平田が坂を駆け下りようとした瞬間、一人の若い男が店に近づいて来た。ほとんど坊主頭だが、長く伸ばしたもみあげと顎髭がつながっている。長袖のTシャツにジーパンという軽装で、大きなショルダーバッグを斜めがけにしていた。生沢にちらりと視線を向けてから、ジーパンのポケットに手を突っこみ、鍵の束を取り出す。「英国趣味」のドアを開けようとした瞬間、生沢は声をかけた。

「失礼、この店の人ですか」

「そうですけど……」胡散臭そうに生沢を見る。

「警察です」生沢は彼の顔の前に警察手帳を突きつけた。

「警察……」事情が分からない様子で、男が首を傾げる。

「原田さんが殺されました。話を聴かせて下さい」

男の顔が、いきなり白くなった。


男は稲田《いなだ》大智《だいち》と名乗った。貰った名刺には、原田と同じ「原田商会」「英国趣味」という肩書がある。

「ここは……どういうお店なんですか」

クラシカルな家具や、くすみの浮いた銀食器、さらには洋服——古着だろうか——などがレイアウトされた店内を見回しながら、生沢は訊ねた。どこか黴臭く、くしゃみを我慢するのが大変だった。

「雑貨店です。イギリスの製品に特化した感じで」

「ああ、それで『英国趣味』ですか」平田の予想通り……ようやく合点がいった。どういう人間が利用するのかは、想像もできなかったが。

「ここは、原田さんの店なんですよね?」生沢は念押しした。

「ええ、オーナーです」

「オーナーというのは……原田さんは、元々何をしている人なんですか」

「ああ、商社マンで、主にヨーロッパで仕事をしていました。早期退職して、自分で雑貨の輸入を始めて、この店を開いたんです」

「いつオープンですか」

「あ……」突然気づいたように、稲田が唖然とした口調で言った。「実は、今日オープンなんです。オープン予定で……どうしたらいいんですかね」

「それはちょっと、警察的には何とも申し上げられません」厄介な場面にぶつかってしまったな、と思った。目の前の稲田はどことなく頼りないタイプで、この後あたふたしてしまうのは目に見えていた。誰か相談できる相手はいるのだろうか。「お店のことはちょっと置いておいて、昨夜の話を聴かせて貰えませんか」

「午前一時過ぎまで、ここにいました」

「そんなに遅くまで?」生沢は眉をひそめた。

「開店準備が間に合わなくて、ぎりぎりまでやっていたんです。今日も朝イチで集合だったんですけど」稲田が溜息をつく。

「なるほど。店を出たのが正確に何時だったかは分かりますか?」

「一時過ぎ……一時半になっていたかもしれません」

「原田さんは、どうやって家に帰ったんですかね」

「歩いて、だと思います。代官山なので、歩いても十五分ぐらいなんですよ」

「ここへはいつも徒歩で？」

「そう、ですね」自信なげな口調で稲田が答える。「はい、そうだと思います」

「帰りは一人だったんですね？」

「そうです。僕と、もう一人の店員は、タクシーで帰りました」

「その、もう一人の店員の方は？」

稲田が左手を挙げて時計を確認した。十一時の開店に合わせて、十時には来る予定だという。こちらにも念のために後から個別に事情聴取しないといけないな、と生沢は頭の中にメモした。

「ところで……最近、何かトラブルはありませんでしたか？」

「トラブルですか？　店を開くんですから、いろいろ大変でしたよ。この一週間はずっと午前様でしたし……」

「いやいや、そういうことじゃなくて」ピントの外れた稲田の返事に、生沢は顔をしかめた。「金銭問題とか。それで誰かと揉めた、というようなことはなかったんですか」

「それは……ないと思います」稲田の表情が歪む。「ただ、お金のことはオーナーが全部仕切っていたので、詳しいことは分からないんですが」

「例えば電話で話していて、まずい雰囲気になれば分かるでしょう？　そういうことはなかったですか」

「なかった……と思います」繰り返したが、稲田の言葉はさらに曖昧になっていた。「四六時中一緒にいるわけではないので、何とも言えないんですが」

「なるほど」

恨みの線は捨ててもいいかもしれない。いや、そもそもそんなことは最初から想定に入っていないのだ。生沢からすれば、型通りの、こなしておかねばならない質問に過ぎない。どう考えてもこれは、二十年前の事件とつながった殺人なのだから。

生沢は平田に視線を投げた。追加質問は？　平田は眉根を寄せて難しい表情を浮かべていたが、すぐに「例えば、女性関係で問題はなかったですか？」と訊ねた。

「ああ、ええと……」

「奥さんは？」

急に稲田の視線が泳ぐ。大事なポイントを突いたのか、と生沢は身を乗り出した。稲田がすっと身を引きながら答える。

「奥さんは、ロンドンにいるんです。娘さんがまだ中学生で、向こうで学校を出たいからっていうことで」

「だったら、日本では一人暮らしなんですね？」平田がさらに突っこんだ。

「そう、ですね」

「奥さんをイギリスに置いて、日本で誰か別の女性がいたとか？」

「分かりませんけど……その、電話がかかってきたりしたことはありました」

「深刻な様子でしたか？」

「そういうわけでもないですけど」

この線は一応、潰しておかないといけない。生沢は「相手は誰なんですか」と訊ねた。複数いたかもしれないが、あるいは……。

「お客様の一人なんですけど、どうかなあ」

「どうかな、とは？」曖昧な言い方に、少しだけ腹がたってきた。だいたいこの男は、自分のボスが死んだというのにほとんど感情の揺れを見せない。少し薄情過ぎるのではないだろうか。

「つき合ってるとか、そういう感じではないと思うんですよ。相手もいいお年の方だし……もう、五十歳は超えてると思います」

「その人が誰か、分かりますか？」生沢は改めて手帳を広げた。


河東その子。女性実業家という感じだろうか、と生沢は想像した。喫茶店を三軒も経営しているというのだから、羽振りのいいことだ。店名はいずれも「ペーパームーン」。本店は渋谷にあるというので、生沢と平田はそのままそちらへ転進した。

ごちゃごちゃとした雰囲気が強いスペイン坂にあって、「ペーパームーン」本店はクラシカルな造りの店だった。というより、昔の喫茶店は皆こういう感じだったな、と生沢は懐かしい想いに囚われた。ちょうど店が開いたタイミング。店内には「イッツ・オンリー・ア・ペーパームーン」が流れていた。店名の由来はこれだろうか……。

「いらっしゃいませ」の声が明るく響く。声の主は、カウンターの奥にいる上品そうな女性だった。胸元に控え目なひだ飾りがついたラベンダー色のブラウス。シンプルな真珠のネックレスが、照明を受けて輝いていた。

生沢はすぐに警察手帳を示した。

「河東その子さんですか？」

「はい」その子の顔がわずかに緊張したが、声には揺らぎがなかった。恐らく今までにも、警察の事情聴取を受けたことがあるのだろう。喫茶店に聞き込みをするのは、よくあることなのだ。

話を早く進めるために、生沢は立ったまま質問を続けた。

「原田実さんをご存じですか？」

「ええ、原田商会の……原田実さんですか？」その子の眉に初めて皺が寄る。知り合いのことで警察が訪ねて来た――嫌な予感を抱くのは当然である。

「そうです」

「原田さん、どうかしたんですか」

「殺されました」

「え？」

突然鈍いガラスの音がした。グラスを流しに取り落としてしまったようで、慌てて拾い上げる。幸い、グラスは割れていなかった。何とかグラスをカウンターに置き、唇を噛み締める。ようやく口を開いて「どういうことですか」と訊ねる口調は、さすがに震えていた。

「今朝早く、自宅近くで遺体で発見されたんです」

「ご自宅って……どちらですか」

生沢は平田と視線を交わした。これは外れかもしれない……本当に自宅の住所を知らないとしたら、深い関係ではないだろう。

「代官山です。ご存じない？」

「ええ。仕事でおつき合いがあっただけですから」

「どういうおつき合いですか？」稲田は否定したが、生沢はまだ男女の関係を疑っていた。

「それは……仕事のつき合いですよ。カップやソーサー、カトラリーを準備するのに、手を貸してもらって」

「カトラリー？」

聞き慣れない専門用語が出てきて、生沢は思わず目を細めた。責められたと思ったのか、その子が不満そうな表情を浮かべる。平田が「すみません、専門用語はよく分からないので……」とすかさず助け舟を出してくれた。

「ああ、スプーンやフォーク、ナイフのことです」

「なるほど」生沢はうなずき、質問を続けた。「つまり、あくまで仕事上の関係、ということですね」

「三つ目の店は、紅茶専門店にしようと思ったんです。紅茶と言えばイギリスですから……原田さんはイギリス物に強いですから、全面的にお任せしたんですよ」

「それはいつ頃ですか？」

「半年ぐらい前、ですかね」その子がカウンターの下から小さな手帳を取り出し、広げた。「お店を開いたのが三ヵ月前で、その少し前から、開店準備でいろいろ相談に乗っていただいていました」

「何か、トラブルは？」

「ありませんでした」その子がさらりと言った。「お互いに満足できた仕事だと思います」

「なるほど……」生沢はカウンターに重ねられた名刺に気づき、一枚を取り上げた。その子が経営する三店舗の住所が書いてある。店名はいずれも「ペーパームーン」で、本店の他に自由が丘店と恵比寿店がある。

「紅茶専門店は、どちらですか」

「自由が丘店です」

「あなたは、基本的にここに——本店にいるんですね」

「毎朝本店を開けるのは私です。その後はバイトの子たちに任せて、他の店を回りますけどね」

「大したものですね。一人で三つも店を切り盛りして」

持ち上げても、その子の表情に変化はなかった。そうか、持ち上げられ慣れている人なのか、と生沢は見当をつけた。その子はそれなりにいい年なのだろうが、未だに匂い立つような色気を放っている。これが若い頃だったら……言い寄る男は後を絶たなかったはずだ。刑事のおべんちゃらぐらいで喜ぶわけがない。

「原田さん、いったいどうしたんですか」

「刺されて殺されました。今の段階では、これ以上は分かりません」生沢はわざと冷たい口調で言った。一般市民に、余計な情報を与えてはいけない。

「刺されてって……どういうことなんですか？　通り魔か何かですか？」

「その可能性もありますね。何も盗られていないので、強盗ではないと思います……ところで、最後に原田さんと話したのはいつ頃ですか？」

「自由が丘店のオープンの時に来ていただいて、その時挨拶したのが最後ですから……三ヵ月ほど前ですね」その子がちらりと手帳に視線を落とした。「七月十日です」

「なるほど……その時に、何か変わった様子はありませんでしたか」

「そう言われても」その子が頰に手を当てる。「仕事のおつき合いで、何回か会っただけですから、変わったかどうかも分からないんですが」

「そうですか……そうでしょうね」生沢はうなずいたが、まだ納得していなかった。念のために、もう少し突っこんで調べてみる必要がある。「何か分かりましたら、連絡していただけますか？」

受け取った生沢の名刺にその子が視線を落とした。ひどく不安そうに、眉間に皺を寄せている。

「何か気になることでも？」

「いえ……昔のことを思い出しました。二十年前にも、同じような通り魔事件が何件かあったじゃないですか」

「ああ……そうですね。よく覚えてますね」

「私はずっと渋谷にいるので。当時も不安でしたよ。夜は一人で街を歩くのが心配だったんです」

「分かります。でもあの時、被害者は全部年配の男性でしたよ」

「そうであっても、です。私もまだ若かったですし、子どもも小さかったですから……この事件、二十年前の事件と何か関係があるんですか」

「どうでしょうね」意外な質問に、生沢は曖昧に答えた。ずっと渋谷に住んでいると言っても、二十年も昔の話がすぐに思い浮かぶものだろうか。自分のように捜査を生業にしている者ならともかく、その子は普通の市民……のはずである。「刑事の私が言うのも変ですが、難しい事件でした」

「犯人、まだ捕まってないんですよね」

「一件についてだけは解決したんですが、他の事件は……」生沢は肩をすくめた。時効になった——それを認めるのは、やはり辛い。

「何だか怖いですね」その子が腕を交差させて、両の二の腕を摩った。「渋谷も最近、だんだん柄が悪くなってきたので」

「若い連中が増えましたからね。あいつらは、基本的に乱暴だから。ま、何かあったら連絡して下さい。いつでも相談に乗りますので」

生沢はそれ以上突っこまずに店を出た。しかしドアを閉めた瞬間、平田に「あの女を洗え」と指示した。何かが気になる……態度なのか言葉なのかは分からなかったが、久しぶりに勘が働いた感じがした。

夜遅く、渋谷中央署の特捜本部に引き上げてきた平田は、脂っぽい顔に疲労の色を浮かべていた。夜の捜査会議に出られなかったので、まずその内容から訊ねてくる。

「いい材料はないな」生沢は首を横に振って答えてから、煙草に火を点けた。さすがに最近本数は減っているが、今日は朝が早かったので吸い過ぎた……ひとしきり咳こんでから、「で、そっちは？」と訊ねる。

「河東その子は昔、誰かの愛人だったみたいですよ」

「ほう」生沢は思わず座り直した。話が面白くなってきたではないか。短い時間でよくぞそこまで調べあげた、と感心もする。「で、相手は誰なんだ？」

「それは分からなかったんですけど、相当の大物だったようです。政治家か財界人か……」

「政治家なのか財界人なのか、どっちなんだ」

「いえ、あの……」生沢の突っこみに、平田の顔が赤く染まった。「それは分かりません。裏は取れていないので……そういう人がいたというだけの話です」

「なるほど」生沢は煙草を灰皿で叩いた。「店も、その愛人がスポンサーになって始めたのかね」

「それはどうでしょうね……スペイン坂のあの店は、もう二十年近く前からやっているそうですけど」

それで懐かしい感じがしたのか、と合点がいった。二十年前の一般的な喫茶店のインテリアは、今ではクラシカルな感じがして当然だ。窓がステンドグラスになっている喫茶店など、最近では――新しい店では滅多に見ない。

「しかし、なかなかの女性じゃないか。三軒も店を持ってるんだからな……家族は？」

「息子さんが一人います。これが、問題の愛人との間にできた息子じゃないかと思われるんですが」

「息子は何してるんだ？」

「普通のサラリーマンですね。勤務先は、三葉《みつば》証券」

「堅いところだな」中堅の証券会社だが……私生児を普通に受け入れるのだろうか、と生沢は訝った。同じ金融系でも銀行だったら、入社時の身辺調査ではねてしまいそうだが。

「息子の名前は育男、現在三十四歳。結婚していて、間もなく子どもが生まれるそうです。河東その子とは同居していません」

「なるほど……君も、仕事が早いね」

「どうも」褒められ、平田が相好《そうごう》を崩した。

「しかし、この件はつながらないかな……河東その子と被害者の間に、商売以上の関係があったかどうかが問題だ」

「ええ」

「河東その子に、他に男問題はないのか？」

「それはないようです」

「昔の愛人はどうしたんだ？」

「ずいぶん昔に亡くなったらしい、という話は聞きましたが、詳しいことは、何とも」平田が頭を掻く。

「よし」生沢は声を潜めた。「この件はしばらく上に報告しない」

「いいんですか、そんなことをして」平田が目を見開く。

「よく覚えておけよ」生沢は煙草を灰皿に押しつけ、低い声で言った。「摑んだことを、何でもかんでも報告する必要はないんだ。まったく筋が違う情報を持ち出しても、調べることが増えるばかりで混乱するからな。それより、自分の胸の中にしまいこんでおいて、いざという時に出した方が効果的だ」

「いざという時とは……」平田の顔に困惑の表情が広がる。

「捜査が行き詰まった時だ。そういう時に、『実は』と言って切り出すと、劇的効果があるんだよ」

「はあ」平田はぴんときていない様子だった。

「何だ、何か文句でもあるのか」

「いや、自分は『ホウレンソウ』はきちんとするようにと教えられていますので」

報告、連絡、相談か。確かにそれは刑事の——警察官の基本だ。しかし、何が何でも常に基本に従わなくてはいけない、という法はない。自分をアピールするためには、少しぐらいの隠し事は構わないのだ。警察官人生の終わりが見えてきている生沢は、今さらそんなことをする必要もないが、まだ若い平田は、アピールの方法を知っておいて損はない。

「俺たちは、ただの歯車じゃないんだ。一人一人の頭で考えて動く。刑事それぞれが、小さな特捜本部であるべきなんだよ」

言ってはみたものの、平田が納得していないのは明らかだった。刑事は、ただ動き回って、何か情報を摑んでも自分では判断せずに上に報告すればいい——要するにロボットだ。

これが世代の違いというものかね、と生沢は溜息をついた。同僚でさえライバルで、互いに秘密主義を貫き、機会があれば出し抜いてやろうと考えていた若い頃が、しみじみと懐かしい。

9

夜——店を閉めた後、その子は照明を落とした店内でアドレス帳を開いた。目の前には、淹れたばかりのコーヒー。仕事中は、けじめとして店でコーヒーを飲まないようにしているが、一日の終わりに、自分のためだけに最高の豆で丁寧にコーヒーを淹れて味わうのは、ささやかな贅沢だった。

しかし今日は、少し苦みが薄い。自分用にはいつもペーパーフィルターで淹れるのだが、慌ててしまったかもしれない。ゆっくりと、お湯を一滴ずつ垂らすように入れるのがコツなのに。

アドレス帳はもう何年も使っているもので、長野の住所は三度書き直されている。この二十年間で何回引っ越しただろう……基本的には、二年の賃貸契約が切れるタイミングで、次の家を探していたはずだ。年賀状のやり取りもないし、普段電話がかかってくるわけでもないのだが——長野が電話を持っているかどうかも知らなかった——引っ越しの度に連絡がくる。未だに、その子が保証人を引き受けることもあるのだ。逆に、自分を保証人にしない時はどうしているのだろう。翻訳の仕事の関係で探しているのか。

その子は、長野の本が出る度に買っていた。新聞の広告を毎日チェックし、名前——もちろんペンネームの「佐伯哲樹」だ——を見つけると、大抵はその日のうちに渋谷の大盛《たいせい》堂《どう》に出向いて手に入れている。そういう生活が、もう何年も続いていた。

　若者ばかりが増えた渋谷は、次第に歩きにくくなっているのだが、自分はここを離れない、と決めている。十年前には、南平台にマンションも買っていた。かなり無理した買い物だったが、スペイン坂にある店へは道玄坂を下って十分ほどと近い。息子の育男は三年前に結婚して家を出ており、広い部屋で一人暮らしは少し寂しいが……育男は仕事が忙しく、電話はよくかけてくるものの滅多に顔は出さない。しかし、間も無く孫が生まれる予定だから、今後はもう少し、息子の家族との交流も増えるだろう。

　気になる。

　二十年前、何を確認したわけではない。漠然とした疑いがあっただけで、長野に直接訊ねる気にはとてもなれなかった。もしかしたら彼が援助してくれたお金も、翻訳で得た報酬ではなく、汚れたお金ではないかと疑ったこともある。しかしいつしか割り切って、詮索しないよう自分に強いた。お金はお金。お金そのものが汚れているわけではないのだから。

　午後九時過ぎ……長野に連絡を取る方法はない。ふと、息子に電話してみようと思った。長野は育男を可愛がっていた。もしかしたら自分が知らないところで、長野と連絡を取り合っているかもしれない。

　呼び出し音が四回鳴ったところで、嫁の博美《ひろみ》が電話に出た。いかにも辛そうである。臨月が近くなって、電話で話すといつもだるそうだ。無事に健康な子が生まれてくるか、心配になる時がある。

電話を代わった育男は、発音が不明瞭だった。何か食べているのだと気づく。結構遅い時間だけど、体に悪くないのかしら……。

「どうしたの、こんな時間に」

「ああ、そうね……ごめんね」育男が極めて普通の口調で話し出したので、その子は戸惑ってしまった。自分はいったい、何が話したかったのだろう。「最近、長野さんから連絡ある?」

「いや、特にないけど。だいたい長野さん、電話も持ってないんじゃないかな」食べ物を呑みこんだのか、育男の発音が明瞭になった。

「そろそろ引っ越しの時期だったと思うけど」

「ああ……そうだね。この前引っ越したのが、八三年の十二月だった」

「よく覚えてるわね」

「まめに手紙をくれるからね」育男が苦笑した。「でも、こっちが挨拶状に返事を書いても、その返事はくれないんだよね。やっぱり、変わった人だよ」

「そうね……でも、何であんなに頻繁に引っ越すのかしら」その子は適当に話を合わせた。新しい部屋を契約する時、何度か自分が保証人になっていることは育男には話していない。

「さあ、何でかな」

電話の向こうで育男が首を捻る様が容易に想像できた。その子はまた、アドレス帳に視線を落とす。長野の住所——今も渋谷区内だった——は少しかすれて見える。

「翻訳の仕事をする人って、変わり者が多いのかもしれないよ」

「そうかもしれないわね」

「もういいかな……ご飯を食べ始めたばかりなんだ」

「ああ、ごめんね」その子は慌てて言った。「長野さんから何か連絡があったら、教えてくれる？」

「いいけど、母さんにも連絡があるんじゃないかな。律儀な人だから」

「そうね……」

そんな「待ち」の姿勢ではいられない。電話を切り、その子は行動を起こすことにした。長野に会おう。幸い明日は店も定休日。長野がどんな生活パターンを送っているかは分からないが、何だったら一日中待ってもいい。今の自分には、店と生まれてくる孫の他には、気にするものなどないのだから。


翌朝九時、その子は長野のマンションの前にいた。今朝は少し冷えこむ……秋も深まってきたのだとしみじみと実感した。

それにしても、ずいぶん立派なマンションだ。最近流行のワンルームのようだが、十階建てで、辺りを睥睨《へいげい》しているようである。生活には困っていない様子だと考え、ひとまずほっとした。今度は自分が、長野の生活を援助しなければならないかもしれない、と小さい覚悟もしていたのだが。今の自分には、だいぶ余裕がある。三軒の店はどこもそれなりに賑わっているし、育男も今や高給取りだ。普通の家庭よりも、家計にはずいぶん余裕があると言っていい。

それにしても、ここでどれだけ待てばいいのだろう。忙しく人が行き過ぎるのを見ながら、不安になった。ずっとここで立ち尽くしていたら、不審者に思われるかもしれない。とりあえずインタフォンを鳴らしてみて、いなければ出直すことにしようか……そう考え、思い切ってホールに足を踏み入れた。ずらりと並んだ郵便受けで、長野の部屋、四〇一号室を探したが、名前は入っていない。やはり、何かから隠れるように暮らしているようだ。その「何か」を想像すると、少しだけ恐怖を感じる。

エレベーターの上行きボタンを押そうとした瞬間、七階に止まっていたエレベーターが動き出す。それを見て改めてボタンを押し、一歩引いて待った。エレベーターは一階まで降りてきて、扉が開き……顔を伏せていた中年の男が、すっと視線を上に上げる。どきりとしたが、向こうも同じようだった。「その子さん」と呼びかける声は低く、かすれている。

「分かった？」

「分かりますよ」長野の顔に、ゆっくりと笑みが広がる。「変わりませんね。お元気そうで」

「長野さんも」そう言えば、会うのはいつ以来だろう……保証人になる時も、電話がかかってきて、書類をやり取りするだけだったし、もしかしたら十年以上、顔は見ていないかもしれない。

「あなた」

「どうしたんですか？　このマンションに知り合いでも？」

その子は静かに言った。長野の顔が、今度はゆっくりと強張り始める。「私に何か用ですか」と訊ねる声は、いかにも不機嫌そうだった。

「ちょっと話がしたいと思って」

「構いませんけど……」長野が振り向く。ちょうどエレベーターの扉が閉まったところだった。「うちではお構いできないんですよ。お湯も沸かさないぐらいですから」

「別に、どこでもいいですよ」

「じゃあ、すぐ近くに喫茶店がありますから、そこにしましょう。その子さんの店には敵いませんけどね」

「うちの店を知ってるの？」

「ええ、まあ……」長野の表情が曇った。失敗を悟ったような顔つきである。「実は、何度か寄ったんです。その子さんがいない時に」

「私がいる時に来てくれればよかったのに」未だに気にかけてくれているのだと思うと、少しだけほっとした。

「とにかく、行きましょうか」

長野が郵便受けから新聞を抜いて、さっさと歩き出す。どこかへ出かけようとしていたのか、ジーンズに薄手の革ジャンパーという格好である。

「忙しいんじゃないの？」歩道に出たところで、その子は訊ねた。

「いや、ちょうど朝飯を食べに行こうと思っていたところなんで。朝飯は滅多に食べないんですけど、たまにはね」

四十歳をだいぶ過ぎてもほとんど贅肉のない体つきを見て、その子は少し心配になった。

「ちゃんと食べてるんですか？」

「まあ、普通の人とはだいぶ違う食べ方ですけどね」長野が苦笑する。「昼夜がひっくり返っているし、それがいつの間にかまた逆転したりして、一年中時差ボケみたいな感じですよ。海外に行ったことはないから、本当の時差ボケがどんな感じかは分からないけど」

その子はうなずき、この会話を打ち切った。長野は昔とそれほど変わっていない、と安心する。少なくとも自分に対しては、愛想のいい、親切な男だ。

家から歩いて五分ほどのところに、喫茶店はあった。相当古くから続いている店のようで、店内全体が茶色に染めあげられている。煙草の臭いが染みついており、クッションフロアの床は変色してべたついていた。自分の店は絶対こんな風にはしない、とその子は顔をしかめた。食べ物や飲み物を出す店は、清潔第一でないと。

長野はモーニングのセットを頼んだ。その子はコーヒーだけ。味は……まあまあだった。店主が特にコーヒーにこだわりがある人ではない、と分かる。不味くはないが、味に深みがない。

長野が嫌そうにトーストを齧る。腹を膨らませるために、仕方なく食べている感が強かった。

「食べるなら、うちへ来てくれればいいのに」

「いやいや」長野が苦笑した。「そうもいかないでしょう」

「料理も、評判いいのよ」

「知ってますよ。ナポリタンとか、美味そうですよね」

「そう。喫茶店のナポリタン、馬鹿にしたものじゃないから」

うなずき、長野が皿を押しやった。三角形に切ったトーストが二枚……一枚の三分の二ほどを食べただけだった。千切りキャベツをドレッシングで和えたサラダには手をつけていない。

「変わらないわね、長野さんは」

「いや、すっかり年を取りましたよ」長野は左手で頬を撫でた。確かに、手には皺が目立つ。

「最近もご活躍の様子で、嬉しいです。本、たくさん出てますね」

「食べるためです」長野がうなずき、コーヒーを一口飲んだ。カウンターの向こうにちらりと目をやってから、「やっぱりコーヒーは、その子さんの店には全然敵わないですね」と小声で評価を下す。

「お店はいろいろだから」

「それで……今日はどうしたんですか」長野が遠慮がちに切り出した。

「ご挨拶、ということではいけませんか」

「いや、それは構いませんけど、何年も会ってなかったのに、突然訪ねて来られたのは、何か理由があるからですよね」

「ちょっと気になっただけです」

「何がですか」長野がコーヒーに砂糖とミルクを加える。

「あなたがどんな暮らしをしているか」

「変わったような、変わっていないような、ですね」

「そうですか？」

「生活のペースは、普通の人から見れば滅茶苦茶でしょうね。夜中にずっと仕事をしていたり、そうかと思えば次の週には普通の生活になったり。どうしても、毎日同じペースで生きていけないんですよ」

「体調、大丈夫なんですか」その子は顔をしかめた。そんな暮らしぶりで、体にいいわけがない。目の前の長野は、健康そうには見えるのだが。

「これ以外は」長野が暗い表情を浮かべ、右腕を掲げて見せた。「手がないのには慣れましたけど、今でもたまに変な感触がある……幻肢痛っていうそうですね。ないはずなのに痛みを感じたり、痒かったり」

その子は目の中で涙が膨れ上がるのを感じた。この人は、右手をなくしたために、しなくていい苦労を重ねてきた。その本当の理由を、その子は知らない。長野は「事故だ」と言っただけで詳しい説明をしないのだが、絶対に単純な事故ではないと思う。

ただし、確かめられない。確かめる勇気がない。

「育男君は元気ですか」長野が突然話題を変えた。

「結婚したのはご存じですよね」

「もちろん」

「もうすぐ子どもが生まれます」

「それはよかった」

さほどめでたいとは思っていない様子で長野がうなずく。この人に特有の、奇妙な欠損……「家族」への温かい想いがまったくと言っていいほどないのだ。それも仕方がないことかもしれない。

「楽しみでしょう」

「自分がおばあちゃんになるなんて、信じられないですけどね」

「その子さんの方は、順調みたいですね。店を三軒も持つなんて、本当に大したものですよ」

「長野さんが勧めてくれたからですよ。あれで思い切って、一歩を踏み出せたんですから」

「でも、その子さんに商才がなければ、こんな具合に上手くはいかなかったでしょう」

その子は曖昧な笑みを浮かべた。上手くいったのは、タイミングに乗ったせいもあったのだろう。店を始めた六〇年代半ば、喫茶店は大変な勢いで増えていた。最初の店はたまたま立地条件がよく、客の回転も早かったので着実に儲かった。七〇年代にスペイン坂に引っ越して——まさにあの細い路地に「スペイン坂」という名前がついた頃だ——当時の若者向けの雰囲気を出して繁盛した。当時通っていた学生たちが、就職した後もたまに来てくれるのが嬉しい。恵比寿の店はサラリーマン向けに少し高級にし、先日オープンした自由が丘の紅茶専門店は女性を意識している。

「おかげ様で」その子は素直に頭を下げた。

「ずっと元気でいて下さいね」

「元気ですよ」唐突な言葉に、その子はかすかな違和感を覚えた。「長野さんこそ、体には気をつけてもらわないと」

「私は……特に何もないですよ」

「最近何か、変わったことはないですか」

「その子さんこそ、変だな」長野が苦笑する。「今日はどうしたんですか？　本当に何もないですよ」

「物騒な世の中ですから」

「そうかなあ」長野が首を捻る。「変わらない毎日ですけどね」

「街は物騒ですよ。いろいろ事件も多いし……渋谷で、また怖い事件が起きたじゃないですか」

「そうですか？」

不自然だ、と思った。昨日の殺人事件は、新聞でもテレビでも大きく扱われた。長野も知らないわけはあるまい。長野がソファの脇に置いた新聞に目をやり、面倒臭そうに手にして広げた。

今朝も社会面に記事が載っている。「通り魔？　深まる動機の謎」――見出しが目に入った。警察の捜査も進んでいないようだ。

「これですか？」長野が新聞を横半分に畳んで、テーブルに置く。

「ええ」

「よくある事件じゃないですか」

「通り魔なんて、いつ自分が被害に遭うか、分からないでしょう。怖いですよね」

「その子さん、そんなに用心深い方でしたっけ」長野が皮肉っぽく言った。

「この年になると、一人で歩くのも怖くなるんですよ」

「何で結婚しなかったんですか」

唐突な長野の質問に、その子は口を閉ざした。何故そんなことを……真意が読めない。

長野の表情は変わらず、軽い話題として持ち出したようにしか見えなかったが。

「オヤジが死んだ後、あなたはうちの家とは直接関係がなくなったでしょう。別に、死んだオヤジに義理を通すこともなかったと思うけど」

「もうお店を始めていたから。そっちで必死だったんですよ。その頃のことは、あなたもよく知っているでしょう」実際、長野は開店のための資金援助もしてくれたのだ。

「誰かいい人、いなかったんですか」

「そういうのは、時間の余裕がないとね」

長野がうなずく。しかし微妙に視線を外しており、この話を続けたくないのは明らかだった。自分で切り出した話題なのに……単に、話が途切れないようにしたかったのだ、と気づく。沈黙を嫌ったのだろう。

ふいに、店内に流れるマイケル・ジャクソンが耳障りになる。その子も客のために、レコードを揃えて流しているのだが、こんな風に煩く感じることはなかった。去年大ヒットした『スリラー』は、もちろん何百回となくかけていたのだが……ノリの良さが、今は鬱陶しい。

「うちの家とは切れているんですか」

「そうですね。今はもう、完全に……長野さんはどうなんですか」

「私ですか？」長野が自分の鼻を指さした。「もう関係ないですから。一人で生きていくのは気軽でいいですよ」

「そうですか……」

　何となく、嘘をついているのではないかと思った。今、長野の実家を守っているのは彼の兄・明憲のはずである。明憲は元々、その子の存在を無視していたこともあり、今どうしているかはその子もまったく知らない。一方長野は、兄を毛嫌いしていた。一度その子の前で「能無しだから」とはっきり吐き捨てたことがある。

「まあ、久しぶりに会えてよかったですよ」長野が笑ったが、かなり無理しているのは明らかだった。

「たまには、うちの店にも顔を見せて下さいよ。渋谷の本店には、開店した直後には必ずいますから」

「何となく、顔を出しにくいんですよね」長野が勘定書きに手を伸ばした。「育男君にはよろしく言っておいてくれませんか。本当は、子どもが生まれたらお祝いぐらい送るべきなんだろうけど、そういうのは性に合わないんですよ」

「無理することはないですよ」その子は笑みを浮かべた。商売用の笑みだと自分でも意識している。「そう思っていただいているだけで、十分ですから」

　長野が無言でうなずき、立ち上がった。左手に力が入り、握られた新聞がくしゃくしゃになっている。そんな風にする理由はないはずだ。新聞を押し潰しても、ニュースが消えるわけではないのだから。


（下巻に続く）

本書は二〇一五年十月に刊行された単行本を
文庫にしたものです。

|著者|堂場瞬一　1963年茨城県生まれ。2000年『8年』で第13回小説すばる新人賞受賞。警察小説、スポーツ小説などさまざまな題材の小説を発表している。著書に「刑事・鳴沢了」「警視庁失踪課・高城賢吾」「警視庁追跡捜査係」「アナザーフェイス」「刑事の挑戦・一之瀬拓真」「警視庁犯罪被害者支援課」などのシリーズ作品のほか、『黒い紙』『メビウス1974』『under the bridge』『社長室の冬』『埋れた牙』『錯迷』『犬の報酬』『十字の記憶』『1934年の地図』『ネタ元』『ランニング・ワイルド』など多くの作品を発表している。

Killers《キラーズ》(上)

堂場瞬一《どうばしゅんいち》

2018年1月16日第1刷発行

発行者──鈴木　哲

発行所──株式会社　講談社

東京都文京区音羽2-12-21　〒112-8001

電話　出版　(03) 5395-3510

販売　(03) 5395-5817

業務　(03) 5395-3615

Printed in Japan

講談社文庫

定価はカバーに表示してあります

デザイン─菊地信義

本文データ制作─講談社デジタル製作

印刷───大日本印刷株式会社

製本───大日本印刷株式会社

ISBN978-4-06-293837-2

講談社文庫刊行の辞

二十一世紀の到来を目睫に望みながら、われわれはいま、人類史上かつて例を見ない巨大な転換期をむかえようとしている。

世界も、日本も、激動の予兆に対する期待とおののきを内に蔵して、未知の時代に歩み入ろうとしている。このときにあたり、創業の人野間清治の「ナショナル・エデュケイター」への志を現代に甦らせようと意図して、われわれはここに古今の文芸作品はいうまでもなく、ひろく人文・社会・自然の諸科学から東西の名著を網羅する、新しい綜合文庫の発刊を決意した。

激動の転換期はまた断絶の時代である。われわれは戦後二十五年間の出版文化のありかたへの深い反省をこめて、この断絶の時代にあえて人間的な持続を求めようとする。いたずらに浮薄な商業主義のあだ花を追い求めることなく、長期にわたって良書に生命をあたえようとつとめるところにしか、今後の出版文化の真の繁栄はあり得ないと信じるからである。

同時にわれわれはこの綜合文庫の刊行を通じて、人文・社会・自然の諸科学が、結局人間の学にほかならないことを立証しようと願っている。かつて知識とは、「汝自身を知る」ことにつきていた。現代社会の瑣末な情報の氾濫のなかから、力強い知識の源泉を掘り起し、技術文明のただなかに、生きた人間の姿を復活させること。それこそわれわれの切なる希求である。

われわれは権威に盲従せず、俗流に媚びることなく、渾然一体となって日本の「草の根」をかたちづくる若く新しい世代の人々に、心をこめてこの新しい綜合文庫をおくり届けたい。それは知識の泉であるとともに感受性のふるさとであり、もっとも有機的に組織され、社会に開かれた万人のための大学をめざしている。大方の支援と協力を衷心より切望してやまない。

一九七一年七月

野間省一

講談社文庫 最新刊

山本周五郎
さぶ
〈山本周五郎コレクション〉
生きることは苦しみか、希望か。市井《しせい》にあり、人間の本質を見つめ続けた作家の代表作。

後藤正治
天人
〈深代惇郎と新聞の時代〉
新聞史上最高のコラムニストと評される深代《ふかしろ》惇郎《じゅんろう》。「天声人語」に懸けた男の生涯を描く。

柴崎友香
パノララ
同じ一日が二度繰り返されるとしたら……芥川賞作家が描く、未体験パノラマワールド！

西村賢太
夢魔去りぬ
三十余年ぶりに生育の町を訪れた〝私〟。過去との再会と決別を描く表題作含む6篇を収録。

平岩弓枝
新装版 **はやぶさ新八御用帳(六)**
〈春月の雛〉
人形師・春月の雛《ひな》を抱え、二人の女が自死した。恋に迷う男女を描く表題作を含む8篇。

蒼井凜花
女唇《ルージュ》の伝言
ひそやかに大胆に。女性たちがセキララ体験を綴るサイト「女唇《ルージュ》の伝言」。あなたもご一緒に。

倉阪鬼一郎
決戦、武甲山
〈大江戸秘脚便〉
山海上人《さんかいしょうにん》を倒せ。江戸の平穏は、飛脚問屋の若き飛脚たちの健脚にかかる。〈文庫書下ろし〉

服部真澄
クラウド・ナイン
全データ消失。その〝事故〟に地球は耐えうるか。情報社会の戦慄を描く傑作インテリジェンス小説。

本格ミステリ作家クラブ・編
子ども狼ゼミナール
〈本格短編ベスト・セレクション〉
作家・評論家が選んだ永遠のザ・ベスト10！最強のコスパ。買わない理由がどこにある！

講談社文庫　目録

講談社文庫　目録

講談社文庫　目録

西村　健　劫火3 突破再び
西村　健　劫火4 激突
西村　健　笑い犬
西村　健　ゆげ福〈博多探偵事件ファイル〉
西村　健　はしご〈博多探偵ゆげ福〉
西村　健　完食！〈博多探偵ゆげ福〉
西村　健　残火
西村　健　地の底のヤマ(上)(下)
楡　周平　青狼記(上)(下)
楡　周平　陪審法廷
楡　周平　宿命〈ワンス・アポン・ア・タイム・イン・東京〉(上)(下)
楡　周平　血戦〈ワンス・アポン・ア・タイム・イン・東京2〉
楡　周平　修羅の宴(上)(下)
楡　周平　レイク・クローバー(上)(下)
西尾維新　クビキリサイクル〈青色サヴァンと戯言遣い〉
西尾維新　クビシメロマンチスト〈人間失格・零崎人識〉
西尾維新　クビツリハイスクール〈戯言遣いの弟子〉
西尾維新　サイコロジカル(上)〈兎吊木垓輔の戯言殺し〉(下)〈曳かれ者の小唄〉
西尾維新　ヒトクイマジカル〈殺戮奇術の匂宮兄妹〉

西尾維新　ネコソギラジカル(上)〈十三階段〉
西尾維新　ネコソギラジカル(中)〈赤き征裁vs.橙なる種〉
西尾維新　ネコソギラジカル(下)〈青色サヴァンと戯言遣い〉
西尾維新　ダブルダウン勘繰《かんぐ》郎《ろう》 トリプルプレイ助悪郎《スケアクロウ》
西尾維新　零崎双識の人間試験
西尾維新　零崎軋識《ぜろざきしきしき》の人間ノック
西尾維新　零崎曲識の人間人間
西尾維新　零崎人識の人間関係 匂宮出夢との関係
西尾維新　零崎人識の人間関係 無桐伊織との関係
西尾維新　零崎人識の人間関係 零崎双識との関係
西尾維新　零崎人識の人間関係 戯言遣いとの関係
西尾維新　xxxHOLiC アナザーホリック ランドルト環《かん》エアロゾル
西尾維新　難民探偵
西尾維新　少女不十分
西尾維新　本題〈西尾維新対談集〉
西村賢太　どうで死ぬ身の一踊り
仁木英之　千里伝
仁木英之　時輪の轍《わだち》〈千里伝〉
仁木英之　武《ぶ》神《しん》の賽《さい》〈千里伝〉

仁木英之　乾《けん》坤《こん》の児《こ》〈千里伝〉
仁木英之　真田を云《い》て、毛利を云わず〈大坂将星伝〉(上)(下)
仁木英之　まほろばの王たち
西川善文　ザ・ラストバンカー〈西川善文回顧録〉
西川　司　向日葵《ひまわり》のかっちゃん
西村雄一郎　殉愛〈原節子と小津安二郎〉
西　加奈子　舞台
貫井徳郎　新装版 修羅の終わり(上)(下)
貫井徳郎　鬼流殺生祭
貫井徳郎　妖奇切断譜
貫井徳郎　被害者は誰？
A・ネルソン　「ネルソンさん、あなたは人を殺しましたか？」
野村　進　コリアン世界の旅
野村　進　救急精神病棟
野村　進　脳を知りたい！
法月綸太郎　雪密室
法月綸太郎　誰《たそ》彼《がれ》
法月綸太郎　ふたたび赤い悪夢
法月綸太郎　法月綸太郎の冒険

2017年12月15日現在